스타십 트루퍼스

스타십 트루퍼스

Starship Troopers

로버트 A. 하인라인

김상훈 옮김

STARSHIP TROOPERS

by Robert A. Heinlein

차례

아서 조지 스미스 상사에게 이 책을 바친다.

군인, 시민, 과학자인 그에게,

그리고 시대와 장소를 막론하고 소년들을 진정한

군인으로 단련시켜 주었던 모든 하사관들에게

—R. A. H.

| 등장인물 |

조니 리코 | 기동보병
젤랄 상사 | 조니의 소대장
에이스 | 선임 분대장
이베트 델라드리에 | 병력 수송함 '로저 영' 함장

칼 | 조니의 고등학교 친구
카르멘 | 조니의 고등학교 친구
뒤부아 선생 | 역사와 윤리 철학 교사

짐 상사 | 신병 교육중대 중대장
프랭클 대위 | 신병 교육대대 대대장

닐센 사령관 | 사관학교 교장

블랙스톤 대위 | 조니의 상관, 타격부대 지휘관
쿤하 | 조니의 부하, 1반장
브럼비 | 조니의 부하, 2반장

1

나가자, 이 고릴라 새끼들아!
사나이가 한 번 숙지 두 번 죽냐?
— 무명 하사관, 1918년

강하 전에는 언제나 몸이 떨린다. 주사는 물론이고 예방 최면까지 받은 상태에서는 공포를 느낄 여지가 없다는 사실을 머릿속으로는 충분히 이해하고 있는데도 말이다. 모함(母艦)의 정신과의는 내가 자고 있는 동안 뇌파를 검사하며 바보 같은 질문을 했다. 그건 공포도, 그 어떤 것도 아니라고 그는 내게 말한다. 다만 흥분한 경주마가 경주가 시작되기 전에 몸을 떠는 것과 마찬가지라고.

그게 사실인지 아닌지는 알 도리가 없다. 나는 경주마가 되어 본 적이 없기 때문이다. 그러나 실제로는 그때마다 견디기 힘들 정도로 두려워진다.

강하 30분 전, 우리는 로저 영(Rodger Young)호의 강하실에 집합해서 소대장의 사열을 받았다. 그는 임시 소대장이었다. 라스차크 소위가 바로 전의 강하 때 전사했기 때문이다. 소대 선임하사였던 젤랄의 원래 계급은 상사였다. 그는 프록시마 항성계의 행성인 이스칸더 출신의 핀란드-터키인이다. 얼굴은 가무잡잡하고 몸집이 작은, 마치 회사원처럼 보이는 사내이지만, 나는 그가 난폭한 사병 둘을 어린애 다루듯 하는 것을 본 적이 있다. 머리통을, 그것도 발돋움하지 않으면 안 될 정도로 몸집이 큰 녀석들의 머리통을 움켜잡더니 마치 코코야자 열매나 되는 듯이 쾅 맞부딪치게 했고, 그치들이 쓰러지기도 전에 재빨리 뒤로 빠졌던 것이다.

그는 비번(非番)일 때는 괜찮은 친구였다. 하사관치고는 말이다. 대놓고 '젤리'라고 불러도 됐다. 물론 신병은 예외였지만, 단 한 번이라도 전투 강하를 해 본 경험이 있다면 누가 그래도 상관없었다.

그러나 지금 그는 근무 중이었다. 우리들 모두 각자의 전투 장비를 점검했고("어이, 네놈들 목숨이 걸린 일이라고." 뭐 이런 말을 들어 가면서), 선임하사 대리는 점호를 취한 후 우리들을 주의 깊게 살폈다. 그러고 나서 험상궂은 표정을 한 젤리가 다시 한 번 빠짐없이 우리들을 점검했다. 젤리는 내 앞에 서 있는 병사 앞에 멈춰 서서 그 병사의 벨트에 달린 단추를 눌러 건강 상태를 표시하는 계기를 보았다.

"열외로!"

"하지만 상사님, 이건 그냥 감기일 뿐입니다. 군의관님 말로는……."

젤리는 날카롭게 병사의 말을 가로막았다.

"'하지만 상사님'이라고? 군의관은 강하하지 않아. 그건 너도 마찬가지고. 1도 반이나 열이 올라 있는 주제에 무슨 헛소리냐? 강하 직전에 너하고 잡담할 틈이 있는 줄 아나? 나가!"

젠킨스는 실망하고 화가 치민 표정으로 우리 곁을 떠나갔다. 실망한 것은 나도 마찬가지였다. 소대장이 바로 전의 강하에서 전사한 후 소대원 모두가 한 계급씩 진급했기 때문에 이번 강하에서 나는 2반의 반장보(班長補)가 되어 있었다. 그런데 지금 막 내 반에 빈 구멍이 하나 생겼고, 그걸 메울 방법은 없었다. 이건 좋지 않다. 누군가가 궁지에 빠져서 도움을 요청하더라도 아무도 와 주지 않을 가능성이 생긴 것이다.

젤리는 더 이상 아무도 탈락시키지 않았다. 그는 앞으로 나와서 우리들을 둘러본 후 슬픈 듯이 고개를 저으며 투덜댔다.

"이런 멍청한 고릴라 같은 놈들을 데리고 싸워야 하다니! 만약 너희들이 이번 강하에서 모두 이승을 하직하고 저세상으로 가 준다면, 처음부터 다시 시작해서 소위님이 원하시던 진짜 부대를 만들 수 있을지도 몰라. 하지만 아마 무리겠지…… 요즘 입대하는 놈들 꼬락서니를 보면."

젤리는 갑자기 허리를 펴고 큰 소리로 외쳤다.

"잊지 마라. 너희들 고릴라 새끼 하나하나에 정부는 무려 50만 달러가 넘는 거금을 투자했다는 사실을. 이건 무기, 장갑복, 탄약, 기계, 훈련, 그리고 네놈들이 매일 처먹는 식량이 포함된 가격이야. 거기에 네놈들의 실제 몸값 30센트를 합치면 무시할 수 없는 금액이 된다."

젤리는 우리를 노려보았다.

"그러니까 무슨 일이 있더라도 반납하도록! 네놈들은 죽어도 상관없지만 네놈들이 입고 있는 최신 유행복을 잃을 수는 없단 말이다. 이 부대에서 영웅은 필요 없어. 소위님께서도 같은 생각이실 거다. 너희들은 각자 맡은 임무가 있다. 강하해서 자기 임무를 완수한 후에는 집합 신호가 잘 들리게 귀를 기울이고 있도록. 규칙대로 신속하게 철수 지점에 집합하란 말이다. 알아듣겠나?"

젤리는 다시 우리를 노려보았다.

"너희들은 작전 계획에 관해 알고 있을 거다. 하지만 그중에는 최면 암시에 걸리지 않을 정도로 멍청한 놈이 있을지도 모르니까 다시 한 번 설명하겠다. 너희들은 2000미터 간격으로 강하해서 두 개의 산병선(散兵線)을 깔게 된다. 땅에 닿자마자 차폐물을 찾는 동시에 각자의 위치를 내게 알리고,

양 측면의 전우에게도 자기 위치와 거리를 알리도록. 그 일만으로도 이미 10초가 허비될 거다. 그러니까 좌우익의 병사들이 착지할 때까지 닥치는 대로 때려 부숴라."

(그는 내 얘기를 하고 있었다. 나는 반장보로서 왼쪽에 아무도 없는 최좌익을 맡게 된다. 나는 떨기 시작했다.)

"좌우익이 내려오면 줄을 맞추고 간격을 똑같이 유지하란 말이다! 하던 일을 멈추고 그 일에만 전념해야 한다. 12초다. 그다음엔 홀수 번호도 짝수 번호도 목마넘기식으로 전진을 시작한다. 반장보들이 향도 역할을 맡는다."

젤리는 나를 보고 있었다.

"이 모든 걸 완수한 후에, 네놈들이 그럴 수 있다면 말이지만, 집합 신호가 울리면 좌우익은 서로 접촉한다……. 그리고 철수한다. 질문이 있나?"

질문은 없었다. 질문 같은 건 나오는 법이 없었다. 그는 말을 이었다.

"또 하나 주의할 것이 있다. 이번 작전은 기습일 뿐이고, 전쟁이라고 부를 만한 것이 못 된다. 이것은 우리 화력을 과시하고 적에게 공포감을 안겨주기 위한 양동 작전이다. 놈들의 도시를 파괴할 수도 있었지만 일부러 그러지 않았다는 사실을 알리는 것이 우리의 목표이다. 우리가 무차별 폭격을 자제하고 있음에도 불구하고 결코 안전할 수는 없다는 사실을 인식시키는 거다. 포로는 필요 없다. 부득이한 경우를 제외하고는 적을 죽이지 마라. 하지만 우리가 공격하는 지역은 완전히 파괴되어야 한다. 단 한 놈도 폭탄을 남기고 돌아오는 굼벵이가 없도록. 알겠나?"

그는 시계를 흘긋 본 뒤에 말했다.

"'라스차크의 깡패들(Rasczak's Roughnecks)'의 명예를 더럽히는 일이 없도록. 소위님은 돌아가시기 전 내게 앞으로도 너희들을 계속 지켜보겠다는 유언을 남기셨다. 너희들을 위해 말이다……. 소위님은 너희들이 부대의 명예를 빛낼 것을 기대하고 계시단 말이다!"

젤리는 1반 반장인 밀리아치오 하사 쪽을 흘낏 보았다.

"군목(軍牧)과 얘기할 사람에게 5분을 주겠다."

몇 명인가가 대열에서 벗어나 밀리아치오 앞으로 가서 무릎을 꿇었다. 꼭 그와 같은 종교를 가지고 있을 필요는 없다. 무슬림, 크리스천, 그노시스 교도, 유대교도, 그 밖에 뭐라도 상관없다. 강하 전에 그와 말을 나누고 싶은 병사를 위해 그가 존재하는 것이다. 옛날 군대에서는 군목이 다른 병사들과 함께 싸우지 않는다는 규칙이 있었다는 얘기를 들은 적이 있다. 하지만 어떻게 그런 일이 가능했는지 이해하기 힘들었다. 자기가 직접 손대고 싶지 않은 일에 어떻게 축복을 내릴 수 있단 말인가? 어쨌든 우리 기동보병(機動步兵)은 전원이 강하하고 전원이 싸우게 되어 있다. 군목도 취사병도 서기도 어깨를 맞대고 함께 싸우는 것이다. 우리들이 발사관을 나간 다음 이곳에 라스차크의 깡패들은 단 한 명도 남아 있지 않을 터이다. 물론 젠킨스는 예외지만, 그것은 그의 잘못이 아니다.

나는 앞으로 나가지 않았다. 그런 짓을 하면 내가 떨고 있는 모습을 누가 보지나 않을까 언제나 걱정했기 때문이다. 게다가 가까이 있든 멀리 있든 군목이 나를 축복해 준다는 사실에는 변함이 없었다. 그러나 그는 마지막 병사가 일어난 뒤에 내게 다가왔고, 자신의 헬멧을 내 것에 바싹 갖다 댄 다음 다른 병사들에게는 들리지 않도록 나지막하게 말했다.

"조니, 네가 하사관으로 강하하는 것은 이번이 처음이지."

"예."

나는 진짜 하사관은 아니었다. 젤리가 진짜 장교가 아닌 것과 마찬가지로.

"이것만은 기억해 둬, 조니. 전사하면 안 돼. 네 임무가 뭔지는 잘 알고 있겠지. 그것만 완수하란 말이야. 훈장을 탈 생각을 하면 안 돼."

"아, 고맙습니다, 군목. 그런 생각은 하지 않겠습니다."

그는 조용하게 내가 모르는 말로 몇 마디 덧붙여 말한 후 내 어깨를 두드리고는 서둘러 자기 반으로 돌아갔다.

"일동…… 차렷!"

젤리가 그렇게 외치자마자 우리는 일제히 차려 자세를 취했다.

"소대!"

다시 젤리가 외쳤다.

"반!"

반장인 밀리아치오와 존슨이 젤리의 구령에 응했다.

"좌현(左舷) 반과 우현(右舷) 반으로 나눠서…… 강하 준비!"

"각 반! 캡슐 안으로!"

"각 분대! 캡슐 안으로!"

나는 4분대와 5분대가 캡슐 안으로 들어가서 발사관 속을 이동할 때까지 기다려야 했다. 이윽고 내가 들어갈 캡슐이 좌현 트랙에 나타났다. 나는 그 안에 올라탔다. 트로이의 목마 속으로 들어가던 고대의 병사들도 나처럼 떨고 있었을까? 아니면 떨고 있는 건 나 혼자일까? 젤리는 전 소대원이 발사관 안에 장전되는 것을 점검했고, 내 차례가 왔을 때는 자기가 직접 장전해 주었다. 그러면서 내 쪽으로 몸을 굽히고 말했다.

"실수하지 마, 조니. 이건 훈련이나 마찬가지야."

머리 위에서 뚜껑이 닫히고 나는 혼자가 되었다. '훈련이나 마찬가지'라고? 내 몸은 도저히 어떻게 할 수 없을 정도로 와들와들 떨리기 시작했다.

곧 중앙 발사관 속에 들어간 젤리의 목소리가 내 이어폰을 통해서 들려왔다.

"함교(艦橋)! 라스차크의 깡패들…… 강하 준비 완료!"

"17초 전입니다, 소위!"

함장이 쾌활한 느낌의 콘트랄토로 대답하는 소리가 들렸고 나는 그녀가 젤리를 '소위'라고 부른 사실에 분개했다. 물론 우리 소위는 전사했고 젤리는 그 자리로 진급할 가능성이 있다……. 하지만 우리는 아직도 '라스차크의 깡패들'인 것이다.

"무운을 빕니다!"

"감사합니다, 함장님."

"준비하라! 5초 남았다."

내 몸은 온통 벨트로 묶여 있었다. 배도, 이마도, 정강이도. 하지만 나는 더 이상 어쩔 수 없을 정도로 떨고 있었다.

발사된 후가 차라리 나았다. 발사 전에는 가속에 대비하기 위해 미라처럼 친친 감긴 채로 거의 숨도 못 쉬고 완전한 어둠 속에 앉아 있어야 한다. 그리고 만약 헬멧을 벗을 수 있더라도(이건 불가능한 일이지만) 내가 들어 있는 캡슐 안에는 질소밖에 없다는 사실을 잘 알고 있다. 게다가 그 캡슐은 어차피 발사관 내부에 장전되어 있고, 발사되기 전에 모함이 파괴된다면 꼼짝없이 그 자리에서 죽어야 한다는 사실도 알고 있다. 몸이 떨리는 것은 어둠 속에서 한정 없이 기다려야 하는 바로 이때다. 모두가 나를 잊어버린 게 아닌가 하는 생각이 들기 때문이다……. 모함은 이미 완전히 파괴된 채로 원래 궤도에서 표류하고 있고, 나도 옴짝달싹 못하고 이대로 질식해서 죽어 버리는 게 아닐까? 아니면 뭔가와 충돌해서 죽든지 강하 중에 타죽을지도 몰랐다.

이윽고 모함이 감속하는 것을 느꼈고, 나의 떨림도 멎었다. 8G, 아니면 10G 정도일까. 우주선의 조종사가 여성인 경우 쾌적한 승차감 따위는 절대로 기대할 수 없다. 몸에서 벨트로 고정되어 있는 부분이라면 어디든 타박상을 입을 각오를 해야 한다. 물론 여자 조종사가 남자 조종사보다 더 우수하다는 사실쯤은 나도 잘 알고 있다. 반사 동작도 여자 쪽이 더 빠르고 가속에 대한 내성(耐性)도 여자가 남자보다 높다. 작전 시에 진입 및 이탈 속도가 더 빠르기 때문에 그들뿐만 아니라 우리들 자신이 생환할 확률도 자동적으로 높아진다. 하지만 그 사실이 원래 체중의 열 배 가까운 중력으로 등골을 압박받는 경험을 유쾌하게 만들어 주지는 않는다.

그러나 델라드리에 함장의 뛰어난 조함(操艦) 능력은 인정하지 않을 수 없었다. 일단 로저 영의 감속이 끝난 후에는 모든 일이 지체 없이 진행되었다. 나는 그녀가 명령하는 소리를 들었다.

"중앙 발사관…… 발사!"

곧 연속적인 충격이 왔다. 젤리와 선임하사 대리가 발사된 것이다. 그 즉시 함장은 또 명령했다.

"좌현 및 우현 발사관…… 자동 발사!"

나머지 캡슐도 발사되기 시작했다.

쿵! 내 캡슐이 한 단 앞으로 밀려 나갔다. 쿵! 다시 한 단 앞으로. 마치 고대의 자동소총 약실에 실탄이 장전되는 광경을 연상케 했다. 그렇다. 우리는 바로 총알 그 자체이다. 차이가 있다면 총열에 해당하는 것이 병력 수송 우주선 내부에 설치된 두 개의 발사관이고, 실탄은 완전무장한 보병이 (겨우) 들어갈 만한 크기의 캡슐이라는 점이다.

쿵! 나는 세 번째로 발사되는 일에 익숙해져 있었다. 그러나 이번에 나는 테일엔드 찰리(Tail-End Charlie), 즉 최후미(最後尾)이고 2반의 3개 분대가 모두 발사된 뒤에야 나가게 되었다. 캡슐이 1초당 한 개씩 발사되고 있었음에도 불구하고 기다리는 시간이 지루하게 느껴졌다. 나는 '쿵' 하는 소리를 세어 보려고 했다. 쿵! (열둘) 쿵! (열셋) 쿵! (열넷. 이건 소리가 약간 이상했다. 젠킨스가 탈 예정이었던 빈 캡슐이었을 것이다.) 쿵!

그리고, 쾅! 내 차례가 왔다. 내 캡슐이 발사관 안에 처박혔다……. 콰콰쾅! 여기에 비하면 함장이 감속 조작을 할 때 느낀 충격은 연인들의 애무로 여겨질 정도였다.

그리고 갑자기 찾아오는 무(無).

정말 아무것도 느낄 수 없다. 소리도, 압력도, 무게도 없다. 어둠 속에서의 부유(浮遊)…… 자유 낙하. 나는 대기권 30마일 상공에서 한 번도 본 적이 없는 행성의 표면을 향해 무중력 상태에서 낙하하고 있었다. 하지만 지금은 떨리지 않았다. 신경을 닳게 하는 것은 발사 전의 대기 시간이지, 일단 발사되기만 하면 고통은 없었다. 설사 문제가 발생하더라도 죽음은 자각할 틈도 없을 정도로 신속하게 찾아오므로.

발사 직후 캡슐이 회전하며 요동치는 것을 느꼈다. 그러나 캡슐은 곧 안정을 되찾았고, 나는 체중이 등허리 쪽으로 몰리는 것을 느꼈다……. 캡슐이 희박한 대기권 상층부에서의 최종 속도에 도달하면서 중력은 급속히 원상회복되기 시작했고, 나는 곧 이 행성에서의 내 체중(0.87 지구 중력이라고 했다.)을 되찾았다. 진짜로 솜씨가 예술적인 조종사라면(우리 함장도 그중 한 명이었다.) 캡슐의 발사 속도가 해당 고도의 행성 자전 속도와 상쇄되도록 진입과 감속의 타이밍을 조절하는 법이다. 내용물이 든 캡슐은 무겁고, 소정 탄도에서 거의 이탈하지 않으며 상층 대기권의 높고 엷은 기류 속을 뚫고 나아간다. 그러나 소대가 강하 중에 분산되고, 발사 시의 완벽한 대형(隊形)이 부분적으로 흐트러지는 것을 피할 수는 없다. 서투른 조종사라면 이 사태를 더욱 악화시킬 가능성이 있다. 타격 부대를 너무나 넓은 지역에 뿌려 놓은 결과, 임무를 수행하기는커녕 탈출 지점에 집합하는 일조차 불가능하게 하는 것이다. 기동보병은 제삼자가 작전지역으로 보내 줘야만 비로소 싸울 수가 있다. 어떤 의미에서 조종사들은 우리만큼이나 필수 불가결한 존재일지도 모른다.

내 캡슐이 대기권에 돌입했을 때 느낀 부드러운 반동에서, 함장이 거의 오차가 없을 정도로 완벽하게 우리를 강하시켰다는 사실을 알 수 있었다. 나는 기뻤다. 이것은 우리가 착지 시에 빈틈없는 대형을 유지해서 시간을 절약할 수 있다는 것을 의미하고, 또 완벽하게 강하시켜 주는 조종사라면 탈출 시의 조작도 이와 마찬가지로 신속하고 정확할 것이기 때문이다.

제1 외각(外殼)이 불타면서 불규칙하게(캡슐이 흔들렸기 때문에 그랬다는 것을 알 수 있었다.) 떨어져 나갔나. 곧 나머지 부분도 분리되어 나가고 캡슐은 다시 수직 자세를 되찾았다. 제2 외각의 진동 브레이크가 작동되기 시작한 후 캡슐은 심하게 요동하기 시작했다……. 브레이크가 하나씩 소실되기 시작하고 제2 외각이 산산조각이 나면서 이 요동은 더 심해졌다. 그러나 캡슐 강하병이 어떻게든 살아남아서 훗날 군인연금을 받을 수 있게 되는 이유 중 하나가 바로 이 캡슐이다. 캡슐의 외각이 하나씩 박리(剝離)되어 가면서 낙하 속도를 늦출 뿐만 아니라, 그 과정에서 목표 공역(空域) 일대에 캡슐 한 개당 몇십 개씩 산포되는 파편은 적의 레이더를 교란한다. 파편 하나하나가 인간인지, 폭탄인지, 아니면 다른 무엇인지 식별할 도리는 없는 것이다. 그것은 탄도 계산 컴퓨터를 신경 쇠약에 걸리게 할 정도이며, 또 실제로 그렇게 만들어 버린다.

엎친 데 덮친 격으로 우리가 강하한 직후 모함은 다수의 가짜 캡슐을 발사한다. 외각이 박리되지 않기 때문에 가짜 캡슐은 진짜보다 더 빠르게 낙하한다. 이것들은 우리들 밑으로 가서 폭발한 후 '윈도(window, 레이더 교란용의 금속 조각 — 옮긴이)'를 사출하고, 경우에 따라서는 전파발신장치나 교란용 로켓, 기타 여러 가지 역할을 맡아서 지상에 있는 환영 위원회의 혼란을 가중한다.

그사이에도 모함은 소대 지휘관의 지향성 무선 비컨(beacon)을 완전히 포착하고 있다. 스스로 만들어 낸 레이더 잡음 같은 것은 무시하고 추적을 계속해서 강하 캡슐의 착지점을 계산, 앞으로의 작전에 대비하고 있는 것이다.

제2 외각이 불타서 없어진 후 제3 외각이 자동적으로 나의 제1 낙하산을 펼쳐 주었다. 낙하산은 그다지 오래가지는 않았다. 어차피 오래가도록 만들어진 물건이 아니었다. 몇 G 정도의 강한 충격을 한 번 느낀 후 낙하산과 나는 각각 다른 길을 가고 있었다. 제2 낙하산은 조금 더 오래 지탱했고, 제3 낙하산은 상당히 오랫동안 작동하고 있었다. 이때부터 캡슐 안은 상당히 무덥게 느껴졌고, 나는 착륙을 고려하기 시작했다.

마지막 낙하산이 날아가 버리고 제3 외각이 박리된 후, 이제 내 몸을 감싸고 있는 것은 장갑복과 플라스틱제의 내각(內殼)뿐이었다. 나는 아직 그 내부에 고정된 채로 있었기 때문에 전혀 움직일 수가 없었다. 나는 팔을 움직이지 않고(그러고 싶어도 그럴 수가 없었다.) 엄지손가락으로 근접(近接) 고도계의 스위치를 누른 뒤에 헬멧 내부의 내 이마 앞에 고정된 계기 반사경에 투영된 수치를 읽었다.

1.8마일. 내 취향에 비해 약간 가깝다. 특히 곁에 전우가 없는 지금 같은 경우에는 말이다. 내각은 이미 안정된 속도로 낙하하고 있었기 때문에 계속 안에 있어 보았자 득이 될 것은 없었다. 또 표면 온도를 보니 당분간은 내각이 자동적으로 열릴 가능성도 없었다. 그래서 나는 다른 쪽 엄지손가

락으로 스위치를 넣고 내각을 날려 보냈다.

최초의 전하(電荷)로 고정용 벨트가 전부 절단되었다. 두 번째 전하는 플라스틱 내각을 여덟 개의 파편으로 갈라 내 몸으로부터 날려 보냈다. 다음 순간 나는 바깥에, 공중에 있었다. 주위를 육안으로 직접 볼 수 있었다! 여덟 개로 분리되어 나간 파편은 근접 고도계의 입력 센서가 달린 작은 부분을 제외하면 전부 금속으로 코팅되어 있고, 장갑복을 입고 있는 인간과 똑같이 전파를 반사한다. 레이더 담당자는 (그것이 생물이든 전자두뇌이든 간에) 지금 나와 내 근처에 있는 고철 덩어리들을 구별하려고 헛된 노력을 하고 있을 것이다. 게다가 내 주위, 위, 아래의 몇 마일에 달하는 공간에 걸쳐 엇비슷한 파편 몇천 개가 낙하 중이라는 사실을 생각해 보라. 기동보병이 받는 훈련 중 하나는 이런 강하 작전이 지상군에게 얼마나 큰 혼란을 야기하는지를 지상에서 자신이 직접 육안과 레이더로 확인해 보는 것이다. 왜냐하면 벌거숭이나 다름없는 무방비 상태로 이런 곳에 내던져지는 것을 기분 좋아할 사람은 아무도 없기 때문이다. 공황 상태에 빠진 나머지 너무 빨리 낙하산을 펼쳐서 사냥꾼 앞에서 주저앉은 오리 꼴이 되거나(여담이지만 오리는 정말로 주저앉는가? 그게 사실이라면, 왜?), 아니면 아예 낙하산을 펼치는 것을 잊고 발목을 부러뜨리기는 쉽다. 혹은 등뼈나 두개골을.

그러는 대신 나는 굳어 있는 근육을 풀기 위해 몸을 똑바로 펴고 주위를 둘러보았다……. 그러고는 다시 몸을 반으로 꺾었고, 제비식 다이빙의 요령으로 머리를 밑으로 들이밀고 지상을 내려다보았다. 예정대로 지상은 밤이었지만 적외선 스코프에 눈이 익숙해져 감에 따라 지형을 상당히 뚜렷하게 파악할 수 있었다. 바로 밑에서 도시를 비스듬하게 가로지르는 강이 급속히 다가오고 있었다. 강은 지면에 비해 온도가 높은 탓에 밝고 뚜렷하게 빛나고 있었다. 어느 쪽의 강변에 내려앉아도 상관없었지만 강에 내릴 생각만은 없었다. 움직임이 느려지기 때문이다.

나와 거의 같은 고도 오른편에서 섬광이 보였다. 아래쪽에 있는 비우호적 원주민이 아까 떨어져 나간 내각의 파편 중 하나를 태운 듯하다. 곧바로 나는 첫 번째 낙하산을 펼쳤다. 지근거리에서 목표를 추적하고 있는 적의 레이더 스크린 위에서 가능한 한 순간적으로 사라질 생각이었다. 나는 충격에 대비했고, 그것을 견뎌 냈다. 20초쯤 천천히 낙하한 뒤에 낙하산을 버렸다. 내 주위에 있는 파편과 다른 속도로 낙하해서 또다시 적의 주의를 끌고 싶지 않았기 때문이다.

이것은 유효했음에 틀림없다. 나는 타죽지 않았다.

고도 600피트에서 두 번째 낙하산을 사출(射出)했다……. 나는 내가 강을 향해 활공하고 있다는 사실을 즉각 확인했고, 편평한 지붕을 가진 창고 같아 보이는 강가 건물 위를 곧 100피트 상공에서 통과하리라는 사실을 깨달았다……. 나는 낙하산을 날려 보낸 후 강화복(强化服)의 점프용 제트를 써서 약간 튀기는 했지만 충분히 안정된 자세로 그 지붕 위에 내려앉았다. 착지하자마자 나는 젤랄 상사의 비컨을 찾고 있었다.

곧 나는 다른 쪽 강가에 내렸다는 사실을 깨달았다. 헬멧 안쪽의 컴퍼스 링에 보이는 젤리의 '별'은 생각했던 것보다 훨씬 더 남쪽에 위치하고 있었다. 내가 너무 북쪽으로 온 것이다. 지붕 위에서 강 쪽으로 뛰어가면서 나는 내 옆에 있는 분대장의 위치를 찾았고, 그가 1마일 이상 예정 위치에서 벗어나 있다는 사실을 깨달았다.

"에이스! 원위치로 돌아가!"

나는 그렇게 외친 후 등 뒤로 폭탄을 한 개 던지고는 건물에서 내려와 강을 뛰어넘었다. 내 명령에 대한 에이스의 대답은 내가 예상할 수 있었던 종류의 것이었다. 원래 반장보는 내가 아니라 에이스가 먼저 되었어야 했다.

하지만 그는 진급을 위해 자기 분대를 포기할 생각은 없었다. 그렇다고 해서 그가 내 명령에 기꺼이 복종한다는 뜻은 아니었다.

등 뒤에서 창고가 폭발했고, 그 충격파가 아직도 강 위에 있었던 나를 직격했다. 예정대로라면 나는 폭탄이 터지기 전에 이미 강 너머의 건물 뒤로 들어갔어야만 했다. 폭발 때문에 강화복의 자이로(gyroscope, 자세안정장치—옮긴이)뿐만 아니라 나까지 뒤집어엎어질 뻔했다. 폭탄을 15초 후에 폭발하도록 조절해 놓았던 탓이다……. 아니면 이건 나의 착각일까? 나는 내가 흥분 상태에 빠져 있다는 사실을 갑자기 깨달았다. 이것은 일단 지상에 내린 후에는 가장 경계해야 할 일이다. 젤리가 내게 충고했듯이 '훈련이나 마찬가지'인 것처럼 행동해야 한다. 침착하고 정확하게 임무를 수행해야 하는 것이다. 0.5초쯤 시간이 더 걸리더라도 말이다.

강 건너편에 착지한 후 나는 다시 에이스의 위치를 확인하고 분대의 대열을 정비하라고 거듭 명령했다. 대답은 없었지만 그는 이미 그렇게 실행하고 있었다. 나는 더 이상 간섭하지 않았다. 에이스가 제대로 임무를 수행하는 한 그의 퉁명스러운 태도는 눈감아 줄 수 있다. 지금은 말이다. 그러나 모함으로 귀환한 뒤에 (만약 젤리가 나를 계속 반장보로 놓아둔다면 말이지만) 우리는 어딘가 으슥한 곳에서 누가 보스인지를 결정하지 않으면 안 될 것이다. 그는 장기 복무 병장이었고 나는 병장 근무 상병에 불과했다. 그러나 그는 지금 내 지휘하에 있었고 이런 상황에서 부하에게 얕보일 수는 없었다. 영구히 이런 상태로 있을 수는 없는 것이다.

하지만 지금은 그런 일을 생각하고 있을 여유가 없었다. 강을 뛰어넘었을 때 구미가 당기는 목표를 하나 찾아냈고, 다른 사람이 발견하기 전에 그걸 파괴하고 싶었기 때문이다. 그것은 언덕 위에 있는 공공건물 단지처럼 보였다. 아마 사원(寺院)…… 아니면 궁전일지도 모른다. 우리의 소탕 구역에서 몇 마일이나 떨어져 있었지만, 적어도 탄약의 반은 소탕 구역의 바깥쪽에 퍼붓는 것이 히트앤드런 작전의 정석이다. 그러면 적은 우리가 실제로 어디 있는지를 알지 못하고 계속 혼란에 빠지기 때문이다. 또 끊임없이 이동하며 모든 일을 신속하게 처리해야 한다. 수적으로는 언제나 적이 월등히 우세하다. 자기 자신을 구하는 것은 기습 효과와 스피드인 것이다.

에이스의 위치를 확인하고 대열을 정비하라고 거듭 명령하는 동안 나는 이미 로켓 발사기에 로켓을 장전하고 있었다. 젤리의 목소리가 전 소대원용 회선을 통해 커다랗게 울렸다.

"소대! 목마넘기! 앞으로!"

내 보스인 존슨 하사가 그 명령을 복창했다.

"목마넘기! 홀수 번호! 전진!"

그 덕택에 20초쯤은 아무것도 걱정할 필요가 없어졌다. 그래서 가장 가까운 건물 위로 뛰어올라 가서 발사통을 어깨에 올렸다. 목표를 정한 후 제1 방아쇠를 당겨 로켓이 목표를 보도록 했다. 그러고는 제2 방아쇠를 당겨 로켓을 탄도에 올려놓은 다음 땅 위로 뛰어내렸다.

"2반! 짝수 번호!"

나는 그렇게 외쳤고…… 마음속으로 수를 센 후 명령을 내렸다.

"전진!"

그러고는 나도 내 명령에 따랐다. 다음 열의 건물들을 뛰어넘었고, 공중으로 점프하면서 강에 면한 제1열의 건물을 향해 소형 화염방사기를 발사했다. 그것들은 목조 건물처럼 보였고 불을 지르려면 지금이 좋은 기회라고 느꼈기 때문이다. 재수가 좋으면 몇몇 창고에는 석유 제품, 또는 폭발물마저 저장되어 있을지도 모른다. 착지와 함께 등에 고정된 Y형 발사기로 좌우 약 200미터 지점을 향해 소형 고폭탄 두 발을 발사했다. 그러나 그게 어떤 효과가 있었는지는 알 수 없었다. 바로 그때 맨 처음에 발사한 로켓이 목표를 맞혔기 때문이다. 한번 본 적이 있다면 결코 잊을 수 없는 원자 폭발의 섬광과 함께. 물론 그것은 임계량 이하에서도 쓸 수 있도록 반사재(反射材)와 내파압착장치(內破壓搾裝置)가 내장된 공칭 파괴력 2킬로톤 이하의 미니 원폭에 불과했다. 하지만 누가 그 이상 큰 폭탄을 자기 곁에서 터뜨리고 싶겠는가? 원폭은 그 언덕을 깨끗하게 날려 버리고 도시 거주자 전원이 방사성 낙진을 피해 대피하도록 만들기에 충분한 위력을 가지고 있었다. 게다가 바깥에 나와 있던 원주민이 그쪽을 보고 있었다면 지금부터 두 시간 동안은 아무것도 보지 못할 것이다. 바로 내 모습을 말이다. 폭발의 섬광은 내 눈을, 또는 우리 중 누구의 눈도 멀게 하지 않는다. 우리가 쓴 헬멧은 납으로 두껍게 방호되어 있었고 눈은 적외선 스코프로 가려져 있었다. 설령 우리가 만약 그쪽을 보고 있었다고 하더라도 고개를 숙이고 충격파를 강화복 전체로 받도록 훈련되어 있었다.

그래서 나는 눈을 꽉 감았을 뿐이었다. 다시 눈을 뜨자마자 앞에 있는 건물 입구에서 막 나오려고 하는 원주민의 모습이 보였다. 상대방은 나를 보았고 나도 그를 보았다. 그가 무엇인가를 들어 올렸을 때(아마 무기인 듯했다.) 젤리가 외쳤다.

"홀수 번호! 전진!"

이 녀석과 놀아 줄 여유는 없었다. 그때까지 내가 도달해 있어야 할 지점에서 500미터는 족히 뒤처져 있었기 때문이다. 나는 아직도 소형 화염방사기를 왼손에 쥐고 있었다. 나는 그것으로 상대를 구워 버린 후 초를 세기 시작하며 그가 나왔던 건물을 뛰어넘었다. 한 손으로 쥐는 화염방사기는 기본적으로는 방화용이지만 백병전에서는 훌륭한 대인용 무기가 된다. 일일이 조준할 필요가 없기 때문이다.

아군을 따라잡아야 한다는 흥분과 걱정 때문인지 내 도약은 너무 높고 길었다. 점프장치를 최대한 사용하고 싶은 유혹은 누구에게도 있다. 하지만 절대로 그런 짓을 하면 안 된다! 그러면 몇 초 동안이나 공중에 떠 있게 되고 적에게 실로 겨냥하기 쉬운 표적을 제공할 뿐이다. 전진 시의 올바른 방법은 건물에 맞부닥칠 때마다 그것을 스치듯이 낮게 뛰어넘는 것이다. 건물 지붕에 거의 닿을 정도의 높이로 도약하고, 아래에 있는 동안은 차폐물을 최대한도로 이용해야 한다. 그리고 한 장소에 1~2초 이상 머물면 절대로 안 된다. 그런다면 적에게 겨냥할 시간을 주게 된다. 끊임없이 위치를 바꿔라. 계속 이동하는 것이다.

이번 도약은 실패였다. 건물 한 열을 뛰어넘기에는 너무 길었고 다음 열을 뛰어넘기에는 너무 짧았다. 나는 건물의 지붕 위에 착지할 참이었다. 그러나 그곳은 내가 미니 원폭을 한 발 더 발사하기 위해 3초 동안 머물 수 있는 편평한 장소가 아니었다. 지붕에는 파이프, 지주, 기타 철물 등이 뒤죽박죽 설치되어 있었다. 공장, 아니면 화학 정제소인 것 같았다. 발 디딜 틈이 없는 데다가 대여섯 명의 원주민까지 있었다. 인간을 닮은 이 괴상한 생물은 키가 8~9피트에 달한다. 그들은 우리보다 훨씬 더 마른 몸집을 하고 있었고 체온도 더 높았다. 옷가지는 전혀 걸치지 않았고, 적외선 스코프로 보면 마치 네온사인처럼 뚜렷하게 비친다. 대낮에 맨눈으로 보면 더 괴상한 놈들이었지만 싸우는 상대로는 거미족보다 훨씬 나았다. 그 벌레 같은 놈들은 생각만 해도 소름이 끼친다.

놈들이 30초 전에 이미 그 위로 올라와 있었더라면 원자 폭발 시의 섬광 때문에 내 모습을 포함해서 아무것도 볼 수 없었을 것이다. 그러나 그렇게 확신했던 것은 아니었고 지금 놈들과 백병전을 벌이고 싶은 생각도 없었다. 이번 습격은 그런 종류의 작전이 아니었기 때문이다. 그러는 대신 나는 또다시 도약했고, 아직 공중에 있는 사이에 10초 신관이 달린 소형 소이탄을 한 움큼 뿌려서 놈들을 당황하게 만들었다. 나는 착지하자마자 다시 도약하며 외쳤다.

"제2반! 짝수 번호…… 전진!"

나는 거리를 좁히기 위해 계속 앞으로 나아갔다. 도약할 때마다 로켓을 쓸 만한 가치가 있는 목표를 찾았다. 소형 원폭 로켓은 아직 세 발이나 남아 있었고 그것들을 그대로 가지고 돌아갈 생각은 없었다. 그러나 나는 원자 병기를 쓸 경우에는 적어도 그럴 가치가 있는 목표에 써야 한다는 원칙을 철저하게 주입받았다. 원폭 휴대를 허가받은 것은 이번으로 겨우 두 번째다.

지금 나는 이 도시의 상수도 급수 시설을 찾으려 하고 있었다. 그것에 직격탄을 한 발 맞힌다면 도시 전체는 거주 불가능한 곳이 되고, 아무도 직접 죽이는 일 없이 놈들을 도시에서 강제 대피시킬 수 있다. 이런 종류의 불유쾌함을 적에게 맛보게 하는 일이 바로 이번 강하 작전의 목표였다. 우리가 최면 암시를 통해 암기한 지도에 의하면 급수 시설은 지금 내가 있는 곳에서 약 3마일쯤 상류에 있다.

하지만 나는 급수 시설을 찾을 수 없었다. 아마 내 도약이 충분히 높지 않았는지도 모른다. 더 높이 도약하고 싶은 유혹을 느꼈지만 밀리아치오가 훈장을 탈 생각을 하지 말라고 말했던 일을 생각해 내고 원칙에 충실히 따르기로 했다. 나는 Y형 발사기를 자동 모드로 맞추고 착지할 때마다 소형 폭탄이 두 발씩 발사되도록 조정했다. 그사이에도 보이는 것마다 닥치는 대로 불을 붙이고 급수 시설이나 다른 가치 있는 목표를 찾고 있었다.

결국 적당한 거리에서 목표가 될 만한 것을 찾아냈다. 상수도 시설인지 다른 무엇인지는 확인할 수 없었지만, 아무튼 커다란 목표였다. 그래서 나는 근처에서 가장 높은 건물 위로 도약해 올라간 다음 목표를 겨냥하고 로켓을 발사했다. 밑으로 뛰어내리자마자 젤리의 목소리가 들렸다.

"조니! 레드! 양 측면 사이의 거리를 좁히기 시작해."

나는 그 명령을 복창했고 레드가 복창하는 소리도 들었다. 레드가 내 위치를 확실하게 알 수 있도록 내 비컨을 명멸 모드로 바꾼 후, 그의 명멸 신호를 보고 거리와 방향을 확인하며 외쳤다.

"2반! 대열을 구부리고 원진을 짜기 시작해! 각 분대장들은 명령에 응답하라!"

4분대와 5분대는 "알았다."라고 대답했지만 6분대장인 에이스에게서는 "벌써 그러고 있어. 너나 빨리 움직여."라는 대답이 돌아왔다.

레드의 비컨에 따르면 우익은 거의 내 전방에 위치해 있었고 좌익인 나보다 적어도 15마일은 앞서 나가고 있었다. 빌어먹을! 에이스 말이 옳았다. 더 빨리 움직이지 않는다면 주어진 시간 내에 간격을 못 좁힐지도 몰랐다. 그러나 나는 아직 200파운드가 넘는 탄약과 그 밖의 잡다한 흉기를 휴대하고 있었고, 그것들을 쓰기 위한 시간을 필요로 하고 있었다. 우리는 V자 대형으로 착지했다. 젤리는 V자의 아래 꼭지에 있었고 나와 레드가 양쪽 팔 끝에 위치하고 있었다. 이제부터 우리는 철수 지점을 중심으로 원진을 짜야만 한다……. 그것은 레드와 내가 다른 병사들보다 더 넓은 구역을 이동하는 동시에 할당받은 탄약만큼의 전과를 올려야 한다는 것을 의미했다.

원진을 짜기 시작하면 적어도 목마넘기는 끝난다. 나는 수를 세는 것을 그만두고 속도를 올리는 일에만 전념할 수 있었다. 이제 어디 있든지 안전하다고 할 수는 없었다. 지금처럼 고속으로 이동하고 있더라도 말이다. 기습이라는 커다란 장점에 힘입어서 우리는 적탄에 맞는 일 없이 지상에 도달할 수 있었다.(적어도 강하 시에는 아무도 피해를 입지 않았다고 믿고 싶다.)

그리고 적이 우리를 쏘았다고 해도(그럴 수 있었다면 말이지만) 같은 편을 쏠 위험성이 훨씬 많았던 데에 반해 우리는 서로를 쏠 염려 없이 내키는 대로 놈들 사이에서 마음껏 파티를 즐길 수 있었다.(나는 게임 이론의 전문가는 아니지만 우리의 현재 행동을 분석해서 단시간 내에 우리의 다음 움직임을 예측할 수 있는 컴퓨터가 존재한다고는 믿지 않는다.)

그러나 통솔되었든 안 되었든 간에 현지 방위군도 반격을 시작하고 있었다. 지근탄(至近彈)이 몇 발인가 내 몸을 스쳐 갔을 때는 장갑복 속에서도 이빨이 덜컥거릴 정도였다. 종류를 알 수 없는 광선이 나를 한 번 스치고 지나갔을 때는 머리카락이 거꾸로 섰고 순간적으로 몸이 반쯤 마비됐다. 마치 팔꿈치의 척골(尺滑)을 가격당했을 때처럼 짜릿한 느낌이 전신을 관통했다. 이미 강화복으로 도약하는 도중이 아니었더라면 아마 나는 그곳에서 빠져나오지 못했을지도 모른다.

이런 일을 당하면 누구나 그 자리에 멈춰 서서 왜 군대 같은 데 들어왔나 하고 자문하게 된다. 다만 이때는 바빠서 멈춰 설 틈 같은 것은 없었다. 무작정 건물들을 뛰어넘으면서 나는 두 번이나 적들 한복판에 내려앉았고, 그때마다 사방에 화염방사기를 난사하며 도약을 계속했다.

이런 식으로 질주해서 할당 거리의 반에 해당하는 4마일가량의 간격을 최단시간 내에 좁힐 수는 있었지만, 그 과정에서 요행수 이상의 전과는 올리지 못했다. 내 Y형 발사기는 두 번 전의 도약에서 완전히 비었다. 착지한 다음 나는 내가 안뜰 비슷한 곳에 혼자 서 있다는 사실을 깨달았다. 예비 고폭탄을 Y형 발사기에 장전하면서 에이스의 위치를 찾았다. 나는 좌측면의 분대보다 앞으로 나와 있었기 때문에 소형 원폭 로켓의 마지막 두 발을 사용해도 좋겠다고 판단했다. 나는 근처에서 가장 높은 건물 위로 뛰어올랐다.

주위를 육안으로 볼 수 있을 정도로 날이 밝아 오고 있었다. 나는 스코프를 이마로 올리고 재빨리 주위를 둘러보며, 배후에 무엇인가 표적으로 삼을 만한 것이 있는지 찾아보았다. 무엇이라도 좋았다. 이것저것 가릴 여유는 없었다.

놈들의 우주 공항 쪽의 지평선에 무엇인가가 있었다. 관제탑, 아니면 항성 간 우주선일 가능성조차 있었다. 거의 같은 방향으로 반쯤 되는 거리에 정체불명의 거대한 건조물이 보였다. 우주 공항은 거의 최대 사정거리만큼 떨어져 있었지만 나는 원폭 로켓이 그곳을 향하게 한 다음 "자, 이제 가서 해치워!"라고 말하고는 발사했다. 그러자마자 마지막 로켓을 장전해서 가까운 쪽의 표적을 향해 쏘아 보낸 후 다시 도약했다.

그러자마자 내가 있던 건물이 직격탄을 맞았다. 갈비씨들이 내가 있는 것을 보고 건물 하나를 희생시키더라도 우리 중 한 명을 잡는 것이 더 시급한 일이라고 (이 경우 정확하게) 판단했든지, 아니면 전우 중 하나가 매우 부주의하게 불꽃을 다루었든지 둘 중 하나일 것이다. 어쨌든 현 위치에서 도약을 개시할 생각은 전혀 없었다. 아무리 낮게 뛰어넘는다 해도 말이다. 위로 가는 대신 앞에 있는 몇몇 건물 안을 통과하기로 했다. 착지하자마자 등에 고정되어 있던 중(重)화염방사기를 거머쥐고 적외선 스코프를 눈가로 내린 후 눈앞에 있는 벽을 향해 최고 출력으로 절단 빔을 쏘았다. 벽의 일부가 무너졌고 나는 그 안으로 돌진했다.

그러고는 들어갔을 때보다 더 빨리 뛰쳐나왔다.

내가 부수고 들어간 곳이 어디였는지는 알 수 없었다. 교회 모임, 또는 갈비씨들의 싸구려 여인숙, 아니면 방위 사령부였는지도 모른다. 내가 알 수 있었던 것은 단 하나, 그곳이 내가 일생 동안 보고 싶다고 생각하던 것 이상의 갈비씨들이 우글거리는 거대한 방이었다는 사실이다.

아마 교회는 아니었을 것이다. 왜냐하면 그곳에서 내가 뛰쳐나왔을 때 누군가가 나를 쏘았기 때문이다. 장갑복에 맞고 되튄 총알은 내 귀를 먹먹하게 하고 몸을 비틀거리게 했지만 부상을 입히지는 못했다. 하지만 덕분에 누군가를 방문할 때 선물을 안겨 주는 일 없이 떠나서는 안 된다는 철칙이 떠올랐다. 나는 벨트로 손을 뻗쳐 가장 먼저 손에 잡힌 물건을 언더핸드로 던져 넣었다. 그리고 폭탄이 꽥꽥거리기 시작하는 것을 들었다. 기초 훈련에서 귀에 못이 박히게 들었듯이, 뭐든지 좋으니까 건설적인 일을 즉각 실행하는 편이 몇 시간 후에 최선의 방법을 생각해 내는 것보다 훨씬 낫다.

순전히 우연이었지만 그것은 올바른 선택이었다. 내가 던진 것은 특제 폭탄이었고, 효과적인 경우에 한해서만 사용하라는 지시와 함께 이번 작전 시 한 개씩 지급받은 물건이었다. 던질 때 들었던 꽥꽥 소리는 갈비씨들의 언어로 폭탄이 외치는 소리였고, 적당히 번역해 보자면 이런 뜻이었다.

"나는 30초 폭탄이야! 나는 30초 폭탄이야! 29! ……28! ……27! ……."

이건 놈들의 신경을 닳게 하기 위한 것이라고 한다. 아마 그랬는지도 모른다. 적어도 내 신경을 닳게 하는 효과는 있었으니까. 이걸 쓰느니 차라리 쏴 죽이는 편이 나았다. 나는 초읽기가 끝날 때까지 기다리지 않았다. 놈들이 때가 늦기 전에 빠져나갈 만한 문이나 창문이 충분히 있을까 생각하며 도약하고 있었다.

도약의 정점에서 나는 레드의 명멸 신호 위치를 확인했고, 착지했을 때는 에이스의 위치를 확인했다. 나는 다시 뒤로 처지고 있었다. 서둘러야 했다.

그러나 3분 후 우리는 간격을 좁혔다. 내 왼쪽으로 반 마일 되는 지점에 레드가 있었다. 그는 젤리에게 그 사실을 보고했다. 곧 젤리가 긴장을 풀고 전 소대원에게 외치는 것이 들렸다.

"원은 닫혔지만 비컨은 아직 내려오지 않았다. 천천히 전진하면서 주위를 때려 부숴라. 좀 더 손을 봐 주란 말이다. 하지만 양 측면의 전우가 피해를 입는 일이 없도록. 지금까지 작전은 성공적이었다. 지금 와서 그걸 망치지 말아라. 소대! 각 반별로…… 점호!"

내가 보아도 작전은 성공적이었다. 도시의 대부분은 불타고 있었고, 완전히 동이 텄음에도 불구하고 적외선 스코프를 써야 할지 아니면 맨눈으로 보아야 할지 갈피를 잡을 수가 없었다. 그 정도로 연기가 짙었던 것이다.

우리 반장인 존슨이 외쳤다.

"2반, 점호!"

나는 그 명령을 복창한 뒤 명령했다.

"4, 5, 6분대, 점호한 후 보고하라!"

신형 통신장치에 달린 갖가지 보안 회선은 확실히 일의 처리 속도를 빠르게 한다. 젤리는 전 소대원 또는 각 반장을 부를 수 있다. 반장은 자신의 부하 전원과 통신할 수 있고, 원한다면 하사관들만 부를 수도 있다. 지금과 같이 분초를 다투는 경우에 소대는 평소보다 두 배는 빠른 속도로 인원을 점호할 수 있는 것이다. 나는 4분대가 점호하는 소리를 들으면서 탄약 잔량을 점검했고, 길모퉁이에서 머리를 쑥 내민 갈비씨를 향해 폭탄을 한 개 던졌다. 그 녀석이 도망치는 동시에 나도 그 자리를 떠났다. 보스는 좀 더 손을 봐 주라고 했다.

4분대의 점호가 지체되고 있었고, 그제야 분대장은 젠킨스가 없다는 사실을 기억해 냈다. 5분대는 주판알을 튕기듯이 신속하게 대답했고 내 기분은 나아지기 시작했다……. 그와 동시에 에이스 분대의 4번에서 점호가 중단됐다. 나는 외쳤다.

"에이스, 디지는 어디 있지?"

"시끄러워. 6번!"

"6!"

스미스가 대답했다.

"7! 6분대, 플로레스 행불. 분대장이 찾으러 감."

에이스 자신이 점호를 끝마치며 말했다.

나는 존슨에게 보고했다.

"한 사람 없습니다. 6분대의 플로레스입니다."

"행불인가 전사인가?"

"모르겠습니다. 분대장과 반장보가 구조를 위해 이탈 중입니다."

"조니, 에이스한테 맡겨 둬."

하지만 나는 그런 명령은 듣지 못했기 때문에 대답하지 않았다. 그가 젤리에게 보고하는 소리와 젤리가 욕설을 내뱉는 것이 들렸다. 말해 두지만 나는 훈장을 받고 싶어서 돌진한 것이 아니다. 낙오자 구출은 반장보의 임무다. 그리고 반장보란 추적 담당이자 언제나 마지막으로 철수하는 소모품이다. 분대장들에게는 임무가 따로 있다. 지금쯤이면 이미 이해했겠지만 반장이 살아 있는 한 반장보는 필요하지 않다.

그 순간 나는 대단히 소모품적인, 아니 이미 소모된 것 같은 느낌을 맛보고 있었다. 왜냐하면 전 우주에서 가장 감미로운 음악이 내 귀에 들려왔기 때문이다. 철수용 우주정의 착륙 예정 지점에서 비컨이 집합음을 발하기 시작한 것이다. 이 비컨은 뾰족한 로봇식 로켓이었고, 철수용 보트가 착륙하기 전에 발사되어서 땅에 내리꽂힌 후 예의 따뜻한, 진심으로 환영할 만한 음악을 방송하기 시작한다. 철수용 보트는 3분 후 자동적으로 그 비컨 위에 착륙하고, 그때는 되도록이면 그 근처에 있는 것이 바람직하다. 버스는 기다려 주지 않고, 다음 버스 같은 것은 오지 않으니까.

그러나 기동보병은 절대로 전우를 저버리지 않는다. 그가 아직 살아 있을 가능성이 있는 한. 라스차크의 깡패들은 그렇다. 기동보병이라면 어느 부대에서나 마찬가지이다. 무슨 일이 있더라도 함께 데려오는 것이다.

나는 젤리가 명령하는 것을 들었다.

"모두 고개를 들어! 철수 지점에 집합해서 원진을 짜! 빨리!"

그리고 나는 비컨의 감미로운 목소리를 들었다.

"……보병에게 불후의 영광을 안겨 준, 빛나는 그 이름, 로저 영의 이름이여!"

나는 모든 것을 팽개치고서라도 그 노래가 들리는 쪽으로 가고 싶었다.

그러나 그러는 대신 나는 반대편으로 향하고 있었다. 에이스의 비컨에 접근하면서 나는 남아 있던 폭탄과 소형 소이탄 전부, 그리고 그 밖에 무게를 줄일 수 있는 것이라면 무엇이든지 다 뿌려 대고 있었다.

"에이스! 디지의 비컨을 찾았어?"

"그래. 돌아가, 무능한 자식아!"

"지금 네가 보여. 디지는 어디 있지?"

"바로 내 앞, 4분의 1마일 정도야. 꺼져! 걔는 내 부하야."

나는 대답하지 않았다. 나는 이미 반좌향 방향으로 돌진해서 에이스를 좇아 디지가 있는 곳으로 가고 있었다.

곧 디지 플로레스 옆에 서 있는 에이스를 보았다. 근처에는 몇몇 갈비씨들이 타죽어 있었고 더 많은 수는 이미 도망치고 있었다. 나는 에이스 옆에 착지했다.

"강화복에서 꺼내자. 보트가 내려올 때가 됐어!"

"부상이 너무 심해!"

나는 보았다. 그리고 그 말이 사실임을 깨달았다. 실제로 플로레스의 강화복에는 구멍이 나 있었고 그곳에서 피가 흘러나오고 있었다. 나는 망설였다. 부상자를 구출하려면 우선 강화복에서 꺼내 줘야 한다. 그러고 나서 양팔로 안아 올린 후(이것은 누구든 강화복을 입고 있으면 전혀 힘든 일이 아니다.) 도약해서 그 자리를 떠나면 되는 것이다. 강화복을 벗긴 인간의 몸무게는 지금까지 소모한 탄약 무게도 되지 않는다.

"어떻게 할까?"

"이대로 옮기자. 벨트 왼쪽을 붙잡아."

에이스는 음울한 어조로 대답한 후 오른쪽을 붙잡았다. 우리는 플로레스를 억지로 일으켜 세웠다.

"꽉 붙잡아! 자…… 수를 세면서 점프한다. 하나…… 둘!"

우리는 도약했다. 그렇게 멀리 가지는 못했다. 혼자서 그를 안고 도약할 수는 없었다. 그러기에는 강화복이 너무 무거웠다. 하지만 두 명이 무게를 분담한다면 그럴 수 있었다.

우리는 도약했다. 그리고 또 도약했다. 몇 번이나 도약했다. 에이스가 박자를 맞췄고, 우리는 착지할 때마다 디지를 떠받쳤다. 디지의 자이로는 고장 난 것 같았다.

우리는 비컨 소리가 멈추는 것을 들었다. 철수용 보트가 그 위에 착륙한 것이다. 나는 보트가 착륙하는 광경을 볼 수 있었다……. 그리고, 그것은 너무나도 멀리 떨어져 있었다. 소대 선임하사 대리의 호령이 들려왔다.

"차례대로, 승선 준비!"

그러자 젤리가 외쳤다.

"그 명령 취소해!"

우리는 그제야 시야가 트인 장소에 도달했다. 꼬리 부분을 아래로 하고 착륙해 있는 보트가 보였고, 이륙 경고음의 포효가 들려왔다. 소대는 아직도 지상에 있었고, 원진을 짠 채로 차폐물 뒤에 웅크리고 있었다.

젤리가 외쳤다.

"차례대로, 승선…… 시작!"

그러나 우리는 아직 너무 멀리 떨어져 있었다! 1분대원들이 원위치에서 이탈한 후 보트로 몰려들어 감에 따라 원이 축소되어 가는 것이 보였다.

그러자 한 사람이 원에서 떨어져 나온 후 우리 쪽을 향해 왔다. 지휘관용의 강화복만이 낼 수 있는 맹렬한 속도였다.

젤리는 우리가 아직 공중에 있었을 때 도착했고, 플로레스의 Y형 발사기를 움켜쥐고 우리의 도약을 도왔다.

세 번의 도약 끝에 우리는 보트에 도달했다. 다른 부대원들 모두가 승선해 있었지만 문은 아직 열려 있었다. 우리가 플로레스를 데리고 들어와 문을 닫았을 때 보트 조종사는 우리 때문에 랑데부를 할 수 없게 되었고 이제 모두가 끝장이라고 쇳소리를 내고 있었다. 젤리는 그녀를 상대하지 않았다. 우리는 플로레스를 바닥에 누이고 그 곁에 드러누웠다. 분사의 충격이 우리를 강타했을 때 젤리는 자기 자신에게 보고하고 있었다.

"전원 돌아왔습니다, 소위님. 세 명이 부상을 입었지만…… 전원 귀환했습니다!"

여기서 델라드리에 함장을 위해 한마디 해 두겠다. 그녀만큼 유능한 조종사는 존재하지 않는다. 궤도상에서의 보트와 모함의 랑데부는 엄밀한 계산을 전제로 해서 이루어진다. 왜 그런지는 모르겠지만 어쨌든 그것은 사실이다. 예정을 변경하는 것은 불가능하다.

그러나 함장은 해냈다. 그녀는 스코프를 통해 보트가 정시에 이륙하지 못한 것을 보고 그 즉시 모함에 제동을 건 후 다시 속력을 올렸다. 그리고 보트와 궤도를 맞춘 뒤에 우리를 수용해 줬던 것이다. 컴퓨터로 일일이 계산할 여유 같은 건 없었기 때문에 순전히 눈과 육감에만 의존해서 한 일이었다. 만약 전능하신 신께서 별들의 코스를 유지하기 위해 조수가 필요한 경우가 생긴다면 나는 그 자리에 걸맞은 인물이 누구인지 잘 알고 있다.

플로레스는 상승 도중에 죽었다.

2

너무나도 무서워 줄행랑을 쳤지,
한 번도 안 멈추고,
뒤도 안 돌아보고,
집에 오자마자 엄마 방에 숨었어.
양키 두들 열심히 해 봐,
양키 두들 댄디하게,
음악에 맞춰 스텝을 밟으며,
아가씨들한테 솜씨를 자랑해 봐.

정말로 입대할 생각은 아니었다.

게다가 기동보병이라니 말도 안 된다! 그런 데로 가느니 차라리 공공 광장에서 채찍질을 열 번 당하고, 아버지에게 내가 가문의 명예에 먹칠을 했다는 말을 듣는 편이 낫다.

고등학교의 마지막 학기가 끝나 갈 무렵 연방군에 지원할지도 모르겠다고 아버지에게 말한 기억이 있기는 하다. 열여덟 살의 생일이 다가오면 누구나 다 그런 생각을 한다. 게다가 내 생일은 졸업식이 있는 주와 겹쳐 있었다. 물론 대다수 졸업생의 경우는 그냥 생각에 그칠 뿐이고, 잠시 그런 몽상을 하다가 결국은 다른 선택을 하게 된다. 대학에 간다든지, 취직한다든지, 기타 다른 길로 나아가는 것이다. 아마 나도 마찬가지였을 터이다……. 가장 친한 친구가 진짜로 입대할 생각만 아니었더라면.

칼과 나는 고교 시절 무슨 일을 하든 함께였다. 여자 친구를 물색하는 일도, 더블데이트를 하는 일도, 변론부에 가입하는 일도, 칼의 집에 있는 실험실에서 전자기기를 조작하는 일도 함께 했다. 나는 전자 이론에는 별 볼 일 없었지만 납땜질에는 도가 터 있었다. 칼이 두뇌를 제공하고, 그 녀석의 지시에 따라 내가 실행하는 식이었다. 그 일은 참 재미있었다. 우리가 함께 하는 일이라면 무엇이든지 재미있었다. 칼네 집이 우리 아버지만큼 부자는 아니었지만 그런 일은 우리들 사이에선 문제가 되지 않았다. 내가 열네 살이 되었을 때 아버지한테 생일 선물로 받은 롤스로이스 헬리콥터는 칼과 내가 공유하고 있는 것이나 마찬가지였다. 따라서 지하실에 있는 칼의 실험실도 내 것이나 다름없었다.

그래서 칼이 곧장 대학으로 진학하지 않고 우선 입대할 것이라는 말을 했을 때는 나도 망설였다. 칼은 정말로 그럴 생각으로 있었다. 그 선택이야말로 당연하고, 올바르며, 명백한 것이라고 믿고 있는 듯했다.

그래서 칼에게 나도 입대할 생각이라고 했다.

칼은 묘한 표정으로 나를 쳐다보며 말했다.

"네 아버지가 허락할 리가 없어."

"뭐라고? 그렇다고 아버지가 나를 어떻게 막을 수가 있겠니?"

물론 법적으로 아버지는 나를 막을 수 없었다. 그것은 누구에게나 주어지는 최초의 (그리고 아마 최후의) 완전히 자유로운 선택이니까. 열여덟 살의 생일이 돌아오면 성별에 관계없이 누구나 군에 지원할 수 있고, 그 어떤 사람도 그것에 대해 왈가왈부할 권리는 없다.

"두고 보면 알겠지."

칼은 화제를 딴 데로 돌렸다.

그래서 나는 시험 삼아 완곡하게 아버지의 의중을 떠 보았다.

아버지는 신문과 시가를 내려놓고 나를 응시했다.

"너, 머리가 좀 어떻게 된 게 아니냐?"

나는 그렇게 생각하지는 않는다고 중얼거렸다. 아버지는 한숨을 쉬고 말했다.

"그래. 내겐 그런 식으로 들렸다만…… 하지만 언젠가 이런 일이 일어날 걸 예상하고는 있었다. 사내아이가 어른이 되는 과정에서는 언제나 이런 시기가 있게 마련이지. 네가 걷기 시작했을 때, 더 이상 갓난애이기를 멈췄을 때를 기억하고 있단다. 솔직히 말해서 넌 꽤 오랫동안 동안 작은 무법자였어. 네 어머니가 소중히 여기던 명나라제 꽃병을 부순 일도 있지. 그것도 일부러 그랬다는 걸 난 확신하고 있단다……. 하지만 너는 너무 어려서 그게 얼마나 비싼 것인지 모르고 있었지. 그래서 그 일은 손을 한 대 찰싹 맞는 것으로 끝날 수 있었고. 그리고 네가 내 시가를 훔쳐 피운 후 메스꺼워서 얼마나 혼이 났는지도 안다. 네 어머니와 나는 네가 그날 밤 저녁을 먹지 못했다는 사실을 알았지만, 일부러 모르는 척하고 있었어. 그리고 지금까지 그 일에 대해 언급한 적도 없었지…… 사내애들은 실제로 그런 일을 직접 경험해 보고 나서야 어른의 악덕이 자신에게는 걸맞지 않다는 것을 깨닫기 마련이니까. 우리는 네가 사춘기에 들어선 후 여자애들이란 자기와는 다른 아주 멋진 존재라는 사실을 깨닫는 과정을 지켜보고 있었어."

아버지는 다시 한숨을 쉬었다.

"이 모두가 정상적인 단계였던 거지. 그리고 사춘기 끝에 오는 마지막 단계란 사내아이가 군대에 들어가서 멋진 유니폼을 입어 보려고 작정하는 일이겠지. 또는 자기가 사랑에, 그것도 일찍이 어떤 남자도 경험해 본 적이 없을 정도로 특별한 사랑에 빠져서 당장 결혼해야겠다고 결심하는 것일 게다. 또는 그 양쪽 다일지도 모르겠구나."

아버지는 음울하게 미소를 지었다.

"내 경우엔 양쪽 다였어. 그러나 시간이 흐르면서 나는 그 두 가지 모두를 극복했고 바보 같은 짓을 해서 인생을 망치지 않을 수 있었다."

"하지만, 아버지, 전 제 인생을 망칠 생각은 없어요. 복무 기간만 마칠 생각입니다. 직업 군인이 될 생각은 없습니다."

"이 얘긴 없었던 것으로 하마. 이제 내 말을 들어 봐라. 네가 앞으로 할 일을 말해 주지…… 네게 필요한 건 바로 그거니까. 우리 가문은 정치에 관여하지도 않고 100년이 넘도록 우리 자신의 밭을 갈아 왔어…… 네가 이 훌륭한 기록을 깨야 할 이유는 어디에도 없어. 아마 네 고등학교 선생의 영향일지도 모르겠군…… 무슨 이름이었더라? 내가 누구 얘기를 하고 있는지 알지?"

'역사와 윤리 철학(History and Moral Philosophy)'을 가르치던 선생 얘기였다. 물론 그 선생은 퇴역 군인이었다.

"뒤부아 선생님 얘기였죠."

"흐음, 바보 같은 이름이군…… 그 선생에게는 걸맞은 이름이기도 해. 틀림없이 외국인이겠군. 학교를 위장된 신병 모집소로 쓰는 일은 법률로 금지시켜야 해. 내가 직접 편지로 그 선생에게 엄중하게 항의하는 게 낫겠구나…… 납세자들에게도 그 정도의 권리는 있어!"

"하지만 아버지, 뒤부아 선생님은 그런 일을 한 적이 없어요! 그 선생님은……."

나는 그 사실을 어떻게 설명해야 할지 몰라 여기서 말을 멈췄다. 미스터 뒤부아는 성마르고 오만한 태도의 소유자였고, 마치 우리들 중 군대에 지원할 만한 가치가 있는 녀석은 아무도 없다는 식으로 행동했다. 나는 그를 좋아하지 않았다.

"그러니까…… 오히려 우리더러 입대하지 말라고 하는 편입니다."

"흐으음! 말 안 듣는 돼지를 원하는 곳으로 끌고 가려면 어떻게 해야 하는지 아느냐? 그건 아무래도 상관없다. 너는 졸업 후 하버드로 가서 경영학을 공부해야 해. 그건 너도 알지? 그리고 소르본느로 진학하는 거지. 그사이 여기저기 여행도 해 보면서 우리 회사의 판매 대리업자들도 만나 보고 그곳에서는 어떤 식으로 사업을 하는지 관찰해 보는 거야. 그리고 집으로 돌아와 일을 시작해야 해. 처음에는 형식상 재고 담당 같은 말단에서부터 시작해야겠지. 하지만 너는 한숨 돌릴 겨를도 없이 중역이 되어 있을 게다. 나도 이미 나이를 먹었고 네가 일을 맡아 주는 것이 빠르면 빠를수록 좋으니까 말이다. 마땅한 실력과 의지를 갖출 시기가 되면 사장 자리에도 오를 수 있어. 자! 이 계획을 어떻게 생각하느냐? 일생에서 2년 동안을 헛되이 지내는 것에 비해 말이다."

나는 아무 말도 하지 않았다. 처음 듣는 얘기가 아니었고, 전에도 생각해 본 문제였다. 아버지는 자리에서 일어나 내 어깨에 손을 얹고 말했다.

"내게 이해심이 없다고는 생각하지 말아다오. 나도 네 심정을 안다. 하지만 현실을 직시해야 해. 만약 전쟁이 났다면 내가 가장 먼저 너의 입대를 지지했을 테고, 또 내 사업을 전시 체제로 전환했을 거야. 하지만 요즘 세상에 전쟁 같은 건 없어. 하나님의 가호로 이제 전쟁 같은 건 다시는 일어나지 않아. 인류는 전쟁을 극복할 만큼 성숙해진 거야. 이 행성은 이제 평화롭고 행복한 곳이 되었고 다른 행성들과도 만족할 만한 우호 관계를 맺고 있다. 그런 지금 소위 '연방군'이라는 데가 뭐 하는 곳이라고 생각하고 있지? 이건 기생적인 존재 이외의 그 어떤 것도 아니다. 완전히 구식이 된 데다가, 아무런 기능도 갖추지 못한 조직인 게야. 군대에라도 들어가지 않으면 취직할 가망이 없는 낙오자들을 몇 년 동안이나 국가 세금으로 먹여 살린 끝에, 전역하고 나서는 군대 경험자라고 일생 동안 목에 힘주고 다니게 만드는 낭비의 표본이지. 너는 그런 식으로 살고 싶다는 거냐?"

"칼은 낙오자가 아닙니다!"

"미안하다. 맞아, 칼은 좋은 청년이지만…… 다만 잘못된 지도를 받았을 뿐이야."

아버지는 얼굴을 찌푸렸다가 곧 미소를 지었다.

"실은 나중에 너를 놀래 줄 작정으로 비밀로 해 왔다만…… 졸업 선물 말이다. 아직 이르지만 쓸데없는 생각을 쉽게 잊을 수 있도록 지금 얘기해 주겠다. 그렇다고 해서 네가 무슨 짓을 저지르지나 않을까 하고 내가 걱정하고 있다는 뜻은 아니다. 본질적으로 넌 사려 깊은 아이라고 나는 확신하고 있으니까. 아직 나이는 어리지만 말이다. 하지만 네가 지금 고민하고 있다는 것도 안다. 이 얘기를 들으면 더 이상 고민하지 않을 게다. 그게 무엇인지 알겠니?"

"어…… 모르겠습니다."

아버지는 씩 웃으며 말했다.

"화성 여행이야."

나는 분명 깜짝 놀란 표정이었을 것이다.

"세상에! 아버지, 설마 그런 선물일 줄은 몰랐……."

"너를 놀라게 해 줄 계획이었는데 결과적으로 그렇게 된 것 같구나. 네 또래들이 우주여행에 얼마나 관심이 많은지를 안다. 난 한 번만으로 질려 버렸지만 말이다. 하지만 여행을 하기에는 적절한 시기인지도 몰라…… 너 혼자서 말이다. 그 얘기를 했던가? 그리고 이 기회에 잡념을 떨쳐 버리는 거야…… 왜냐하면 네가 일단 책임 있는 지위에 오르면 달에서 일주일 휴가를 얻는 것도 힘들어질 테니까."

아버지는 다시 신문을 집어 들었다.

"아니, 내게 감사할 필요는 없어. 자, 가 보거라. 아직 신문을 다 못 봤거든…… 좀 있다가 오늘 밤 사업차 손님을 맞이해야 하고."

나는 그 자리를 떠났다. 아버지는 이것으로 문제는 해결되었다고 여기시는 것 같았다……. 아마 나도 그랬던 것 같다. 화성! 그것도 나 혼자서! 그러나 나는 그 일을 칼에게 말하지 않았다. 내가 매수되었다고 생각할까 봐 두려웠기 때문이다. 사실 그랬는지도 모르겠다. 그래서 사정을 자세히 털어놓는 대신 아버지와 나 사이에 이견이 있었다고 말했을 뿐이었다. 칼에게서는 이런 대답이 돌아왔다.

"맞아. 우리 집도 마찬가지야. 하지만 내 인생을 아버지가 대신 살아 주는 건 아니니까."

나는 역사와 윤리 철학의 마지막 수업 중에 이 일에 관해 곰곰이 생각해 보았다. 그 수업에는 다른 과목들과는 달리 모두가 다 출석해야 했지만 점수를 딸 필요는 없었다. 그리고 뒤부아 선생은 우리가 수업을 이해하든 말든 전혀 개의치 않는 것처럼 보였다. 그는 일일이 우리 이름을 부르는 대신 절단되어서 손목만 남은 왼팔로 우리 중 한 사람을 가리키며 질문을 던지곤 했다. 토론은 그런 식으로 시작되었다.

그러나 마지막 수업 때 그는 우리가 그때까지 무엇을 배웠는지 확인하고 싶어 하는 것 같았다. 한 여학생이 불쑥 말했다.

"우리 어머니가 폭력은 아무것도 해결하지 못한다고 하셨어요."

뒤부아 선생은 그녀를 차가운 눈으로 바라보았다.

"그래? 카르타고의 지도자들이 그 사실을 깨달았더라면 참으로 기뻐했을 텐데. 네 어머니는 왜 그들에게 직접 얘기해 주시지 않은 거지? 또 너는 왜 그러지 않았지?"

그 여학생은 전에도 그와 티격태격한 적이 있었다. 낙제라는 것이 없으니까 뒤부아 선생의 비위를 맞출 필요는 없었던 것이다. 여학생이 새된 목소리로 말했다.

"절 놀리지 마세요! 카르타고가 멸망한 사실은 누구나 다 알고 있어요!"

뒤부아 선생이 쌀쌀맞게 대꾸했다.

"그 사실을 모르고 있는 것 같아 보였기 때문이야. 네가 정말로 그 사실을 알고 있다면, 왜 그들의 운명을 철저하게 규정한 것이 다름 아닌 폭력이라고 말하지 않았지? 그러나 개인적 이유에서 너를 놀린 것은 아니다. 도저히 정당화될 수 없을 정도로 우매한 그 의견을 내가 얼마나 경멸하고 있는지를 보여 주었을 따름이다……. 필요하다면 앞으로도 얼마든지 그럴 생각이다. 누구든 간에 '폭력으로는 아무것도 해결하지 못한다'라는 반역사적이며, 동시에 철저하게 비윤리적인 교리에 집착하고 있는 자들에게 나는 나폴레옹 보나파르트와 웰링턴 공작의 망령을 불러내서 토론시켜 보라고 충고하고 싶다. 히틀러의 유령을 심판으로 임명하고, 심사위원으로는 도도새, 큰 바다쇠오리, 철비둘기(모두 멸종된 동물이다.—옮긴이)를 초빙하면 어떨까? 폭력, 즉 순수한 무력은 역사상의 어떠한 인자가 그랬던 것보다도 더 많은 문제를 해결해 왔고, 그 반대 의견은 가장 나쁜 종류의 희망적 관측에 불과해. 이 기본적 사실을 망각한 종족은 언제나 그들 자신의 생명과 자유라는 대가를 치러야 했다."

선생이 한숨을 쉬고 말했다.

"해가 바뀌고, 반도 바뀌었지만…… 내게는 또 다른 실패였을 뿐이야. 어린애들을 지식으로 이끌 수는 있지만 스스로 사색하게 만들 방도는 없는 것 같군."

그는 갑자기 손목만 남아 있는 팔로 나를 가리켰다.

"거기 있는 너. 군인과 일반 시민 사이에 윤리적인 차이가 존재한다면 그것은 무엇이지?"

나는 주의 깊게 대답했다.

"그 차이는, 공적 가치관의 영역에서 찾을 수 있습니다. 군인은 자신이 소속한 정치 집단의 안전에 대해 개인적인 책임을 지고, 필요하다면 자신의 목숨을 바쳐 그 집단을 방어합니다. 일반 시민은 그러지 않습니다."

"교과서 그대로군."

그는 비난하는 듯한 어조로 말했다.

"하지만 그게 무슨 소린지 이해하고 있나? 그 말을 믿는가?"

"아…… 모르겠습니다, 선생님."

"물론 알 리가 없지! '공적 가치관'이 직접 찾아와서 얼굴에 대고 짖기 시작해도 그걸 알아차릴 사람이 여기 한 사람이라도 있을지 의문이야!"

그는 시계를 흘낏 보았다.

"이걸로 끝이다. 모두 끝난 거야. 다음에 볼 때는 좀 더 즐거운 상황에서 만났으면 좋겠군. 해산."

그 직후에는 졸업식, 사흘 후에는 내 생일, 거기서 일주일도 채 되기 전에 칼의 생일, 하는 식으로 시간이 흘렀다. 나는 그때까지도 입대하지 않겠다는 말을 칼에게 하지 않고 있었다. 물론 내가 입대할 리가 없다고 칼이 믿고 있을 거라 확신하고 있었지만, 우리는 공공연하게 그 점을 논하지는 않았다. 그러기에는 너무 거북한 화제였다. 그러나 칼의 생일 다음 날에 우리는 만나기로 약속했고, 결국 나는 그 녀석을 따라 신병 모집소로 가고 말았다.

연방 빌딩의 층계에서 우리는 동급생인 카르멘시타 이바네스와 마주쳤다. 그녀는 나로 하여금 두 가지 성(性)을 가진 종족에 소속해 있는 행운을 새삼 감사하게 하는 그런 존재였다. 카르멘은 내 여자 친구가 아니었다. 그녀는 그 누구의 여자 친구도 아니었다. 그녀는 같은 사내애와 두 번 이상 연달아 데이트하는 법이 없었다. 바꿔 말하자면 우리 모두와 똑같이 사이좋게 지냈던 것이다. 그러나 나는 카르멘에 대해 꽤 잘 알고 있었다. 우리 집 수영장이 올림픽에도 쓸 수 있을 정도로 커서 카르멘은 우리 집에 자주 놀러 오곤 했다. 올 때마다 다른 사내애와 함께였지만, 우리 어머니의 부탁을 받고 혼자 오는 경우도 있었다. 어머니는 카르멘을 내게 '좋은 영향을 끼치는 친구'로 여기고 있었다. 이 경우에는 어머니의 말이 옳았다.

우리를 본 카르멘은 얼굴에 보조개를 짓고 그 자리에 선 채로 기다렸다.

"어이, 친구들!"

"안녕, 오치 초르니에(러시아어로 '검은 눈동자'를 뜻하며 19세기에 유행한 노래 제목이기도 하다—옮긴이)."

나는 그렇게 대답한 후 그녀에게 물었다.

"여기는 왜 왔어?"

"짐작 못 하겠어? 오늘은 내 생일이야."

"그래? 축하해!"

"그래서 입대하러 온 거야."

"아……."

칼도 나만큼이나 놀란 것 같았다. 그러나 카르멘시타는 그런 아이였다. 그녀는 절대로 남의 일에 참견하지 않았고, 자기 자신에 관해 수다를 떠는 일도 결코 없었다.

나는 거듭 물어보았다.

"설마 농담은 아니겠지?"

"왜 내가 농담을 해야 하지? 난 우주선 파일럿이 될 거야. 적어도 시도는 해 볼 생각이야."

"너라면 하지 못할 이유가 없어."

칼이 재빨리 말했다. 지금 와서 생각해 보니 칼의 말이 얼마나 옳았는지를 알 수 있다. 카르멘은 아담한 체구에 깔끔한 용모의 소유자였고, 완벽한 건강체인 데다가 나무랄 데 없는 반사신경을 가지고 있었다. 다이빙 실습에서도 최고였고 수학 실력도 뛰어났다. 그에 비해 나는 대수(代數)에서는 겨우 C학점을, 비즈니스 수학에서는 B학점을 받았다. 카르멘은 학교에서 제공하는 수학 과목 전부를 이수한 데다가 고등 수학 특강까지 받고 있었다. 그러나 나는 그 이유에 대해 생각해 본 일이 없었다. 사실을 말하자면 우리의 작은 카르멘이 너무나도 빼어난 미모의 소유자였기 때문에 그녀의 능력에 관해서는 미처 신경을 쓸 겨를이 없었던 것이다.

"우리…… 아니, 나도 입대하려고 왔어."

칼이 말했다.

"맞아…… 우리 둘 다."

나도 그렇게 말했다. 사실 그렇게 결심한 것은 아니었다. 다만 내 입이 자기 멋대로 말하고 있었을 뿐이었다.

"어머, 잘됐네!"

"그리고 나도 우주 조종사를 지망할 생각이야."

나는 확신에 찬 태도로 이렇게 덧붙였다.

카르멘은 웃지 않았다. 그러는 대신 매우 진지한 어조로 대답했다.

"정말 너무 잘됐어! 어쩌면 우린 훈련 중에 서로 만날지도 모르겠구나. 정말 그랬으면 좋겠어."

"충돌 코스에서 말이야? 파일럿이 그러면 곤란할 텐데."

칼이 끼어들었다.

"바보 같은 소리 하지 마, 칼. 물론 지상에서 만난다는 뜻이야. 너도 조종사가 될 생각이니?"

"내가?"

칼이 반문했다.

"난 트럭 운전사가 아냐. 너도 알잖아. 난 우주 연구개발 부문 지망이야. 받아만 준다면, 전자공학 부문."

"트럭 운전사라니! 너 같은 애는 명왕성 기지 같은 데에 파견돼서 동태가 됐으면 좋겠다. 아냐, 농담이야…… 행운을 빌어! 자, 들어가지 않을래?"

신병 모집소는 원형 홀 내부의 난간으로 둘러싸인 장소에 있었다. 서커스 단원같이 번쩍번쩍한 정장 군복을 차려입은 함대 주임상사가 책상 뒤에 앉아 있었다. 그의 가슴에는 띠로 된 약장(略章)이 잔뜩 달려 있었지만 나는 그것들이 무엇을 의미하는지 몰랐다. 그의 오른팔은 절단되어서 거의 남아 있지 않았기 때문에 웃옷에는 처음부터 아예 오른쪽 소매가 달려 있지 않았다……. 게다가 가까이 다가가니 다리가 두 쪽 모두 없는 것이 눈에 띄었다.

그러나 상사는 그 사실에 전혀 구애받지 않는 것처럼 보였다.

"안녕하십니까. 입대하려고 왔는데요."

칼이 말했다.

"저도요."

내가 덧붙였다.

상사는 우리를 무시하며 의자에 앉은 채로 고개를 한 번 까닥하고는 말했다.

"안녕하십니까, 아가씨. 무엇을 도와드릴까요?"

"저도 입대하려고 왔어요."

상사가 미소 지었다.

“정말 잘 생각하셨습니다! 201호실로 가서 로하스 소령을 만나 보십시오. 그분이 지시해 줄 겁니다.”

그는 카르멘을 위아래로 훑어보고 말했다.

“조종병과 지망입니까?”

“가능하다면요.”

“틀림없이 그럴 수 있을 겁니다. 어쨌든 미스 로하스를 만나 보십시오.”

카르멘은 상사에게 감사하다는 인사를 하고는 우리한테도 나중에 보자고 한 뒤 그 자리를 떠났다. 상사는 그제야 우리에게 주의를 돌렸고, 카르멘을 대했을 때와는 완전 딴판인 시큰둥한 태도로 우리를 바라보았다.

“그래서? 노동대대 지망인가?”

“처, 천만에요! 전 조종사가 될 겁니다.”

그는 잠시 나를 쳐다보다가 시선을 돌렸다.

“너는?”

칼은 진지한 어조로 대답했다.

“저는 연구개발 부문으로 가고 싶습니다. 특히 전자공학 분야로. 충분히 가능성이 있다고 생각하는데요.”

상사가 무거운 말투로 대답했다.

“시험에 통과한다면 그렇겠지…… 하지만 기초 실력과 능력 모두를 갖추고 있어야 해. 이봐, 너희들은 내가 왜 이 자리를 지키고 있는지 아나?”

나는 그게 무슨 얘기인지 알아듣지 못했지만 칼은 이렇게 물었다.

“왜입니까?”

“왜냐하면 정부는 너희들이 지원하든 말든 돼지 밥만큼도 상관하지 않기 때문이야! 또 일부…… 아니, 너무 다수의 민간인이 최소 기간만 복무하고 전역해서 참정권을 얻은 후 옷깃에 퇴역 군인임을 증명하는 약장을 다는 것이 유행 비슷하게 되어 버렸기 때문이기도 하지…… 실전에 참가했든 안 했든 말이야. 만약 입대하겠다는 너희들의 결심이 굳고, 내가 설득해도 어쩔 수 없을 경우 군대는 너희를 받아들여야 해. 헌법으로 보장된 권리이기 때문이지. 헌법에 의하면 국민으로 태어난 이상 성별을 막론하고 병역을 마친 후 완전한 시민권을 얻을 자격이 있는 것으로 되어 있어. 하지만 지금은 그 많은 지원자 모두에게 취사병과 별 다름 없는 역할조차도 찾아 주기 힘든 것이 실상이야. 너희들 모두가 진짜 군인이 될 수는 없는 일이고, 또 그렇게 많은 군인이 필요한 것도 아냐. 어차피 지원자 대부분에게 1급 군인이 될 소질이 있는 것도 아니니까 말이야. 너희들은 군인이 되려면 무엇이 필요한지 알고 있나?"

"모르겠는데요."

나는 솔직하게 대답했다.

"대다수 사람들은 사지가 멀쩡하기만 하면 아무리 멍청하더라도 군인이 될 수 있다고 믿고 있어. 총알받이라면 그래도 상관없겠지. 혹은 율리우스 카이사르의 군대에서는 그걸로 충분했을지도 몰라. 그렇지만 현대의 병사란 다른 어떤 분야에서도 톱클래스에 오를 수 있을 정도로 고도의 기술을 갖춘 전문가란 말이다. 군대는 멍청이들을 상대하고 있을 여유가 없어. 그래도 입대하겠다고 버티는 작자들을, 그러니까 우리는 원하지 않지만 받아들여야만 하는 작자들을 위해 군대는 가능한 한 더럽고 힘들고 위험한 일을 찾아내서 자발적으로 꽁무니를 빼게 만들든가…… 아니면 적어도 높은 대가를 치르고 얻은 시민권의 소중함을 한평생 잊지 않게 할 수는 있어. 아까 여기 있었던 아가씨를 예로 들자면…… 조종사가 되고 싶다고 했지. 희망대로 됐으면 좋겠군. 군대는 우수한 조종사를 필요로 하고 있고, 조종사는 언제나 부족한 상태니까. 아마 그럴 수 있을지도 모르지. 하지만 그러지 못하는 경우에는 남극 기지로 파견될지도 몰라. 언제나 인공조명밖에는 없기 때문에 귀여운 두 눈은 새빨갛게 충혈되고, 손은 힘들고 더러운 일 때문에 못이 박히고 딱딱해지겠지."

나는 최악의 경우에라도 카르멘시타는 대공 감시부대의 컴퓨터 프로그래머감은 된다고 그에게 말해 주고 싶었다. 그녀는 그 정도로 수학의 천재였던 것이다. 하지만 그때는 잠자코 듣는 수밖에 없었다.

"그래서 군대는 너희를 단념시키려고 나를 여기 앉혀 놓은 거야. 이걸 봐."

상사는 두 다리가 없다는 것을 우리가 똑똑히 볼 수 있도록 의자를 빙 돌렸다.

"그럼 너희들이 달에서 터널을 파거나, 아니면 아무런 재주도 없는 탓에 새로운 질병을 연구하기 위한 인간 모르모트 역할을 맡게 되지는 않는다고 가정해 보자. 그럼 '나'를 봐. 너희들도 이렇게 될지 모른단 말이다……. 그것도 너희들의 부모님이 '심심한 애도' 운운하는 전사 통지를 받지 않을 경우에나 가능한 얘기야. 전사할 가능성이 더 높다고 봐야 되겠지. 요즘에는 훈련이나 실전을 막론하고 부상자가 많이 나오지 않으니까. 부상을 입는 것보다는 관 속에 들어갈 확률이 훨씬 높아. 나는 특별한 예외에 해당한다고나 할까. 나는 운이 좋았어…… 너희들은 그렇게 생각하지 않을지도 모르지만 말이야."

그는 일단 말을 멈췄다가 곧 이렇게 덧붙였다.

"그러니까 너희들도 집으로 돌아가서 대학에 진학하든지, 아니면 보험회사에 근무하든지 하는 게 어때? 군대는 어린이 캠프가 아냐. 평화 시에도 거칠고 위험한 곳이고…… 그게 아니라면 너희들에게는 부조리 그 자체를 상징하는 곳이 될지도 몰라. 로맨틱한 모험이 아니란 말이다. 어때?"

칼이 대답했다.

"저는 입대하려고 왔습니다."
"저도요."
"병과를 선택할 수 없다는 사실은 알고 있겠지?"
그 말에 칼이 대답했다.
"적어도 지망할 수는 있는 것으로 알고 있습니다만."
"물론이지. 그렇지만 일단 정해지면 끝까지 그 일을 해야 해. 인사계 장교도 너의 희망을 존중해서 우선 그 주에 유리 부는 왼손잡이 직공을 필요로 하는 곳이 있는지를 알아볼 거야. 네가 꼭 그 일을 해야만 행복할 거라고 우긴다면 어쩔 수 없는 일이지. 그리고 만약 너를 필요로 하는 곳이 실제로 존재한다고 인사계 장교가 마지못해 인정한 경우에는(그곳은 태평양 밑바닥이 될지도 모르지만) 우선 너의 선천적 능력과 준비 태세를 검사해 보게 돼. 스무 번에 한 번 정도는 그 장교도 너의 모든 것이 적성에 맞는다고 인정하지 않을 수 없을 때가 있고, 그 경우엔 자신의 지망 병과로 가게 되지…… 그것도 농담을 좋아하는 어느 작자가 너한테 전혀 엉뚱한 일을 시키라는 명령을 내릴 때까지의 일이지만. 그러나 그 외의 경우 너의 희망은 받아들여지지 않고, 대신 토성의 위성인 타이탄에서 신형 생존 장비를 테스트하는 데 딱 맞는 인재라는 결정이 내려지게 되는 거야."
그는 여기서 곰곰이 생각하는 표정으로 이렇게 덧붙였다.
"타이탄은 추워. 게다가 이 시제품이라는 것이 얼마나 자주 고장이 나는지는 하나님만이 알고 계시지. 하지만 실제 테스트는 필수적이야. 연구소에서 모든 해답을 얻을 수는 없으니까 말이야."
칼이 단호하게 말했다.
"전 전자공학 부문으로 갈 자격이 있습니다. 빈자리가 있다면 말입니다."
"그래? 그럼 자네는 어떤가?"

나는 망설였다. 그러나 지금 입대하지 않는다면, 나는 단지 부잣집 사장 아들에 불과한 것이 아닌가 하는 고민을 일생 껴안고 살아가게 될 것이다.

"저도 입대할 생각입니다."

"좋아. 적어도 내가 노력하지 않았다고 비난할 사람은 없겠지. 출생증명서는 가지고 왔겠지? 신분증을 보여 주겠나?"

10분 후, 아직 선서는 하지 않았지만 건물의 제일 위층에서 우리는 쿡쿡 찔리고, 눌리고, 형광 테스트를 받고 있었다. 나는 신체검사라는 것은 본인에게 아무런 이상이 없을 경우 최선을 다해서 이상이 있도록 만드는 과정이 아닌가 하고 생각했다. 만약 그 시도가 실패로 끝난다면 합격인 식이다.

나는 의사 한 사람에게 신체검사에서 불합격 판정을 받는 사람은 몇 퍼센트나 되느냐고 물어보았다. 그는 이 말에 깜짝 놀란 것 같았다.

"물론 아무도 불합격시키거나 하지는 않아. 그런 일은 법률로 금지되어 있어."

"예? 선생님, 그럼 이 소름 끼치는 과정은 뭣 때문에 있는 겁니까?"

"그 목적은 말이야……."

이렇게 대답하며 그는 내 무릎을 망치로 때렸다.(나도 의사를 찼지만 세게 차지는 않았다.)

"자네들이 육체적으로 어떤 임무를 수행할 수 있을지를 알아내는 거야. 만약 자네가 두 눈이 다 멀었고 휠체어에 타고 있는데도 입대하고 싶다고 고집을 부리는 바보라면 군대도 나름대로 자네에게 걸맞은 바보 같은 일을 찾아낼 거야. 아마 송충이 몸에 쐐기가 몇 개 나 있는지를 세도록 할지도 모르지. 불합격 판정을 받는 유일한 길은 자네가 선서를 이해할 능력이 없다고 정신과 의사들이 진단하는 경우야."

"오. 저…… 선생님은 입대하시기 전부터 이미 의사였습니까? 아니면 군에서 의사가 되라고 학교로 보낸 겁니까?"

"내가?"

그는 내 말에 충격을 받은 듯했다.

"여보게, 젊은이. 내가 그렇게 멍청해 보이나? 난 민간인이라고."

"실례했습니다, 선생님."

"아니, 화내는 건 아냐. 그렇지만 군대란 지겨운 곳이야. 내 말을 믿게. 나는 신병이 출발하는 것을 보고, 돌아오는 것도 보네. 돌아오는 경우에는 말이야. 신병들이 무슨 일을 겪었는지 나는 알아. 도대체 무엇을 위해서? 한 푼의 가치조차도 없고 순수하게 명목뿐인 정치적 특권을 위해서인가? 게다가 그치들 대부분은 그걸 현명하게 쓸 능력도 없어. 만약 의사들에게 모든 것을 맡겨 주었다면…… 아니, 이 말은 잊어버려. 언론의 자유 운운하기에 앞서 자네는 내 말이 반역죄에 해당한다고 생각할지도 모르니까. 하지만 젊은이, 만약 자네에게 열까지 셀 수 있을 정도의 머리가 있다면 아직 기회가 있을 때 생각을 고쳐먹는 게 나을 거야. 자, 이 서류들을 모병계 상사에게 가져가게나. 그리고 방금 내가 한 말을 잊지 말게."

나는 원형 홀로 되돌아갔다. 칼은 이미 그곳에 와 있었다. 함대 주임상사는 내 서류를 훑어보고 나서 무뚝뚝하게 말했다.

"너희 둘은 보기에도 아니꼬울 정도로 완벽한 건강체로군. 머릿속이 텅 비어 있다는 점을 무시한다면 말이야. 이제 입회인을 부를 테니 잠시 기다리도록."

그가 버튼을 누르자 여성 사무원이 두 명 나타났다. 한 명은 오래된 전투용 도끼 같았지만 다른 한 명은 귀여웠다.

상사는 우리의 신체검사표와 출생증명서, 신분증을 가리키고 정색한 어조로 말했다.

"나는 귀하를 불러 여기 제시된 서류를 각자가 조사하고, 이들 서류가 무엇을 의미하는지, 또 이들 서류가 지금 귀하 앞에 서 있는 두 사람과 각기 어떠한 관련을 가지고 있는지를 확인해 줄 것을 요구합니다."

그들의 태도로 미루어 보건대 그들에게 이것이 지루한 일과라는 점에는 의심의 여지가 없었다. 그럼에도 불구하고 그들은 모든 서류를 면밀하게 읽었고, 우리들의 지문을 (또!) 채취했다. 귀여운 쪽의 여사무원이 보석 감정용의 루페를 눈에 끼우고 그 지문을 출생 시의 그것과 대조했고, 서명의 필체도 마찬가지로 조사했다. 내가 정말 나 자신일까 하는 의문이 생길 지경이었다.

함대 주임상사가 질문했다.

"귀하는 그들의 입대 서약 자격에 관한 서류를 읽었습니까? 읽었다면 그 내용을 말해 주십시오."

나이 든 쪽이 대답했다.

"우리는 그들의 신체검사표에 첨부된, 정식 위임을 받은 정신과 의사인단의 공인 보고서를 읽었습니다. 보고서는 두 명 모두 선서를 할 수 있는 정상적인 정신 상태에 있고 알코올, 마약, 기타 약물이나 최면의 영향하에 있지 않다는 사실을 증명하고 있습니다."

"좋습니다."

상사는 우리 쪽을 돌아다보았다.

"그럼 내가 하는 대로 따라 말하도록. 나는 법정 연령에 달했고, 나 자신의 자유의지로……."

"나는 법정 연령에 달했고, 나 자신의 자유의지로……."

우리는 그의 말을 따라했다.

"……강제나 약속, 또는 어떠한 권유에 의하지도 않고, 이 서약의 의미와 결과에 대해 공식적인 충고와 경고를 받았으며……."

"……지금 이 순간 지구 연방의 연방군에 입대한다. 복무 기간은 최소한 2년, 또는 연방군의 필요에 따라 그 이상도 연장할 수 있는 것으로 한다……."

(나는 이 부분에서 다소 긴장하며 숨을 들이마셨다. 흔히 말하는 2년의 '복무 기간'을 마치자마자 전역할 수 있을 리가 없다는 사실을 나는 잘 알고 있었지만 역시 마음에 걸렸다. 평생 복무하게 될 가능성도 있는 것이다!)

"나는 연방 헌법을 지구상이나 지구 밖의 모든 적으로부터 방어하고, 연방에 소속된 모든 연합주와 속령의 시민 및 합법적 거주자들의 헌법상의 자유와 권익을 수호하며, 합법적 상관 또는 그 대리가 부여하는 합법적 의무를 수행하며……."

"……지구 연방군 최고 사령관 및 나보다 상위에 있는 모든 장교와 권한 대행의 합법적 명령에 복종하고……."

"……합법적으로 나의 지휘하에 놓인 모든 군인 및 비(非)지구인으로부터 이러한 복종을 요구하고……."

"……현역 복무 기간을 마치고 명예 전역한 후, 혹은 복무 기간을 마치고 예비역으로서 퇴역한 후, 시민권자의 법정이 내린 평결에 의해 그 명예를 박탈당하지 않는 한 천수를 다할 때까지 연방 시민권자의 모든 책임과 의무를 다하는 동시에, 그 권리의 일부로 부여받은 자주적 참정권 행사 시의 모든 책임과 의무, 그리고 특권을 받아들이겠습니다."

(휴우!) 미스터 뒤부아는 역사와 윤리 철학 시간에 입대 선서를 분석하고, 우리에게 한 절 한 절씩 일일이 공부시킨 적이 있었다. 그러나 볼품없고 다루기도 힘든, 마치 거대한 불가항력의 저거노트 같은 그것이 실제로 눈앞으로 굴러오기 전까지는 그것의 중대성을 정말로 느끼는 일은 없다.

적어도 선서는 내가 더 이상 일반인이 아니라는 사실을 깨닫게 하는 효과가 있었다. 나는 의기소침하고 허탈해진 상태였다. 나는 이제 내가 무엇인지는 몰랐지만, 무엇이 아닌지는 알고 있었다.

"우리에게 신의 가호가 있기를!"

우리는 둘 다 이렇게 선서를 마쳤다. 칼은 성호를 그었고, 귀여운 여사무원도 성호를 그었다.

그 후에는 또 다섯 명 모두의 서명과 지문을 찍는 일이 계속되었다. 칼과 나는 여러 각도에서 평면 컬러 사진을 찍혔고, 사진은 전부 우리 서류에 붙여졌다. 그제야 함대 주임 상사는 고개를 들고 말했다.

"이런, 점심시간이 다 지나가고 있잖아. 식사 시간이야, 너희들."

나는 숨을 크게 들이켜고 말했다.

"저…… 상사님?"

"응? 말해 봐."

"여기서 집에 연락해도 될까요? 제가…… 일이 어떻게 됐는지 알려 주고 싶은데요."

"그것보다 더 나은 대안이 있어."

"예?"

"지금부터 너희들에게 48시간의 휴가가 주어진다."

상사가 차가운 미소를 지었다.

"네가 돌아오지 않는 경우는 어떻게 되는지 아나?"

"구, 군법회의입니까?"

"천만에. 절대로 그런 일은 없어. 다만 너의 서류에 '복무 불능'이라는 도장이 찍히고, 다시는, 정말로 다시는 재입대할 기회가 주어지지 않을 뿐이야. 이건 일종의 냉각기간이고, 진짜로 입대할 생각은 없었던, 애당초 선서

따위는 하지 말았어야 할 몸만 자란 어린애들을 솎아 내기 위한 거야. 정부의 돈을 절약할 수가 있고, 당사자들과 그 부모들이 비탄에 빠질 필요도 없어지는 거지. 이웃집에서 알 필요도 없고. 네 부모들에게 얘기할 필요조차 없는 거야."

그는 자기 책상을 손으로 밀더니 의자를 뒤로 뺐다.

"그럼 모레 정오에 여기서 만나기로 하지. 만약 그럴 생각이 있다면 말이야. 그때는 사물을 가지고 오도록."

휴가는 유쾌하지 못했다. 아버지는 격노해서 호통을 치셨고, 더 이상 내게 말을 하지 않으셨다. 어머니는 자리에 누워 버리셨다. 결국 예정보다 한 시간이나 빨리 집을 떠났을 때 나를 배웅해 준 사람은 요리사와 하우스보이들뿐이었다.

나는 모병계 상사의 책상 앞에 섰다. 경례를 할까 했지만 어떻게 하는지 몰랐기 때문에 그만두기로 했다. 그는 고개를 들고 나를 보았다.

"아, 네 서류는 여기 있다. 이걸 가지고 201호실로 가도록. 거기 가면 테스트를 해 줄 거야. 노크하고 들어가면 돼."

이틀 후 나는 내가 파일럿이 되지 못할 것이란 사실을 알았다. 시험관이 나에 관해 쓴 보고서 내용의 예를 들자면 다음과 같다.

'공간 관계에 대한 직관적인 파악력 부족…… 수학적 능력 부족…… 수학 기초 결핍…… 반사 속도 적절…… 시력 양호.' 그나마 마지막 두 항목이 있어서 다행이었다. 나는 자신의 손가락 수나 겨우 셀 수 있을 정도의 인물밖에는 안 되는 것일까 하고 느끼기 시작하고 있었던 것이다.

인사계 사관은 나머지 병과를 지망 순서대로 내게 쓰게 했고, 그 후 나흘 동안 나는 그때까지 들어 본 적도 없었을 정도로 황당한 적성 검사를 받아야 했다. 여성 속기사가 내 앞에서 갑자기 의자에서 뛰어올라 "뱀이얏!" 하고 소리치는 것으로 도대체 뭘 알아낼 수 있다는 것일까? 뱀 따위는 없었다. 무해한 플라스틱제 호스가 하나 있을 뿐이었다.

필기와 구두시험도 마찬가지로 바보 같았지만, 시험관들은 그걸로 충분히 만족하는 듯했기에 나는 시험을 쳤다. 내가 가장 신경을 쓴 것은 지망병과 목록을 작성할 때였다. 물론 나는 가장 위에 (조종사를 제외한) 우주해군의 임무를 나열했다. 해군이라면 동력실의 기술병이 되든 취사병이 되든 육군보다는 낫다. 나는 여행을 하고 싶었던 것이다.

그다음으로는 정보부를 지망했다. 스파이가 되면 여기저기 돌아다닐 수 있고, 따분할 리가 없다고 믿었다.(이건 완전히 잘못된 생각이었지만 그런 건 아무래도 좋다.) 그 뒤로도 긴 리스트가 계속됐다. 심리전과, 화학전과, 생물전과, 전투 생태학과(이게 무엇인지는 몰랐지만 재미있을 성싶었기 때문이다.), 병참과(이건 나의 착각이었다. 나는 변론부에서 로직(logic, 논리학)을 공부했지만, 로지스틱스(logistics, 병참학)는 전혀 다른 것을 의미했기 때문이다.), 그리고 그 밖에도 한 다스 남짓한 병과가 있었다. 가장 밑의 공백에 나는 잠시 주저하다가 K-9 부대와 보병이라고 써 넣었다.

나는 그 이외의 비전투 보조 부대의 이름을 일일이 써넣지는 않았다. 만약 전투 부대로 갈 수 없다면, 나를 실험동물로 쓰든 금성의 지구화 공사 현장의 일꾼으로 보내든 상관하지 않았기 때문이다. 전투 부대 이외는 전부 그게 그거였다.

입대 선서를 한 지 일주일 뒤에 인사계 장교인 미스터 바이스가 나를 불렀다. 그는 본디 퇴역한 심리전과 소령이었고, 지금은 조달부에서 근무하고 있었다. 그러나 그는 언제나 사복을 입고 있었고, 내게 계급 대신 '미스터'라는 호칭을 써 달라고 주문했다. 함께 있을 때는 긴장을 풀고 편하게 있어 달라는 얘기였다. 그는 내 지원 병과 목록과 적성 테스트 보고서를 모두 가지고 있었다. 내 고교 내신서까지 들고 있는 것이 보여서 나는 기뻤다. 왜냐하면 내 학교 성적은 꽤 괜찮은 편이었기 때문이다. 나는 상당히 좋은 성적을 받았지만 공부벌레라는 낙인이 찍힐 정도는 아니었고, 낙제를 한 적도 없었고 단지 과목을 하나 취소한 적이 있을 뿐이었다. 또 학교에서 나는 상당히 거물급 학생이었다. 수영부, 변론부, 육상부, 반의 회계 담당, 연간 백일장에서의 은상, 동창회 회장 같은 것들 말이다. 여러 방면에서 좋은 성적을 얻었고 그 사실은 내신서에도 쓰여 있다.

내가 방으로 들어가자 미스터 바이스는 고개를 들고 말했다.

"자리에 앉게, 조니."

그는 내신서로 다시 시선을 돌렸고, 잠시 뒤에 그것을 내려놓으면서 말을 이었다.

"자네, 개를 좋아하나?"

"예? 좋아합니다만."

"얼마나 좋아하지? 침대에서 개하고 같이 잔 적이 있나? 그리고 자네 개는 지금 어디 있지?"

"아닙니다. 지금은 기르고 있지 않습니다. 하지만 기르고 있었을 때는…… 제 침대에서는 재우지 않았습니다. 어머니가 개를 집 안에 들여놓지 못하게 하셨습니다."

"그래도 슬쩍 숨겨 들여갔던 적은 없었나?"

"아…… 그러니까."

일단 결정하신 일을 내가 어기면, 어머니가 화를 내시지는 않더라도 대신 그 때문에 얼마나 마음 아파하시는지를 설명할까 하다가 결국 그만두었다.

"없었습니다."

"흐음…… 자네 네오독을 본 적이 있나?"

"예, 한 번 본 일이 있습니다. 이태 전에 맥아더 극장에서 한 마리를 전시했을 때였습니다. S. P. C. A.(동물학대 방지 협회 — 옮긴이)에서 항의했다고 들었습니다."

"K-9(개 속(屬)을 의미하는 단어 케이나인(canine)에서 비롯된 군견 부대의 애칭 — 옮긴이) 부대란 어떤 것인지 말해 주지. 네오독은 단순히 말만 할 줄 아는 개가 아냐."

"맥아더 극장에서 보았을 때는 무슨 말을 하고 있는지 알아들을 수가 없었습니다. 정말 인간의 말을 할 줄 아는 겁니까?"

"할 줄 알아. 개의 악센트에 귀를 익히기만 한다면 알아들을 수가 있어. 개의 입 모양을 가지고서는 b, m, p나 v발음을 할 수 없으니까 그 대용이 되는 음에 익숙해져야 해…… 언청이가 가진 핸디캡과 비슷하지만 발음 방식만 다르다고 보면 되겠지. 어쨌든 간에 네오독이 하는 말은 사람과 마찬가지로 뚜렷하네. 그러나 네오독은 단지 말하는 개가 아니네. 개가 아니라, 개의 유전자를 인공적으로 변종시켜 만들어 낸 공생체(共生體)야. 네오, 즉 훈련받은 칼렙 견은 보통 개보다 여섯 곱절은 더 똑똑해. 인간이라면 노둔아 정도의 지능은 되지. 다만 이건 네오에게는 공평한 비유가 못 되지만 말이야. 노둔아는 결함을 가진 인간이지만 네오는 그들 자신의 임무에서는 안정된 천재라네."

여기서 미스터 바이스는 얼굴을 찡그렸다.

"다만 파트너가 있는 경우에 한해서지만. 곤란한 건 바로 이 점이지. 흐음…… 자넨 너무 젊으니 아직 결혼한 적은 없겠지만, 적어도 부모님의 결혼 생활은 보아 왔겠지. 자넨 칼렙 견과의 결혼 생활을 상상할 수 있나?"

"예? 모르겠군요. 모르겠습니다. 상상 못 하겠습니다."

"K-9 부대에서의 개인간(dog-man)과 인간개(man-dog) 사이의 감정적 교류는 대다수의 결혼에서의 감정 교류보다도 훨씬 더 긴밀하고, 중대한 의미를 가지고 있어. 만약 주인이 전사할 경우 우리는 네오독을 죽인다네…… 그것도 당장! 그 불쌍한 동물에게 우리가 해 줄 수 있는 일은 그것밖에는 없어. 자비심에서 그러는 거지. 그러나 네오독이 전사한 경우에는…… 주인을 죽이는 것이 제일 간단한 해결법이겠지만, 인간을 죽일 수는 없지. 그러는 대신 그 인간을 감금한 뒤에 입원 치료를 통해 천천히 원상으로 돌아오도록 하는 거야."

그는 펜을 집어 들고 서류에 뭔가 표시를 했다.

"어머니의 눈을 피해 개를 숨겨 들여오지도 못하는 사내를 K-9 부대로 보낼 수야 없지. 그럼 뭔가 다른 대안을 생각해 봐야겠군."

그제야 내가 K-9 부대 이외의 모든 지망 병과에서 탈락했다는 사실을 깨달았다. 그리고 지금 막 그 부대에서조차 실격당한 것이다. 그 사실에 충격을 받은 나머지 그가 다음에 한 말을 거의 못 들을 뻔했다. 바이스 소령은 생각에 잠긴 듯이 보였고, 마치 오래전에 먼 곳에서 죽은 누군가에 대해서 말하는 듯이 무표정하게 말하고 있었다.

"나는 옛날 K-9 팀의 일원이었던 적이 있었어. 나의 칼렙 견이 전사했을 때 6주 동안 계속 진정제를 투여받았고, 회복한 뒤에는 다른 임무가 주어졌지. 조니, 자네가 공부한 이 과목들 말인데…… 왜 뭔가 쓸모 있는 걸 택하지 않았나?"

"예?"

"이미 때가 늦었어. 잊어버리게. 흐음…… 자네의 역사와 윤리 철학 선생은 자네를 높이 평가하고 있군."

나는 이 말에 놀랐다.

"정말입니까? 뭐라고 쓰여 있습니까?"

바이스가 미소 지었다.

"자네는 바보가 아니라 다만 무지할 뿐이고, 자라난 환경 탓에 편견을 가지게 됐을 뿐이라고 말하고 있어. 그로서는 대단한 칭찬이야. 나도 그를 알고 있네."

내게는 도저히 칭찬으로 들리지 않았다! 그 거만하고 독선적인 늙은…….

바이스는 말을 이었다.

"그리고, TV 감상에서 C 마이너스 학점을 받은 학생이 구제 불능일 리가 없어. 나로서는 미스터 뒤부아의 추천을 받아들이고 싶네. 자네 보병이 되어 볼 생각 없나?"

나는 실망하기는 했지만 그렇다고 정말로 불행하지는 않은 상태로 연방 빌딩을 나섰다. 적어도 나는 군인이었고, 그 사실을 증명하는 서류도 내 호주머니에 들어 있었다. 너무 멍청한 탓에 애써 따로 일을 만들어 주어야 할 정도로 쓸모없는 부류로 간주되지는 않은 것이다.

근무 시간이 끝나고 나서 몇 분인가 지난 뒤였고, 건물은 소수의 야간 당직자들과 아직 퇴근하지 않은 몇몇 사람들을 제외하면 텅 비어 있었다. 나는 원형 홀에서 막 퇴근하려는 사내와 맞닥뜨렸다. 어디선가 본 얼굴이었지만 누군지 기억할 수가 없었다.

하지만 눈이 마주치자마자 그는 나를 알아본 것 같았다. 그는 힘차게 말했다.

"여어! 아직 출발하지 않았나?"

그제야 나는 그가 누군지 알았다. 우리에게 선서를 시킨 그 함대 주임상사였다. 나는 멍하게 입을 벌리고 있었음이 틀림없다. 상사가 사복 차림에 두 다리로 걸어 다니고 있었으며, 두 팔이 있었던 것이다. 나는 우물거리며 말했다.

"아, 안녕하십니까, 상사님."

상사는 내 표정의 의미를 알아차린 것 같았다. 그는 자기 자신의 몸을 내려다보고 씩 웃으며 말했다.

"긴장을 풀도록. 근무가 끝나면 그 소름 끼치는 쇼를 계속할 필요는 없어…… 그럴 수야 없지. 아직 배속 명령을 받지 못했나?"

"지금 막 받았습니다."

"어디로?"

"기동보병입니다."

이 말을 듣자마자 그는 파안대소했고, 손을 내밀어 내게 악수를 청했다.

"나도 마찬가지야! 자, 악수하자! 군대가 너를 사나이로 만들어 주든가, 아니면 그 과정에서 죽여 버리든가 둘 중 하나일 거야. 아마 양쪽 다겠지."

"좋은 선택입니까?"

나는 의심스러운 듯이 말했다.

"좋은 선택이냐고? 이봐, 그건 '유일한' 선택이야! 기동보병이야말로 진짜 군대야! 다른 작자들은 전부 단추 누르기 전문가가 아니면 교수들이고, 우리에게 톱을 건네주는 노릇을 할 뿐이야. 실제로 일을 하는 것은 바로 우리라고."

그는 다시 내 손을 흔들고 나서 이렇게 덧붙였다.

"엽서를 보내라…… '호 함대 주임상사 앞, 연방 빌딩'이라고 쓰면 여기 배달될 거야. 그럼 열심히 해 봐라!"

그러고 나서 그는 가슴을 펴고 뚜벅뚜벅 걸어 나갔다.

나는 내 손을 바라보았다. 상사가 나와 악수한 손은 없었던 쪽의 손, 즉

오른손이었다. 그러나 그 손은 진짜 손같이 느껴졌고, 내 손을 꽉 쥐기까지 했던 것이다. 움직이는 의수가 있다는 얘기는 들은 적이 있었지만, 실제로 보니 역시 놀라울 따름이다.

나는 지원병들이 배속되기 전에 임시로 머무는 호텔로 돌아갔다. 우리에게는 아직 군복이 없었고, 낮에는 간단한 커버롤을, 밤에는 사복을 입고 있었다. 내일 아침 일찍 출발해야 했기 때문에 나는 집으로 보낼 짐을 방에서 꾸리기 시작했다. 바이스는 내게 가족사진과 내가 다룰 줄 아는 악기(그런 건 없었다.) 이외에는 아무것도 가지고 가지 말라고 일러 주었다. 사흘 전, 칼은 원하던 연구 개발 부문으로 배속받아 떠나고 없었다. 나도 그것을 다행으로 생각했다. 칼이라면 내가 결국 보병으로 배속받았다는 사실에 대해 당혹스러울 정도로 이해심을 보였을 것이 틀림없기 때문이다. 작은 카르멘도 해군 사관후보생(견습)의 계급을 받고 이미 출발하고 없었다. 카르멘은 순조롭게 파일럿이 되는 길로 들어섰다. 그녀라면 반드시 성공할 것이라고 나는 생각했다.

내가 짐을 막 꾸리고 있었을 때 나의 임시 룸메이트가 방으로 들어왔다.

"배속 명령이 나왔어?"

"응."

"어디로?"

"기동보병."

"'보병'이라고? 오, 가련한 친구! 정말 안됐다, 정말."

나는 허리를 펴고 단호한 어조로 말했다.

"입 닥쳐! 기동보병은 육군에서 가장 뛰어난 부대야. 기동보병이야말로 진짜 군대란 말이다! 너를 포함해서 다른 쓸모없는 작자들은 우리에게 톱을 건네주려고 존재할 뿐이야. 실제로 일을 하는 건 바로 우리야."

그는 웃었다.

"두고 보면 알겠지!"

"너 손 좀 봐 줄까?"

3

그가 철장(鐵杖)을 가지고 저희를 다스려
질그릇 깨뜨리는 것과 같이 하리라.
— 요한 계시록 2:25

나는 약 2000명의 다른 희생자들과 함께 북방 초원에 있는 아서 커리 캠프에서 기초 훈련을 받았다. 이것은 글자 그대로 캠프였다. 상설 건물이라고는 장비를 보관하는 창고밖에는 없었기 때문이다. 우리는 텐트 안에서 먹고 자면서 야외 생활을 했다. 그런 걸 '생활'이라고 부를 수 있을 때의 얘기지만. 그러나 당시 나는 도저히 그럴 기분이 아니었다. 내 고향 기후가 따뜻하기도 했지만, 캠프에서 북쪽으로 5마일 되는 곳에는 북극이 있던 데다, 그것이 점점 우리에게 다가오는 것이 아닐까 하는 생각이 들 정도로 추웠기 때문이다. 또다시 빙하기가 시작되었다는 점에는 의심의 여지가 없었다.

하지만 훈련을 하면 몸은 따뜻해졌다. 훈련은 지겨울 정도로 많았다.

훈련 캠프에 도착해서 처음으로 맞는 아침, 교관들은 해가 뜨기도 전에 우리를 깨웠다. 나는 아직도 제대로 시차 적응을 못하고 있었다. 방금 막 잠이 든 것 같은데, 이런 한밤중에 정말로 나를 깨우려고 하는 작자가 있다는 사실을 도저히 믿을 수가 없었다.

그러나 그들은 바로 그럴 생각이었다. 어딘가의 스피커에서 죽은 사람조차 깨울 정도로 시끄러운 군대 행진곡이 울려 퍼지고 있었고, 웬 산적 같은 작자가 "전원 기상! 즉시 집합하라!"라고 고래고래 소리를 질러 대며 중대 막사 사이의 통로를 돌아다니고 있었다. 내가 다시 담요를 머리에 뒤집어 쓰자 그는 다시 돌아와서 내 침상을 뒤집어엎어 차갑고 딱딱한 맨땅 위로 나를 떨어뜨렸다.

그는 내가 누구인지는 특별히 신경을 쓰지 않았다. 내가 땅에 떨어졌는지를 확인하려 들지도 않았다.

10분 후, 막 동녘이 밝아 오기 시작했을 무렵, 우리는 속셔츠와 바지와 군화 차림으로 유연체조를 하기 위해 들쭉날쭉 정렬하고 있었다. 우리 앞에는 어깨가 떡 벌어진 우락부락한 사내가 우리와 같은 차림으로 서 있었다. 한 가지 차이점이 있다면, 내가 서툰 솜씨로 제조된 미라라도 된 듯한 기분으로 서 있던 데 비해 그는 새파랗게 면도한 턱을 하고 있었고, 바지는 칼날같이 줄이 서 있었으며, 구두는 거울로 쓸 수 있을 정도로 반짝거렸다는 점이었다. 사내의 태도는 기민하며 빈틈이 없었고, 그와 동시에 자연스럽고 편안하게 보였다. 마치 전혀 잠을 잘 필요가 없는 사내라는 인상을 받았다. 1만 마일을 주행했을 때마다 점검해 주고, 조금 먼지를 털어 주기만 하면 되는 식으로.

사내는 큰 소리로 외쳤다.

"중대…… 차렷! 나는 너희들의 중대장인 짐(Zim) 상사이다. 너희들이 나를 부를 때는 언제나 경례하고 '상사님'이라고 말하도록. 누구든 교관의 지휘봉을 지니고 있는 인물을 보면 경례를 붙이고 '님'자를 붙여야 한다."

사내는 가지고 있던 단장(短杖)으로 공중에 원을 그려 보이며 지휘봉이 무엇인지 우리가 볼 수 있도록 했다. 어젯밤 도착했을 때 지휘봉을 가진 군인들을 보았고, 나도 하나 얻을 수 없을까 생각하던 참이었다. 멋있어 보였기 때문이다. 하지만 이제 그러고 싶은 마음이 없었다.

"……왜냐하면 이곳엔 너희들이 그걸 연습할 수 있을 만큼 충분한 수의 장교가 없기 때문이다. 대신 우리가 연습 상대가 되어 주겠다. 지금 재채기 한 건 누구지?"

"제가 했습니다."

누군가가 대답했다.

"'제가 했습니다', 그리고?"

"제가 재채기를 했습니다."

"'제가 재채기를 했습니다, 상사님'이라고 하란 말이다!"

"제가 재채기를 했습니다, 상사님. 추웠기 때문입니다, 상사님."

"오호라!"

짐은 재채기한 사내에게로 성큼성큼 다가가 지휘봉 끝을 그의 코밑에서 1인치도 안 되는 곳에 대고 힐문했다.

"이름은?"

"젠킨스……입니다, 상사님."

"젠킨스……."

짐은 마치 불쾌하고 파렴치한 것이라도 된다는 듯이 그 이름을 되풀이 했다.

"너는 야간 정찰 때에도 콧물이 안 멈춘다고 해서 재채기할 작정인가?"

"그러고 싶지는 않습니다, 상사님."

"나도 동감이야. 하지만 넌 춥다고 했지…… 흠, 그걸 고쳐 주지."

그는 지휘봉으로 가리키며 말했다.

"저기 있는 무기고가 보이나?"

거의 지평선에 맞닿아 있을 정도로 먼 곳에 있는 건물 하나를 제외하고는 내 눈에는 초원밖에는 들어오지 않았다.

"열외로 나와. 저기를 한 바퀴 돌아 오도록. 달리라고 했다. 빨리! 브론스키! 보조를 맞추게 해!"

"예, 알겠습니다."

대여섯 명 있던 교관들 중 한 명이 젠킨스의 뒤를 따라 달렸고, 금세 그를 따라잡고는 지휘봉으로 그의 엉덩이를 후려갈겼다. 짐은 아직도 차려 자세로 추위에 떨고 있었던 우리들을 돌아다보았다. 그는 왔다 갔다 하면서 우리를 관찰했다. 매우 불행한 표정을 하고 있었다. 겨우 우리 앞에 멈춰 서는가 했더니 고개를 설레설레 흔들며 말하기 시작했다. 아무래도 혼잣말을 하고 있는 것 같았지만, 잘 울려 퍼지는 그의 목소리는 우리들에게도 들려왔다.

"이런 일이 내게 실제로 일어날 줄이야!"

그러고 나서 그는 우리를 노려보고 말했다.

"이 고릴라 같은 녀석들…… 아냐, '고릴라'라는 말을 네놈들에게 쓰긴 아까워. 이 약골 원숭이 같은 놈들아…… 앙상한 가슴에다가 흐늘흐늘한 배때기를 하고 엄마 치마 뒤에 숨어서 침이나 질질 흘리는 거지 같은 자식들. 너희들 같이 수치스러운 응석받이들은 일찍이 본 적이 없어. 거기 있는 너! 배때기를 집어넣어! 앞을 보고! 바로 너 말이다!"

나를 보고 하는 소리인지는 확실치 않았지만 나는 반사적으로 배를 집어넣었다. 그의 얘기는 이런 식으로 끊임없이 계속되었고, 그걸 듣고 있자니 추위로 피부에 소름이 돋아 있는 것도 잊을 정도였다. 그는 같은 말은 다시는 되풀이하지 않았고 불경스러운 말이나 욕설도 쓰지 않았다.(나중에 알게 된 일이지만 그는 아주 특별한 경우가 아니면 욕을 하지 않았고, 이때는 그런 경우가 아니었다.) 그러나 그는 우리의 육체적, 정신적, 도덕적, 그리고 유전적인 단점을 낱낱이 열거해 가며 우리를 모욕했다.

그러나 나는 모욕당한 느낌은 받지 않았다. 대신 나는 상사의 언어 구사 능력을 분석하는 쪽에 더 큰 흥미를 느꼈다. 나는 그가 변론부에 있었다면 좋았을 거라고 생각했다.

마침내 그는 말을 멈췄고 금방이라도 울 것 같은 표정이 되어 내뱉듯이 말했다.

"이젠 도저히 참을 수가 없어. 이 울분을 풀지 않으면…… 네놈들에 비하면 내가 여섯 살 때 가지고 있었던 장난감 병정들이 훨씬 나아. 좋아! 너희들 같은 쓰레기 중에서도 나와 싸워 이길 수 있다고 생각하는 놈이 있나? 이 많은 놈들 중 사내자식은 한 명도 없단 말이냐? 말해 봐!"

우리들은 침묵하고 있었다. 나도 그중 한 사람이었다. 그가 나를 간단하게 처리할 수 있다는 사실을 나는 의심하지 않았다. 재고해 볼 가치조차 없었다.

키 큰 작자들이 선 줄 쪽에서 누군가가 말했다.

"지는 마 이길 수 있을 거라 생각이 되는데요…… 상사님."

짐은 기쁜 표정이 되었다.

"좋아! 내가 볼 수 있게 앞으로 나오도록."

앞으로 나온 신병은 놀랄 정도의 거구였다. 짐 상사보다 적어도 10센티미터는 키가 컸고, 어깨 폭은 더 넓었다.

"이름이 뭔가?"

"아…… 브레킨리지라 합니다, 상사님……. 210파운드 나갑니다. 어딜 찾아봐도 '흐늘흐늘한' 데는 없습니다."

"뭔가 특별한 방법으로 싸우고 싶나?"

"어차피 상사님이 작살날 건데 피차 무슨 방법이 필요하겠습니까? 전 뭐라도 좋습니다."

"좋아, 그럼 룰은 없는 걸로 하지. 맘대로 덤벼 봐."

짐은 자신의 지휘봉을 옆으로 던졌다.

싸움은 시작됐고…… 그 즉시 끝났다. 거구의 신병은 땅에 주저앉았고, 오른손으로 왼쪽 손목을 잡고 있었다. 그는 아무 말도 하지 않았다.

짐은 허리를 구부리고 그에게 물었다.

"부러졌나?"

"아…… 그런 것 같습니다……. 상사님."

"유감이로군. 네가 너무 서둘렀기 때문이야. 의무실이 어딘지 알고 있나? 아냐, 됐어…… 존스! 브레킨리지를 의무실로 데려가도록."

짐은 떠나가는 브레킨리지의 오른쪽 어깨를 두드리고 조용하게 말했다.

"한 달쯤 뒤에 다시 해 보자. 어떻게 해서 그렇게 됐는지 가르쳐 주지."

이건 개인적으로 한 말 같았지만 그들은 내가 추위로 인해 천천히 동태가 되어 가고 있는 장소에서 2미터도 채 떨어져 있지 않았다.

짐은 뒤로 물러나서 큰 소리로 말했다.

"좋아. 이 중대엔 적어도 한 명의 사나이는 있었다. 덕택에 내 기분도 좀 나아졌다. 또 해볼 사람은 없나? 두 사람이면 어떤가? 너희들 같은 병든 두꺼비 중에서도 2대1이라면 나와 해볼 만하다고 생각하는 놈은 없나?"

짐은 대열을 이리저리 둘러보았다.

"겁쟁이에다가 줏대도 없는 이…… 아, 있군! 맞나? 열외로 나와."

같은 줄에서 나란히 서 있었던 두 명의 신병이 앞으로 나왔다. 서로 수군거리며 의논한 다음에 나온 것 같았지만 그들 또한 키 큰 작자들이 있는 줄에서 한참 들어간 곳에 서 있었기 때문에 나는 그것을 듣지 못했던 것이다.

짐은 그들을 보며 미소를 지었다.

"이름을 말하도록. 너희들의 유족을 위해서다."

"하인리히."

"하인리히, 그리고 뭐냐?"

"하인리히입니다, 상사님. 실례했습니다."

그는 옆에 선 신병에게 뭐라고 빠르게 말하고 난 뒤 정중하게 덧붙여 말했다.

"이 친구는 표준 영어를 아직 잘 말하지 못합니다, 상사님."

"마이어, 마인 헤어."

다른 사내가 자기 이름을 말했다.

"괜찮아. 여기 왔을 때 영어를 거의 못하는 신병은 많아…… 나도 마찬가지였다. 마이어에게 걱정하지 말라고 해라. 금방 배울 수 있을 거라고. 하지만 우리가 이제부터 무엇을 하는지는 알고 있겠지?"

"야볼."

마이어가 동의했다.

"물론입니다, 상사님. 표준어를 이해할 수는 있지만, 아직 말을 잘 못하는 것뿐입니다."

"좋아. 너희 얼굴 흉터는 어디서 만들어온 거냐? 하이델베르크에선가?"

"나인…… 아닙니다, 상사님. 쾨니히스베르크였습니다."

"그게 그거군."

짐은 브레킨리지를 손본 뒤에 다시 집어 들었던 지휘봉을 빙빙 돌리면서 말했다.

"각자 이런 걸 빌리고 싶은 생각은 없나?"

하인리히는 조심스럽게 대답했다.

"그럼 상사님에게는 공평하지 못하게 됩니다. 괜찮으시다면 맨손이 좋겠습니다."

"맘대로 해. 맨손이라고 해서 너희들이 유리한 건 아니지만 말이야. 쾨니히스베르크라고 했던가? 룰은?"

"세 명이 싸우는데 어떻게 룰이 있을 수 있겠습니까? 상사님."

"흥미로운 의견이군. 좋아, 그럼 눈깔을 후벼 파는 경우엔 그걸 나중에 반환하기로 하지. 난 준비가 됐어. 너희들이 좋을 때 시작하도록."

짐은 자신의 지휘봉을 내던졌다. 누군가가 그것을 받았다.

"농담이시겠죠, 상사님. 저희들은 눈을 후벼 팔 생각은 없습니다."

"좋아, 눈은 후벼 파지 않기로 하지. 덤벼라."

"예?"

"덤벼 보란 말이다! 못 하겠다면 대열로 돌아가!"

내가 그 당시 지금 얘기하는 식으로 그것을 보았다고는 단언할 수 없다. 부분적으로는 훗날 훈련을 통해 깨달은 것이기 때문이다. 어쨌든 내가 보았다고 생각한 것은 다음과 같다.

두 명은 각각 중대장을 양 측면에서 완전히 포위하는 위치로 이동했다. 그러나 아직 거리를 두고 있었다. 이런 상황에서 단독으로 싸우는 쪽은 네 가지의 기본적인 동작을 선택할 수 있다. 여럿이서 협력하여 싸우는 적보다 더 우월한 기동성과 통일된 움직임을 가진 개인의 장점을 살리는 것이다. 짐 상사는 어떠한 집단이라도 완벽하게 협력하고 있지 않는 한 오합지졸에 불과하고, 단독으로 싸우는 한 사람보다도 더 약하다고 말했다. 옳은 말이다. 예를 들자면 짐 상사는 두 사람 중 한 명을 페인트 모션으로 견제한 후, 재빨리 다른 한 명을 행동불능 상태로 만들고 나서(이를테면 무릎의 종지뼈를 깨 버리거나 해서) 남은 한 명을 여유 있게 처리할 수 있었던 것이다.

그러는 대신 짐은 그들이 공격하게 내버려 두었다. 마이어가 그를 향해 빠르게 돌진했다. 태클해서 그를 쓰러뜨린 후 하인리히가 위로 들어와 아마 군화로 차려는 속셈으로 보였다. 이런 식으로 싸움은 시작된 것처럼 보였다.

내가 보았다고 생각되는 장면은 이렇다. 마이어는 그를 넘어뜨릴 만큼 가까이로는 접근하지도 못했다. 짐 상사는 순간적으로 마이어를 향해 몸을 돌리면서 하인리히의 배를 걷어찼고, 그와 동시에 마이어의 몸은 짐 상사의 맹렬한 가격에 힘입어 사지를 허우적거리며 공중을 날아가고 있었다.

그러나 내가 확언할 수 있는 것은 싸움이 시작되었고, 그러자마자 두 독일 청년이 편안한 표정으로 뻗어 있었다는 사실뿐이었다. 서로 거의 머리를 맞댄 채 한 명은 위를 보고, 다른 한 명은 엎드린 채로 누워 있었다. 짐은 그들 옆에서 숨가빠하지도 않고 서 있었다.

"존스. 아니, 존스는 갔지? 마무드! 양동이를 가져와서 이 녀석들이 정신을 차리게 하도록. 내 이쑤시개를 누가 가지고 있지?"

짐이 말했다.

얼마 후 두 명은 의식을 되찾았고, 물에 젖은 새앙쥐 꼴이 되어 대열로 복귀했다. 짐은 우리를 둘러보며 온화한 어조로 말했다.

"이제 더 없나? 그럼 유연체조를 시작할까?"

나는 더 이상 누가 나올 거라고는 기대하지 않았고 아마 짐도 같은 생각이었을 것이다. 그러나 키가 작은 작자들이 도열한 대열 좌측에서 한 사내가 나와 대열 정면으로 걸어 나왔다. 짐은 그를 내려다보고 말했다.

"너 혼자냐? 아니면 파트너를 고르고 싶나?"

"저 혼자입니다, 상사님."

"좋을 대로 해. 이름은?"

"슈즈미입니다, 상사님."

짐은 눈을 크게 떴다.

"슈즈미 대령과 무슨 관계가 있나?"

"저는 대령의 아들이라는 사실을 명예로 여기고 있습니다, 상사님."

"아, 그랬었군! 검은 띠인가?"

"아닙니다, 상사님. 아직 승단하지는 못했습니다."

"좋아. 너에게 그만한 자격이 있다니 기쁘군. 그런데 슈즈미, 시합 규칙을 적용하고 싶나, 아니면 구급차를 부르는 쪽이 낫겠나?"

"상사님께 맡기겠습니다. 하지만 제 의견을 듣고 싶으시다면 시합 규칙을 적용하는 것이 더 신중한 선택이라고 생각됩니다만."

"그게 무슨 뜻인지는 잘 모르겠지만 어쨌든 동의하겠다."

짐은 권위의 상징을 옆으로 내던졌고, 그리고 이건 믿기 힘든 일이었지만, 그들은 뒤로 물러나 서로를 보고 고개를 숙였다.

그리고 상체를 앞으로 반쯤 구부린 후 원을 그리며 빙빙 돌기 시작했다. 그들은 이따금 서로를 손으로 붙잡으려는 동작을 보였고, 마치 싸움 중인 수탉들처럼 보였다.

그들은 갑자기 접촉했다. 그러자마자 작은 체구의 신병은 땅에 누웠고 짐 상사는 신병의 머리 너머로 날아가고 있었다. 그러나 짐 상사는 마이어처럼 둔탁한 소리를 내며 추락해서 뻗어 버리거나 하지는 않았다. 그는 몸을 굴리면서 착지했고 슈즈미가 땅에서 일어나는 것과 동시에 몸을 일으켜 상대방을 향하고 있었다.

"반자이!"

짐은 그렇게 외치고 씩 웃었다.

"아리가토."

슈즈미도 그렇게 대답하며 미소를 지어 보였다.

그러자마자 그들은 다시 맞부딪쳤다. 나는 상사가 다시 공중으로 날아갈 것이라고 생각했지만 그 예상은 빗나갔다. 그러는 대신 그는 미끄러지듯이 상대방을 향해 나아갔다. 그러고 나서 두 사람의 팔다리가 뒤죽박죽으로 얽히는 것이 보였고, 동작이 느려지는가 했더니 짐이 슈즈미의 왼발을 자신의 오른쪽 귀에 대고 조르고 있었다.

슈즈미는 땅을 자유로운 쪽의 손으로 쳤고, 그 즉시 짐은 그를 놓아주었다. 그들은 다시 서로에게 고개를 숙이고 인사했다.

"한판 더 하시겠습니까, 상사님?"

"유감이지만 이제 훈련을 시작해야 해. 다음 기회에 하기로 하지. 즐거움과…… 명예를 위해서 말이야. 미리 얘기해 두는 편이 나았을지도 모르겠군. 나를 훈련한 사람은 바로 너의 부친이시다."

"저도 그렇게 추측하고 있었습니다, 상사님. 그럼 다음 기회에."

짐은 그의 어깨를 두드리며 말했다.

"대열로 복귀하도록. 중대…… 차렷!"

그러고 나서 우리는 20분 정도 유연체조를 했다. 그것이 끝났을 때 나는 땀을 비 오듯이 흘리고 있었고, 추위에 떨던 몸은 이제 후끈하게 달아 있었다. 짐 자신이 호령하며 체조를 지도했고, 우리와 함께 몸을 움직였다. 내가 보는 한 그는 전혀 지친 기색을 보이지 않았고, 체조가 끝났을 때도 우리처럼 숨을 헐떡거리거나 하지는 않았다. 그 아침 이후 그가 몸소 체조를 지휘한 적은 한 번도 없었지만(아침 식사 이전에 그를 보는 일은 다시는 없었다. 계급에는 그에 상응하는 특권이 주어지는 법이다.), 그날 아침만은 그가 직접 나섰던 것이다. 짐은 체조가 끝나고 완전히 녹초가 된 우리를 구보시켜서 식사용 텐트로 데리고 갔다. 그러는 도중에도 계속 고래고래 호령했다.

"더 빨리 달려! 뛰란 말이다! 기어갈 생각이냐?"

캠프 아서 커리에서는 어디를 가든 간에 무조건 구보를 해야 했다. 커리가 뭘 하던 작자인지는 끝끝내 알아내지 못했지만, 추측컨대 그는 육상 선수였음이 틀림없다.

브레킨리지는 이미 식당 텐트에 와 있었다. 손가락만 빼고 손목부터 아래로 깁스 붕대를 감고 있었다. 그의 목소리가 들려왔다.

"아니, 한쪽이 쪼끔 부러졌을 뿐이야…… 이것보다 더 심하게 다친 상태에서 싸운 적도 있다. 두고 봐. 언젠간 작살낼 거야."

그럴 수 있을 것 같지는 않았다. 슈즈미라면 아마 그럴 수 있을지도 모른다. 하지만 저 커다란 고릴라에겐 무리였다. 자기하고는 수준 자체가 다른 상대에게 지고서도 그 사실을 깨닫지 못하고 있었다. 나는 처음 보았을 때부터 질이 싫었다. 그러나 그에게는 풍격이라고 할 만한 것이 있었다.

조반은 괜찮은 편이었다. 모든 음식이 맛이 있었다. 기숙사제 학교가 가끔 그렇듯이 인생을 비참하게 만드는 엄격한 규율 따위는 존재하지 않았다. 코를 접시에 처박고 양손으로 음식을 떠 넣어도 아무도 상관하지 않았다. 그리고 이건 좋은 일이었다. 실질적으로 식사는 누군가에게 일일이 간섭받지 않아도 되는 유일한 시간이었으니까. 아침 메뉴는 내가 집에서 먹던 것과는 전혀 달랐고, 민간인 급사들은 음식을 만약 어머니가 보았더라면 얼굴이 창백해져서 방에서 나가 버릴 정도로 난폭하게 우리들 앞에 던지며 돌아다녔지만 말이다. 그러나 음식 자체는 뜨거웠고, 양도 충분했고, 맛도 나쁘지 않았다. 나는 보통 먹던 양의 네 배는 먹었고, 크림과 설탕을 잔뜩 넣은 커피도 실컷 마셨다. 당시에는 상어라도 껍질째로 먹을 수 있었을 것이다.

내가 커피를 두 잔째 마시고 있을 때 브론스키 병장이 젠킨스를 데리고 들어왔다. 짐이 혼자서 밥을 먹고 있는 테이블 앞에서 두 사람이 잠깐 멈춰 서는 것이 보였다. 곧 젠킨스는 내 옆 의자에 쓰러지듯이 앉았다. 지독하게 지친 기색이었다. 창백하고 피폐한 표정으로 거칠게 숨을 내쉬는 젠킨스에게 내가 말했다.

"자, 여기 커피가 있으니까 좀 마셔."

젠킨스는 고개를 저었다.

나는 계속 권했다.

"좀 먹어 두는 게 나을 거야. 스크램블드에그라도 먹어 봐. 이거라면 괜찮을걸."

"못 먹겠어. 빌어먹을. 그 빌어먹을 자식……."

젠킨스는 거의 억양이 없는 단조롭고 낮은 목소리로 짐을 저주하기 시작했다.

"난 조반을 건너뛰고 좀 누워 있고 싶다고 했을 뿐이야. 브론스키는 그걸 허락하지 않았어. 우선 중대장을 만나 봐야 한다는 거야. 그래서 직접 놈에게 가서 아프다고 했어. 그 자식 얼굴에 대고 직접 말이야. 그런데 내 뺨을 만져 보고 맥박 수를 세어 보더니 그 자식이 뭐랬는지 알아? 진료 소집 시간은 9시라는군. 내 텐트로 돌아가지도 못하게 했어. 시궁쥐 같은 놈! 언젠가 어두운 날 밤을 틈타 복수해 줄 테다. 기필코."

어쨌든 나는 젠킨스에게 스크램블드에그를 스푼으로 떠 주었고 커피를 따라 주었다. 결국 그도 먹기 시작했다. 짐 상사는 우리들 대다수가 아직도 먹고 있었을 때 자리에서 일어나 나가다가 우리 테이블 옆에서 멈춰 섰다.

"젠킨스."

"응? 예, 상사님."

"09시에 진료 소집에 응한 뒤에 의사에게 가도록."

젠킨스의 턱 근육이 경련했다. 그는 천천히 대답했다.

"약은 필요 없습니다……. 상사님, 괜찮을 겁니다."

"09시야. 이건 명령이다."

그렇게 말하고 짐은 밖으로 나갔다.

젠킨스는 다시 단조롭게 중얼거리기 시작했다. 이윽고 그는 말을 멈추고 스크램블드에그를 한 입 먹더니 아까보다는 약간 큰 목소리로 말했다.

"도대체 어떤 어머니한테서 저런 자식이 나왔는지 알고 싶어. 한 번이라도 좋으니까 그 여자 얼굴을 보고 싶군. 놈에게도 어머니가 있었을까?"

이건 수사적인 질문이었지만 대답이 돌아왔다. 우리 테이블의 상좌에는 의자 몇 개를 사이에 두고 교육계 병장이 한 사람 앉아 있었다. 식사를 마치고 담배를 피우는 동시에 이를 쑤시는 중이었다. 그가 젠킨스의 말을 듣고 있었다는 사실은 명백했다.

"젠킨스……."

"아…… 병장님?"

"너는 하사관들이 어떤 인종인지 모르나?"

"아…… 조금씩 배워 가고 있습니다."

"놈들에게는 어머니란 없어. 어느 선임한테 물어봐도 같은 대답이 돌아올걸."

그는 우리를 향해 연기를 뿜었다.

"놈들은 분열해서 번식해…… 박테리아처럼 말이야"

4

여호와께서 기드온에게 이르시되 너를 좇은 백성이 너무 많은즉……
이제 너는 백성의 귀에 고하여 이르기를 누구든지 두려워서 떠는 자여든……
떠나 돌아가라 하라 하시니 이에 돌아간 백성이 이만이천 명이요
남은 자가 일만 명이었더라. 여호와께서 또 기드온에게 이르시되 백성이
아직도 많으니 그들을 인도하여 물가로 내려가라 거기서 내가 너를
위하여 그들을 시험하리라…… 이에 백성을 인도하여 물가에 내려가매
여호와께서 기드온에게 이르시되 무릇 개의 핥는 것같이 그 혀로 물을 핥는
자는 너는 따로 세우고 또 무릇 무릎을 꿇고 마시는 자도 그같이 하라
하시더니 손으로 움켜 입에 대고 핥는 자의 수는 삼백 명이요……
여호와께서 기드온에게 이르시되 내가…… 이삼백 명으로 너희를
구원하여…… 남은 백성은 가각 그 처소로 돌아갈 것이니라…….

— 사사기 7:2-7

캠프 커리에 도착한 지 2주일 뒤에 교관들은 우리들의 야전침대까지 거두어 갔다. 더 정확하게 말하자면 (별로 마음 내키지는 않았지만) 우리 손으로 직접 침대를 접은 뒤에 4마일 떨어진 창고까지 가져가야 했던 것이다. 그러나 이것은 그리 중대한 일은 아니었다. 땅바닥 쪽이 훨씬 따뜻하고 푹신했으니까. 특히 한밤중에 비상소집 경보가 울리고, 밖으로 후다닥 뛰어나가서 병정놀이를 해야 했을 경우에는 말이다. 일주일에 세 번 실제로 그런 일이 있었다. 그러나 나는 이런 훈련 소집이 끝난 직후에 다시 푹 잘 수 있었다. 어떤 장소, 어떤 시간에도 잠을 자는 법을 터득하고 있었다. 앉아서, 일어서서, 심지어는 줄을 지어 행군할 때조차도 그럴 수 있었던 것이다. 게다가 저녁 열병 중에도 차려 자세로 자면서 음악을 즐겼고, 분열 행진을 명하는 호령이 들려오자마자 순간적으로 깰 수 있었다.

나는 캠프 커리에서 극히 중요한 발견을 했다. 행복이란 충분한 수면을 의미한다. 단지 그뿐이다. 다른 것은 없다. 불행한 부자들은 모두 수면제를

먹지만, 기동보병은 그런 것을 필요로 하지 않는다. 캡슐 강하병에게 잠자리와 조금이라도 잘 시간을 주어 보라. 그러면 사과 속으로 파고 든 벌레처럼 행복해할 것이다. 쿨쿨 자면서 말이다.

이론적으로 우리에게는 여덟 시간의 수면 시간과, 석식 후 한 시간 반 정도의 개인 시간이 주어졌다. 그러나 야간 수면 시간은 비상소집, 불침번, 야전 행군, 신의 의지 및 상관의 변덕 등에 따라 줄어들기 일쑤였고, 저녁의 개인 시간은 작은 실수로 인한 분대 사역이나 특별 임무로 써 버리지 않는다면 구두를 광내거나, 빨래를 하거나, 서로 이발을 해 주거나 하는 일 등으로 날아가 버렸다.(우리들 중 몇몇은 상당히 솜씨 좋은 이발사가 되었지만, 당구공처럼 빡빡 민 헤어스타일밖에는 허용되지 않았을 경우에는 누구라도 이발사가 될 수 있다.) 게다가 장비, 인원, 교육계 하사관들이 명령하는 수많은 잡무가 여기 덧붙여진다. 예를 들사면 아침 점호 때 우리는 "목욕 끝!"이라고 대답하는 법을 배웠다. 이 말은 어제 기상나팔이 울린 후 적어도 한 번은 몸을 씻었다는 뜻이다. 이건 거짓말을 하고 넘어갈 수도 있었지만(나도 몇 번 그런 적이 있다.), 아무리 보아도 최근에 씻은 것 같지는 않은데도 그런 거짓말을 한 녀석이 우리 중대에 적어도 한 명 있었다. 결국 그의 분대원들은 옆에서 감독하는 교육계 병장이 내놓는 여러 가지 유용한 제안을 들어 가며, 빳빳한 솔과 청소용 비누를 가지고 그의 몸을 빡빡 문질러야 했다.

그러나 저녁 식사 후 서둘러 할 일이 없을 경우에는 편지를 쓸 수도 있었고, 주위를 어슬렁거리거나, 잡담을 하거나, 하사관들의 수많은 정신적, 도덕적 결점에 관해 토의하거나, 우리 종족의 여성에 관해 잡담을 나눌 수도 있었다.(그러나 우리는 그런 생물은 존재하지도 않으며, 불타는 듯한 망상에서 비롯된 신화일 뿐이라고 확신하게 되었다. 우리 중대의 한 병사는 연대 본부에 갔을 때 여자를 한 명 보았다고 주장했지만, 그 즉시 만장일치로 거짓말쟁이에

다가 허풍선이라는 낙인이 찍혔다.) 아니면 카드놀이를 할 수도 있었다. 나는 여기에 직접 참가해서 인사이드 스트레이트를 노린다는 것은 바보짓이라는 뼈저린 교훈을 얻었고, 다시는 그런 짓을 하지 않았다. 아니, 그다음부터는 아예 카드에 손을 대지도 않았다.

혹은 20분간의 개인 시간을 실제로 확보할 수 있다면 자는 방안도 있다. 이것은 매우 훌륭한 선택으로 간주되었다. 우리는 언제나 몇 주일분의 수면 부족에 시달리고 있었던 것이다.

신병 교육이 필요 이상으로 힘들다는 인상을 내가 주었는지도 모르겠다. 이것은 사실이 아니다.

신병 교육은 가능한 한 힘들도록 되어 있다. 고의적으로 그렇게 만들어져 있는 것이다.

모든 신병은 신병 교육이 완전한 야비함, 계산된 사디즘, 다른 사람이 고통받는 것을 즐거워하는 무분별한 저능아들의 사주를 받고 만들어졌다고 확신하고 있다.

그러나 이것은 틀린 생각이다. 신병 훈련은 잔인함 자체를 즐기는 병적 기호라고 하기에는 너무 지능적이고, 효율적이며, 몰개성적으로 조직되어 있었다. 외과 의사가 외과 수술에 대해 느끼는 것과 마찬가지로 무감동하게 계획되어 있었던 것이다. 물론 일부 교관들은 실제로 그것을 즐겼을지도 모르지만, 내가 그 사실을 확인할 도리는 없다. 그리고 적성 담당 장교들이 교관을 뽑을 때 그런 경향을 가진 인물을 가능한 한 제외하려고 한다는 사실을 (지금은) 알고 있다. 그들이 찾는 교관이란 신병을 될 수 있는 한 힘들게 만드는 기술을 가진 숙련되고 헌신적인 교관인 것이다. 약한 자를 못살게 구는 것을 좋아하는 인물은 그런 일을 하기에는 너무 멍청하고 감정적인 데다가, 자신이 느끼는 즐거움 자체에 싫증을 낸 나머지 느슨해지기 십상이다.

그러나 그들 사이에도 그런 인간이 끼어 있을 가능성은 언제나 있다. 그러나 어떤 외과의들은(그들이 돌팔이일 필요는 없다.) 외과 수술이라는 인술(仁術)의 수행에 수반되는 절개라든지 출혈을 실제로 즐긴다는 얘기를 들은 적이 있긴 하다.

신병 교육은 바로 외과 수술이었다. 수술의 일차적인 목적은 기동보병이 되기에는 너무 연약하거나 어린애 같은 신병을 제거하고, 부대에서 쫓아내는 데 있었다. 교육은 그 목적을 달성했다. 집단적으로.(나도 거의 쫓겨날 뻔했다.) 처음 6주가 지난 후 우리 중대는 소대 크기로 줄어들어 있었다. 신병의 일부는 불리한 기록을 남기는 일 없이 탈락했고, 만약 원한다면 비전투 부문에서 병역을 마쳐도 된다는 허락을 받았다. 나머지는 불명예 전역, 임무 불이행 전역, 의병 전역 처분을 받았다.

탈락자가 떠나가는 광경을 목격하거나, 아니면 본인이 직접 얘기해 주지 않는 한 전역 이유를 알 수는 없었다. 그러나 그들 일부는 신병 생활에 진절머리를 낸 나머지 큰 소리로 그것을 선전한 후 사임했고, 선거권을 얻을 기회를 영원히 상실했다. 또 어떤 신병들, 특히 나이가 많은 신병들 중에는 아무리 열심히 노력해도 훈련을 육체적으로 따라가지 못하는 사람들이 있었다. 나도 그중 한 명을 기억하고 있다. 카루더스라는 이름의 붙임성 있는 노땅이었고, 나이는 아마 서른다섯 살 정도였을 것이다. 그는 들것에 실려 나가면서도 희미한 목소리로 "이건 불공평해!"라고 외쳤고, 다시 돌아올 것을 다짐했다.

이것은 약간 슬픈 사건이었다. 왜냐하면 우리들은 카루더스를 좋아했고, 그가 노력했던 것도 사실이기 때문이다. 그래서 우리는 그에게서 눈을 돌렸고, 두 번 다시 그와는 만날 수 없을 것이라고 생각했다. 의병제대한 뒤에 민간인으로 돌아갈 것이 확실했기 때문이다. 그러나 훨씬 훗날 나는 카루더스를 만날 수 있었다. 그는 전역을 거부했고(의병제대는 강요할 수 없다.), 병력 수송함의 삼등 요리사가 되어 있었다. 카루더스는 나를 기억하고 있었고, 옛일들에 관해 얘기하고 싶어 했다. 우리 아버지가 당신의 하버드식 악센트를 자랑스럽게 여기시는 것과 마찬가지로 자기가 캠프 커리의 일원이었다는 사실을 자랑스럽게 여기고 있었던 것이다. 그는 보통 해군 병사들에 대해 약간 우월감을 느끼고 있었다. 아마 그의 생각이 옳은지도 모른다.

그러나 지방질을 신속하게 제거하고, 전혀 가망이 없는 병사를 교육하는 데 쓰일 정부 예산을 절약하는 것보다도 훨씬 더 중요한 일이 있다. 신병훈련의 지상 목표는, 전투 강하를 위해 충분한 준비가 되어 있지 않는 이상 어떠한 캡슐 강하병도 캡슐에 들어가는 일이 없도록 (가능한 한 인도적인 방법을 써서) 보장하는 데 있다. 강하병은 강인하고, 결의에 차 있으며, 노련하고, 완벽히 훈련되어 있어야 한다. 그렇지 않으면 그건 연방에게도 불공평하고, 그의 전우들에게도 불공평하다. 그리고 당사자에게 가장 불공평한 일이 되는 것이다.

그럼에도 불구하고 신병 캠프는 필요 이상으로, 또 잔인할 정도로 엄격하다고 말할 수 있을까?

그 의견에 대해 나는 이런 말밖에 할 수 없다. 내가 다음에 전투 강하를 할 때에는, 내 양편의 전우가 캠프 커리 출신이든가, 아니면 그것의 시베리아 판(版)에 해당하는 곳을 졸업한 병사이기를 원한다고. 그게 아니라면 나는 캡슐에 들어가는 것을 거부할 것이다.

그러나 그 당시 나는 그것이 아무 쓸모도 없는 사악한 난센스라고 생각하고 있었다. 사소한 예를 들자면, 우리는 작업복을 입고 있었지만, 그곳에 도착한 지 일주일 후 열병식을 위한 고동색의 통상 군복을 추가로 지급받았다.(정장과 예장은 훨씬 나중에서야 지급됐다.) 나는 내 웃옷을 가지고 피복 지급 창고로 가서 보급계 하사에게 불평했다. 보급계 하사관은 그 하사뿐이었고, 어쩐지 아버지 같은 느낌을 주는 인물이었기 때문에 나는 그를 일종의 반(半)민간인으로 간주하고 있었다. 그 당시에는 아직도 그의 가슴에 달린 약식 훈장이 무엇을 뜻하는지를 모르고 있었다. 알고 있었다면 아예 말을 걸 엄두도 내지 못했을 것이다.

"하사님, 이 웃옷은 너무 큽니다. 우리 중대장은 이걸 보고 천막 같다고 했습니다."

그는 손을 대려고도 하지 않고 웃옷을 보았다.

"정말인가?"

"예. 몸에 맞는 걸 입고 싶습니다."

그러나 그는 여전히 손가락 하나 까딱하지 않았다.

"좋은 교훈을 하나 주지, 신병. 군대에는 두 가지 사이즈밖에는 없어. 너무 크든지, 너무 작든지, 둘 중의 하나야."

"하지만 중대장님은……."

"물론 그랬겠지."

"하지만 전 어떻게 해야 합니까?"

"오, 그럼 옷 대신 내 충고를 원하고 있었던 거군! 그렇다면 좋은 게 하나 있어. 오늘 막 도착한 거야. 흐음…… 나라면 어떻게 할지 말해 주지. 자, 여기 바늘이 있네. 실까지 덤으로 붙여 주지. 가위 같은 건 필요 없어. 면도날 쪽이 더 나아. 그걸로 허리를 줄이란 말이야. 하지만 거기서 나온 천은 남겨 둬. 나중에 어깨 쪽을 넓힐 때 써야 하니까. 나중에 필요하게 될 거야."

내 재단 솜씨에 대해 짐 상사는 그저 한마디 언급했을 뿐이었다.

"그것보다 더 나은 걸 만들 수 있어. 초과 근무 두 시간."

그래서 다음 열병식 때 나는 더 나은 것을 입고 나갔다.

처음 6주일은 신체 단련과 혹독한 훈련이 전부였고, 수많은 제식 훈련과 행군을 포함하고 있었다. 많은 신병들이 낙오해서 집이나 다른 곳으로 가버린 시점에서, 남은 우리들은 열 시간에 50마일을 행군할 수 있는 수준에 도달해 있었다. 평소에 잘 걷지 않는 사람을 위해 참고로 말하자면, 이것은 같은 시간 내에 좋은 말을 타고 갈 수 있는 최대 거리에 가깝다. 휴식을 취할 때도 정지하는 것이 아니라 속도를 늦출 뿐이었다. 행진, 구보, 속보 하는 식으로 말이다. 이따금 우리는 그 거리를 전부 주파한 후 야영했고, 야전 식량을 먹은 다음 침낭에서 잠을 자고 다음 날 귀환하곤 했다.

어느 날 우리들은 통상적인 행군을 시작했다. 침낭도 메고 있지 않았고, 야전 식량도 가지고 있지 않았다. 점심 식사를 위해 대열이 멈추지 않았을 때도 나는 놀라지 않았다. 식당 텐트에서 슬쩍한 설탕이라든지 건빵 등을 숨기고 올 정도의 지혜는 이미 터득하고 있었기 때문이었다. 그러나 오후에도 계속 행군이 계속되고 점점 캠프에서 멀어졌을 때는 나도 약간 걱정이 되기 시작했다. 그러나 나는 바보 같은 질문은 하지 않는 법을 배우고 있었다.

우리는 일몰 조금 전에 멈췄다. 3개 중대로 출발했지만, 그때는 약간 수가 줄어 있었다. 우리는 대대 편성의 분열 행진을 군악대 없이 했고, 보초를 세운 다음 해산했다. 나는 그 즉시 교육계 병장인 브론스키를 찾았다. 다른 교관들에 비해 그는 어느 정도 말을 걸기 쉬웠기 때문이었다……. 그리고 나는 어느 정도 책임감을 느끼고 있었다. 당시 나는 임시 병장직을 맡고 있었기 때문이었다. 이런 식으로 신병에게 주어지는 계급장은 별 의미가 없었다. 특권이라고 해 보았자 자기 분대가 뭔가 잘못을 저질렀을 때 대표로 욕을 먹는 것이 고작인 것이다. 게다가 나 자신이 그랬을 때도 마찬가지이다. 그리고 그 계급장은 받은 것만큼 빨리 뺏길 가능성이 있었다. 짐 상사는 연장자들을 우선적으로 임시 하사관으로 임명했고, 지금 내가 차고 있는 완장은 이틀 전 우리 분대장이 낙오해서 병원으로 후송되었을 때 이어받은 것이었다.

"브론스키 병장님, 식사는 언젠지 가르쳐 주시지 않겠습니까?"

내가 이렇게 말하자 병장은 나를 보고 씩 웃었다.

"난 크래커를 두 개 가지고 왔어. 나눠 줄까?"

"예? 아, 괜찮습니다, 병장님. 고맙습니다."

(나는 크래커 두 개보다 먹을 것을 훨씬 더 많이 가지고 있었다. 요령이 생겼다고나 할까.)

"그럼 식사는 없습니까?"

"난 아무런 명령도 받지 않았어. 하지만 헬리콥터가 오는 것 같지는 않군. 만약 내가 너라면, 분대원들을 모아서 어떻게 해야 할지를 결정할걸. 너희들 중에 혹시 돌멩이로 산토끼를 잡을 수 있는 녀석이 있을지도 모르니까 말이야."

"예, 병장님. 하지만, 우린 여기서 밤을 새우는 겁니까? 아무도 침낭을 가져오지 않았습니다."

병장이 눈썹을 크게 치켜세웠다.

"침낭이 없다고? 그건 정말 놀라운 일이군!"

그는 잠시 생각에 빠진 것처럼 보였다.

"흐음…… 눈보라가 칠 때 양들이 떼 지어 모이는 것을 본 적이 있나?"

"아, 없습니다, 병장님."

"한번 그래 봐. 양들은 얼어 죽지 않으니까 아마 너희들도 죽지 않을지 몰라. 같이 있는 게 싫다면 밤새 걸어 다니는 수도 있지. 보초선 안에서 그런다면 널 방해할 사람은 아무도 없어. 물론 내일이 되면 좀 피곤하겠지만 말이야."

그는 다시 씩 웃어 보였다.

나는 경례하고 내 분대로 돌아갔다. 우리는 먹을 것을 내놓고 똑같이 나눴다. 그러나 내 몫은 내가 처음 가지고 있던 것보다 줄어 있었다. 먹을 것을 아무것도 가져오지 않은 멍청이가 있었는가 하면, 행군하면서 가져온 것을 전부 먹어 버린 녀석도 있었기 때문이다. 하지만 크래커와 말린 자두 몇 개는 뱃속에서 나는 비상 신호를 잠재우는 데 큰 도움이 되었다.

양 떼 흉내도 효과가 있었다. 우리 반원 모두(3개 분대)가 모여 그렇게 했던 것이다. 이것은 수면 방법으로서는 추천할 만한 것이 못 된다. 당신이 바깥쪽에 있다면 몸 한쪽이 얼어붙고, 어떻겐가 안쪽으로 파고들려고 한다. 만약 안쪽에 있다면 따뜻하기는 하지만, 다른 사람들 모두가 당신을 팔꿈치로 밀고, 발로 걷어차고, 냄새나는 입김을 뿜어 오는 것이다. 결국은 입자가 브라운 운동을 하듯이 밤새도록 전자의 상태에서 후자의 상태로 왔다 갔다 하게 된다. 깨어 있는 것도 아니고, 그렇다고 완전히 잠이 들어 있는 것도 아니다. 그런 밤은 마치 100년이나 되는 것처럼 느껴지곤 했다.

우리는 새벽에 귀에 익은 "전원 기상! 빨리빨리 움직여!"라는 고함 소리와 함께, 바깥으로 튀어나와 있는 엉덩이에 용서 없이 가해지는 지휘봉의 일격에 힘입어 잠에서 깼다……. 그리고 아침 체조가 시작되었다. 마치 시체라도 된 것 같은 느낌이었고, 도저히 손을 발끝에 댈 수 있을 것 같지는 않았다. 그러나 아프기는 했지만 결국 그럴 수 있었고, 20분 후에 다시 행군을 개시했을 때 내 컨디션은 노인처럼 느껴질 정도로는 개선되어 있었다. 짐 상사는 전혀 지친 기색이 아니었다. 게다가 이 악당은 어떻게 그랬는지는 몰라도 수염까지 깎고 있었다.

행군 중인 우리들의 등 위로 따스한 햇볕이 내리쬐었다. 짐은 우리에게 군가를 부르게 했다. 처음에는 오래된 노래, 이를테면 「즐거운 우리 연대(*Le Regiment de Sambre et Meuse*)」와 「탄약차(*Caissons*)」, 「몬테주마의 홀(*Halls of Montezuma*)」을 불렀고, 그다음에는 우리들 자신의 군가인 「캡슐 강하병의 폴카(*Cap Trooper's Polka*)」를 불렀다. 짐 상사는 완전한 음치였고, 귀청이 찢어질 정도의 목소리로 꽥꽥거릴 뿐이었다. 그러나 브레킨리지가 올바른 음정으로 확실하게 선창해 주었기 때문에, 짐의 엉터리 음정에도 불구하고 우리는 노래를 계속할 수 있었다. 우리 모두가 의기충천했고, 고슴도치같이 무장한 것처럼 느꼈다.

그러나 50마일을 행진한 후로는 그렇게 의기충천하지 못했다. 마치 영원히 계속되는 듯한 날이었다. 짐은 우리가 제대로 분열 행진을 하지 못한다고 호되게 질책했고, 몇몇 신병은 행군이 끝나고 나서 분열 행진을 시작할 때까지의 무려 9분이나 시간 여유가 있었는데도 수염을 깎지 못했다는 이유로 처벌받았다. 그날 저녁에 전역을 신청한 신병이 몇 명 있었다. 나도 그런 생각을 안 한 것은 아니었지만, 그 바보 같은 임시 계급장을 아직도 달고 있다는 이유 하나만으로 그러지 않았던 것이다.

그날 밤에는 두 시간 동안 계속된 비상소집이 있었다.

그러나 나는 이삼십 명의 인간이 따뜻한 몸을 서로 바싹 댈 수 있다는 것이 얼마나 따뜻한 사치인가를 깨닫게 되었다. 12주 후, 나는 완전히 벌거벗은 상태로 캐나디안 로키 산맥의 원시림에 내던져졌고, 단독으로 산중을 40마일 이상 답파해야 했던 것이다. 결국 성공했지만, 한 걸음 한 걸음 걸을 때마다 군대를 저주하고 있었다.

그러나 나는 지정된 지점에 도착했을 때 그렇게 나쁜 상태는 아니었다. 나만큼 잽싸지 못한 토끼를 두 마리 잡을 수 있었기 때문에, 완전히 굶지도 않았고…… 더 이상 완전한 나체도 아니었다. 나는 따뜻한 토끼의 지방과 진흙을 온몸에 두껍게 바르고 있었고, 발에는 토끼 가죽 모카신을(토끼들이 더 이상 그것을 필요로 하고 있지 않았으므로) 신고 있었다. 필요할 경우 인간이 바위 조각으로 얼마나 많은 일을 할 수 있는지 안다면 놀랄 것이다. 아마 동굴에 살던 우리 조상들은 보통 우리가 생각하고 있는 것만큼은 바보가 아니었는지도 모른다.

다른 신병들, 아직도 신병 캠프에 남아 있었고, 이 테스트 대신 전역을 선택하지 않았던 신병들도 모두 성공했다. 그것을 시도하다가 죽은 두 명을 제외하고 말이다. 그래서 우리들은 모두 다시 산으로 돌아가서 수색을 개시했고, 13일 후 그들을 찾아냈다. 머리 위에서는 헬리콥터가 우리를 유도했고, 수색을 돕기 위해 최고의 통신장치가 동원되었다. 우리는 지휘관용 강화복을 입은 교관들의 감독하에 산을 샅샅이 뒤졌다. 왜냐하면 조금이라도 희망이 있을 경우 기동보병은 절대로 전우를 저버리지 않기 때문이다.

그리고 우리는 「여기가 우리 조국(*The Land is Ours*)」의 선율과 함께 최대의 예우를 다해서 그들 두 명을 매장했다. 그들은 사후 일병 계급을 서훈받았고, 우리 신병 연대에서 그렇게 높은 계급에 도달한 첫 번째 예가 되었다. 캡슐 강하병은 오래 살 것을 기대하거나 하지는 않는다.(죽는 것도 우리 임무의 일부이다.) 그러나 어떻게 죽는지는 매우 중요하다. 죽을 때도 고개를 높이 치켜들고, 부단히 노력하며 죽는 것이 우리의 의무인 것이다.

사망자 중 하나는 브레킨리지였다. 다른 한 명은 내가 모르는 오스트레일리아 출신의 친구였다. 훈련 중에 죽은 신병은 그들이 처음이 아니었고, 마지막도 아니었다.

5

저 자식은 틀림없이 나쁜 짓을 한 거야
아니면 이런 데 올 리가 없잖아!
우현의 포…… 발사!
함포 사격 같은 건 저 자식에겐 아까워
밖으로 걷어차 버려!
좌현의 포…… 발사!

— 예포 발사 시 박자를 맞추기
위해 불렀던 고대의 뱃노래

그러나 그 일은 우리가 캠프 커리를 떠난 뒤에 일어난 일이었고, 그사이에 여러 가지 일들이 있었다. 그 대부분이 전투 훈련, 즉 전투 교련, 전투 연습, 전투 기동 작전이었고, 맨손에서 모의 핵병기에 이르는 모든 무기를 망라하고 있었다. 나는 싸우는 데 그렇게도 많은 방법이 있다는 사실을 전혀 모르고 있었다. 우선 양손과 양발이 있다. 이것들이 무기가 아니라고 생각하는 사람은 짐 상사와 대대장인 프랭클 대위가 라 사바트(프랑스식 킥복싱 — 옮긴이) 시범 경기를 벌이거나, 이를 드러내고 씩 웃는 작은 슈즈미와 맨손 시합을 벌여 본 적이 없는 것이다. 짐은 슈즈미를 즉각 격투기 교관으로 임명했고, 우리더러 그의 명령에 따를 것을 요구했다. 그러나 물론 슈즈미에게 경례하고 '서(sir)'라는 경칭을 붙일 필요는 없었다.

신병의 수가 점점 줄어듦에 따라 짐은 열병식을 제외하면 대형(隊形) 따위의 세세한 일에 신경을 쓰지 않았고, 그 대신 교육계 병장들을 도와 개인 교육을 하는 쪽에 점점 더 많은 시간을 할애하기 시작했다. 짐은 무엇을 쓰더라도 순식간에 적을 죽일 수 있는 죽음의 화신이었지만, 나이프에 특별한 애착을 가지고 있었고, 완벽하게 쓸모 있는 관급품 대신 자기가 직접 만들고 균형을 잡은 나이프를 애용했다. 개인 교습 시에는 그의 성격도 상당히 원만해지는 편이었다. 즉, 짐은 평소에는 도저히 견뎌 내기 힘든 개자식이었지만, 그때만은 그냥 보통 개자식이 되곤 했던 것이다. 게다가 바보 같은 질문에도 참을성 있게 대답해 주는 좋은 선생이었다.

어느 날, 일과에 드문드문 끼어 있는 2분 길이의 휴식 시간이 왔을 때, 신병 하나(테드 헨드릭이라는 이름이었다.)가 물었다.

"상사님? 이 나이프 던지기는 재미있습니다만…… 왜 이걸 배워야 합니까? 이게 도대체 무슨 쓸모가 있단 말입니까?"

짐이 대답했다.

"흐음. 만약 네가 가지고 있는 것이 나이프 한 자루뿐이라면? 혹은 그것조차도 갖고 있지 않다면? 그럼 어떻게 할 건가? 기도하고 죽겠나? 아니면 맨손으로 용감하게 공격해서 적을 죽일 텐가? 이봐, 이건 실전이야. 도저히 이길 수 없을 때는 졌다고 하면 그만인 체커 게임이 아니란 말이다."

"하지만 상사님, 제가 말하고 싶은 건 바로 그 점입니다. 전혀 무장하고 있지 않을 경우에는 어떻게 합니까? 혹은 이런 꼬챙이 하나만 가지고 있을 경우에는? 그리고 적이 온갖 종류의 위험한 무기를 가지고 있다면? 그럴 경우 우리가 할 수 있는 일은 전혀 없습니다. 적은 단박에 우리를 죽일 겁니다."

짐은 거의 온화하다고 해도 좋을 정도의 어조로 말했다.

"그건 완전히 잘못된 생각이야. '위험한 무기' 따위는 존재하지 않아."

"예? 상사님?"

"위험한 무기 같은 건 없어. 단지 위험한 인간이 있을 뿐이야. 우리는 너를 위험한 인간으로 만들기 위해 교육하고 있어. 적에게 대해서 말이다. 나이프를 갖고 있지 않아도 위험한 인간. 아직 한쪽 손, 한쪽 발이 남아 있고, 숨이 남아 있는 한은 여전히 위험한 인간이 되는 거야! 내 말을 이해할 수 없다면 『다리 위의 호라티우스』나 『보놈므 리샤르의 죽음』을 읽어 보도록. 둘 다 캠프 도서실에 있어. 하지만 네가 처음에 말한 예를 들어 보지. 나는 너고, 내가 가지고 있는 것은 나이프 한 자루뿐이야. 내 뒤에 있는 표적, 그러니까 네가 계속 맞히지 못한 3번 표적은 보초이고, 수소폭탄을 제외한 온갖 무기로 무장하고 있다고 치자. 그리고 넌 그 보초를 죽여야 해…… 재빨리, 단번에, 그리고 동료에게 도움을 청할 시간을 주지 말고 말이야."

짐은 몸을 조금 돌렸고 (푹!) 손에 쥐고 있지도 않았던 그의 나이프는 3번 표적에 꽂힌 채로 바르르 떨리고 있었다.

"알겠나? 나이프는 두 자루 갖고 있는 편이 좋지만, 어쨌든 무슨 방법을 써서라도 넌 보초를 죽여야 하는 거야. 맨손으로라도."

"어……."

"아직도 이해하기 힘든 점이 있나? 말해 보도록. 내가 여기 와 있는 건, 너희들의 질문에 대답해 주기 위해서니까."

"예, 있습니다, 상사님. 상사님은 아까 보초가 수소폭탄을 가지고 있지 않다고 말하셨습니다. 하지만 그걸 가지고 있을 경우는 어떻게 되는 겁니까? 문제는 바로 그겁니다. 만약 저희들이 보초라면, 적어도 수소폭탄은 가지고 있습니다……. 그리고 앞으로 우리가 맞부닥칠 상대도 그걸 갖고 있을 가능성이 큽니다. 보초가 아니라, 그 보초가 속해 있는 군대가 그렇다는 뜻입니다."

"무슨 뜻인지 알겠어."

"그럼…… 이해하시겠습니까, 상사님? 만약 우리가 수소폭탄을 쓸 수 있다면, 그리고 상사님이 아까 말씀하신 것처럼 체커 게임이 아닌 실전이고, 장난이 아닌 상황이라면…… 그럼 잡초 사이로 기어가서 나이프를 던지거나, 그러다가 죽어 버리거나 한다는 건 좀 바보짓이 아닐까요? 그러다가 전쟁에 지기라도 한다면…… 우린 전쟁에 이길 수 있는 무기를 가지고 있는데도 말입니다. 교수 타입 한 명이 단추를 누르는 것만으로도 충분한데도, 수많은 병사가 시대에 뒤떨어진 구식 무기를 가지고 목숨을 거는 일에 어떤 의미가 있습니까?"

짐은 즉시 대답하지 않았다. 전혀 그답지 않은 일이었다. 곧 그는 낮은 목소리로 말했다.

"너는 보병이라는 사실에 만족하고 있나, 헨드릭? 원한다면 전역할 수도 있어. 너도 잘 알잖나?"

헨드릭이 뭐라고 중얼거렸다. 짐이 말했다.

"크게 말해 봐!"

"전역하고 싶어서 안달하는 게 아닙니다, 중사님. 저는 복무 기간을 끝까지 채울 작정입니다."

"알았어. 그런데, 네가 아까 한 질문은 일개 하사관이 대답할 수 있는 종류의 것이 아냐…… 그리고 너도 해서는 안 되는 질문이야. 너는 입대하기 전에 그 해답을 이미 알고 있는 것으로 간주되었고, 또 알고 있어야 해. 네 학교에선 역사와 윤리 철학 과목이 없었나?"

"예? 물론 있었습니다, 상사님."

"그렇다면 너는 이미 그 해답을 들었어. 하지만 지금부터 나 자신의 비공식적인 견해를 말해 주겠다. 넌 갓난애를 야단치기 위해 아이의 머리를 잘라 버리겠나?"

"예? 물론 그런 짓을 할 리가 없습니다!"

"물론 그렇겠지. 찰싹 때리는 걸로 족해. 마찬가지로 적국의 도시를 수소 폭탄으로 공격하는 것이 갓난애를 도끼로 때리는 것만큼 어리석은 선택인 상황도 존재하는 거야. 전쟁은 단순한 폭력과 살육이 아냐. 전쟁은 하나의 목적을 달성하기 위해 쓰이는 통제된 폭력이란 말이다. 전쟁의 목적은 자신의 정부가 결정한 일을 무력을 통해 지원하는 일이야. 그 목적은 결코 죽이기 위해서 적을 죽이는 일이 아니라…… 내가 시키고 싶은 일을 적에게 강요하는 일이야. 살육이 아니라…… 통제되고, 목적을 가진 폭력이지. 언제, 어디서, 어떻게, 또는 왜 싸우는지를 결정하는 건 결코 군인이 관여할 일이 아냐. 그건 정치가와 장군들이 결정할 일이야. 정치가는 전쟁의 이유와 규모를 결정하고, 장군들은 그 뒤를 이어서 우리들에게 언제, 어디서, 그리고 어떻게 싸우라는 것을 명령하는 거지. 그다음엔 우리가 폭력을 제공하는 거야. 그리고 다른 사람들, 이른바 '나이 들고 현명한 인물들'은 통제력을 제공해 주지. 이것이 올바른 방법이고, 내가 네게 줄 수 있는 최상의 대답이야. 만약 이걸로 수긍할 수 없다면, 연대장을 만나서 직접 질문할 수 있도록 허가해 주겠다. 그래도 수긍하지 못할 경우에는…… 집으로 가서 민간인이 되는 수밖에 없어! 왜냐하면 그 경우 너는 절대로 군인이 될 수 없기 때문이야."

짐은 벌떡 일어났다.

"아무래도 넌 게으름을 피우려고 나한테 말을 시킨 것 같군. 모두 일어나라! 빨리! 표적을 향해 정렬하도록. 헨드릭, 네가 먼저야. 이번에는 남쪽을 향해 던지도록. 남쪽이야, 알겠나? 북쪽이 아냐. 표적은 남쪽에 있으니까, 적어도 나이프가 남쪽으로 가도록 던져 보란 말이다. 네가 표적을 맞추지 못할 걸 알지만, 상대방을 조금이라도 위협할 수 있는지 보자. 자기 귀를 자르거나, 엉뚱한 방향으로 던지거나 해서 뒤에 있는 동료를 다치게 하면 안 돼. 너의 조그만 두뇌를 써서 '남쪽'이라는 생각에 집중하란 말이다! 목표를 향해서…… 준비! 던져!"

헨드릭은 또 맞추지 못했다.

우리는 곤봉을 써서 훈련했고, 철사를 써서 훈련했다.(철사 한 개만 있으면 얼마든지 끔찍한 짓들을 할 수 있다.) 그다음에 우리는 갖가지 최신 무기의 사용법을 배웠고, 각종 장비를 수리하고 정비하는 법을 배웠다. 이것에는 모의 핵병기, 보병용 로켓, 각종 가스 및 독극물, 소이탄, 폭약 등이 포함되어 있었다. 그 밖의 것들에 관해서는 아마 얘기하지 않는 편이 나을 것이다. 그러나 우리는 많은 '구식' 무기에 관해서도 배웠다. 예를 들자면 모의 소총에 장착된 총검이 있다. 가짜가 아닌 진짜 소총도 있었다. 20세기에 쓰이던 보병용 소총과 거의 같은 것이었다. 이것은 사냥할 때 쓰는 수렵용 라이플과 거의 동일했지만, 딱딱한 총알, 즉 합금을 입힌 납탄을 발사한다는 점이 달랐다. 우리는 사격장의 표적과 산병 훈련 시에 사용되는 부비트랩식 표적 양쪽을 써서 사격 훈련을 했다. 이것은 우리가 어떠한 무기도 쓸 수 있도록 훈련받고, 경계를 늦추지 않은 상태에서 어떤 상황에도 민첩하게 대처할 수 있도록 하기 위한 훈련이었다. 아마 그랬는지도 모른다. 나는 그것이 효과적이었다고 확신하고 있다.

야전 훈련을 받으면서 우리는 이 소총을 다른 무기, 이를테면 더 치명적이고 위력이 큰 직사(直射) 무기의 대용으로서도 사용했다. 이런 식의 모의 연습은 자주 있었고, 모두 필요한 것들이었다. 파괴용이나 대인용 '파쇄' 폭탄이나 수류탄은 폭발하면 대량의 검은 연기를 뿜어냈고, 어떤 것은 재채기나 눈물을 유발하는 가스를 분출했다. 이것은 우리가 죽었거나 마비되었다는 사실을 의미했고…… 우리에게 대 가스 예방책에 충분한 주의를 기울이도록 하는 효과를 가지고 있었다. 자칫 이런 것에 당할 경우 어느 정도

욕을 먹는지는 말할 나위도 없다.

우리의 수면 시간은 계속 줄어들었다. 훈련의 반 이상이 야간에 시행되었다. 적외선 암시경이나 레이더, 통신장치 등을 써서 하는 훈련이었다.

훈련 중 직사 무기 대용으로 쓰였던 소총에는 공포 500발당 실탄 한 발이 장전되어 있었다. 위험하다고? 그렇다고도, 안 그렇다고도 할 수 있다. 살아 있는 일 자체가 위험한 법이고, 폭발하지 않는 소총탄으로는 머리나 심장을 맞지 않는 한 죽을 가능성은 거의 없다. 그럴 경우에도 꼭 죽는 것은 아니다. 500발당 '실탄' 한 발이 장전되었다는 사실 때문에 결과적으로 우리는 열성적으로 엄폐물을 찾아야 했다. 게다가 사수 역할을 맡은 교관들 중 일부는 명사수이고, 실탄을 쏠 경우 최선을 다해 우리를 맞히려고 한다는 사실을 우리는 잘 알고 있었다. 우리는 교관들이 고의적으로 신병의 머리를 쏘거나 하지는 않을 것이라는 보장을 받고 있었다……. 그러나 사고는 언제나 일어나는 법이다.

이 친절한 보장은 우리를 안심시키지는 못했다. 그 500번째 실탄은 지루한 훈련을 대규모 러시안룰렛으로 바꿔 버렸다. 총성이 들리기도 전에 귀 근처를 스쳐 가는 실탄의 '쉬익!' 소리를 듣는 순간 따분함 따위는 어디론가로 날아가 버린다.

그럼에도 불구하고 우리는 느슨해졌고, 사령부는 만약 우리가 좀 더 민첩해지지 않는다면 실탄의 비율을 100발당 한 발로, 그래도 효과가 없다면 50발당 한 발로 늘이겠다고 통고해 왔다. 정말로 그렇게 실행되었는지의 여부를 알 도리는 없지만, 우리가 다시 긴장했던 것은 사실이었다. 왜냐하면 그중 한 발이 옆 중대에 소속된 한 신병의 엉덩이를 맞혔고, 깜짝 놀랄 정도의 흉터를 남겼기 때문이다. 이것에 관해서는 온갖 농담이 다 나왔지만, 엄폐물에 대한 우리들의 관심이 다시 깊어진 것도 사실이었다. 그 신병의 부상 부위를 거론하며 우리는 웃었지만, 그것이 머리였을 가능성이 있다는 사실을 알고 있었다. 또 우리 머리였을 가능성도.

사수가 아닌 교관들도 엄폐물 뒤에 숨거나 하지는 않았다. 흰 셔츠를 입은 그들은 그 바보 같은 작대기를 들고 몸을 꼿꼿이 세운 채로 우리들 사이를 걸어 다녔다. 아무리 신병이라도 고의로 교관을 쏘지는 않을 것이라고 확신하고 있는 태도였다. 그들 중 몇몇은 스스로를 너무 과신하고 있었다고도 할 수 있을 것이다. 그러나 쏘아 죽일 작정으로 쏘았다고 해도 탄약이 실탄일 가능성은 500분의 1밖에는 안 되었다. 게다가 신병이 제대로 표적을 맞힐 가능성은 거의 없다는 점을 고려할 경우 안전도는 훨씬 더 높아진다. 소총은 쓰기 쉬운 무기가 아니다. 표적을 자동 추적하는 능력 따위는 전혀 없다. 아직도 소총으로 전쟁의 승패가 결정되었던 시대에도, 병사 한 명을 죽이기 위해서는 평균 수천 발을 쏠 필요가 있었다는 사실을 나는 알고 있다. 불가능한 일로 생각될지도 모르지만, 전쟁사에 따르면 이것은 엄연한 사실이다. 대부분의 총알은 조준 발사된 것이 아니라, 단순히 적병의 머리를 숙이게 하고, 적의 사격을 방해하는 역할을 했다고 한다.

어쨌든 소총탄을 맞고 부상을 입거나 사망한 교관은 아무도 없었다. 소총탄을 맞고 죽은 신병도 없었다. 사망 사고는 모두 다른 무기나 물건에 의한 것이었다. 그런 물건들 중 어떤 것은 규칙대로 사용하지 않으면 뒤로 돌아 사용자를 물어뜯는다. 교관들이 자기를 향해 사격을 개시했을 때 너무 열성적으로 엄폐물 뒤로 뛰어들다가 목을 부러뜨린 신병이 있기는 했다. 총알은 그를 스치지도 않았는데 말이다.

그러나 이 소총탄과 엄폐물 사건은 일종의 연쇄반응을 일으켜서 캠프 커리에서 훈련을 받던 나를 최악의 정신 상태에 빠뜨렸다. 우선 나는 임시 병장 계급을 박탈당했다. 그것도 내 잘못이 아니라 내가 없었을 때 내 분대원하나가 저지른 행동 탓에…… 내가 그 사실을 지적했을 때, 브론스키 병장은 나더러 입 닥치고 있으라고 대답했을 뿐이었다. 그래서 나는 짐 상사에게 그것을 말하러 갔다. 상사는 차가운 말투로 내가 분대원의 행동에 책임을 져야 한다고 했고, 브론스키의 허가 없이 왔다는 이유로 여섯 시간의 초과 근무를 부과했다. 그리고 나는 매우 심란한 편지를 받았다. 어머니가 마침내 내게 편지를 보내셨던 것이다. 그다음에, 나는 처음으로 강화복을 사용했던 훈련에서 어깨를 삐었다.(교관들은 무선 조작을 통해 마음대로 연습용 방호복에 사고를 일으킬 수 있었다. 그 탓에 넘어져서 어깨를 다쳤던 것이다.) 덕택에 가벼운 근무를 할당받았고, 생각에 잠길 시간이 듬뿍 생겼다. 게다가 자기 연민에 빠질 이유는 얼마든지 있었다.

이 '가벼운 근무' 탓에 나는 그날 대대장 사무실에서 당번병으로 근무하고 있었다. 그런 적은 한 번도 없었기 때문에 나는 열심히 일하려고 했고, 좋은 인상을 주려고 노력했다. 그러나 프랭클 대위는 열성 따위는 바라지 않았다. 그 대신 내가 조용히 앉아 아무 말도 하지 말고, 방해만 하지 않으면 된다고 했다. 물론 잘 수는 없었기 때문에, 자기 연민에 잠길 시간이 듬뿍 있었다.

점심 식사가 끝난 지 얼마 되지 않아 내 졸음기는 완전히 날아가 버렸다. 세 명의 병사를 거느린 짐 상사가 들어왔던 것이다. 짐은 보통 때처럼 빠릿빠릿하고 단정했지만, 그 표정은 마치 백마를 탄 사신(死神)처럼 보였다. 게다가 오른쪽 눈자위에는 마치 멍이 든 것 같은 자국이 나 있었다. 물론 그것은 불가능한 일이었지만 말이다. 다른 세 명 중 가운데 서 있던 병사는 테드 헨드릭이었다. 행색이 더러웠지만, 중대가 야외 훈련 중이었기 때문에 이상한 일은 아니었다. 훈련을 받는 초원은 청소됐을 리가 만무하고, 신병들은 많은 시간을 흙투성이인 채로 보내야 한다. 그러나 헨드릭의 입술은 찢어져 있었고, 턱과 셔츠에는 피가 묻어 있었다. 모자도 안 보였다. 눈빛도 심상치 않았다.

헨드릭 양쪽의 병사들은 신병이었고, 소총을 쥐고 있었다. 헨드릭은 아무것도 들지 않았다. 신병 하나는 내 분대에 소속된 레이비라는 친구였다. 흥분하고, 재미있어하는 표정이었다. 아무도 보고 있지 않았을 때 내게 슬쩍 윙크를 하기까지 했다.

프랭클 대위는 놀란 표정을 떠올렸다.

"무슨 일인가, 상사?"

짐은 얼어붙은 것처럼 꼿꼿이 서서 마치 무엇인가를 낭독하는 듯한 말투로 말했다.

"대위님, H중대 중대장이 대대장에게 보고합니다. 징벌. 제9107조, 모의전투 훈련 중, 전술 명령 및 교리 무시. 제9120조, 동일 조건하에서의 명령 불복종."

프랭클 대위는 이해가 안 된다는 표정을 지었다.

"그걸 나한테 보고하러 왔나, 상사? 공식적으로?"

나는 짐을 보며 어떻게 하면 표정이나 목소리에 아무런 감정도 드러내지 않은 채 저렇게 당혹한 느낌을 줄 수 있을까 하고 생각했다.

"옛, 대위님. 이 신병은 처벌을 거부하고, 대대장님과의 회견을 요구했습니다."

"알았네. 어디서 군법을 조금 읽었군. 난 아직도 그 이유를 이해할 수 없어, 상사. 하지만 법적으로 그럴 권리는 있어. 무슨 전술 명령 및 교리를 위반했다는 건가?"

"'동결' 명령이었습니다, 대위님."

'드디어 사고를 쳤군.' 하고 생각하며 나는 헨드릭을 흘낏 보았다. 일단

'동결(freeze)' 명령이 떨어지면, 그 즉시 땅에 엎드려서 차폐물 뒤로 들어간 후 '얼어붙어야' 한다. 그리고 명령이 해제될 때까지는 눈썹 하나 까딱하지 않고 가만히 있어야 하는 것이다. 이미 차폐물 뒤에 있을 경우에는 그 즉시 동결하는 수도 있다. 나는 동결 중에 적탄에 맞은 병사들 얘기를 들은 적이 있다……. 그들은 아무 소리도 내지 않고, 꼼짝도 하지 않고 천천히 죽어 갔다고 한다.

프랭클은 눈썹을 치켜세웠다.

"두 번째 위반 사항은?"

"마찬가집니다, 대위님. 동결을 푼 후, 다시 동결하라는 명령에 복종하지 않았습니다."

프랭클 대위는 차가운 표정으로 말했다.

"이름은?"

짐이 대답했다.

"헨드릭, T. C.입니다, 대위님. 신병, RP7960924 입니다."

"좋아. 헨드릭. 30일간 모든 특권을 박탈하고, 근무 시간과 식사 시간, 그리고 위생상 부득이한 경우를 제외한 모든 시간을 텐트 내에서 보낼 것을 명한다. 그리고 매일 위병 하사의 감독하에 소등 및 기상 시간 전에 한 시간씩, 그리고 점심시간에 한 시간, 합계 세 시간의 초과 근무를 명한다. 저녁은 빵과 물이고, 빵은 얼마든지 먹어도 좋다. 일요일에는 열 시간의 초과 근무를 명하고, 본인이 종교 의식에 참가할 것을 원한다면 근무 시간을 조정할 수 있다."

('정말 지독한 벌이군!' 하고 나는 생각했다.)

프랭클 대위는 말을 계속했다.

"헨드릭, 이렇게 가벼운 처벌만으로 끝난 것은 군법회의를 열지 않는 이상 그 이상의 처벌을 할 권한이 내게는 없기 때문이야. 자네가 속한 중대의 기록에 오점을 남기고 싶지도 않은 것도 있고. 해산."

대위는 책상 위의 서류로 다시 시선을 돌렸다. 이 사건은 이미 잊어버렸다는 듯이…….

……그와 동시에 헨드릭이 외쳤다.

"제 말은 왜 들어 주시지 않는 겁니까!"

대위가 고개를 들었다.

"오, 실례했네. 자네한테도 할 말이 있다는 뜻인가?"

"물론 있습니다! 짐 상사는 제게 악감정을 품고 있습니다. 제가 여기 온 이후 그는 저를 계속 괴롭혀 왔습니다. 하루도 빼 놓지 않고……."

대위가 차갑게 말했다.

"그건 상사의 임무야. 자네는 그 두 가지 위반 사항을 부정하는 건가?"

"아닙니다. 하지만, 상사는 대위님께 제가 개미집 위에 엎드려야 했다는 사실을 말하지 않았습니다!"

프랭클 대위는 혐오의 표정을 감추려고 하지도 않았다.

"오. 그럼 자넨 조그만 개미 몇 마리 때문에 자기는 물론 전우들까지 희생시킬 작정이었나?"

"'몇' 마리가 아니었습니다. 수백 마리나 됐습니다. 그것도 물어뜯는 종류였습니다."

"그래서? 그럼 확실하게 말해 주지. 설사 그곳이 방울뱀 소굴이라 할지라도 자네는 동결했어야 했고, 언제나 그럴 것을 요구받고 있어."

프랭클은 말을 멈췄다.

"스스로를 변호하기 위해 뭔가 할 말은 없나?"

헨드릭의 입은 열려 있었다.

"물론 할 말이 있습니다! 상사는 절 때렸습니다. 제게 손을 댔단 말입니다! 교관들은 모두 그 빌어먹을 지휘봉을 가지고 돌아다니면서 엉덩이나 어깻죽지를 후려갈기고, 절도 있게 움직이라고 쉴 새 없이 꽥꽥거립니다. 그건 참을 수 있습니다. 하지만 상사는 자기 손으로 저를 구타했습니다. 저를 때려눕히고 '동결하란 말이다! 이 멍청한 녀석아!'라고 소리 질렀단 말입니다. 이래도 되는 겁니까?"

프랭클은 자기 자신의 손을 내려다보았고, 고개를 들어 헨드릭을 보았다.

"신병, 자네는 민간인들에게서 흔히 볼 수 있는 오해에 빠져 있네. 자네 말을 빌리자면 상관이 부하에게 '손을 대는' 것은 허락되지 않는다고 생각하고 있겠지. 순전한 사교적 상황에서라면 그건 사실이야. 만약 우리가 극장이나 상점에서 서로를 만났다면, 자네가 내 계급에 상응하는 경의를 가지고 나를 대하는 한 내가 자네 뺨을 갈길 권리는 없어. 그 반대의 경우도 마찬가지지. 하지만 임무 수행 중에는 전혀 다른 규칙이 적용된다네……."

대위는 의자를 빙 돌린 후 루즈리프식의 책자를 가리켰다.

"거기 있는 건 자네가 지켜야 할 군법이야. 그 속에 있는 모든 조항을, 그 조항에 입각한 모든 군법회의의 기록을 찾아보아도, 상관이 임무 수행 시 자네에게 '손을 대거나' 아니면 어떤 방법으로든지 구타하는 것을 금지하는, 또는 그것을 암시하는 조항은 어디에도 없어. 헨드릭, 나는 자네의 턱을 부숴 버릴 수도 있어…… 그리고 그 행위의 적합 여부에 대해서 나는 나 자신의 상관들에게만 책임을 지는 거야. 그렇지만 나는 자네에 대해서는 아무런 책임도 질 필요가 없네. 나는 그 이상의 일도 할 수 있어. 장교든 아니든 간에, 상관이 자기 부하 장교나 사병을 죽이는 걸 허락받거나, 혹은 죽일 걸 요구받는 상황이 엄연히 존재하기 때문이야. 그것도 즉각적으로, 아마 경고도 하지 않고 죽인 후, 그 행위 때문에 처벌받기는커녕 칭찬받는 상황이 존재한단 말일세. 예를 들자면 적전(敵前)에서의 비겁 행위를 막아야 할 경우 등이지."

대위는 가볍게 책상을 두들겼다.

"그리고 그 지휘봉에 관해서 말하자면, 그것에는 두 가지 사용법이 있어. 첫째로 그것은 권위를 상징하네. 둘째로 우리는 그것이 자네들에게 쓰일 걸 기대하고 있어. 가벼운 자극을 주고, 민첩하게 움직이도록 말이야. 그것이 그렇게 쓰이는 이상 자네들이 다치거나 할 일은 없어. 최악의 경우에도 약간 아플 뿐이지. 그러나 그걸 사용하면 수천 마디의 말을 절약할 수 있어. 자네가 기상 신호를 듣고도 재빨리 일어나지 않는다고 해 보지. 물론 당직 하사관은 자네 응석을 받아 줄 수도 있겠지. 차에 '설탕을 넣어 드릴까요' 하거나 아침은 침대에서 들고 싶은지를 묻는 식으로 말이야. 그런 식으로 애를 돌봐주는 직업 하사관을 하나 차출할 수 있다면 말이지만. 물론 그럴 여유는 없어. 그래서 그는 자네 침낭을 철썩 때리기만 할 뿐이고, 필요할 때마다 그렇게 하면서 자네들 곁을 지나가는 거야. 물론 더 간단하게 자네를 발로 찰 수도 있겠지. 그건 지휘봉을 쓰는 것과 마찬가지로 합법적이고, 거의 같을 정도로 효과적이야. 하지만 신병의 훈련과 교육을 담당하고 있는 장군은, 예의 비개인적인 권위의 상징으로 늦잠을 자는 신병에게 일격을 가해서 잠을 깨우는 쪽이 그 신병을 위해서나, 당직 하사관을 위해서나 훨씬 더 위엄이 있는 일이라고 생각하고 있네. 나도 그렇게 생각해. 물론 나나 자네의 의견이 장군의 결정에 영향을 끼치는 건 아니지만 말이야. 그게 바로 군대의 방식이야."

프랭클 대위는 한숨을 내쉬었다.

"헨드릭, 나는 자네에게 설명을 해 주었네. 왜냐하면 자기가 왜 처벌받는지를 모르는 자를 처벌하는 건 무의미하기 때문이야. 자네는 나쁜 아이처럼 행동했어. 내가 자네를 '아이'라고 한 건, 자네가 아직 사나이가 아니라는 사실이 명백하기 때문이야. 물론 우리는 계속 노력하겠지만. 현 훈련 단계에 비추어 볼 때 자네는 놀랄 정도로 나쁜 아이였다고 할 수 있어. 자네가 지금까지 한 말은 변호는커녕 정상참작의 대상도 되지 못해. 자네는 자신이 처한 상황이나, 군인으로서의 자기 임무에 관해 전혀 알고 있는 것 같지가 않군. 그러니까 하고 싶은 말이 있으면 자네 입으로 말해 보게. 왜 자신이 부당한 처우를 받았다고 생각하는지를 말이야. 난 자네 생각을 바로잡아 주고 싶네. 혹시 자네 말에도 약간의 일리가 있을지 모르니까 말이야. 고백하건대 그게 도대체 뭔지 나는 상상도 할 수 없지만."

나는 대위가 헨드릭을 질타하는 사이 헨드릭의 표정을 한두 번 훔쳐보았다. 대위의 조용하고 온화한 말투는 짐 상사가 우리에게 했던 그 어떤 질책보다도 더 견디기 힘들었다. 헨드릭의 표정은 분개에서 멍한 경악으로, 찌무룩함으로 바뀌어 갔다.

"크게 말해 봐!"

프랭클 대위가 날카롭게 말했다.

"아…… 저희는 동결 명령을 받았고, 저는 땅에 엎드린 직후 제가 개미집 위에 있다는 사실을 깨달았습니다. 그래서 저는 무릎을 꿇고 몇 피트만 옆으로 이동하려고 했습니다. 그때 저는 뒤에서 가해진 일격 탓에 앞으로 넘어졌고, 상사는 제게 고함을 질렀습니다. 그래서 저는 일어나서 상사를 한 대 갈겼고, 상사는……."

"멈춰!"

프랭클 대위는 의자에서 일어나 우뚝 서 있었다. 그는 나보다 키가 크지 않았음에도 불구하고 10피트는 되는 것처럼 보였다. 대위는 헨드릭을 응시했다.

"너는…… 자기…… 중대장을…… 구타했다고 했나?"

"예? 그랬습니다. 하지만 먼저 때린 건 상사였습니다. 그것도 뒤에서 그랬기 때문에, 상대를 볼 수도 없었습니다. 저는 그런 일은 도저히 참을 수 없습니다. 그래서 저는 그를 갈겼고, 상사는 또 저를 때렸고……."

"조용히 해!"

헨드릭은 말을 멈췄다. 곧 그는 이렇게 덧붙였다.

"저는 이 빌어먹을 부대에서 나가고 싶을 뿐입니다."

"그 희망을 이뤄 줄 수 있을 것 같군."

프랭클 대위는 얼음장처럼 차가운 목소리로 말을 이었다.

"그것도 지금 당장 말이야."

"종이 한 장만 주시면 됩니다. 전역원을 낼 테니까."

"잠깐 기다려. 짐 상사."

"옛, 대위님."

짐은 오랫동안 아무 말도 하지 않고 있었다. 그는 부동자세로 서서 앞을 바라보며, 조각처럼 꼼짝도 않고 있었다. 움직이는 것은 경련하고 있는 턱의 근육뿐이었다. 나는 짐을 바라보았고, 눈두덩에 난 자국이 다름 아닌 멍이라는 사실을 깨달았다. 그것도 시퍼런. 헨드릭은 실로 멋진 일격을 가했던 것이다. 그러나 짐은 그것에 대해 아무런 언급을 하지 않았었고, 프랭클 대위도 굳이 묻지 않았다. 아마 대위는 짐이 문에 부딪히기라도 했고, 상사가 마음이 내킨다면 자초지종을 설명해 줄 것이라고 생각했는지도 모른다. 나중에 말이다.

"적절한 군법의 벌칙 조항은 명령대로 귀관의 중대에 고시되었나?"

"옛, 대위님. 매주 일요일 아침마다 고시되고, 게시되었습니다."

"알고 있네. 단지 기록을 위해 물었을 뿐이야."

매주 일요일의 예배가 시작되기 직전 교관들은 우리를 정렬시키고 '군법 및 군규'의 벌칙 조항을 낭독했다. 벌칙 조항은 중대본부 막사 밖에 있는 게시판에도 붙어 있었다. 그런 것에 신경을 쓰는 사람은 거의 없었다. 그건 또 하나의 훈련에 불과했고, 벌칙이 낭독되는 동안 선 채로 잘 수도 있었던 것이다. 우리가 주의를 기울인 것이라고는(조금이라도 그랬다면 말이지만) 우리가 '불시착하기 위한 서른한 가지의 방법'라고 불렀던 조항들 정도였다. 어쨌든 교관들은 우리가 알고 있어야 할 규칙 전부를 달달 외우도록 강요했다. 이 '불시착'이라는 말은 '기상 나발(reveille oil)'이니 '텐트 잭(tent jacks)' 하는 것처럼 닳아빠진 농담이었다……. 이것들은 위반했을 경우 사형을 선고받는 서른한 가지의 대죄(大罪)였다. 이따금 누군가가 서른두 번째의 대죄를 발견했다고 자랑하거나, 아니면 남이 그것을 저질렀다고 주장하는 일이 있었지만, 그것은 언제나 터무니없는 농담에 불과한 데다가 대부분 외설적인 것에 불과했다.

"상관을 구타했을 때는……!"

이 사건은 더 이상 재미있는 일이 아니었다. 짐을 때렸다고? 그 때문에 교수형을 선고받는다고? 따져 보면 중대원 모두가 짐에게 주먹을 휘둘러 본 적이 있었고, 그중 몇몇은 그를 맞힐 수도 있었던 것이다……. 그가 우리에게 격투기를 가르쳤을 때 말이다. 짐은 다른 교관들이 우리를 손본 후, 우리가 자신감을 얻고 좋은 기분이 되어 있을 때 지도 편달을 시작했다. 마지막으로 손을 봐 줬다고나 할까. 한번은 슈즈미가 그를 기절시킨 광경을 본 적조차 있었다. 브론스키가 끼얹은 물에 깨어난 짐은 미소를 지으며 슈즈미와 악수를 나눴다. 그런 다음 슈즈미를 지평선 너머로 던져 버렸다.

프랭클 대위는 주위를 둘러보았고, 내게 손짓했다.

"연대 본부를 호출하도록."

나는 서투른 동작으로 기계를 조작했고, 화면에 장교의 얼굴이 떠오르자마자 뒤로 물러서서 대위에게 자리를 양보했다.

“연대 부관입니다.”

화면의 얼굴이 말했다.

프랭클은 싹싹하게 말했다.

“2대대장이 연대장에게. 본관은 군법회의에서 재판장 역할을 맡을 장교를 파견할 것을 요청합니다.”

화면의 사내가 말했다.

“언제 파견할까, 이언?”

“가능한 한 빨리.”

“알았네. 제이크가 사령부에 있을 거야. 위반 조항과 위반자의 이름은?”

프랭클 대위는 헨드릭의 이름과 조항 번호를 말했다. 화면의 사내는 휘파람을 불었고, 얼굴을 찌푸렸다.

“즉각 보내겠네, 이언. 만약 제이크와 연락이 안 되면 내가 직접 가겠어. 연대장한테 보고하는 즉시 말이야.”

프랭클은 고개를 돌려 짐을 보았다.

“이 호위병들은…… 이들은 증인인가?”

“예, 대위님.”

“헨드릭의 반장도 보고 있었나?”

짐은 거의 주저하지 않고 대답했다.

“그렇게 생각합니다, 대위님.”

“그럼 반장을 소환하도록. 근처에 누가 강화복을 입은 병사가 있나?”

“예, 대위님.”

짐이 전화를 쓰고 있는 사이 프랭클은 헨드릭에게 말했다.

"변호를 위해 어떤 증인을 부르고 싶나?"

"예? 저는 증인 같은 건 필요 없습니다. 짐은 자기가 무슨 짓을 했는지 알고 있습니다! 그냥 종이 한 장만 주시면 됩니다. 당장 여기서 나갈 테니까 말입니다."

"때가 되면 그럴 수 있을 거야."

그때는 금방 올 것 같았다. 5분이 채 되기도 전에 지휘관용 강화복을 입은 존스 병장이 양팔에 마무드 병장을 안고 달려왔다. 그가 마무드 병장을 내려놓고 떠나는 것과 동시에 스픽스마 중위가 도착했다. 중위가 말했다.

"안녕하십니까, 대위님. 피고와 증인들은 모두 모였습니까?"

"모두 대기하고 있어. 시작하게, 제이크."

"녹음기는?"

"가동 중이야."

"좋습니다. 헨드릭, 앞으로 나오도록."

헨드릭은 곤혹한 표정으로 그 말에 따랐다. 마치 신경이 산산조각으로 깨지기 직전인 것처럼 보였다. 스픽스마 중위는 명쾌한 어조로 말했다.

"아서 커리 기지 제3 훈련연대 지휘관 F. X. 말로이 소령의 명령에 의해, 지구 연방군 군법 및 군규에 따라 훈련 및 군율 사령부 총사령관이 내린 일반 명령 제4호에 의거한 약식 군법회의를 개정한다. 원고: 3연대 2대대 지휘관 이언 프랭클 기동보병 대위. 재판장: 3연대 1대대 지휘관 자크 스픽스마 기동보병 중위. 피고: 헨드릭, 시어도어 C. 이병, 신병 번호 RP7960924. 고발 이유: 9080조 위반. 죄상: 비상사태하의 지구 연방 내에서의 상관 구타."

내가 놀란 것은 재판이 진행되었던 속도였다. 나는 어느새 '법정 직원'으로 임명되어 있었고, 증인들을 '퇴거'시키거나 대기시킬 것을 명령받았다.

짐 상사가 만약 '퇴거'할 생각이 없다면 내가 어떻게 그것을 강요할 수 있을지 몰랐지만, 그는 마무드와 신병 두 명에게 눈짓을 했고, 곧 모두가 밖으로 나가서 소리가 들리지 않는 곳까지 갔다. 짐은 다른 증인들과 떨어진 곳에서 혼자 기다리고 있었다. 마무드는 땅에 앉아서 담배를 말았지만, 곧 불을 꺼야 했다. 그가 제일 먼저 소환되었던 것이다. 20분이 채 지나기도 전에 그들 모두가 증언을 마쳤다. 어느 증언도 헨드릭의 말과 거의 일치하고 있었다. 짐은 아예 소환되지도 않았다.

스픽스마 중위는 헨드릭에게 말했다.

"피고는 증인에게 반대 신문을 할 용의가 있는가? 그럴 경우, 본 법정은 그것을 허가한다."

"없습니다."

"군법회의에서 발언할 때는 부동자세로 '재판장님'이라고 말하도록."

"없습니다, 재판장님."

그리고 헨드릭은 덧붙여 말했다.

"변호사를 부르고 싶습니다."

"약식 군법회의에서 변호인을 부르는 것은 허가되어 있지 않다. 피고 자신이 자기변호를 위해 증언할 용의는 있는가? 피고에게 그럴 의무는 없고, 또 지금까지의 증거에 비춰 보건대, 피고가 그러지 않을 경우에도 본 법정은 그 사실에 주목하지는 않을 것이다. 그러나 증언할 경우 그 증언은 피고에게 불리한 증거로서 사용될지도 모르고, 반대 신문의 대상이 된다는 것을 경고해 두겠다."

헨드릭은 어깨를 움츠렸다.

"아무것도 할 말이 없습니다. 그게 무슨 의미가 있단 말입니까?"

"본 법정은 다시 한 번 묻는다. 피고는 자신의 변호를 위해 증언할 용의가 있는가?"

"없습니다, 재판장님."

"본 법정은 피고에게 기술적인 질문을 하나 하겠다. 피고가 위반한 조항은 피고의 추정된 위반 행위가 이루어지기 전에 고시되었는가? 피고는 '예' 또는 '아니요'란 말로 대답하거나, 침묵을 지킬 수 있다. 그러나 피고의 대답은 9167조에 규정된 위증에 관한 조항의 대상이 된다는 것을 명심하도록."

피고는 침묵했다.

"좋다. 그럼 본 법정은 다시 한 번 위반 조항을 낭독하고, 앞의 질문을 되풀이하겠다. '제9080조: 군대의 구성원 중 그 상관을 구타하거나 공격하고, 또는 구타나 공격을 시도하는 자는…….'"

"오, 그건 아마 고시되었을 겁니다. 일요일 아침엔 낭독하는 걸 실컷 들어야 했으니까요. 이걸 하면 안 된다, 하는 식의 규칙이 잔뜩 있었습니다."

"그럼 이 특정 조문은 피고 앞에서 낭독되었는가, 아니면 낭독되지 않았는가?"

"아…… 예, 재판장님. 낭독되었습니다."

"좋다. 피고는 증언을 사양했지만, 형벌을 경감하거나 정상 참작을 요청하기 위해 발언할 용의는 있는가?"

"예?"

"위반 사항에 관해 당 법정에서 뭔가 말할 것이 있는가? 이미 나온 증거에 대해 어떤 식으로든 영향을 끼쳤다고 생각되는 상황이라든지, 방금 진술된 위반 사항에 대한 형벌을 경감해 줄지도 모르는 상황은 없나? 예를 들어 병에 걸려 있었다든지, 마약이나 약물의 영향하에 있었다든지 하는 경우 말이다. 이 시점에서 피고는 서약할 필요는 없다. 자신에게 유리하다고 생각되는 것이라면 피고는 무엇이든 말할 수 있다. 본 법정이 알고 싶은 것은 이것이다. 그 사건에 관해 피고는 뭔가 부당한 대우를 받았다고 생각하는가? 만약 그렇다면, 왜?"

"예? 물론 그렇습니다! 모든 게 부당합니다! 상사는 절 먼저 때렸습니다! 본인이 그렇게 말하는 걸 듣지 못했습니까? 상사가 먼저 때렸단 말입니다!"

"그게 전부인가?"

"예? 없습니다, 재판장님. 그것만으로도 충분하지 않습니까?"

"그럼 재판을 종료한다. 이병 시어도어 C. 헨드릭은 앞으로 나오도록!"

스픽스마 중위는 재판이 진행되는 도중 계속 차려 자세로 서 있었다. 이때 프랭클 대위도 일어났다. 법정에는 한순간 냉기가 흘렀다.

"헨드릭 이병, 본 법정은 피고의 고발 죄상에 대해 유죄를 선고한다."

나는 위가 뒤틀리는 것을 느꼈다. 그들은 할 생각이었다……. 테드 헨드릭을 교수형에 처할 작정인 것이다. 오늘 아침 식사를 함께 한 그를.

"본 법정은 피고에게……."

중위가 이렇게 말하기 시작했을 때 나는 구토하기 직전이었다.

"태형(笞刑) 10회와 불명예 전역을 선고한다."

헨드릭은 숨을 깊게 들이쉬었다.

"전 사임하고 싶습니다!"

"본 법정은 사임을 받아들일 수 없다. 덧붙이자면 피고가 받은 판결이 가벼운 유일한 이유는 본 법정이 그 이상의 무거운 처벌을 가할 권한을 가지고 있지 않기 때문이다. 피고를 고발한 상관은 약식 군법회의를 열 것을 특별히 지정했다. 본 법정은 그 이유를 물을 생각은 없다. 만약 피고가 일반 군법회의에 회부되었다면, 본 법정에 제시된 증거로 미루어 볼 때 피고가 교수형을 선고받았을 것은 틀림없다. 피고는 매우 운이 좋았고…… 원고

측의 온정에 감사해야 할 것이다."

스픽스마 중위는 여기서 잠시 멈춘 후, 다시 말을 계속했다.

"판결의 집행은 관계 당국자들이 재판 기록을 심사하고 승인한 직후, 그것을 승인할 경우 가능한 한 빠른 시간 내에 실행된다. 본 법정을 폐정한다. 피고를 퇴거시킨 후 감금하도록."

이 마지막 명령은 나를 향한 것이었지만, 실제로는 아무 일도 할 필요가 없었다. 다만 위병 막사에 전화를 걸고, 위병들이 그를 데려갔을 때 수령증을 받았을 뿐이었다.

오후의 진료 소집 때 프랭클 대위는 나를 당번병 임무에서 해방하고 의사에게 보냈고, 나는 통상 근무로 복귀하라는 판정을 받았다. 나는 중대 막사에 도착하자마자 옷을 갈아입었고, 분열 행진에는 겨우 늦지 않게 참가할 수 있었다. 그리고 짐 상사한테서 '군복에 얼룩'이 져 있다고 욕을 먹었다. 실은 상사의 눈 위엔 더 큰 얼룩이 져 있었지만, 나는 그 사실에 관해서는 언급하지 않았다.

연병장의 일각, 연대 부관이 서 있는 곳 바로 뒤에 누군가가 세워 놓은 커다란 기둥이 있었다. 명령 하달 시간이 되자, 언제나 듣는 '매일의 일과'나 다른 잡다한 일 대신 헨드릭의 군법회의 건이 선포되었다.

그리고 앞으로 내민 양손에 수갑을 찬 헨드릭이 무장한 두 위병 사이에 끼어서 행진해 왔다.

나는 태형이 집행되는 것을 한 번도 본 적이 없었다. 물론 고향에서도 태형은 일반에게 공개되었지만, 그것은 언제나 연방 빌딩 뒤에서 집행되었다. 그리고 나는 아버지에게 절대로 그곳에 가까이 가지 말라는 명령을 받고 있었다. 나는 아버지의 명령을 한번 어겨 보려고 했지만…… 집행 날짜가 연기된 탓에 결국 성공하지 못했고, 그 뒤로는 다시는 보러 갈 생각을 하지 않았던 것이다.

그런 것은 한 번 보는 것만으로도 족하다.

위병들은 헨드릭의 팔을 들어 수갑을 기둥 위쪽에 달린 커다란 갈고리에 고정시켰다. 그다음 그들은 그의 셔츠를 벗겼다. 셔츠는 그 상태에서도 벗을 수 있도록 되어 있었고, 그는 속셔츠를 입고 있지 않았다. 연대 부관은 뚜렷한 목소리로 말했다.

"군법회의의 판결을 집행하라."

다른 대대에 소속된 교육계 병장이 채찍을 들고 앞으로 나왔다. 위병 하사관이 수를 셌다.

그는 천천히 수를 셌다. 채찍질 사이의 간격은 5초였지만, 내게는 훨씬 더 길게 느껴졌다. 테드는 세 번째 채찍질까지는 입을 악물고 있었지만, 곧 흐느끼기 시작했다.

그다음에 내가 깨달은 것은, 내가 브론스키 병장을 올려다보고 있다는 사실이었다. 그는 내 뺨을 때리고 내 얼굴을 주의 깊게 바라보고 있었다. 그는 때리는 것을 멈추고 물었다.

"이제 괜찮나? 좋아, 대열로 돌아가. 구보로. 분열 행진이 시작될 거야."

그렇게 한 후 우리는 중대 막사로 돌아갔다. 나는 저녁 식사 때 제대로 음식을 먹지 못했지만, 그건 다른 사람들도 마찬가지였다.

누구도 내가 기절한 일에 대해서는 아무런 언급도 하지 않았다. 훗날 안 일이지만, 나만 그랬던 것이 아니었다. 다른 이삼십 명도 함께 기절했던 것이다.

6

너무 쉽게 손에 넣을 수 있는 것을
우리는 경시하는 경향이 있다……. 만약 우리가
'자유'만큼이나 고귀한 것을 높게 평가하지 않는다면
실로 기묘한 일이라고밖에는 할 수 없으리라.
— 토머스 페인

캠프 커리에서 내가 최악의 슬럼프에 빠진 것은 헨드릭이 쫓겨난 날 밤이었다. 나는 잠을 이루지 못했다. 신병이 잠을 못 잘 정도로 의기소침해진다는 것이 도대체 얼마나 불가능한 일인지를 이해하려면 직접 신병 훈련을 경험하는 수밖에 없을 것이다. 그러나 나는 그날 하루 종일 훈련을 받지 않았고, 육체적으로도 지친 상태가 아니었다. 그러나 통상 근무를 명 받았음에도 불구하고 내 어깨는 아직도 쑤셨다. 게다가 어머니한테서 온 편지가 마음을 괴롭혔고, 눈을 감을 때마다 그 '철썩!' 하는 소리가 들리면서 태형용 기둥에 묶인 테드 헨드릭의 모습이 떠올랐던 것이다.

나는 임시 계급장을 잃은 일 때문에 우울해하거나 하지는 않았다. 어차피 사임할 생각이었고, 그럴 결심이 서 있었기 때문에 그런 것은 문제가 되지 않았던 것이다. 만약 그때가 한밤중이 아니었고, 펜과 종이가 옆에 있었다면 그 자리에서 그것을 신청했을 것이다.

테드는 중대한 잘못을 저질렀고, 그렇게 하는 데는 단 0.5초밖에 걸리지 않았다. 그리고 그것은 진짜 바보짓이었다. 그는 군대를 증오하고는 있었지만(군대를 좋아하는 사람이 어디 있단 말인가?), 끝까지 복무를 마치고 투표권을 얻을 결심을 하고 있었던 것이다. 그는 정계로 진출할 작정이었고, 자기가 자신이 시민권을 얻으면 무슨 일을 할 것인지에 관해 자주 이렇게 말하곤 했다. "개혁에 착수할 거야. 두고 보라고."

그러나 이제 그는 영원히 공직에 취임할 수 없게 되었다. 한순간의 잘못을 저질렀을 뿐이지만, 영원히 그 기회를 잃은 것이다.

그에게 그런 일이 일어날 수 있다면, 내게도 마찬가지 일이 일어나지 않는다고는 단언할 수 없었다. 만약 내가 자칫해서 잘못을 저지른다면? 그런 일은 내일, 혹은 다음 주에 일어날지도 모른다. 사임할 선택조차도 주어지지 않고…… 맨 등에 채찍을 맞고 추방당하는 식으로.

내 생각이 틀렸고, 아버지 말이 옳았다는 사실을 인정할 때가 아닐까? 종이쪽지 한 장을 제출한 후 집으로 돌아가서, 하버드를 나와 가업을 이을 생각이라고 아버지에게 말하는 것이다. 만약 아버지가 허락해 주실 때의 얘기지만. 날이 밝자마자 짐 상사에게 가서 사임하겠다고 말하자. 하지만 그러려면 내일 아침까지 기다려야 한다. 그가 비상사태로 간주할 일이 일어나지 않는 이상 짐 상사를 깨울 수는 없다. 절대로 그럴 수 없다! 누구든 짐 상사에게 그러는 사람은 없다.

짐 상사…….

그는 테드 일만큼이나 나를 고민하게 했다. 군법회의가 끝나고 테드가 연행되어 나갔을 때, 짐 상사는 그 자리에 남아서 프랭클 대위에게 이렇게 말했다.

"대대장님과 잠시 면담할 수 있겠습니까?"

"물론. 나도 자네보고 잠시 남아 달라고 부탁할 참이었어. 자리에 앉게."

짐은 내 쪽을 흘낏 보았고, 대위도 나를 보았기 때문에, 나가라는 말을 듣기 전에 나는 그 자리를 떠났다. 바깥쪽 사무실에는 민간인 사무원 두 명을 제외하면 아무도 없었다. 대위가 나를 다시 부를지도 몰랐기 때문에 막사 밖으로 나갈 생각은 아예 하지 않았다. 그러는 대신 서류함 뒤에서 찾은 의자에 앉았다.

칸막이벽에 머리를 기댔을 때 그들의 목소리가 들려왔다. 영구적인 통신 설비와 기록 장치가 설치된 대대 본부는 텐트라기보다는 건물에 가까웠지만, '최저한의 야전 건물'로 분류되는 판잣집에 불과했다. 칸막이벽도 별것 아니었다. 사무원들은 속기용 리시버를 귀에 끼고 타이프라이터 위로 몸을 숙이고 있었기 때문에 듣지 못했을 것이다. 어차피 그들에게는 상관이 없는 일이었다. 나는 엿들을 생각은 없었다. 아니, 아마 있었는지도 모르겠다.

짐이 말했다.

"대위님, 저는 전투부대로의 전출을 희망합니다."

프랭클이 대답했다.

"잘 들리지 않는군, 찰리. 아무래도 난 귀를 좀 먹은 것 같아."

"전 정말로 그러고 싶습니다, 대위님. 이건 제게 걸맞은 임무가 아닙니다."

프랭클은 퉁명스럽게 말했다.

"나한테 대고 푸념하지는 마, 상사. 적어도 이 사건을 처리할 때까지 기다리게. 도대체 무슨 일이 일어났나?"

짐이 굳은 어조로 답했다.

"대위님, 그 녀석은 태형 10회를 받을 만한 짓을 하지 않았습니다."

"물론 그러지 않았어. 실패한 사람이 누군지 자네는 알아. 나도 알고."

"예, 대위님. 압니다."

"그래서? 자넨 현 단계의 신병들이 야수나 마찬가지라는 점을 나보다 훨씬 잘 알고 있지 않나. 자네는 그들에게 등을 돌려도 안전한 경우와 그렇지 못한 경우를 숙지하고 있어야 해. 물론 9080조에 대한 공식 방침과 복무규정은 알고 있겠지. 신병들에게 그 조항을 위반할 기회를 절대로 주면 안 된다는 철칙 말이야. 물론 틀림없이 몇 명은 그걸 시도하겠지. 또 공격적이지 못하다면 기동보병이 될 자격은 없어. 신병들은 집단 생활을 할 때는 얌전하지. 밥을 먹거나, 자고 있거나, 혹은 피곤하게 앉아서 강의를 듣고 있을 때는 그 녀석들에게 등을 돌려도 충분히 안전해. 그러나 일단 야전 전투 훈련을 받는다든지, 흥분으로 아드레날린을 잔뜩 분비시키는 일을 시키기라도 하면, 그 즉시 그 녀석들은 모자에 한가득 넣은 뇌관들만큼이나 폭발하기 쉬운 상태가 되는 거야. 교관들은 자네를 포함해서 모두 그 사실을 알고 있어. 자네는 훈련을 받았네. 그런 징조를 감시하고, 그런 일이 일어나기 전에 그것을 억눌러 버리는 훈련을 말이야. 어떻게 그런 미숙한 신병이 자네 눈두덩에 멍을 만들어 놓을 수 있었는지 설명해 주겠나? 절대로 자네한테 손을 대지 못하도록 해야 했어. 그럴 작정이라는 걸 알아차리자마자 단번에 기절시켰어야 했던 거야. 왜 신경을 곤두세우고 있지 않았지? 실력이 무뎌지기라도 한 건가?"

짐은 천천히 대답했다.

"잘 모르겠습니다. 아마 그런 것 같습니다."

"흐음! 그것이 사실이라면 전투부대로의 전출은 논외야. 하지만 자네 말은 사실이 아냐. 적어도 우리가 마지막으로 시합을 했던 사흘 전에는 사실이 아니었어. 도대체 뭐가 잘못됐던 건가?"

대답이 나오기까지는 좀 시간이 걸렸다.

"아마 저는 그를 안전한 신병 중 하나라고 믿고 있었는지도 모릅니다."

"안전한 신병 따위는 없어."

"예, 대위님. 하지만 헨드릭은 정말 열심이었고, 무슨 일이 있더라도 끝까지 해낼 작정으로 있었습니다. 이렇다 할 적성은 없었지만 부단히 노력하고 있었던 겁니다. 그래서 저도 무의식중에 그런 생각을 가지게 된 겁니다."

짐은 잠시 입을 다물고 있다가 이렇게 덧붙였다.

"아마 저는 헨드릭에게 호의를 느끼고 있었던 것 같습니다."

프랭클은 콧방귀를 뀌었다.

"교관에겐 신병에게 호감을 느낄 여유 따위는 없어."

"알고 있습니다, 대위님. 하지만 호감을 느끼는 것은 사실입니다. 모두 좋은 녀석들입니다. 쓸모없는 신병들은 이미 다 쫓아 버렸습니다. 동작이 서투르다는 걸 제외하면, 헨드릭의 유일한 결점은 자기가 모든 해답을 알고 있다고 생각하고 있다는 점입니다. 그런 건 문제가 되지 않습니다. 그 나이 때는 저도 그랬으니까요. 쓸모없는 놈들은 이미 다 집으로 돌아갔고, 남은 신병들은 모두 열심히 노력하는 놈들뿐입니다. 뭐든지 잘해 보려고 하고, 열성적인 태도로 임합니다. 마치 콜리 새끼들처럼 귀여운 놈들입니다. 대다수가 군인이 될 수 있을 겁니다."

"바로 그게 자네의 약점이란 말이지. 자네는 그 녀석을 좋아했고…… 그래서 때가 늦기 전에 기절시킬 수 없었단 말이군. 그래서 그 녀석은 군법회의에 회부되고, 채찍을 맞고, 불명예 전역 처분을 받는 거야. 멋지군."

짐은 진지한 어조로 말했다.

"맹세컨대, 그럴 수만 있었다면 제가 대신해서 채찍을 맞아 주고 싶은 심정이었습니다, 대위님."

"내가 그럴 수 있을 때까지 기다려야 할걸. 난 자네 상관이니까 말이야. 지금까지 내가 어떤 심정으로 있었다고 생각하나? 자네가 멍든 눈을 하고 여기 들어오는 걸 본 순간부터 내가 그걸 얼마나 두려워하고 있었는지 아나? 나는 행정 처분으로 끝내려고 최선을 다했지만, 그 멍청한 녀석은 그런 선택조차 주지 않았어. 하지만 설마 자기 입으로 상관을 구타했다고 말할 정도로 멍청하다고는 생각도 못 했지. 그 녀석은 진짜 바보야. 자네도 벌써 몇 주일 전에 그 녀석을 부대에서 쫓아냈어야 했어…… 문제를 일으킬 때까지 계속 애 보듯이 어르다가 이렇게 된 거야. 어쨌든 간에 그 녀석은 증인들이 보는 앞에서 그렇게 말해 버렸고, 나도 공식적으로 그 사실을 인지할 수밖에 없었어. 우리에겐 선택의 여지가 없어진 거지. 기록에서 지울 수도, 군법회의를 회피할 수도 없게 되었고…… 결국 그 참기 힘든 노역을 끝까지 완수해야 했어. 싫어도 어쩔 수 없었지. 그리고 우리를 죽을 때까지 증오할 민간인 하나를 더 만들어 낸 거지. 그 녀석은 채찍을 맞아야 했어. 잘못은 우리 쪽에 있다고 해도, 자네도, 나도, 그 녀석을 대신해서 그 벌을 받을 수는 없었던 거야. 왜냐하면 연대는 누군가가 9080조를 위반했을 때 무슨 일이 일어나는지 보고, 이해할 필요가 있었기 때문이지. 우리 잘못이지만…… 처벌은 그 녀석이 받은 거야."

"그건 제 잘못입니다, 대위님. 그래서 전출을 상신한 겁니다. 그러니까, 그게 우리 부대를 위해 제일 좋은 일이라고 생각합니다."

"정말 그렇게 생각하나, 어? 하지만 대대를 위해 제일 좋은 것이 무엇인지 정하는 나지, 자네가 아냐, 상사. 찰리, 자네를 교관으로 지명한 건 도대체 누구였다고 생각하나? 12년 전을 생각해 보게. 자넨 병장이었어, 기억하고 있나? 그때 자넨 어디 있었나?"

"대위님도 잘 알고 계시듯이 여기 있었습니다. 바로 여기, 신에게조차 버림받은 이 황야에 있었던 겁니다. 다시는 돌아오지 말았어야 했습니다!"

"누구라도 마찬가지야. 하지만 이 일은 육군에서도 가장 중요하고 세심한 배려가 필요한 임무이기도 해. 응석받이로 자란 애들을 군인으로 만드는 일이지. 그때 자네 반에서 제일 질이 안 좋은 응석받이는 누구였나?"

짐은 천천히 대답했다.

"흐음……. 대위님이 최악이었다고까지 할 생각은 없습니다."

"정말 그런가, 응? 하지만 나 말고 다른 후보 이름을 대기는 좀 힘들지 않을까? 짐 '병장', 정말이지 난 자넬 지독하게 미워했네."

짐은 조금 놀라고, 약간 마음을 상한 것 같았다.

"정말입니까, 대위님? 저는 미워하지 않았습니다. 어느 쪽인가 하면 호감을 가지고 있었습니다."

"그래? 하지만 '미움'은 교관에게는 허용되지 않는 사치 중 하나야. 우리는 신병을 미워해서도, 좋아해서도 안 돼. 그 대신 가르쳐야 하는 거야. 하지만 자네가 내게 호의를 느끼고 있었다는 게 사실이라면…… 흐음. 자네는 매우 색다른 방법으로 그 호의를 표현했던 것 같군. 아직도 나를 좋아하나? 아니, 대답하지 않아도 좋아. 자네가 어떻게 느끼고 있건 간에 난 상관하지 않아…… 아니, 어느 쪽인지 알고 싶지 않다고 하는 편이 옳겠지. 개의치 말게. 난 자네를 혐오했고, 그다음엔 어떻게든 자네를 혼내 줄 방법이 없나 하고 몽상하곤 했어. 하지만 자네는 절대로 틈을 보이지 않았고, 내가 9080조를 위반해서 군법회의에 회부될 기회를 주지 않았어. 그런 자네 덕분에 지금 난 여기 앉아 있네. 자네의 전출 상신에 관해서 말인데…… 신병이었을 때 난 자네한테서 똑같은 명령을 귀에 못이 박히도록 들어야 했어. 그 탓에 자네가 한 어떤 일이나 말보다 그걸 더 싫어하게 됐지. 그게 뭔지 기억하고 있나? 난 기억하고 있네. 그걸 지금 자네한테 고스란히 돌려주지. '군인답게 굴어, 입 닥치고 군인이 되란 말이다!'라고 말이야."

"옛, 대위님."

"아직 가지는 말게. 이 진저리 나는 사태가 전부 나쁘기만 했던 건 아냐. 우리 둘은 잘 알고 있듯이 어떤 신병 연대도 9080조의 의미에 관해 엄한 교훈을 얻을 필요가 있네. 신병들은 아직 생각하는 법을 배우지 않았고, 읽을 생각도 없고, 우리 말을 귀담아 듣는 일도 거의 없네. 하지만 볼 수는 있지…… 그리고 젊은 헨드릭의 불행은 언젠가 그의 전우를 구할지도 모르네. 교수대에 목이 매달려 완전히 죽을 운명에서 말이야. 하지만 나는 내 대대에서 그런 실례가 나와야 했던 걸 유감으로 여기고 있고, 이 대대에서 또 그런 자가 나오는 것을 볼 생각은 없네. 그러니까 다른 교관들을 불러서 경고를 주도록. 앞으로 24시간 동안 신병들은 계속 충격을 받은 상태로 있을 거야. 그다음엔 불만스러운 태도로 바뀔 테고, 긴장은 계속 높아져만 가겠지. 목요일이나 금요일쯤 되면 몇몇 신병은 어차피 사임할 거고, 헨드릭이 받은 형벌은 별것이 아니다, 음주 운전으로 받는 태형 수보다 더 적지 않은가, 하고 생각하는 녀석들이 생길 거야…… 그리고 벌을 받더라도 자기가 제일 증오하는 교관에게 한 방 먹일 가치가 있지 않나 생각할지도 모르는 거야. 상사, 절대로 그런 일이 일어나서는 안 돼! 무슨 말인지 알겠나?"

"옛, 대위님."

"나는 교관들이 예전보다 여덟 배는 더 신경을 곤두세울 것을 원하네. 신병들과 거리를 유지하고, 뒤통수에도 눈을 붙이고 있으란 말이야. 고양이들 앞을 지나가는 생쥐처럼 정신을 바짝 차리고 있게 하도록. 브론스키…… 브론스키에게는 특별히 주의를 주도록. 그 녀석은 아무래도 신병들과 친하게 지내는 경향이 있어."

"브론스키에게 주의해 두겠습니다, 대위님."

"확실하게 해 두게. 다음번에 주먹을 휘두르려는 신병이 나오면, 그 즉시 때려눕혀야 하니까. 오늘처럼 일을 그르치지 말고 말이야. 그 신병은 완전히 기절시켜야 하고, 교관에게는 털끝 하나도 손을 대게 하면 안 돼. 실패라도 하는 경우에는 무능함을 이유로 처벌도 불사하겠네. 교관들에게 그 사실을 알리도록. 9080조를 위반하면 단지 값비싼 대가를 치러야 할 뿐 아니라, 그것이 불가능하다는 사실을 신병들에게 확실히 가르쳐 줘야 하는 거야…… 조금이라도 그런 낌새를 보이다간, 짧은 낮잠을 잔 다음 얼굴에 양동이 하나분의 찬물을 먹고, 지끈거리는 턱을 얻는 게 고작이라는 사실을 말이야."

"옛, 대위님. 확실히 실행하겠습니다."

"그러는 게 나을 거야. 그 일에 실패하는 교관이 있다면, 나는 그를 처벌할 뿐만 아니라, 직접 그 녀석을 황야로 데리고 나가서 실컷 두들겨 패겠어…… 왜냐하면 난 교관의 태만 때문에 내 부하가 그 태형용 기둥에 매달리는 길 다시는 용납할 수 없기 때문이야. 이걸로 끝이네."

"옛, 대위님. 실례하겠습니다(Good afternoon), 대위님."

"뭐가 그렇게 좋았단(good) 말인가? 찰리……."

"예, 대위님."

"오늘 저녁 그렇게 바쁘지 않다면, 운동화하고 방호 용구를 갖고 장교 헬스클럽에 오지 않겠나? 오랜만에 몸을 풀면 어떤가? 8시경에 말이야."

"옛, 대위님."

"이건 초대지, 명령이 아냐. 자네 실력이 정말 무뎌지고 있다면, 오늘은 자네 견갑골을 걷어찰 수 있을지도 모르겠군."

"흐음. 그럼 대위님께서는 좀 내기를 해 보실 용의가 있으십니까?"

"뭐? 책상 앞에 하도 오래 앉아 있어서 동작이 둔해진 나를 상대로 말인가? 거절하겠네! 자네가 한쪽 발을 시멘트로 굳힌 양동이에 넣고 싸울 것을 승낙이라도 하지 않는 한 말이야. 찰리, 사실 오늘은 정말 참기 힘든 날이었고, 더 나아지기 전에 더 나쁜 일들이 기다리고 있어. 하지만 자네와 내가 실컷 땀을 흘리고, 서로 혹이라도 좀 만들어 준다면, 그 응석받이 녀석들을 일도 다 잊고 푹 잘 수 있을지도 몰라."

"꼭 가겠습니다, 대위님. 저녁을 너무 많이 드시지는 마십시오. 제게도 좀 쌓인 것들이 있으니까 말입니다."

"저녁은 안 먹어. 계속 여기 앉아서 이 사반기 보고서를 끝마쳐야 해…… 연대장님은 저녁 식사 직후 그걸 볼 것을 은근히 기대하고 계시니까 말이야…… 그리고 이름은 말할 수 없는 그 누구 때문에 두 시간 정도 늦어 버렸네. 그러니까 왈츠 시간에는 4~5분가량 늦을지도 모르겠군. 이제 가 보게, 찰리. 더 이상 방해하지 말아 줘. 나중에 보자고."

짐 상사는 너무 갑자기 방에서 나왔기 때문에, 나는 몸을 구부리고 구두끈을 매는 시늉밖에는 할 수 없었고, 그가 바깥쪽 사무실을 지나갔을 때는 서류함 뒤에 가까스로 몸을 감출 수 있었다. 프랭클 대위가 외치고 있었다.

"당번병! 당번병! 당번병! 세 번이나 불러야 하나? 이름이 뭔가? 넌 한 시간 초과 근무야, 완전 군장으로. E, F, G 각 중대의 중대장들을 찾아서 열병식 전에 여기로 와 달라고 전하도록. 그다음엔 내 텐트로 달려가서 세탁한 정복, 군모, 권총, 군화, 약장을 가져 와서 여기 펼쳐 놓도록. 훈장은 필요 없어. 그다음엔 오후의 진료 소집에 출두해. 아까부터 그 팔로 긁적거리는 걸 보니 네 어깨는 이제 충분히 나은 것 같군. 진료 소집까지 13분이야. 서둘러, 신병!"

나는 해냈다……. 그들 중 두 명은 상급교관용 샤워실에 있었고(당번병은 어디든 갈 수 있다.) 세 번째는 사무실에서 찾을 수 있었다. 우리가 받는 명령은 불가능한 것이 아니었다. 단지 불가능에 가깝기 때문에 그렇게 보일 뿐이다. 진료 소집 나팔이 울렸을 때 나는 프랭클 대위의 열병식용 군복을 펼쳐 놓고 있었다. 그는 고개를 들지도 않고 그르렁거리듯이 말했다.

"초과 근무는 취소야. 나가 봐."

그래서 나는 가까스로 통상 근무로 돌아갈 수 있었고, 그 대가로 또다시 초과 근무를 하게 되었다. '복장 불량, 2개 항목'이란 이유에서였다. 그렇게 해서 나는 테드 헨드릭의 기동보병 생활의 비참한 종말을 목격할 수 있었던 것이다.

잠 못 이뤘던 그날 밤에는 생각할 일들이 얼마든지 있었다. 나는 짐 상사가 바쁘게 일한다는 사실을 알고 있었지만, 그가 자신의 행동에 대해 밉살맞을 정도로 완전히 만족하고 있지 않다는 가능성은 상상도 할 수 없었다. 그는 그 정도로 독선적이고, 자신감에 차고, 자기 자신과 주위 세계에 관해 만족하고 있는 것처럼 보였던 것이다.

천하장사 로봇 같은 그가 자기의 실패를 자인했고, 다른 곳으로 도망쳐서 모르는 사람들 사이에 몸을 숨기고 싶다고 느낄 정도로 깊고 개인적인 수치심을 느꼈고, 자신이 떠나는 일이 '부대를 위해 제일 좋은 일'이라는 이유를 들었다는 사실은, 어떤 의미에서는 테드가 채찍을 맞는 광경을 목격한 것보다 더 심한 충격을 내게 주었다.

게다가 프랭클 대위는 그의 말에 동의했고(그 실패의 심각성에 관해 말이다.) 그를 노골적으로 질타했다. 정말로 그랬다! 하사관들은 질타당하거나 하지는 않는다. 그들은 질타하는 쪽이다. 그것이 자연 법칙이다.

그러나 짐 상사가 스스로 인정하고 받아들인 질책은 당사자에게 지독한 굴욕감을 주며 의기소침하게 만드는 것이었고, 그에 비하면 내가 그때까지 하사관들에게 받은 최악의 질책조차도 사랑의 속삭임에 불과했다는 사실을 인정하지 않을 수 없었다. 게다가 대위는 언성을 높이지도 않았던 것이다.

이 사건 자체가 정말로 일어났다고는 도저히 믿기 힘들었기 때문에 다른 신병들에게 언급할 생각조차 아예 들지 않았다.

또 프랭클 대위 일도 그랬다. 우리는 장교를 그리 자주 보지 않는다. 그들은 저녁의 열병식이 다 끝나 갈 때 슬슬 나타나고, 땀을 흘릴 필요가 있는 일은 결코 하지 않는다. 그들은 일주일에 한 번 우리를 사열하고, 하사관들에게 개인적인 의견을 조금 말할 뿐이다. 이 의견은 항상 누군가의 불행을 의미했다. 물론 본인들을 제외하고 말이다. 그리고 그들은 어느 중대가 연대기 호위 중대의 명예를 얻을 것인지를 매주 결정했다. 이런 일들과는 별도로 그들은 이따금 불시에 우리를 사열하곤 했다. 줄 세운 군복에 흠잡을 데 없는 복장을 하고 나타난 그들은 초연한 태도로 우리를 둘러보고, 아련한 오드콜로뉴 냄새와 함께 다시 사라졌던 것이다.

물론 장거리 행군 때는 한두 명의 장교가 언제나 동행했고, 프랭클 대위는 라 사바트의 묘기를 우리에게 두 차례 피로한 적이 있었다. 그러나 장교들은 일하지 않는다. 진짜 일은 하지 않는 것이다. 그리고 그들은 하사관들의 부하가 아니라 상관이었기 때문에 아무 걱정도 할 필요가 없다.

그럼에도 불구하고 프랭클 대위는 저녁 식사를 빼먹을 정도로 일에 쫓기고 있었다. 언제나 너무 바쁜 탓에 운동 부족이 됐다고 불평하고, 단지 땀을 흘리기 위해서 자신의 자유 시간을 써 버릴 작정을 할 정도였다.

걱정에 관해서 말하자면, 헨드릭에게 일어난 일에 대해 대위는 정말 짐보다도 더 심한 타격을 받은 것 같았다. 더구나 그는 헨드릭의 얼굴을 모르고 있었다. 우선 그의 이름을 물어보아야 했을 정도였으니.

혹시 내가 살고 있는 세계의 본질 자체에 관해 완전히 잘못 이해하고 있었던 것이 아닌가 하는 불안이 나를 괴롭히고 있었다. 마치 그 모든 측면이 겉으로 보이는 것과는 전혀 딴판인 듯한 느낌이랄까. 이를테면 자신의 어머니가 실은 지금까지 만난 적도 없는 인물이고, 고무로 된 가면을 쓴 타인이라는 사실을 발견한 것 같은.

그러나 한 가지만은 확실한 것이 있었다. 기동보병의 실체 따위를 발견하고 싶은 생각은 전혀 없었다. 만약 그것이 우리에게는 하나님이나 다름없는 그들(하사관과 장교들)이 괴로워할 정도로 힘든 것이라면, 그런 것을 이 조니가 어떻게 감당하란 말인가! 스스로 이해할 수도 없는 환경에서 어떻게 잘못을 저지르지 않고 무사히 지낼 수 있단 말인가? 나는 교수대에 죽을 때까지 매달려 있을 생각은 추호도 없었다! 채찍을 맞는 위험을 무릅쓸 생각조차 없었다……. 영구적인 상처를 입는 일이 없도록 의사가 옆에서 대기해 주더라도 말이다. 우리 가문에서 태형에 처해진 인물은 단 한 명도 없다.(학교에서 맞는 매는 예외이지만, 그것은 태형과는 전혀 종류가 다르다.) 내 가문에서 범죄사는 친가 쪽으로도, 외가 쪽으로도 없었다. 범죄자라고 고발받은 자조차 없었다. 우리 가문은 명예를 중히 여겼고, 단지 하나 결여된 것이 있다면 시민권뿐이었다. 아버지는 그것이 진짜 명예와는 상관이 없고, 쓸데없는 허영심에 불과하다고 여기셨다. 행여나 내가 태형에 처해지는 일이 있다면, 그런다면 아마 아버지는 심장마비를 일으키실 것이다.

그러나 헨드릭이 한 일은 내가 이미 천 번 넘게 해 보고 싶다고 생각했던 일이지 않은가. 나는 왜 그걸 실행에 옮기지 않았을까? 아마 소심해서 그랬을 것이다. 교관이라면 누구나 다 나를 묵사발로 만들어 놓을 수 있다는 사실을 잘 알고 있었기 때문에, 나는 입을 다물고 아무런 행동에도 나서지 않았는데. 조니, 넌 그럴 배짱이 없는 거야. 적어도 테드 헨드릭에게는 담력이 있었는데. 내게는 그런 용기가 없었다……. 그리고 담력이 없는 사내는 애당초 군대에 들어오지 말았어야 했다.

게다가 프랭클 대위는 이 사건이 테드의 잘못이라고는 아예 생각하지도 않았다. 설령 내가 담력이 결여된 탓에 9080조를 위반하지 않는다고 해도, 그 외의 군규를 위반하지 않는다는 보장이 어디 있는가? 그것도 내 자신의 잘못이 아닌 이유로 인해 태형용 기둥에 매달려 축 늘어지지 않는다는 보장이?

나가려면 지금이야, 조니. 다치지 않고 그럴 기회가 있을 때.

어머니가 보내신 편지는 단지 내 결심을 굳힌 데 지나지 않았다. 내 부모님이 나를 거부하고 계신 한 나는 두 분에 대해 냉정한 감정을 유지할 수 있었다. 그러나 두 분의 마음이 누그러진 지금, 더 이상 그러는 것은 무리였다. 적어도 어머니의 마음은 누그러져 있었다. 어머니는 편지에 이렇게 쓰셨다.

……이런 말을 하고 싶지는 않지만, 네 아버지는 아직도 네 이름을 귀에 담으려 하지도 않는단다. 하지만 조니, 아버지는 울고 싶어도 울 수가 없기 때문에 그런 식으로 자기 슬픔을 내보이고 있는 거야. 내 귀여운 아들아, 이해할 수 있지? 아버지는 너를 자기 목숨보다(나보다) 더 사랑하고 있다는 사실을. 그리고 너는 그런 아버지에게 깊은 상처를 입혔던 거야. 아버지는 다른 사람들에게는 네가 자기 일을 결정할 수 있는 어른이고, 너를 매우 자랑스럽게 생각하고 있다고 말하고 다닌단다. 하지만 그건 자존심일 뿐이고, 자기가 가장 사랑하고 있는 사람 때문에 쓰라린 마음의 상처를 입어야 했던, 강한 자긍심을 가진 인물의 입에서 나온 말이야. 나의 작은 후안. 아버지가 네 이름을 입에 올리지 않고, 편지를 쓰지 않은 이유는 그럴 수가 없기 때문이란다. 슬픔이 줄어들 때까지는 아직 안 돼. 하지만 때가 오면 나는 알 수 있을 거야. 그러면 아버지를 달랠 수 있고, 모두가 화해하는 날이 오겠지.

나는 어떠냐고? 어떤 일을 해도 자기 어머니를 정말로 화나게 할 수 있는 자식은 없어. 너는 내 마음을 아프게 할 수 있지만, 너에 대한 내 사랑을 줄일 수는 없단다. 네가 어디 있건 간에, 또 무슨 일을 하건 간에, 너는 언제나 넘어져서 무릎을 깨고 안아 달라고 어머니 품 안으로 뛰어들어 오는 귀여운 자식으로 남아 있을 거야. 이제 내 품은 너를 어르기에는 너무 작아져 버렸지만, 아니, 네가 자란 것이지도 모르지만(나는 한 번도 그렇다고 생각한 적이 없지만 말이야), 네가 엄마 품에 안길 필요가 있다면 언제든지 그럴 수 있을 거야. 사내아이들에겐 결코 엄마 품이 필요 없게 되는 날이 오지는 않아. 아니면 정말 그런 날이 올까? 그러지 않았으면 좋겠어. 답장에 그렇지 않다고 써 주렴.

하지만 너한테서 정말 오랫동안 편지를 받지 않았다는 사실을 생각해 보면, 아마 (내가 따로 알릴 때까지는) 엘레노라 이모 앞으로 답장을 보내는 것이 제일 좋은 방법인 것 같구나. 편지를 받자마자 이모는 나한테 그걸 보내줄 거야. 더 이상 풍파를 일으키지 않고 말이야. 무슨 말인지 알겠지?

내 아기에게, 천 번의 키스를 보내며,

어머니가

나는 완전히 이해할 수 있었다. 그리고 아버지가 울래야 울 수가 없다고 해도, 나는 그럴 수 있었다. 나는 울었다.

마침내 나는 잘 수 있었고…… 그 즉시 경계경보를 듣고 잠에서 깼다. 전 연대는 폭탄 훈련장으로 직행해서 폭탄 없이 모의 훈련을 했다. 그러나 폭탄을 제외하면 우리는 장갑복 비착용 시의 완전 군장을 갖추고 있었고, 산개하자마자 귀에 낀 이어폰을 통해 동결하라는 명령을 받았다.

우리는 적어도 한 시간 이상 동결 상태를 유지했다. 즉, 숨을 죽이고 미동도 하지 않았다. 생쥐가 살금살금 지나가도 시끄러운 소음처럼 느껴졌을 것이다. 무엇인가가 내 등 위를 슬쩍 넘어갔다. 아마 코요테였으리라. 나는 꼼짝도 하지 않았다. 얼어붙을 정도로 차가운 동결 훈련이었지만, 나는 개의치 않았다. 어차피 이것이 마지막임을 알고 있었기 때문이다.

다음 날 아침 나는 기상나팔 소리에도 깨어나지 않았다. 몇 주 만에 처음으로 나는 침낭에서 억지로 쫓겨났고, 아침 체조에도 가까스로 늦지 않게 참가할 수 있었다. 우선 짐을 만날 필요가 있었기 때문에, 아침 식사 전에 사임 신청을 해도 아무런 의미가 없었다. 그러나 그는 식사 시간에도 나타나지 않았다. 나는 브론스키에게 중대장 면회를 허가해 달라고 했다. 그러자 브론스키는 "좋아. 마음대로 해."라고 대답했고, 이유를 묻지도 않았다.

그러나 그 자리에 있지도 않은 사람을 만날 수는 없다. 우리는 아침 식사 후 장거리 행군을 시작했고, 그는 그때도 모습을 나타내지 않았다. 아침에 나가서 저녁에 돌아오는 행군이었고, 헬리콥터가 점심을 날라다 준 것은 의외의 행운이었다. 행군 전에 야전 식량을 지급받지 않았다는 것은 기아 훈련을 의미했고, 남몰래 가져온 것을 제외하면 아무 식량도 없었기 때문이다……. 그리고 나는 아무것도 가지고 있지 않았다. 생각할 일이 너무 많았기 때문이다.

식량을 가지고 내린 짐 상사는 편지 뭉치를 가지고 있었다. 이것은 의외의 행운이 아니었다. 기동보병에 관해 이 얘기만은 해 둬야겠다. 우리들은 훈련 시 식량, 물, 잠, 기타 무엇이든지 경고 없이 삭감당해 버리지만, 우편물의 배달은 상황이 허락하는 한 단 1분도 지체되지 않는다. 편지는 각 병사들의 것이고, 이용 가능한 수송 수단을 통해 즉각 배달되기 때문에 설령 작전 중일지라도 휴식 시간이 오는 즉시 읽을 수 있다. 그러나 내게는 그렇게 중요한 일이 아니었다. 왜냐하면 칼이 보낸 몇 통을 제외하면, 어머니의 편지를 받을 때까지 내게는 싸구려 광고물 같은 것밖에는 오지 않았기 때문이다.

나는 편지를 나눠 주고 있는 짐한테 가지도 않았다. 캠프에 돌아가기 전까지는 말할 필요가 없다는 사실을 깨달았던 것이다. 실제로 사령부에 도착하기 전 짐이 나를 주목할 이유를 주어 보았자 아무 의미도 없었다. 그래서 그가 내 이름을 부르고 편지를 들어 보였을 때는 놀라움을 느꼈다. 나는 그에게로 달려가서 편지를 받았다.

그리고 또 놀랐다. 편지는 고교 시절 내 역사와 윤리 철학 교사였던 미스터 뒤부아한테서 온 것이었다. 산타클로스한테서 편지를 받았다고 해도 그렇게 놀라지는 않았을 것이다.

편지를 읽는 도중에도 나한테 온 것이라고는 믿기 힘들었다. 정말 미스터 뒤부아가 그 편지를 썼고, 내 앞으로 보냈다는 사실을 수긍하기 위해 수취인과 발송인의 주소를 확인해야 했다.

친애하는 조니

자네가 연방군에 지원했을 뿐만 아니라, 과거 나 자신이 소속하고 있었던 병과를 선택했다는 사실을 알았을 때 내가 느꼈던 기쁨과 긍지를 알리기 위해 나는 더 빠른 시기에 이 편지를 보내야 했었는지도 모르겠네. 그러나 나는 놀라지는 않았어. 나는 자네가 그럴 것을 믿어 의심치 않았네. 한 가지 예외가 있다면 자네가 기동보병을 선택했다는 특별한, 그리고 매우 사적인 보너스가 내게 주어졌다는 점이겠지. 이것은 자주 일어나는 일은 아니지만, 일개 선생의 모든 노력이 헛되지 않았다는 점을 증명하는 일종의 성취라고 할 수 있네. 한 개의 천연 금괴를 찾기 위해서는 수많은 자갈과 대량의 모래를 가려

내야 하지만, 그 금괴 하나하나가 보답을 의미하네.

더 일찍 이 편지를 보내지 않은 이유를 이미 잘 알고 있으리라고 믿네. 많은 청년들이 반드시 그들 자신의 과오라고는 할 수 없는 이유로 인해 신병 훈련 중 탈락하는 거야. 나는 나 자신의 연락망을 통해 자네가 마지막 고비를(우리 모두는 그 고비에 관해 너무나도 잘 알고 있네!) 극복하는 것을 기다리고 있었고, 사고나 질병이 없는 한 자네가 훈련과 복무 기간을 완수할 것을 확신하고 있었네.

이제 자네는 군대 생활을 통틀어서 가장 힘든 시기를 거치려 하고 있어. 육체적으로 가장 힘들다는 뜻이 아니라(물론 육체적 고난은 더 이상 자네를 괴롭히지 않을 거야. 자네는 이미 그 한계를 알고 있으므로.) 정신적으로 가장 힘들고…… 잠재적인 시민을 실제 시민으로 변모시키는 과정에서 영혼의 가장 깊숙한 부분을 뒤흔들어 놓는 재조정과 재평가가 필요하게 된다는 뜻이야. 혹은 이렇게 말하는 편이 나을지도 모르겠군. 자네 앞에는 아직도 고난과, 앞으로 가면 갈수록 점점 어려워지는 수많은 장애물들이 가로놓여 있음에도 불구하고, 자네는 이미 가장 어려운 시기를 통과했다고 말이야. 그러나 정말로 문제가 되는 것은 이 마지막 '고비'이고…… 나는 자네를 알고 있기 때문에, 자네가 이미 그 고비를 넘겼다는 사실을 확신하고 있네. 그러지 않았다면 지금쯤은 이미 고향에 돌아와 있었을 테니까.

그 정신적 정점에 도달했을 때 자네는 어떤 기분을, 무엇인가 새로운 것을 느꼈을 거야. 아마 말로는 표현할 수는 없었겠지.(내가 신병이었을 때는 그랬네.) 그러니까 자네는 이 나이 든 전우가 자네 대신 그것을 표현하는 것을 허락해 주리라고 믿네. 종종 추상적인 말이 도움이 되는 경우가 있으니까. 간단한 말이야. 한 인간이 경험할 수 있는 가장 고귀한 운명이란, 사랑하는 고향과 전쟁의 황폐함 사이에 자기 자신을 놓는 일일세. 물론 이것이 나 자신의 말이 아니라는 것은 자네도 알고 있네. 그러나 근본적인 진리는 바꿀 수 없는 것이고, 통찰력을 가진 인물이 일단 그것을 표현한 뒤에는, 세계가 어떻게 변화하든 간에 결코 그것을 바꿔 말할 필요는 없네. 이것은 언제, 어디서나, 그리고 어떤 인간이나 국가에 대해서도 불변의 진리인 거야.

자네의 귀중한 수면 시간의 일부를 이 노인을 위해 할애할 수 있다면, 자네 소식을 전해 줬으면 고맙겠네. 그리고 내 옛 전우들을 만나는 경우에는, 아무쪼록 안부를 전해 주게.

행운을 비네, 강하병! 나는 자네를 자랑스럽게 생각하네.

장 V. 뒤부아

기동보병 중령(퇴역)

이 서명은 편지만큼이나 나를 놀라게 했다. 늙은 잔소리꾼이란 별명을 가진 그가 중령이었다고? 세상에, 우리 연대장조차 소령밖에는 되지 않는데! 미스터 뒤부아는 학교에서 어떤 계급에 관해서도 언급하지 않았다. 우리는 그가 기껏해야 병장 나부랭이였을 거라고 생각하고 있었고(우리가 그런 생각을 했다면 말이지만), 손을 잃고 전역한 후 점수를 딸 필요도 없는 과목을 가르친다는 쉬운 일을 배정받았다고 믿고 있었다. 그 과목은 교수받을 필요조차 없었고, 단지 출석해서 청강만 하면 되었다. 물론 우리는 그가 퇴역 군인이라는 사실을 알고 있었다. 역사 및 윤리 철학은 시민권자가 아니면 가르칠 수 없었기 때문이다. 그러나 기동보병이었다고? 그는 기동보병처럼 보이지는 않았다. 까다롭고, 언제나 약간 사람을 경멸하는 듯한 느낌을 주는 댄스 교사 타입이었다. 우리들 고릴라 같지는 않았다.

그러나 그는 그렇게 서명했던 것이다.

나는 캠프를 향한 긴 행군 중 계속 그 놀라운 편지에 관해 생각했다. 그것은 과거에 그가 교실에서 강의했던 내용과는 전혀 닮은 점이 없었다. 아니, 그가 교실에서 우리에게 말했던 것이 편지 내용과 모순되었다는 뜻은 아니다. 다만 그 말투가 전혀 딴판이었던 것이다. 도대체 어떻게 중령이 일개 신병을 '전우'라고 부를 수 있는 것일까.

그가 그냥 '미스터 뒤부아'였고, 내가 그의 강의를 들어야 했던 학생들 중 한 명이었을 당시 그는 거의 내게 주의를 기울이지 않는 것처럼 보였다. 단지 내가 너무 많은 돈을 가지고 있는데 비해 분별이 모자란다는 취지의 말로 나를 빗대어 빈정거렸던 때를 제외하고 말이다.(그래, 우리 아버지가 우리 학교를 통째로 사서 내게 크리스마스 선물로 줄 수 있다는 것은 사실이다. 하지만 그것도 죄가 된단 말인가? 그것은 그가 관여할 일이 아니었다.)

그때 그는 단조로운 목소리로 마르크시스트 이론과 정통적인 '공리' 이론을 비교 강의하고 있었다.

"물론, 마르크스주의의 가치 정의는 한마디로 어리석은 것이다. 인간이 얼마나 많은 노동을 쏟아 붓건 간에 진흙 반죽을 사과 파이로 바꿀 수는 없다. 진흙 파이는 진흙 파이로 남고, 그 가치는 무다. 당연한 일이지만, 서투른 노동은 가치를 쉽게 감소시켜 버린다. 재능이 없는 요리사는 멀쩡한 밀가루 반죽과 신선한 파란 사과를, 더군다나 이것들 자체가 이미 가치 있는 것임에도 불구하고 먹을 수도 없는 쓰레기로 바꿀 수 있다. 그 가치는 제로로 변하고 만다. 반대로 훌륭한 요리사는, 보통 요리사가 보통 과자를 만들 때만큼의 노력만으로도, 같은 재료를 써서 보통 애플파이보다 훨씬 더 높은 가치를 가진 과자를 만들어 낼 수 있다.

요리를 예로 든 이런 사소한 논법만으로도 마르크스주의의 가치 이론은 붕괴해 버린다. 공산주의 이념의 찬란한 기만성은 전적으로 이 오류에서 비롯된 것이며, 효용성이라는 관점에서 설명된 가치의 상식적인 정의가 진실임을 예증하는 것이다."

뒤부아는 우리를 향해 절단된 손목을 흔들었다.

"그럼에도 불구하고…… 거기, 뒤! 잠에서 깨! 그럼에도 불구하고 시대에 뒤떨어지고 난잡한 『자본론(*Das Kapital*)』의 신화에는…… 이 오만한 사기꾼 마르크스의 과장되고, 지리멸렬하고, 혼란되고, 정신병적이고, 비과학적이고, 비논리적인 주장에는 극히 중요한 진리의 단편이 어렴풋하게나마 포함되어 있다. 만약 마르크스가 분석적인 두뇌를 가지고 있었다면, 그는 가치에 대해 사상 최초로 적절한 정의를 내릴 수도 있었을 것이고…… 이 행성은 끊임없는 불행의 악순환에 빠지지 않았을지도 모른다.

결국 안 그랬을지도 모르지만 말이야."

그는 덧붙였다.

"너!"

나는 움찔하며 몸을 곧추세웠다.

"아무래도 내 말을 듣고 싶지 않은 것 같은데, 그럼 이른바 '가치'가 상대적인 것인지, 아니면 절대적인 개념인지 모두에게 말해 줄 수 있겠지?"

나는 그의 말을 듣고 있었다. 다만 눈을 감고 몸의 긴장을 푼 채로 그러면 안 된다는 법은 없다고 생각하고 있었던 것이다. 그러나 그의 질문에는 허를 찔렸다. 그날은 예습을 해 두지 않았던 것이다. 나는 짐작으로 대답했다.

"절대적인 것입니다."

그는 차가운 어조로 말했다.

"틀렸어. 생물과 연관되어 있지 않는 '가치'는 무의미해. 어떤 물체의 가치는 언제나 특정 인물에 관련된 것이고, 완전히 개인적인 것이며, 각자의 시점에 따라 양적으로 변화하는 거야. '시장 가치'라는 것은 픽션이고, 개인적 가치의 평균치를 대충 추정한 것에 지나지 않는다. 그 모두가 양적으로 다르지 않다면 상행위 자체가 불가능하다는 결론이 된다."

(시장 가치가 픽션이라는 그의 말을 혹시 우리 아버지가 들으셨다면 무슨 말을 하셨을까……. 불쾌해하며 콧방귀를 뀌셨을 것이다, 아마.)

"이 극히 개인적인 관계, '가치'는 인간에게는 두 가지 요소를 의미한다. 첫째로, 그것으로 무엇을 할 수 있는가, 즉 그것의 효용이다……. 그리고 두 번째는, 그것을 얻기 위해서는 무슨 일을 해야 하는가, 즉 그 대가이다. 옛날 노래 가사에 '인생에서 최고의 것들은 전부 공짜야'라는 것이 있다. 이것은 사실이 아니다. 완전히 틀린 말이다! 이것이야말로 20세기 민주주의의 타락과 붕괴를 가져온 비극적 오류이다. 그 숭고한 실험이 실패했던 이유는 당시의 인민들이 단지 투표만 하면 원하는 것을 손에 넣을 수 있다고 믿게 되었기 때문이다……. 노고도, 땀도, 눈물도 없이 말이다.

가치 있는 것이 공짜인 경우는 없다. 생명을 유지하는 호흡조차도 출생 시의 격심한 노력과 고통을 통해서만 손에 넣을 수 있는 것이다."

그는 아직도 나를 보고 있었고, 이렇게 덧붙였다.

"만약 너희들이 장난감을 얻기 위해, 갓 태어난 유아가 살기 위해 고투하는 것처럼 노력해야 했다면, 너희들은 훨씬 행복하고…… 더 부유해졌을 거야. 그 점에서, 너희들 일부에게 주어진 부(富)의 빈곤함을 나는 동정해. 거기 너! 내가 지금 막 너한테 100미터 경주의 1등상 메달을 주었다고 하자. 그럼 기쁠까?"

"아…… 아마 그럴 겁니다."

"확실하게 말해 봐. 자, 여기 1등상 메달이 있다. 종이에 써 주지. 우승 메달, 100미터 경주라고 말이야."

그는 정말로 내 자리까지 와서 그것을 핀으로 내 가슴에 달았다.

"자! 이제 기쁜가? 가치 있다고 생각되지 않나? 아니면 아닌가?"

나는 분개하고 있었다. 부유한 애들에 대한 치사한 모욕(가난뱅이들의 상투적인 빈정거림이었다.)을 들려준 데다, 이번에는 어릿광대 역을 시킬 작정인 것이었다. 나는 그것을 잡아 뜯어서 그를 향해 내던졌다.

미스터 뒤부아는 놀란 표정을 지었다.

"메달을 받은 것이 기쁘지 않나?"

"제가 4등을 했다는 걸 잘 알고 있지 않습니까!"

"맞아! 1등상은 네게는 무가치한 거야…… 왜냐하면 자기 힘으로 쟁취하지 않았기 때문이지. 하지만 4등을 했다는 사실에도 약간의 만족감은 느낄 거야. 자기 힘으로 그랬기 때문이지. 이제 나는 이 반의 몽유병자들 중 일부는 이 작은 도덕극(道德劇)의 의미를 이해했다고 믿는다. 나는 그 노래 가사를 쓴 시인이 인생에서 최고의 것들은 돈으로는 살 수 없다는 사실을 역설적으로 나타내려 했다고 상상해 보곤 한다. 이것은 진실이다. 그 가사의 축어적 의미가 거짓이라는 점과 마찬가지로 말이지. 인생에서 최고의 것들은 금전을 초월한 곳에 있다. 그 대가는 고뇌이고, 땀이며, 헌신이다……. 그리고 인생에서 가장 지고한 것을 얻기 위해 치러야 하는 대가는 바로 생명 그 자체야. 완전한 가치를 얻기 위한 궁극적인 대가인 거지."

캠프를 향해 행군하면서 나는 그 놀라운 편지뿐만 아니라, 뒤부아 선생(뒤부아 중령)이 했던 말들에 관해 곰곰이 생각했다. 그러고 나서 생각하는 것을 멈췄다. 우리가 있는 대열 옆으로 군악대가 왔기 때문이다. 우리는 잠시 프랑스 군가를 불렀다. 당연히 「라 마르세예즈」가 나왔고, 「마들론」과 「고난과 위험의 아들들」, 그러고 나서는 「외인부대」와 「아르망티에르의 아가씨들」을 불렀다.

군악대의 연주가 있다는 것은 좋은 일이다. 기진맥진하고 있을 때도 음악이 들려오면 분발하게 되기 때문이다. 처음에는 녹음된 음악밖에는 없었고, 그것도 분열 행진과 점호 때만 들을 수 있었다. 그러나 당국자들은 빠른 시기에 누가 악기를 연주할 수 있는지를 이미 알아 놓았다. 악기가 제공되었고, 곧 우리들 자신의 연대 군악대가 조직되었다. 지휘자도, 고수장(鼓手長)조차도 신병이었다.

그렇다고 해서 그들에게 무슨 특권이 주어지는 것은 아니었다. 사실은 정반대였다! 당국에서는 그들이 자유 시간, 매일 저녁이나 일요일에 연습할 것을 허락했고, 장려했을 뿐이었다. 그러면 그들은 각자의 소대와 함께 열병 행진하는 대신 자기들끼리 빼기며 행진하거나, 배진(背進)하거나, 폼을 잡거나 할 수 있었던 것이다. 우리가 하는 일들 중 대부분은 그런 식이었다. 예를 들자면 우리들의 군목은 신병이었다. 그는 우리들 대다수보다 나이가 더 많았고, 나는 들어 본 적도 없는 어딘가의 모호한 소종파에서 사제 서품을 받았다고 했다. 그의 신학이 정통적인 것인지 아닌지는 모르겠지만(그걸 나에게 묻지는 말라.), 그는 매우 정열적으로 설교에 임했다. 그리고 그가 신병들의 고민을 이해할 수 있는 위치에 있었다는 점에는 의심의 여지가 없었다. 그리고 찬송가를 부르는 일은 즐거웠다. 일요일의 아침 청소와 점심시간 사이에는 어차피 아무것도 할 일이 없었기 때문이다.

군악대에도 많은 탈락자가 있었지만, 어떻겐가 계속 유지되었다. 캠프에는 백파이프 네 개와 스코틀랜드풍 의상이 몇 벌인가 있었다. 이것들은 캐머론의 로시엘 씨가 기증한 것으로, 그곳에서 훈련을 받다가 사고로 죽은 그의 아들을 기념하기 위한 것이었다. 그리고 우리 중에 파이프 주자가 한 명 있었다. 그 신병은 스코틀랜드의 보이 스카우트에서 그것을 배웠다고 했다. 곧 백파이프 주자 네 명이 탄생했고, 그들은 능숙하다고는 할 수 없었지만 충분히 시끄러웠다. 처음으로 백파이프 소리를 들었을 때는 매우 괴상하다는 느낌을 받기 마련이고, 신참자들이 연습할 때는 이빨이 들뜨는 듯한 기분을 맛보게 된다. 게다가 그것을 불고 있는 녀석의 모습을 보면, 마치 팔로 고양이를 껴안고, 그 꼬리를 입에 문 채로 계속 씹고 있는 것처럼 보였다. 소리도 고양이를 연상케 했다.

그러나 이것이 점점 좋아지게 된다. 백파이프 주자들이 처음으로 군악대 앞으로 튀어나와서 「알라메인의 사자(死者)」를 연주했을 때는 머리칼이 몽땅 곤두서서 군모를 추켜올릴 정도였다. 그것은 사람의 마음을 사로잡고, 눈물을 흘리게 만들었다.

물론 장거리 행군 때 군악대를 따로 차출할 수는 없었다. 군악대를 위한 특별한 배려 따위는 없었기 때문이다. 튜바와 베이스 드럼 등은 기지에 남겨 두고 와야 했다. 왜냐하면 군악대원들도 다른 신병들과 마찬가지로 완전 군장을 갖춰야 했고, 자기 자신의 짐에 덧붙일 수 있을 정도로 작은 악기만을 가지고 올 수 있었기 때문이다. 그러나 기동보병은 다른 곳에서는 볼 수 없는 특별한 악기들을 가지고 있었다. 예를 들자면 하모니카 크기밖에는 안 되고, 커다란 호른과 놀랄 정도로 똑같은 소리를 내는 전자 기기가 있었다. 지평선을 향해 행진할 때 군악대 집합의 호령이 들리면, 각 군악대원은 행진을 멈추는 일 없이 자신의 배낭을 내려놓고, 그의 분대원들이 짐을 분담해 준다. 그리고 군악대원들은 군기중대의 선두까지 구보로 뛰어가서 연주를 시작했다.

그것은 큰 위안이 되어 주었다.

군악대는 대열 끝의, 군악 소리가 거의 들리지 않는 곳까지 이동해 갔다. 우리는 노래를 멈췄다. 군악대가 너무 멀리 떨어져 있을 때는 우리 목소리가 음악 자체를 지워 버리기 때문이다.

나도 모르게 갑자기 상쾌한 기분을 느끼고 있다는 사실을 깨달았다.

나는 그 이유를 알아보려고 했다. 몇 시간만 있으면 기지에 도착하고, 전역원을 낼 수 있기 때문에?

아니다. 전역하려고 결심했을 때 어느 정도의 안도감을 느꼈고 초조함을 잊고 잠들 수 있었던 것은 사실이지만, 이것은 그것과는 달랐다. 게다가 그 이유를 설명할 수도 없었다.

곧 나는 깨달았다. 나는 마지막 고비를 넘겼던 것이다!

나는 뒤부아 중령이 편지에 썼던 그 '고비'를 극복했다. 실제로 그것을 넘었고, 지금은 편하게 아래로 내려가고 있었다. 우리가 지나왔던 평원은 핫케이크처럼 평탄했음에도 불구하고, 나는 계속 괴로워하며 오르막길을 오르고 있었던 것이다. 그 거리를 반쯤 왔을 때가 아마 우리가 군가를 부르고 있었던 때였던 듯하다. 나는 그 고비를 넘었고, 그다음부터는 계속 내리막길이었다. 이제 배낭은 가볍게 느껴졌고, 나는 더 이상 고민하지 않았다.

기지에 도착했을 때 나는 짐 상사한테 가지 않았다. 그럴 필요가 없었던 것이다. 그러나 우리가 해산했을 때 그쪽에서 손짓으로 나를 불렀다.

"예, 상사님?"

"이건 개인적인 질문이니까…… 대답하고 싶지 않으면 안 해도 좋아."

그는 여기서 말을 멈췄다. 혹시 그는 내가 어제 그가 대위와 나눈 말을 엿들었다는 사실을 알아차린 것일까. 나는 몸을 떨었다.

"네가 오늘 우편 소집 때 편지를 하나 받았을 때, 발송인 이름이 눈에 띄었어. 이건 순전한 우연이고, 또 내가 관여할 바도 아니지만 말이야. 그건 장소에 따라서는 상당히 흔한 이름이기는 하지만…… 어쨌든, 다음 질문에 대답할 필요는 없어. 혹시 그 편지를 네게 써 보낸 인물은 왼손이 잘려 나가고 없지 않나?"

나는 놀라 입을 딱 벌렸던 것 같다.

"어떻게 아셨습니까? 상사님?"

"그 일이 일어났을 때 나는 그분 가까이에 있었어. 그럼 뒤부아 중령이 맞군. 그렇지?"

"예, 상사님."

나는 이렇게 덧붙였다.

"고등학교에서 제게 역사와 윤리 철학을 가르쳐 주셨던 선생님입니다."

내가 조금이라도 짐 상사에게 감명을 준 적이 있다면 예나 지금이나 이 때뿐이었다고 생각한다. 그는 3밀리미터가량 눈썹을 치켜세웠고, 눈을 조금 크게 떴다.

"그래? 너는 믿을 수 없을 정도로 운이 좋았군. 답장을 보낼 때, 만약 괜찮다면 짐 상사가 안부를 전해 달라고 했다고 전해 주지 않겠나."

"옛, 상사님. 그런데…… 선생님이 상사님 앞으로도 메시지를 보내신 것 같습니다."

"뭐라고?"

"아니, 그렇게 확실하지는 않습니다만."

나는 편지를 꺼내서 그 부분만을 소리 내서 읽었다.

"'……그리고, 내 옛 전우들을 만나는 경우에는, 아무쪼록 안부를 전해 주게.' 이건 상사님을 뜻하는 게 아닐까요?"

짐은 생각에 잠겼다. 나를 그대로 통과해서 어딘가 먼 곳을 바라보는 듯한 눈을 하고 있었다.

"응? 맞아. 그래. 다른 사람들도 포함해서 말이야. 정말 고맙다."

그는 갑자기 허리를 펴고, 기운찬 어조로 말했다.

“분열 행진까지 9분 남았다. 샤워를 하고 옷을 갈아입는 것을 잊지 말도록. 서둘러, 신병!”

7

젊은 신병은 모두 멍청해
죽어 버릴 생각이나 하고 말이야
깡다구도 긍지도 어디 놓고 왔는지
이젠 아무것도 안 남았어
하지만 매일 매일 걷어차이면서
조금은 정신을 차렸을까
그리고 어느 날 아침 완전무장한
군인 아저씨가 서 있었어
진흙탕도 기합도
어느새 졸업했던 거야
멍청이 노릇도 이제는 끝났어
나는야 진짜 군인 아저씨
— 러디어드 키플링

이제 더 이상 신병 교육에 관해 얘기할 생각은 없다. 교육 대부분은 우리를 단련하기 위한 것이었고, 나는 철저하게 단련받았다. 그렇게 말하는 것만으로도 충분하다.

그러나 강화복에 관해서는 조금 언급할 필요가 있다. 우선 나는 강화복 자체에 매료되었고, 둘째로 그것 때문에 곤경에 처한 적이 있었기 때문이다. 불평하려는 것은 아니다. 나는 응분의 벌을 받았으니까.

기동보병의 강화복은 K-9 부대원의 개 파트너와 마찬가지다. 우리가 우리들 자신을 그냥 '보병'이라고 부르는 대신 '기동보병'이라고 부르는 이유의 반은 이 장갑 강화복에서 비롯된 것이다.(나머지 반은 우리를 발사하는 우주선이고, 강하시에 몸을 감싸는 캡슐이다.) 강화복은 우리에게 더 날카로운 시력, 더 날카로운 청력, 더 튼튼한 등골(강력한 중화기와 더 많은 탄약을 휴대하기 위한), 더 튼튼한 다리, 더 높은 수준의 지능(여기서 '지능(intelligence)'이란 물론 군사 정보(intelligence)의 양을 의미한다. 강화복을 입은 병사는 그것을 입지 않은 사람과 마찬가지로 얼마든지 멍청할 수 있다. 안 그런 편이 신상에 이롭지만 말이다.), 더 강력한 화력, 더 나은 지구력, 그리고 더 우수한 방어력을 제공해 준다.

강화복은 우주복이 아니다. 그렇지만 필요하다면 그 역할을 할 수는 있다. 또, 장갑이 원래 목적은 아니지만 원탁의 기사들이 우리들만큼 튼튼한 갑옷을 입고 있지 않았다는 것 또한 사실이다. 강화복은 탱크가 아니다. 그러나 기동보병에 대항해서 탱크부대를 투입할 만큼 멍청한 지휘관이 있다면, 기동보병은 한 명의 능력만으로 전차 대대를 전멸시킬 수 있다. 강화복은 우주선이 아니지만, 조금은 날 수도 있다. 한편, 우주선을 쓰든 대기권 전폭기를 쓰든 간에, 강화복을 입은 병사를 제거하려면 지역 전체를 포화 상태가 될 때까지 집중 폭격하는 수밖에 없다.(이건 빈대 한 마리를 잡기 위해 초가삼간을 태우는 꼴이다!) 이와는 대조적으로, 우리는 그 어떤 비행기도, 잠수함도, 우주선도 할 수 없는 많은 일들을 할 수 있다.

각종 우주선과 미사일 등을 써서 대량의 적을 무차별 살상하는 방법은 수십 가지나 되지만, 그런 식의 파괴는 너무 광범위하고 무차별하기 때문에 전쟁이 끝났을 때 적국 내지는 적 행성이 이미 존재하지 않는 경우가 태반이다. 그러나 우리 기동보병의 방법은 전혀 다르다. 우리는 상대의 콧잔등에 일격을 가하듯 개인적인 방법으로 싸운다. 우리는 선택적으로 싸울 수 있다. 지정된 시간에 특정 지역을 선택해서, 필요한 양의 압력을 정확하게 가하는 것이다. 특정 지역에 강하해서 왼손잡이에 붉은 머리인 적을 모조리 죽이라거나 생포하라는 명령을 받은 적은 일찍이 없지만, 만약 그것이 우리에게 떨어진 명령이라면, 우리는 해낼 수 있다. 그리고 우리는 그 명령에 따를 것이다.

우리는 공격 개시 시각에 특정 지역으로 강하해서 지정된 작전 지역을 점령하고, 그곳에 버티고 서서 적을 구멍 밖으로 몰아낸 후, 적에게 항복이나 죽음을 강요하는 군대이다. 우리는 빌어먹을 보병이다. 오리처럼 뒤뚱뒤뚱 걸어 다니는 보병인 것이다. 우리는 적의 근거지까지 쳐들어가서 직접 적을 굴복시키는 보병이다. 우리는 옛날부터 계속 그렇게 해 왔다. 무기는 바뀌었지만, 우리들이 하는 일은 변하지 않았다. 적어도 5000년 전에 아시리아 사르곤 대왕의 보병들이 수메르인들에게 "항복이야!"라고 외치게 만든 이래 거의 변한 것이 없다.

아마 우리 없이도 전쟁을 하는 날이 올지도 모른다. 아마 근시에 튀어나온 이마, 컴퓨터 같은 두뇌를 가진 어딘가의 미친 천재가 구멍 속으로 파고 들어가서 적을 쫓아낸 다음 항복이나 죽음을 강요할 수 있는 무기를 만들어 낼지도 모른다. 지하에 갇혀 있는 아군 포로들을 죽이지 않고 말이다. 그런 일이 가능한지의 여부는 모르겠다. 나는 천재가 아니라 기동보병이니까. 어쨌든 그 기계가 발명되어서 우리를 대체할 때까지 우리들은 그 일을 맡아 할 수 있다. 그리고 나도 그 일익을 담당할 것이다.

아마 언젠가는 모든 알력이 평정되고 깨끗하게 처리되어서, 우리 모두가 「전쟁 따위는 이제 배우지 않을 거야」라고 노래하게 될지도 모르겠다. 아마 그럴지도 모른다. 아마 같은 날에, 표범은 자기 털가죽의 반점을 지워 버린 후 저지종(種)의 소로 변신할지도 모른다. 그러나 다시 말하지만, 나는 장래 어떤 일이 일어날지 모른다. 나는 우주정치학 교수가 아니라, 기동보병의 일원이다. 나는 정부가 명령하면 어디에라도 간다. 그 사이사이에는 모자라는 잠을 실컷 보충하면서.

아직 우리들을 대체할 기계는 만들어지지 않았지만, 과학자들이 우리에게 실로 도움이 되는 물건들을 고안해 낸 것은 사실이다. 특히 이 강화복이 좋은 예이다.

강화복이 어떤 모양을 하고 있는지를 여기서 묘사할 필요는 없을 것이다. 지금까지 수없이 많은 사진이 공개되었기 때문이다. 강화복을 입은 병사는 커다란 강철제 고릴라처럼 보이고, 그에 걸맞은 고릴라 사이즈의 무기로 무장하고 있다.(하사관들이 우리에게 하는 말이 보통 "이 고릴라" 운운하는 문구로 시작되는 이유는 아마 그 사실에 기인한 것일지도 모르겠다. 시저의 하사관들도 비슷한 경칭을 썼을 가능성이 크지만.)

그러나 강화복은 고릴라보다 훨씬 더 강력하다. 만약 강화복을 입은 기동보병과 고릴라가 서로 껴안는다면 고릴라는 짜부라져서 죽고 말 것이다. 그러나 기동보병과 강화복은 아무런 영향도 받지 않는다.

의사(擬似) 근육 조직(pseudo-musculature)이라고 불리는 강화복의 '근육'에 대해서는 잘 알려져 있지만, 실제로 중요한 것은 그 강대한 힘을 제어하는 방법이다. 강화복의 설계 중 정말 천재적인 것은 우리가 강화복을 조종할 필요가 전혀 없다는 점이다. 그 대신에 옷처럼 그냥 입기만 하면 된다. 피부 같다고도 할 수 있다. 어떤 종류의 우주선이든 간에 그것을 제어하려면 조종법을 배워야 한다. 그러기 위해서는 오랜 시일이 걸리고, 완전히 새로운 반사 능력 및 전혀 다른 종류의 인위적인 사고방식을 터득해야 한다. 자전거를 타는 일조차도 걷는 것과는 전혀 다른 후천적인 기술을 필요로 하는 것이다. 하물며 그것이 우주선일 경우에는…… 내게는 도저히 불가능한 일이다! 난 그걸 배울 만큼 오래 살지도 못할 것이다. 우주선 조종사는 곡예사인 동시에 수학자여야 한다.

그러나 강화복은 입기만 하면 된다.

완전 장비를 갖춘 강화복의 무게는 약 2000파운드가 되지만, 처음으로 그것을 입은 순간부터 걷고, 뛰고, 도약하고, 눕고, 달걀을 깨뜨리지 않고 집을 수도 있고(그러기 위해서는 좀 연습할 필요가 있지만, 무슨 일이라도 연습하면 터득할 수 있는 법이다.), 지그춤을 출 수도 있고(물론 강화복을 입지 않았을 때도 지그를 출 수 있다면 말이지만), 바로 옆집 지붕을 뛰어넘어 깃털처럼 가뿐히 착륙할 수도 있다.

그 동작의 비밀은 네거티브(負) 피드백과 증폭에 있다.

강화복의 회로를 설명해 달라고 하지는 말라. 내게는 불가능한 일이니까. 그러나 이것은 우수한 바이올린 연주가가 바이올린을 만들 수 없는 것과 마찬가지다. 나도 야전 정비나 야전 수리를 할 수 있고, 347개의 부품을 점검해서 '감기' 정도의 고장이라면 어떻게든 착용 가능한 상태로 조정할 수 있다. 멍청한 기동보병은 그 정도만 할 수 있으면 충분하다. 그러나 내 강화복이 정말로 고장 나는 경우에는 의사(doctor)를 부른다. 그 의사는 과학(전자기계공학)의 박사(doctor) 학위를 가진 해군 장교이고, 계급은 보통 대위(lieutenant)이며(육군 계급으로는'captain'이 된다.) 병력 수송함에 소속된 부대의 일원이다. 같은 목적으로 캠프 커리의 연대 본부에 배속된 해군 장교도 있었다. 지상 근무는 해군 군인에게는 죽음보다도 더한 악운으로 간주되는 모양이지만 말이다.

그러나 이 강화복에 관한 출판물, 입체사진, 도해(圖解) 등에 정말로 관심이 있다면, 기밀로 분류되지 않은 정보의 대부분은 꽤 큰 공립 도서관에서 찾아볼 수 있다. 기밀 취급을 받는 부분까지 알고 싶다면 신용할 만한 적의 스파이에게라도 물어보는 수밖에 없을 것이다. '신용할 만한'이라는 말을 쓰는 것은 스파이들이 매우 교활한 인종이기 때문이다. 보나마나 도서관에서 무료로 얻을 수 있는 정보를 사는 것이 고작일 것이다.

그러나 도표는 생략하고 강화복이 어떻게 움직이는지 설명하면 다음과 같다. 강화복의 내부에는 수백 개에 달하는 압력감지장치가 부착되어 있다. 당신이 손을 들면 강화복은 그것을 감지하고 증폭한 후, 같은 운동을 되풀이한다. 운동 명령을 내린 손을 에워싼 감지장치에서 압력이 사라질 때까지 움직이는 것이다. 이건 약간 복잡하게 들리지만, 네거티브 피드백이란 말을 처음 들었을 때는 누구나 좀 혼란스러워하기 마련이다. 비록 당신이 갓 태어나서 무력하게 꿈틀거리는 갓난애에 지나지 않았을 때부터 계속 해 온 일이라고 해도 말이다. 갓난애들은 아직도 그것을 배우고 있다. 아이들의 동작이 서투른 것도 그 때문이다. 청소년과 성인은 자신들이 그것을 배웠다는 사실을 잊은 채 자동적으로 움직인다. 그 탓에 파킨슨병을 앓던 어느 신병은 강화복의 회로를 고장 내 버렸다.

강화복은 당신의 어떠한 움직임도 정확하게 되풀이하는 피드백 능력을 가지고 있다. 다만 훨씬 강한 힘으로 그러는 것이다.

제어된 힘…… 당사자는 전혀 의식하지 않은 상태에서 제어되는 힘이다. 당신이 도약한다면 그 무거운 강화복도 함께 도약하지만, 맨몸으로 그러는 것보다 훨씬 더 높게 도약하게 된다. 아주 힘껏 도약할 경우에는 강화복의 제트 노즐이 분사된다. 다리 부분의 강화된 '근육'의 움직임을 또다시 증폭하는 형태로 세 개의 제트가 분사되고, 그 압력의 축은 당사자의 질량 중심에 직각으로 작용한다. 그래서 당신은 옆집 지붕을 건너뛸 수 있고, 도약했을 때와 똑같은 속도로 착륙할 수 있다……. 강화복의 근접(近接)착륙장치는(이것은 근접신관을 닮은 단순한 레이더의 일종이다.) 착지의 충격을 흡수할 만큼의 제트를 자동적으로 재분사해 준다. 일일이 생각해서 명령을 내릴 필요가 없는 것이다.

강화복의 미점은 바로 이것이다. 생각할 필요가 없는 것이다. 그것을 운전할 필요는 없다. 비행시키거나, 조종하거나, 조작할 필요도 없다. 그냥 입기만 하면, 그것은 당신의 근육에서 직접 명령을 받고 근육이 하려는 일을 그대로 해 준다. 따라서 당신은 모든 신경을 무기 조작과 주위에서 일어나는 일에 집중할 수 있다……. 이것은 침대 위에서 죽기를 원하는 보병에게는 최고로 중요한 일이다. 만약 보병에게 신경을 써야 하는 기계장치를 잔뜩 휴대하게 한다면, 더 간소하게 무장한(이를테면 돌도끼 같은 것을 가진) 상대가 뒤로 몰래 다가와서, 계기를 읽으려고 하는 병사의 머리를 박살 내버릴 수도 있으므로.

강화복의 '눈'이나 '귀' 또한 착용자의 주의가 산만해지는 것을 막도록 만들어져 있다. 예를 들자면, 공격형 강화복은 보통 세 개의 음성 통신 회로를 가지고 있다. 전술상의 비밀이 도청되는 것을 방지하기 위한 주파수 관제는 극히 복잡하다. 상대방의 신호를 수신하기 위해서는 한 회로당 적어도 둘 이상의 주파수가 필요하고, 쌍방 회로의 주파수는 마이크로마이크로 초 단위의 오차도 없이 조정된 세슘 시계에 맞춰서 끊임없이 변조(變調)된다. 그러나 이것은 사용 당사자들에게는 아무 문제도 되지 않는다. 분대장을 부르기 위해 A회선을 쓰고 싶다면 어금니를 한 번 깨물면 되고, B회선이 필요하다면 두 번 깨문다. 모두 이런 식이다. 마이크는 목에 부착되어 있고, 이어폰은 귀 속에 틀어넣기 때문에 빠지지 않는다. 그냥 보통 때처럼 말하기만 하면 되는 것이다. 게다가 헬멧의 양쪽 측면에 달린 외부 마이크를 통해 주위에서 나는 소리를 맨 귀로 듣는 것과 똑같이 들을 수 있다. 주위가 시끄럽더라도 단지 고개를 돌리기만 하면 소대장이 하는 말을 놓치지 않고 들을 수 있다는 뜻이다.

머리는 강화복의 근육을 제어하는 압력감지장치와는 상관이 없는 부분이기 때문에, 스위치를 (턱의 근육, 턱 끝, 목 등을 써서) 개폐하는 데 쓸 수 있다. 따라서 남은 양손은 싸우는 일에만 전념할 수 있다. 우리는 턱 끝을 움직여서 모든 시각 디스플레이를 조작하고, 턱으로는 통신 회로를 제어한다. 머리 위와 배후의 전투 상황을 비추는 영상은 모두 이마 앞에 달린 거울에 투영된다. 헬멧에 이런 식으로 온갖 장치가 붙어 있는 탓에 마치 뇌수종(腦水腫)에 걸린 고릴라처럼 보이기는 하지만, 운이 따른다면 적은 당신의 모습을 보고 불쾌해할 정도로 오래 살아 있지는 못할 것이다. 그리고 이들 장치는 매우 편리하게 배치되어 있었다. 광고를 피하기 위해 TV 채널을 돌리는 것보다 더 빨리 몇 종류의 레이더 디스플레이를 바꿀 수 있다. 그렇게 해서 거리와 위치를 측정하거나, 상관을 찾거나, 측면의 전우 위치를 확인하거나 할 수 있는 것이다.

만약 성가신 파리를 쫓는 말 같은 동작으로 고개를 휙 쳐든다면 적외선 암시경은 이마로 올라간다. 그리고 다시 쳐들면 내려온다. 로켓 발사기는 손에서 놓기만 하면 다시 필요하게 될 때까지 자동적으로 원위치로 돌아가서 고정된다. 음료수 꼭지, 공기 보급, 자이로 등등에 관해서까지 설명할 필요는 없다. 이 모든 장비들의 목적은 단 하나이다. 우리들이 본업, 즉 살육에 전념할 수 있게 하기 위한 것이다.

물론 이런 일들은 연습할 필요가 있었다. 올바른 회선을 선택하는 일이 이를 닦는 것만큼 자동적이 될 때까지 되풀이해 연습해야 한다. 그러나 단지 강화복을 입고 움직이는 일에는 거의 연습이 필요하지 않다. 도약을 연습하는 이유는 완전히 자연스러운 동작으로 더 높이, 더 빠르게, 더 멀리, 그리고 더 오랫동안 공중에 머물 수 있어야 하기 때문이다. 마지막 하나를 터득하기 위해서도 새롭게 적응할 필요가 있다. 공중에 있을 동안의 몇 초는 유용하게 쓰일 수 있다. 이 몇 초는 전투 시에는 돈으로 살 수 없을 정도로 귀중한 보석이다. 일단 도약한 뒤에는 거리와 방향을 측정하고, 목표를 포착하고, 무전 연락을 하고, 무기를 발사하고, 재장전하고, 자동회로를 차단해서 제트를 분사, 착지하지 않고 다시 도약할 수도 있다. 연습 여하에 따라 이런 일들 모두를 단 한 번의 도약만으로 처리할 수 있다.

그러나 일반적으로 말해서 강화복을 입는 데는 연습이 필요하지 않다. 강화복 자체가 우리들이 하려는 것을 대신 해 줄 뿐더러, 더 잘 그래 주기 때문이다. 단 한 가지 일만 제외하고 말이다. 간지러운 곳을 긁는 것은 불가능하다. 만약 내 견갑골 사이를 긁어 주는 강화복이 있다면, 나는 그것과 결혼하겠다.

강화복에는 대략 세 종류가 있다. 공격형, 지휘관용, 그리고 정찰형이다. 정찰형 강화복은 속도가 빠르고 항속 거리가 길지만, 무장은 가벼운 편이다. 지휘관용 강화복은 마력이 세고, 속도도 빠른 데다가 높게 도약할 수 있다. 게다가 다른 것들에 비해 세 배는 되는 통신 및 레이더 기기를 갖추고 있고, 관성식의 위치추정장치도 장비하고 있다. 공격형 강화복은 졸린 표정을 한 병사들, 즉 사형집행인들이 입는다.

이미 말했듯이, 첫 번째 훈련 때 어깨를 삐었음에도 불구하고 나는 강화복과 사랑에 빠졌다. 그 이래 우리 반이 강화복을 착용하고 훈련할 것을 허락받은 날이 내게는 정말 즐겁게 느껴졌다. 내가 사고를 쳤던 날 나는 모의 반장 자격으로 모의 병장 계급장을 달고 있었고, 모의 원자 로켓을 장비하고 모의 적과 모의 어둠 속에서 싸우고 있었다. 문제는 바로 그것이었다. 모든 것이 모의로 진행되고 있었던 것이다. 그러나 우리는 마치 진짜 상황인 것처럼 행동할 것을 요구받고 있었다.

우리가 후퇴(아니, '후방을 향해 전진')하고 있었을 때 교관 중 한 명이 무선 조작을 통해 내 부하 중 하나가 입고 있는 강화복의 전원을 차단해서 그를 무력한 부상자로 만들어 놓았다. 기동보병의 전술 교리대로 나는 그 부상자를 구출하라는 명령을 내렸다. 나는 반장보가 그를 구조하려고 튀어나가기 전에 명령을 내렸다는 사실에 만족한 나머지 조금 건방진 기분이 되어 있었고, 다음 임무를 수행하려고 했다. 우리를 공격하고 있는 적을 견제하기 위해 모의 원자탄을 쏘는 일이었다.

우리 반의 측면은 선회하고 있었다. 나는 적에게 피해를 입힐 정도로 가까운 지점을 향해 로켓을 발사해야 했지만, 내 부하들을 충격파에서 보호할 수 있을 만큼의 간격을 두고 비스듬하게 쏠 필요가 있었다. 물론 즉각적으로 그래야 했다. 지형 및 사격 자체에 관해서는 이미 사전에 토의가 끝나 있었다. 우리는 아직도 초보자였기 때문이다. 따라서 작전의 유일한 변수는 부상자였다.

교본을 따르자면 나는 충격파의 영향을 받을 가능성이 있는 부하들의 위치를 레이더 비컨을 써서 정확하게 파악하고 있어야 했다. 이런 일은 신속하게 할 필요가 있었지만, 나는 작은 레이더 화면을 읽는 일에는 그다지 익숙하지 않았다. 그래서 정말 작은 속임수를 썼을 뿐이었다. 적외선 암시경을 이마로 올리고 주위를 둘러보았던 것이다. 육안으로 보면 대낮에 불과했다. 거리는 충분했다. 폭발의 영향을 받을 가능성이 있는 병사는 단 한 명뿐이었고, 반 마일 떨어진 곳에 있었다. 게다가 내가 가지고 있는 것은 고성능 작약이 든 조그만 로켓이었고, 연기를 잔뜩 뿜어내기만 하는 물건이었다. 그래서 나는 한쪽 눈을 감고 겨냥한 후, 로켓 발사기의 방아쇠를 당겼다.

그리고 다시 도약했다. 우쭐한 기분이었다. 나는 단 몇 초도 허비하지 않았다.

그러자마자 공중에서 강화복의 동력을 차단당했다. 그러나 부상을 입지는 않았다. 이 명령은 지연 작동되기 때문에, 일단 착지하고 난 다음에야 실행된다. 착지한 나는 그 자리에 쭈그린 자세로 고정되어 버렸고, 자이로 탓에 상체를 곧추세울 수는 있었지만 몸을 꼼짝도 할 수 없었다. 동력을 끊긴 상태에서 1톤의 쇳덩어리 속에 갇혀 버릴 경우, 움직인다는 것은 불가능하다.

그러는 대신 나는 혼자서 욕설을 내뱉고 있었다. 지휘 중인 나를 부상자로 만들어 버릴 줄은 상상도 하지 못했다. 정말로 재수가 없었다.

그러나 나는 짐 상사가 반장의 강화복을 모니터하고 있을 것이라는 사실을 미리 알아차렸어야 했다.

짐은 나를 향해 도약해 오더니, 직접 얼굴을 맞대고 말했다. 나 같은 놈은 더러운 접시를 씻기에는 너무 멍청하고, 서투르고, 부주의하기 때문에 아마 빗자루로 마룻바닥을 쓰는 일이라도 얻으면 될 거라는 취지의 말이었다. 그는 내 과거 및 예측 가능한 미래에 관해 귀를 막고 싶을 정도의 악담을 퍼부었다. 마지막으로 그는 완전히 억양이 결여된 목소리로 이렇게 말했다.

"뒤부아 중령님이 이걸 보셨다면 어떻게 생각하셨을 것 같나?"

그리고 그는 나를 두고 떠났다. 나는 웅크린 채로 훈련이 끝날 때까지 두 시간을 기다렸다. 처음에는 깃털처럼 가볍고, 요술구두를 방불케 했던 강화복도 지금은 '강철의 처녀(Iron Maiden, 관 모양을 한 중세의 고문 장치 — 옮긴이)'처럼 느껴졌다. 마침내 그가 돌아오더니 내 강화복의 동력을 회복시켰다. 우리는 최고 속도로 B. H. Q.(대대 본부)로 갔다.

프랭클 대위는 그렇게 말수가 많지 않았지만, 내 입장에서는 그쪽이 한층 더 견디기 어려웠다.

대위는 말을 멈춘 후, 장교들이 군규를 인용할 때 쓰는 단호한 어조로 이렇게 덧붙였다.

"원한다면 귀관은 군법회의를 열 것을 요구할 수도 있다. 그러기를 원하는가?"

나는 침을 꿀꺽 삼키고 대답했다.

"아닙니다, 대위님!"

그때까지만 해도 내가 얼마나 심각한 상황에 빠져 있었는지를 모르고 있었다.

프랭클 대위는 내 대답을 듣고 조금 긴장을 푼 것 같았다.

"그렇다면 연대장님의 의견을 들어 보기로 하겠다. 상사, 피고를 연행하도록."

우리는 서둘러 연대 본부로 갔고, 나는 난생처음으로 연대장과 대면했다. 그때 이미 일이 어떻게 돌아가든 간에 나는 군법회의감이라고 확신하고 있었다. 그러나 테드 헨드릭이 항의하던 광경이 날카롭게 뇌리에 되살아났다. 나는 아무 말도 하지 않았다.

말로리 소령은 내게 도합 다섯 마디의 말만 했을 뿐이었다. 짐 상사의 보고를 들은 후 그는 두 마디를 말했다.

"그것은 사실인가?"

"옛, 소령님."

나는 이렇게 대답했고, 내 역할은 그걸로 끝이었다.

말로리 소령이 프랭클 대위에게 말했다.

"이 병사가 개선될 가능성은 조금이라도 있는가?"

프랭클 대위가 대답했다.

"그렇게 생각합니다, 소령님."

"그렇다면 행정 처분만으로 끝내기로 하지."

말로리 소령이 그렇게 답하고는 내 쪽을 돌아보고 말했다.

"태형 5회."

어쨌든 그들은 나를 오래 기다리게는 하지 않았다. 15분 뒤에는 의사가 내 심장 상태를 확인하고, 위병 하사관은 예의 벗지 않고도 등을 드러낼 수 있는 특수한 셔츠를 내게 입히고 있었다. 등이 지퍼식으로 된 셔츠였다. 그때 열병식의 집합 나팔이 울렸다. 나는 마치 먼 곳에 가 있는 듯한 비현실적인 기분을 맛보았다……. 이것이 몸이 얼어서 움직일 수도 없을 정도로 겁에 질려 있을 때의 증상 중 하나라는 사실을 나는 알고 있었다. 악몽적인 환각이…….

나팔 소리가 멈췄을 때 짐 상사가 위병 텐트 안으로 들어왔다. 그가 위병 하사관(존스 병장)을 흘끗 보자 존스는 밖으로 나갔다. 짐은 내게 다가와서 뭔가를 손에 쥐여 주었다.

그가 조용히 말했다.

"그걸 물고 있어. 도움이 될 거야. 나도 경험이 있어."

그것은 격투기 훈련을 받을 때 이가 부러지는 것을 피하기 위해 쓰곤 했던 고무 마우스피스였다. 나는 그것을 입에 집어넣었다. 그다음 그들은 내게 수갑을 채우고 바깥으로 연행해 갔다.

명령이 낭독되었다.

"……모의 전투 시, 실전이었다면 틀림없이 전우들의 죽음을 초래했을 중대한 태만 행위에 대한 처벌을 시행한다."

그리고 그들은 내 셔츠를 벗기고 나를 기둥에 매달았다.

여기서 기묘한 사실을 하나 밝힐 필요가 있다. 태형은 처벌을 받는 쪽보다 보는 쪽이 더 견디기 힘들다는 사실이다. 물론 그것이 누워서 떡 먹기라는 뜻은 아니다. 그 아픔이란 태어나서 한 번도 경험해 본 적이 없을 정도로 격심했고, 채찍질 사이의 간격은 채찍질 자체보다 더 끔찍하다. 그러나 마우스피스는 확실히 효과가 있었고, 내가 단 한 번 질렀던 작은 비명은 결코 들리지 않았다.

또 하나 기묘한 일이 있었다. 태형이 끝난 후에는 아무도, 신병들조차도 그것에 대해 전혀 언급하지 않았다는 사실이다. 내가 아는 한 짐 상사도, 다른 교관들도 예전과 전혀 다르지 않은 태도로 나를 대해 주었던 것이다. 의사가 내 등의 상처를 치료하고 근무로 복귀하라고 명령했던 그 순간부터, 그것은 완전히 끝나 있었다. 그날 밤 나는 음식을 조금은 넘길 수 있었고, 식탁에서의 잡담에 참가하는 시늉까지도 할 수 있었다.

행정 처벌의 특징은 하나 더 있다. 그것은 영속적인 오점을 남기지 않는다. 신병 훈련의 종료와 함께 그 기록은 말소되고, 당사자는 깨끗한 상태에서 군대 생활을 시작할 수 있다는 뜻이다. 유일한 기록은 가장 효과적인 곳에만 남아 있게 된다.

본인은 그것을 결코 잊지 않는다.

8

마땅히 행할 길을 아이에게 가르치라.
그러면 늙어도 그것을 떠나지 아니하리라.
— 잠언 22:6

나 말고도 태형 처분을 받은 사람은 있었지만, 극소수에 불과했다. 군법회의에 회부된 후 태형을 선고받은 사람은 우리 연대에서는 헨드릭뿐이었다. 다른 경우는 모두 나처럼 행정 처분이었다. 태형을 선고받기 위해서는 연대장의 허가가 필요했다. 소극적으로 표현하자면, 휘하 지휘관들은 이런 일을 별로 내켜하지 않는다. 설령 그런 상황이 오더라도 말로리 소령은 태형용 기둥을 세우기보다는 '불명예 전역' 처분을 내리고 그 신병을 쫓아낼 가능성이 더 많았다. 어떤 의미에서는 행정 처분으로서의 태형은 가장 가벼운 처벌 내지는 일종의 칭찬으로 볼 수도 있었다. 즉, 상관들은 언젠가는 당신도 병사가 되고, 시민권을 얻을 가능성이 어렴풋하게나마 존재한다고 생각했다는 뜻인 것이다.(현 시점에서는 아무리 가망이 없어 보여도 말이다.)

행정 처벌에서 최대 형벌을 받은 사람은 나뿐이었다. 다른 사람들은 모두 세 대 미만의 태형을 받았던 것이다. 나처럼 민간인 옷으로 갈아입기 일보 직전까지 갔다가 겨우 빠져나온 사람은 아무도 없었다. 이것은 어떤 의미에서는 일종의 명예라고 볼 수도 있었지만, 도저히 남에게 추천할 만한 일은 아니다.

그러나 그것 말고도 다른 사건이 있었다. 그것은 나나 테드 헨드릭의 경우보다 훨씬 더 나쁜, 정말로 소름 끼치는 일이었다. 우리 손으로 교수대를 한번 세워야 했던 것이다.

그러나 이것만은 확실하게 해 둘 필요가 있다. 이 사건은 육군과는 실제로는 아무 상관도 없는 일이었다. 그 범죄는 캠프 커리에서 일어난 것이 아니었다. 오히려 그 책임을 지고 옷을 벗어야 하는 사람은 범인을 기동보병으로 받아들인 인사계 장교다.

그 사내는 우리가 캠프 커리에 도착하고 나서 단 이틀 만에 탈영해 버렸다. 실로 바보 같은 행동이었지만, 그 사건 자체가 이해하기 힘든 일투성이였다. 그는 왜 그냥 사임하지 않았던 것일까? 탈영은 물론 '서른한 가지의 대죄' 중 하나지만, 군은 특별한 상황, 이를테면 '적전 도주'라든지, 탈영 같은 극히 비공식적인 형태의 사임을 도저히 무시할 수 없는 그 무엇인가로 바꿔 버리는 행위가 존재하지 않는 한 사형을 선고하거나 하지는 않는 것이다.

군은 탈영병을 찾아서 데려오려고 노력하는 일 따위는 하지 않는다. 이것은 가장 엄밀한 의미에서 사리에 맞는 일이다. 우리들은 모두 지원병이다. 우리들은 기동보병이 되고 싶어서 기동보병이 된 것이다. 우리들은 기동보병을 자랑스럽게 여기고 있고, 기동보병도 우리들을 자랑스럽게 여기고 있다. 만약 못이 박힌 손에서 털이 난 귀에 이르기까지 그렇게 느끼지 않는 병사가 있다면, 전투 시 문제가 생겼을 때 나는 그런 작자가 내 곁에 있는 것을 원하지 않는다. 만약 내가 부상한다면, 나는 내 주위의 전우들이 나를 구출해 주리라고 믿고 있다. 왜냐하면 그들은 기동보병이고, 나도 기동보병이며, 내 몸은 그들 자신의 몸과 똑같이 소중한 것이기 때문이다. 파티가 격렬해졌을 때, 꼬리를 사리고 꽁무니를 빼는 대용 병사 따위는 필요 없다. '징집 군인' 증후군을 앓고 있는 가짜 군인이 측면을 지키는 것보다, 차라리 그 자리를 빈 채로 놓아두는 편이 훨씬 더 안전하다. 그러니까 도망치고 싶다면, 도망치게 놓아두라. 그들을 다시 데려오는 것은 시간과 돈의 낭비이다.

물론 대다수는 돌아온다. 그럴 때까지는 몇 년이나 걸릴 가능성이 있지만 말이다. 그럴 경우 군은 그들의 목을 매다는 대신 넌더리를 내며 태형 50회에 처한 후 석방하는 것이다. 경찰의 수배를 받고 있지 않더라도, 주위 사람들 모두가 시민이 아니면 합법적 거주자일 때 자기 혼자 도망자라는 사실은 신경을 닳게 만드는 일일 터이다. "도둑놈 제 발 저리다"라는 말 그대로이다. 자수해서 벌을 받고, 다시 편한 마음으로 살고 싶다는 욕구에 더 이상 저항할 수 없게 되어 버리는 것이다.

그러나 그자는 자수하지 않았고, 4개월 동안이나 행방불명 상태로 있었다. 그의 중대가 그를 기억하고 있었는지도 의심스럽다. 중대와 함께 있었던 시간이 이틀에 불과했기 때문이다. 그는 얼굴이 없는 이름만의 사내였고, 매일 점호 시에는 '딜린저, N. L., 무단이탈'이라고 보고되었다.

그리고 그는 나이 어린 소녀를 죽였다.

그는 그 지방의 재판소에서 재판을 받고 유죄 선고를 받았지만, 신원 조사 결과 아직 전역하지 않은 군인이라는 사실이 밝혀졌다. 사법 당국은 군에게 그 사실을 통고했고, 기동보병 사령관은 즉각 이 사건에 개입했다. 군법과 군의 사법권은 민법에 우선하기 때문에 딜린저는 우리에게로 되돌려 보내졌다.

왜 장군은 그런 귀찮은 일을 한 것일까? 왜 민간 보안관에게 그 일을 맡기지 않은 것일까?

우리들에게 '교훈을 주기' 위해서?

물론 그런 의도는 없었다. 우리들의 장군이, 우리가 나이 어린 소녀를 살해하는 일을 방지하기 위해 구역질이 날 정도로 끔찍한 광경을 보일 필요가 있다고 생각하지 않았다는 것은 보증해도 좋다. 지금 생각해 보면, 사령관은 그 광경을 우리에게 보여 주고 싶지 않았을 것이다. 그런 일이 가능했다면 말이다.

우리는 한 가지 교훈을 얻었다. 물론 그 당시 그것을 입 밖에 내서 말한 사람은 없었고, 그것이 제2의 천성이 될 정도로 가슴 깊숙이 스며들 때까지는 긴 시간이 걸리지만 말이다.

즉, 기동보병의 일은 기동보병이 처리한다는 원칙이다. 그것이 어떠한 일이든 간에.

딜린저는 기동보병에 소속되어 있었고, 아직도 우리들의 명부에 올라 있었다. 설령 우리가 그를 원하지 않았더라도, 처음부터 입대시키지 말았어야 했더라도, 또 그의 존재를 기꺼이 부인할 수 있었더라도, 그가 우리 연대의 일원이라는 점에는 변함이 없었던 것이다. 그를 포기함으로써 1000마일이나 떨어진 곳에 있는 보안관이 사건을 처리하게 할 수는 없었다. 필요할 경우, 남자라면(진짜 사내라면) 자신의 애견을 직접 사살하는 법이다. 실패할지도 모르는 대리인을 고용하거나 하지는 않는다.

연대의 기록에 의하면 딜린저는 우리 부대의 일원이었기 때문에, 그를 처리하는 것은 우리의 임무였다.

그날 저녁 우리들은 연병장을 향해 느린 보조로 행진했다. 1분당 60보의 속도였고, 우리는 분당 140보의 보조에 익숙해져 있었기 때문에 발을 맞추기가 힘들었다. 그동안 군악대는 「애도받지 못하는 자를 위한 만가」를 연주하고 있었다. 그다음에는 우리와 똑같은 육군 정장을 입은 딜린저가 연행되어 왔다. 군악대가 「대니 디버(살인죄로 교수형을 당하는 빅토리아 시대 영국 병사를 다룬 키플링의 시 — 옮긴이)」를 연주하는 동안 집행관들은 그의 제복에서 모든 기장을 뜯어냈고, 단추조차도 남김없이 떼어 냈다. 군모까지 빼앗긴 그가 걸친 옮은 청색과 밤색 제복은 더 이상 군복이라고 할 수 없었다. 드럼이 낮게 연속적으로 울리기 시작했고, 곧 모든 것이 끝났다.

우리는 열병을 받은 다음 속보로 막사로 돌아갔다. 기절한 사람은 아무도 없었고, 토할 정도로 충격을 받은 사람도 없던 것 같았지만, 우리들 대다수는 그날 밤 거의 저녁을 먹지 않았다. 식당 텐트가 그렇게 조용했던 적도 없었다. 그것이 소름 끼치는 경험이었다는 사실은 부정할 수는 없지만(나는 사람이 죽는 것을 난생처음 보았고, 다른 사람들도 대부분 마찬가지였다.), 테드 헨드릭이 채찍질을 당했을 때만큼 충격적이지는 않았다. 즉, 아무도 딜린저의 위치에 자신을 두고 볼 수가 없었다는 뜻이다. 이 경우 "저건 나일 수도 있어." 하는 식의 감정을 느끼는 것은 불가능했다. 탈영이라는 기술적인 문제는 접어 두고라도, 딜린저는 적어도 네 가지의 사죄(死罪)를 저질렀다. 희생자가 죽지 않았더라도 그는 다른 세 가지의 범법 사실, 그러니까 유괴, 몸값의 요구, 범죄적 유기(遺棄) 등의 죄로 인해 「대니 디버」에 맞춰 춤을 춰야 했을 것이다.

나는 그를 동정하지 않았고, 지금도 같은 기분이다. "모든 것을 이해한다는 건 모든 것을 용서하는 일"이라는 케케묵은 말은 허튼 소리에 불과하다. 어떤 것들은 이해하면 이해할수록 혐오하게 되는 법이다. 내가 느끼는 동정은 한 번도 본 적이 없는 바바라 앤 인스웨이트라는 소녀와, 다시는 그 어린 소녀를 볼 수 없는 그녀의 부모를 위한 것이었다.

그날 밤 군악대가 악기를 치운 후 우리는 바바라를 애도하고 우리들의 불명예를 개탄하기 위한 30일 동안의 거상(居喪) 기간에 들어갔다. 군기에 검은 상장을 달았고, 열병식 때는 군악대 없이 행진했고, 장거리 행군 중에도 군가를 부르지 않았다. 누군가가 그 일에 관해 불평했을 때, 그 즉시 그 사람은 다른 신병에게서 죽사발이 되고 싶지 않으면 입 닥치라는 말을 들었다. 물론 딜린저의 범죄는 우리 잘못이 아니었다. 그러나 우리의 의무는 나이 어린 소녀들을 지키는 것이지, 죽이는 것이 아니다. 우리 연대의 명예는 더럽혀졌다. 따라서 우리는 그 불명예를 씻을 필요가 있었다. 그것은 연대의 수치였고, 우리의 수치이기도 했다.

그날 밤 나는 어떻게 하면 그런 일들의 발생을 억제할 수 있는지에 관해 생각했다. 물론 지금은 그런 일은 거의 일어나지 않는다. 그러나 한 번 일어난 것만으로도 족하다. 결국 나는 만족할 만한 해답에 도달하지 못했다. 이 딜린저라는 사내는 다른 사람들과 달라 보이지도 않았고, 그 행동이나 기록에 그렇게 문제가 있었던 것 같지도 않았다. 그러지 않았다면 애당초 캠프 커리에 오지도 못했을 것이다. 아마 그는 책에서나 읽을 수 있는 정신병리학적인 성격의 소유자였을 것이다. 그런 자들을 미연에 탐지할 방법은 없었다.

어쨌든 일단 그런 사건이 일어나는 것을 막을 방도가 없었다면, 재발하는 것을 막는 방법은 단 하나밖에는 없다. 우리가 쓴 방법이다.

만약 딜린저가 자신이 무슨 짓을 하고 있는지를 이해하고 있었다면(도저히 믿을 수 없긴 하지만), 그는 당연히 어떤 결말이 기다리고 있는지를 알고 있었을 것이다……. 단 하나 애석한 것은 딜린저가 작은 바바라 앤이 고통받은 것만큼 괴로워하지 않았다는 사실이다. 실질적으로 그는 전혀 고통을 느끼지 않았던 것이다.

그러나 딜린저가 실질적으로 완전히 머리가 돈 상태였기 때문에(그랬을 공산이 더 컸다.), 전혀 자신이 나쁜 짓을 하고 있다는 사실을 깨닫지 못했다면? 그럼 어떻게 되는가?

그래. 우리는 미친개를 사살한다. 안 그런가?

맞다. 그러나 그런 식으로 미쳤다는 것은 병들었다는 뜻이고…….

내게는 두 가지 가능성밖에는 생각나지 않았다. 치유가 불가능하거나(그럴 경우 그는 자기 자신을 위해서도, 또 다른 사람들의 안전을 위해서도 죽는 편이 낫다.), 그게 아니라면 치료를 받고 정상으로 돌아오는 것. 후자의 경우(내 생각은 이렇다.) 만약 그가 사회생활에 적응할 수 있을 정도로 제정신으로 돌아온다면…… 그리고 자기가 '병'에 걸려 있었을 때 저질렀던 일을 반추한다면, 자살하는 것 말고 도대체 어떤 선택이 남아 있는가? 제정신으로 어떻게 계속 살아갈 수 있단 말인가?

그리고 그가 완전히 낫기 전에 도망쳐서 다시 똑같은 짓을 저질렀다면? 그리고 또 같은 일을 되풀이한다면? 그럼 뒤에 남은 부모들에게 그 사실을 어떻게 설명할 작정인가? 범죄 기록은 무의미하다고 말하란 말인가?

단 하나의 해답밖에는 생각해 낼 수 없었다.

나는 내가 역사와 윤리 철학 시간에 있었던 토론에 관해 곰곰이 생각하고 있다는 사실을 깨달았다. 미스터 뒤부아는 북미 공화국의 붕괴에 앞서 일어난 20세기의 대혼란기에 관해 논하고 있었다. 그의 말에 의하면 공화국이 완전히 소멸하기 직전에는 딜린저가 저지른 범죄 따위는 개싸움만큼이나 흔한 것이었다고 한다. 이런 공포시대는 북미에만 한정된 것이 아니었다. 러시아와 영국 제도(諸島), 기타 다른 나라들도 마찬가지였던 것이다. 그러나 그런 상태가 최고조에 달한 것은 북미였고, 그것은 모든 것이 산산조각이 나기 직전에 일어났다.

뒤부아는 우리들에게 말했다.

"법률을 준수하는 사람들은, 밤이 되면 공원에 갈 생각 따위는 아예 하지도 않았다. 그런 짓을 한다면 자전거 체인, 칼, 수제 총, 곤봉 등으로 무장한 이리 떼 같은 청소년 집단의 습격을 받을 위험이 있었다……. 그러면 적어도 부상을 입었고, 예외 없이 소지품을 강탈당했고, 아마 일생 동안 낫지 않는 중상을 입고 살해당하기까지 했던 것이다. 이 상태는 노-영-미 연합과 중국 헤게모니 사이의 전쟁이 시작될 때까지 무제한적으로 계속되었다. 살인, 마약 중독, 절도, 폭행, 그리고 파괴는 모든 곳에서 일어났다. 위험한 장소는 공원뿐만이 아니었다. 이런 일들은 백주의 거리에서도 일어났고, 학교 운동장에서도, 학교 건물 내부에서까지 일어났던 것이다. 그러나 공원이 실로 위험한 장소라는 사실은 널리 알려져 있었기 때문에, 선량한 사람들은 해가 진 후로는 그 근처에 얼씬도 하지 않았다."

나는 그런 일들이 우리 학교에서 일어나고 있는 광경을 상상하려고 해보았다. 아예 불가능했다. 공원도 마찬가지였다. 공원은 즐거움을 위한 장소이지, 다치는 곳이 아니지 않은가. 하물며 그곳에서 죽는다니…….

"미스터 뒤부아, 그 사람들에겐 경찰이 없었습니까? 혹은 재판소가?"

"현재 우리보다 훨씬 더 많은 경찰이 있었다. 그리고 더 많은 재판소들이. 모두 용량 초과 상태였다."

"아무래도 이해하기 힘듭니다."

만약 우리가 사는 곳의 소년이 그 반이라도 나쁜 짓을 했다면…… 그렇다. 그 소년과 아버지는 나란히 엎드려서 채찍을 맞고 있을 것이다. 그러나 물론 그런 일은 아예 일어나지 않지만.

미스터 뒤부아는 내게 반문했다.

"'비행 청소년(juvenile delinquent)'이라는 용어를 정의해 보아라."

"그건, 그런 아이들, 그러니까 사람들을 폭행하거나 하는 아이들을 의미합니다."

"틀렸어."

"예? 하지만 교과서에는……."

"내가 사과해야겠군. 네 교과서에 그렇게 쓰여 있는 것은 사실이다. 하지만 꼬리를 다리라고 한다고 해서 사실이 바뀌는 것은 아니다. '비행 청소년'이란 용어 자체가 모순을 내포하고 있어. 그것은 당시 사람들이 직면했던 문제와, 그 문제를 해결하는 데 실패했다는 사실에 관해서 단서를 제공해 준다. 강아지를 키워 본 적이 있나?"

"예, 선생님."

"집 안에서 기를 수 있도록 길들였나?"

"아…… 예, 그랬습니다. 결국 성공했습니다."

집 안에서 개를 기를 수 없다는 결정을 우리 어머니가 내리신 이유는 내가 그 일에 익숙하지 못했기 때문이었다.

"아, 그랬었군. 네 강아지가 집 안에 오줌을 싸거나 했을 때, 너는 화를 냈나?"

"예? 아니요. 아무것도 모르는 강아지한테 화를 낼 수는 없지 않습니까."

"그래서 어떻게 했나?"

"물론 야단을 쳤고, 오줌 싼 곳에 코를 문질러 주고 엉덩이를 철썩 때려 주었습니다."

"강아지는 네 말을 이해했을 것 같지 않은데."

"그랬을 리가 없지만, 제가 화가 나 있다는 사실은 알았을 겁니다!"

"하지만 넌 화를 내지 않았다고 아까 말하지 않았나."

미스터 뒤부아는 학생을 혼란시키고 화나게 하는 법을 숙지하고 있었다.

"화를 내지는 않았습니다. 하지만 내가 화를 내고 있다고 강아지가 믿게 할 필요가 있었습니다. 아무리 개라도 그러면 안 된다는 걸 배워야 할 필요가 있지 않습니까?"

"알았다. 하지만 네가 화가 나 있다는 사실을 그 강아지에게 확실히 알려줬으면서도, 너는 어떻게 그렇게 잔인하게 강아지를 때릴 수 있었지? 그 불쌍한 동물은 자기가 잘못을 저질렀다는 사실을 몰랐다고 방금 네 입으로 말하지 않았나? 그럼에도 불구하고 너는 그것에게 고통을 주었어. 아니면 너는 사디스트인가?"

그 당시 나는 사디스트가 무엇인지 모르고 있었지만, 강아지에 대해서는 잘 알고 있었다.

"그럴 필요가 있었던 겁니다, 미스터 뒤부아! 잘못을 저질렀다는 사실을 알리기 위해선 우선 야단을 쳐야 하고, 코를 바닥에 대고 문질러서 그 잘못이 무엇인지를 가르쳐 주고, 다시는 그런 짓을 하지 못하도록 때려 줘야 하는 겁니다. 그리고 잘못을 저지른 즉시 그래야 합니다! 나중에 야단을 쳐봤자 아무런 효과도 없습니다. 그러면 강아지를 혼란스럽게 할 뿐입니다. 제대로 야단을 친다고 해도 한 번만으로는 충분하지 않습니다. 그러니까 강아지를 감시하고 있다가, 다시 그러는 걸 잡아서 더 세게 때려 주는 겁니다. 그러면 머지않아 그걸 알게 될 겁니다. 하지만 그냥 야단치기만 해서는 헛수고일 뿐입니다."

그러고 나서 나는 이렇게 덧붙였다.

"아마 한 번도 강아지를 길러 보지 않으셨나 보군요."

"많이 길러 보았다. 지금도 닥스훈트를 한 마리 기르고 있어. 네가 말한 방법으로 말이다. 이제 이들 청소년 범죄자들의 문제로 돌아가기로 하지. 그중 가장 흉악한 자들의 평균 연령은 여기 있는 너희들보다 약간 더 낮았다……. 그리고 그들의 범죄 인생은 그보다 훨씬 더 젊은 나이에 시작되었다. 아까 그 강아지 얘기를 잊지 말도록. 그 청소년들은 몇 번이나 체포되었다. 경찰이 매일 무더기로 체포했지. 그들이 야단을 맞았을까? 물론이다. 혹독할 정도로. 그럼 바닥에 코를 박고 문질러 대야 했을까? 그런 일은 거의 일어나지 않았다. 뉴스미디어와 당국자들은 보통 그들의 이름을 비밀로 해 두었다. 많은 지방의 법이 18세 미만의 범죄자들을 그렇게 취급할 것을 요구하고 있었기 때문이다. 매를 맞았을까? 그런 일은 전혀 일어나지 않았다! 그들 중 다수는 어렸을 때도 전혀 매를 맞아 본 적이 없었어. 당시에는 매를 맞거나, 혹은 고통을 수반하는 벌은 아이들에게 일생 동안 지워지지 않는 정신적인 상처를 남긴다는 믿음이 널리 퍼져 있었기 때문이지."

(우리 아버지는 이런 이론을 한 번도 들은 적 없었을 것이라고 나는 생각했다.)

그는 말을 계속했다.

"학교에서의 체벌은 법으로 금지되어 있었나. 태형이 재판소가 선고하는 합법적인 처벌이었던 곳은 델라웨어라는 작은 지방뿐이었다. 그곳에서조차 태형을 선고받는 범죄는 적었고, 실행되는 일은 거의 없었다. 태형은 '잔혹하고 비정상적인 형벌'로 간주되고 있었던 거지."

뒤부아는 생각에 잠긴 듯한 어조로 말했다.

"나는 '잔혹하고 비정상적인' 형벌에 반대하는 이유를 알 수 없다. 재판장의 선고는 유익한 목적에서 나온 것이어야 하지만, 선고 자체는 범죄자에게 고통을 주는 것일 필요가 있다. 그렇지 않다면 형벌에는 아무 의미도 없지. 그리고 고통이란 수백만 년에 걸친 진화를 통해 우리들 내부에 구축된 기본적인 기제이며, 무엇인가가 우리의 생존을 위협할 때 미리 경고해 줌으로써 우리를 보호하는 수단인 것이다. 그렇다면 사회는 왜 그렇게 고도로 완성된 생존 기제의 이용을 거부해야 했을까? 그러나 당시는 전(前)과학적이며 의사심리학적인 난센스로 가득 차 있던 시대였어.

'비정상적'이란 점에 관해 말하자면, 형벌은 비정상적일 필요가 있다. 그렇지 않을 경우 아무런 목적도 달성할 수 없으니까."

그는 손목만 남은 팔로 다른 남학생을 가리켰다.

"만약 강아지가 매 시간마다 한 번씩 매를 맞는다면 무슨 일이 일어날 것 같나?"

"그럼…… 아마 미쳐 버릴 겁니다!"

"아마 그렇게 되겠지. 강아지가 아무것도 배울 수 없다는 건 확실해. 이 학교의 교장이 학생에게 마지막으로 매를 든 지 얼마쯤 됐나?"

"그건, 확실히는 모르겠습니다. 2년쯤 됐을 것 같은데요. 그 친구는 도둑질을……."

"그런 건 아무래도 좋아. 어쨌든 오래전의 일이었어. 그 사실이 의미하는 바는, 그 형벌의 비정상성 자체가 범죄의 재발을 방지하고, 다른 학생들에게 교훈을 주었다는 점이다. 다시 그 젊은 범죄자들 얘기로 돌아가자면, 그들은 갓난애였을 때도 아마 매를 맞은 일이 없었고, 자신들이 저지른 범죄의 대가로 태형에 처해진 적은 더더욱 없었다. 그들이 보통 거쳤던 단계는 이렇다. 초범일 경우에는 경고 내지는 질책을 받았을 뿐이고, 재판이 열리는 일은 거의 없었다. 몇 번인가 거듭 범죄를 저지른 후에는 금고형을 선고받았지만, 실제로는 집행유예 판결을 받고 보호 관찰의 대상이 되었다. 한 소년이 실형을 받기 위해서는 수없이 체포되고, 몇 번이나 유죄 판결을 받을 필요가 있었다. 그 실형이라는 것은 금고형에 불과했고, 감옥 동료들로부터 옛날 이상으로 많은 범죄적 습성을 배우게 하는 효과밖에는 없었다. 만약 갇혀 있는 동안에 큰 사건을 일으키지 않았다면, 그런 관대한 형벌조차도 대부분 감형받고 보호 관찰 대상이 되는 것이 보통이었다. 당시의 전문 용어를 쓰자면 '가석방'되었던 거지.

이 믿기 힘든 악순환은 몇 년이나 계속될 수 있었고, 그사이에 소년의 범죄는 그 빈도와 흉악성을 더해 가게 된다. 게다가 지루하지만 편안한 금고형을 어쩌다가 사는 것을 제외하면, 아무런 형벌도 받지 않고 지낼 수 있었지. 그러다가 통상적으로 법률에 의해 제정된 열여덟 번째 생일날이 되면, 이른바 '비행 청소년'은 갑자기 성인 범죄자가 된다. 그리고 때로는 겨우 몇 주일이나 몇 개월 내에 사형수 독방에서 살인죄로 처형을 기다리게 됐던 거야. 너."

그는 또 나를 가리키고 있었다.

"네가 강아지를 야단만 치고, 한 번도 벌을 주지 않은 채로 집 안에서 마음대로 오줌을 싸도록 방치했다고 가정해 보도록…… 이따금 헛간에 가두곤 했지만, 곧 다시는 그러지 말라는 경고와 함께 다시 집으로 들여보내 주었다고 말이야. 그리고 어느 날 강아지가 완전히 자라 개가 되었지만, 아직도 전혀 길들여져 있지 않다는 사실을 깨달았어. 그래서 총을 가지고 나와 그 개를 사살해 버렸다고 치자. 이 일에 대해 어떻게 생각하나?"

"세상에…… 그런 말도 안 되는 개 사육법은 들어 본 적도 없습니다!"

"나도 찬성이다. 어린애를 기를 경우도 마찬가지겠지. 그렇게 된 건 누구의 잘못이라고 생각하나?"

"그건…… 아마 제 잘못이 될 겁니다."

"그것도 동감이야. 하지만 나는 '아마' 그렇다고 말하지는 않아."

한 여학생이 참지 못하고 불쑥 말했다.

"미스터 뒤부아, 하지만 왜죠? 왜 어린애들에게 체벌을 가해야 했을 때 그러지 않았고, 또 더 나이 든 애들이 그런 짓을 했을 경우 채찍으로 엄벌을 가하지 않았던 겁니까? 장래에도 절대로 잊지 못할 교훈을 주기 위해서 말이에요! 정말로 나쁜 짓을 한 애들에게. 왜 그러지 않은 거죠?"

뒤부아 선생은 냉담한 어조로 말했다.

"나도 모르겠다. 젊은이들의 마음에 사회적 미덕과 준법정신을 뚜렷하게 각인하는 이 방법의 효과가 오랜 경험에 의해 이미 실증되었음에도 불구하고, 스스로를 '소셜워커'라든지 '아동심리학자'라고 불렀던 전(前)과학적인 의사(擬似) 직업인들 사이에서는 공감을 부르지 못했다는 사실을 제외하고는 말이야. 보나마나 이 방법이 너무 간단하다고 느꼈던 거겠지. 강아지를 훈련하는 데 필요한 인내심과 단호함만 있으면 누구든지 다 할 수 있는 일이니까 말이다. 이따금 나는 그들이 무질서 자체를 옹호했던 것이 아닌가 하고 생각할 때가 있다. 하지만 그건 있을 수 없는 일이야. 실제 행동이 어쨌든 간에, 성인들은 거의 언제나 '최상의 동기'에 의식적으로 입각해서 행동하기 때문이지."

여학생이 대답했다.

"하지만…… 정말 믿을 수 없어요! 다른 애들처럼 벌을 받는 걸 좋아하지 않는 건 저도 매한가지이지만, 그것이 필요했을 때 우리 엄마는 주저하지 않았어요. 단 한 번 학교에서 매를 맞았을 때는 집에 가서 또 맞았어요. 벌써 몇 년이나 전의 일이지만. 제가 재판관 앞에 끌려 나가서 태형을 선고받거나 한다는 것은 상상도 할 수 없습니다. 나쁜 짓을 하지 않는 이상 그런 일이 일어날 리가 없으니까요. 우리들의 방식 어디가 나쁜지 알 수가 없습니다. 목숨이 아까워서 바깥에서 산책하지 못하는 것보다 훨씬 낫지 않나요? 세상에, 그런 끔찍한 일이 있었다니!"

"나도 동감이다. 이들 선의에 가득 찬 인물들이 저지른 비극적인 잘못을 그들의 믿음과 대비해 보면 그 뿌리가 얼마나 깊었는지를 알 수 있다. 그들은 윤리에 관해서 과학적 이론 같은 것은 가지고 있지 않았다. 그들에게는 나름의 윤리 이론이 있었고, 또 그것에 입각해서 살아 보려고 했지. 나도 아까 그들의 동기를 그렇게 폄하하지는 말았어야 했는데. 어쨌든 그들의 이론은 틀렸던 것이다. 그 이론의 반은 모호한 사고에 입각한 희망적 관측이었고, 나머지 반은 합리화된 협잡에 불과했다. 열성적이 되어 갈수록 그들은 더 잘못된 길에 빠져들었어. 알겠나? 그들은 인간에게 윤리적인 본능이 있다고 믿었던 거야."

"예? 하지만 저는…… 하지만 그건 사실이에요! 제게도 윤리적 본능이 있습니다."

"아니, 그건 사실이 아니다. 네가 가지고 있는 건 후천적인 양심이고, 매우 주의 깊게 배양된 것이다. 인간은 윤리적 본능 따위는 가지고 있지 않아. 인간은 윤리 의식 같은 것을 가지고 태어나지는 않는단 말이다. 태어났을 때 너는 그런 것을 가지고 있지 않았고, 나도 가지고 있지 않았어…… 그리고 강아지도 마찬가지야. 우리는 훈련과 경험, 그리고 엄격한 정신 수양을 통해 윤리 의식을 획득해. 이들 불행한 청소년 범죄자들은 태어났을 때도 너희들이나 나와 마찬가지로 그걸 완전히 결여하고 있었고, 그걸 획득할 기회도 끝내 갖지 못했다. 그들의 경험으로는 불가능한 일이었던 거지. 그렇다면 '윤리 의식'이란 무엇인가? 그것은 생존 본능이 세련되어지고, 세분화된 거야. 생존 본능이란 인간의 본성 그 자체이고, 우리 인격의 모든 측면은 여기에서 파생된다. 생존 본능과 상반되는 인자는 늦건 빠르건 당사자를 파멸시키기 때문에, 미래 세대에 그런 경향이 나타나는 일은 없어. 이 진리는 수학적으로 증명될 수 있고, 어디에서나 입증 가능한 것이다. 이것은 우리의 모든 행동을 지배하는 단 하나의 영원한 절대 진리야."

그는 말을 계속했다.

"그러나 생존 본능은, 개인적인 생존을 위한 맹목적이고 동물적인 충동보다 훨씬 더 미묘하고 복잡한 동기로 연마될 수 있다. 네가 잘못 일컬은

'윤리적 본능'이란 어른들이 네 마음속에 심어 준 개념, 즉 개인 차원의 생존을 넘어선 절대적 생존이 존재한다는 신념을 의미한다. 이를테면 네 혈통의 생존은 네 자신의 그것에 선행하고, 또 네가 부모가 되었을 때 자식들의 목숨은 너의 목숨보다 더 소중해지는 식이지. 네가 그렇게 높은 계제에 오를 수 있다면, 국가의 생존도 여기에 해당된다. 이런 식으로 계속 위로 올라가는 거야. 과학적으로 입증될 수 있는 윤리 이론은 개인의 생존 본능에 뿌리박고 있어야 한다. 오직 그것밖에는 없어! 그리고 그 이론은 생존의 모든 단계를 올바르게 서술하고, 각 단계에서의 동기를 지적하고, 모든 내부 알력에 대한 해결책을 제안해야 해.

우리들은 현재 그런 이론을 가지고 있지. 따라서 우리는 어떤 단계에서의 윤리적 문제도 해결할 수 있어. 자신의 이익, 가족애, 국가에 대한 의무, 인류에 대한 책임…… 게다가 우리들은 목하 인간 외의 생물과의 관계에 대한 올바른 윤리조차 개발해 놓았어. 그러나 모든 윤리적 문제는 하나의 잘못된 인용구를 써서 묘사될 수 있다. '새끼들을 지키기 위해 죽는 어미 고양이보다 더 큰 사랑을 가진 사람은 없다'라는 말이지. 일단 너희들이 어미 고양이가 직면했던 문제와, 그 고양이가 그것을 어떻게 해결했는지에 관해서 이해할 수 있다면, 너희들은 자기 자신을 음미하고, 윤리의 계제(階梯)를 얼마나 높이 올라갈 수 있는지를 이해할 준비가 되어 있는 것이다.

이들 청소년 범죄자들은 낮은 단계에 머물러 있었다. 생존 본능만 가지고 태어난 그들이 도달할 수 있었던 최고의 윤리란, 동료들, 즉 거리의 갱단에 대한 불안정한 충성심에 불과했다. 그러나 환상적 사회 개량주의자들은 그들 마음의 '선량한 부분에 호소'한다든지, 그들에게 '손을 뻗치거나', 그들의 '윤리 의식을 불러일으키는' 일 등을 시도했어. 한마디로 헛소리였다! 청소년 범죄자들은 '선량한 부분' 따위는 가지고 있지 않았다. 자기들의 행위가 살아남기 위한 최선의 방법이라는 사실을 경험을 통해 배운 상태였지. 단 한 번도 매를 맞은 적이 없는 강아지와 마찬가지로. 따라서 강아지가 기꺼이 그리고 성공적으로 수행한 일은 '윤리적'이었던 거야.

모든 윤리성의 기초가 되는 것은 의무다. 사회에 대한 의무는 개인에 대한 개인적 이익과 같은 맥락의 개념이다. 그들이 이해할 수 있는 방법으로 의무가 무엇인지를 가르쳐 준 사람이 아무도 없었던 거야. 즉, 매를 써서 말이다. 그러나 그들이 소속한 사회는 쉴 새 없이 그들의 '권리'에 관해서만 가르쳤지.

그리고 그 결과는 충분히 예상할 수 있었던 것이었다. 왜냐하면 인간은 어떠한 생득적인 권리도 가지고 있지 않기 때문이야."

미스터 뒤부아는 말을 멈췄다. 누군가가 미끼를 물었다.

"선생님? 그럼 '생명, 자유, 행복의 추구'는 어떻게 되는 겁니까?"

"아, 그래. 박탈 불가능한 '절대적 권리' 말이지. 해마다 꼭 누군가가 이 장엄한 시적 문구를 인용하는군. 생명? 태평양 한가운데서 지금 빠져 죽고 있는 사내에게 어떤 '생존권'이 있단 말이냐? 바다는 그 사내의 비명에 귀를 기울이거나 하지는 않아. 자기 자식들을 살리기 위해 목숨을 버려야 하는 사내에게 어떤 종류의 살 '권리'가 있단 말인가? 만약 그가 자기 자신의 목숨을 건지는 쪽을 택한다면, 그것도 '권리'의 행사라고 볼 수 있나? 만약 두 사내가 굶어죽기 직전이고, 식인만이 죽음의 유일한 대안일 경우, 어느 편 사내의 권리가 '절대적'이란 말인가? 또 그걸 '권리'라고 할 수 있나? 자유에 관해 말하자면, 그 위대한 문서에 서명했던 영웅들은 자기들 자신의 목숨으로 그 자유를 살 것을 서약했던 거야. 자유는 결코 절대적인 것이 아니다. 주기적으로 애국자의 피에 의해 회복되지 않는 이상 자유는 언제나 사라져 버리지. 지금까지 발명된 '생득적' 권리 중 하나인 자유의 획득이

쉬웠던 적은 일찍이 없었고, 그 대가가 무료인 경우는 절대로 없다.

그럼 세 번째의 '권리'는? '행복의 추구'라고 했지? 그것은 물론 절대로 박탈할 수 없는 것이기는 하지만, 권리는 아니다. 폭군도 앗아갈 수 없고, 애국자라도 회복시킬 수는 없는 보편적 상태에 불과한 것이다. 나를 지하 감옥에 처넣든, 화형에 처하든, 왕중왕으로 추대하든 내 뇌가 살아 있는 한 나는 '행복을 추구'할 수 있지. 그러나 신도, 성자도, 현자도, 강력한 약물도 내가 행복을 얻는다는 것을 보장해 줄 수는 없다."

그러고 나서 미스터 뒤부아는 내 쪽으로 돌아섰다.

"아까 나는 너에게 '비행 청소년'이란 모순된 용어라고 말했다. '비행자(delinquent)'란 단어는 '의무를 다하지 못한다'라는 뜻이다. 그러나 의무는 성인의 미덕이야. 따라서 의무의 의미를 터득하고, 태어날 때부터 가지고 있던 자기애(自己愛)보다 의무를 더 중요하게 여기는 법을 배운 후에야 비로소 청소년은 성인이 될 수 있어. '비행 청소년' 같은 것은 존재한 적도 없었고, 또 존재할 수도 없다. 그러나 모든 청소년 범죄자 뒤에는 반드시 한 명 또는 그 이상의 성인 비행자가 존재해. 이들은 자신들의 의무를 모르고 있거나, 알면서도 실행하지 않는 자들이지.

그리고 이것이야말로 여러 점에서 감탄할 만한 미덕을 가지고 있었던 한 문화를 파괴한 약점이었던 거야. 거리를 배회하던 이들 젊은 깡패들은 더 큰 질병의 징후에 불과했고, 시민들…… 당시에는 모두가 자신들을 그렇게 불렀는데, 아무튼 그들은 개개인의 '권리'라는 신화를 앞다투어 찬미했다……. 그리고 자신의 의무를 망각했지. 그런 식으로 변질된 후로도 계속 존속할 수 있는 국가는 존재하지 않는다."

나는 뒤부아 중령이 딜린저를 어떤 식으로 평가했을까 하고 생각했다.

사회에서 영원히 추방할 필요가 있었지만, 동정받을 여지가 있는 청소년 범죄자였을까, 아니면 오직 경멸밖에는 받을 가치가 없는 성인 비행자였을까?

나는 알 수 없었다. 영원히 모를 것이다. 단 하나 확실한 것이 있다면 그가 이제 다시는 나이 어린 소녀를 죽이지 못할 것이라는 사실이다.

그것만으로 충분했다. 나는 눈을 감았다.

9

이 함대에서 훌륭한 패배자가 설
자리는 없다. 우리가 필요로 하는 것은
적진으로 돌진해서 승리를 쟁취할 수 있는
난폭한 사내들이다!
— 조너스 잉그럼 제독, 1926년

평지에서 할 수 있는 보병 훈련을 다 끝내 버린 후 우리는 더 위험한 훈련을 받기 위해 험준한 산악 지대로 이동했다. 캐나다령 로키 산맥에 있는 굿호프 산과 웨딩턴 산 사이의 지점이었다. 가파르고 바위투성이라는 점을 제외하면 캠프 서전트 스푸키 스미스는 캠프 커리와 거의 마찬가지였지만, 후자보다는 훨씬 더 작았다. 3연대의 규모도 처음보다는 훨씬 작아져 있었지만 말이다. 2000명 이상으로 시작했는데, 지금은 400명 이하로 줄어들어 있었다. H중대는 이미 1개 소대 병력으로 편성되어 있었고, 대대의 분열 행진은 마치 중대의 그것 같았다. 그러나 우리는 여전히 'H중대'였고, 짐은 소대장이 아니라 '중대장'이었다.

편성이 압축되었다는 것은 실제로 개인 교습을 받을 기회가 더 늘었다는 것을 의미했다. 이제 분대 수보다는 교육계 병장 쪽이 더 많았고, 짐 상사는 당초의 260명 대신 50명으로 줄어든 우리에게 더 많은 주의를 기울일 수 있었다. 그의 아르고스(온몸에 무수히 많은 눈을 가졌다는 그리스 신화의 거인—옮긴이) 같은 눈은 48시간 동안 우리를 주시하고 있었다. 그가 그 자리에 없었을 때조차도 말이다. 그러나 누군가가 실수를 했을 경우 그는 언제나 등 뒤에서 불쑥 나타났다.

그러나 혹독하게 우리를 훈련시키는 그의 태도는 일종의 친밀함을 수반하고 있었다. 연대만 달라졌던 것이 아니라 우리도 달라져 있었기 때문이다. 다섯 명 중 한 명꼴로 남은 신병들은 이제 거의 군인이라고 할 수 있었고, 짐은 우리를 낙오시키는 대신 어떻게든 진짜 군인으로 만들려고 노력하는 것 같았다.

또 우리는 프랭클 대위를 예전보다 훨씬 더 자주 보게 되었다. 이제 그는 책상 앞에 앉아 있는 대신 우리를 직접 가르치는 일에 대부분의 시간을 할애하고 있었다. 그는 우리 모두의 이름과 얼굴을 알고 있었고, 각 신병이 각종 무기 및 장비의 조작에 얼마나 숙련되어 있는지를 정확히 기록한 카드 파일을 머릿속에 넣고 다니는 것 같았다. 각자의 특별 근무 현황, 건강 기록, 가족에게서 최근 편지가 왔는지의 유무 등에 관해서까지 기록되어 있다는 점은 말할 나위도 없다.

그는 짐처럼 엄격하지는 않았다. 말투는 더 온화했고, 우리가 정말로 지독한 바보짓을 저지르지 않는 한 그의 얼굴에서 특유의 상냥한 미소가 사라지는 법이 없었다. 그러나 겉모습에 속으면 안 된다. 그 미소 뒤에는 베릴륨강(鋼)의 장갑판 같은 내면이 감춰져 있기 때문이다. 나는 짐 상사와 프랭클 대위 중 누가 더 우수한 군인인지를 결정할 수 없었다. 계급장을 떼어 버린 후 보통 사병으로서 바라보았을 경우에 말이다. 두 사람이 다른 교관들보다 훨씬 우수하다는 점에는 의심의 여지가 없었다. 그러나 어느 쪽이 가장 우수했을까? 짐 상사는 모든 일을 언제나 정확하고 본때 있게 처리한다. 분열 행진을 하듯이 말이다. 한편, 프랭클 대위는 그것들을 마치 게임이라도 하고 있는 것처럼 멋있고 박력 있게 처리해 버린다. 결과는 두 명 다 거의 마찬가지였다. 그러나 프랭클 대위가 보여 주었던 것처럼 그 일들이 쉬웠던 적은 한 번도 없었다.

우리를 훈련시키기 위해서는 수많은 교관이 필요했다. 전에도 언급했듯이, 평지에서 강화복을 입고 도약하는 일은 쉽다. 물론 산악지대에서도 평지와 마찬가지로 높게, 그리고 손쉽게 도약할 수 있다. 그러나 훈련에서는 깎아지른 듯한 화강암 절벽으로 뛰어오른다거나, 딱 붙어 선 두 그루의 전나무 사이로 도약하고, 마지막 순간에 자동 제트분사 회로를 차단할 것을 요구받는다. 산악지대의 강화복 훈련에서는 큰 사고가 세 번 있었다. 사망 두 명, 의병전역 한 명으로 끝난.

그러나 강화복 없이 로프와 피톤만을 써서 암벽에 도전한다는 것은 훨씬 더 어려운 일이었다. 캡슐 강하병에게 암벽 등반 기술이 무슨 소용이 있는지는 상상도 할 수 없었지만, 나는 입을 다물고 명령에 따르는 것이 낫다는 사실을 터득하고 있었다. 나는 그 기술을 터득했다. 생각했던 것보다 그리 어려운 일이 아니었다. 해머와 아무 쓸모도 없어 보이는 작은 강철제 핀, 그리고 빨랫줄 한 타래만 있으면, 고층 건물의 매끄러운 벽같이 편평하고 수직으로 솟아오른 바위산을 올라갈 수 있다는 소리를 누가 1년 전에 했다면 나는 웃으며 상대하지 않았을 것이다. 나는 평지 타입이기 때문이다. 아니, 정정하겠다. 나는 평지 타입이었다. 약간 변화가 있었다고나 할까.

나는 내가 얼마나 변했는지 서서히 깨닫고 있었다. 캠프 서전트 스푸키 스미스에서 우리는 (자유롭게) 외출할 수 있었다. 물론 처음 한 달이 지난 뒤에는 캠프 커리에서도 그럴 수 있었다. 즉, 일요일 오후에 근무 소대 명부에 올라가 있지 않았을 경우, 중대본부 막사로 가서 신고한 다음 캠프에서 자기가 가고 싶은 만큼 멀리 떨어진 곳까지 걸어갈 자유가 있었던 것이다. 다만 저녁 점호 시간까지 돌아오기만 하면 됐다. 그러나 도보로 갈 수 있는 거리 내에는 산토끼를 제외하면 아무것도 없었다. 여자도, 극장도, 댄스홀도, 아무것도 없었다.

그럼에도 불구하고, 이것은 캠프 커리에서조차도 중요한 특권으로 간주되었다. 때로는 텐트도, 하사관도, 제일 친한 신병 친구들의 멍청한 얼굴도 볼 필요가 없는 곳으로 갈 필요가 있었다……. 무엇이든지 빨리빨리 하지 않아도 좋고, 자기 영혼을 꺼내 찬찬히 들여다볼 수 있는 장소가 절실했던 것이다. 이 특권은 단계적으로 제한될 수도 있었다. 캠프 안에서만 지내야 한다든지, 자기 중대 막사가 있는 지역을 벗어나지 못할 수도 있었다. 그럴 경우에는 도서실에도 갈 수 없고, '오락실'이라고 잘못 명명된 장소(기껏해야 주사위 놀이 몇 세트가 굴러다니고 있을 뿐이다.)조차도 출입이 금지되는 것이다……. 구금에 가까운 처벌을 받는 수도 있었고, 통상 근무 시를 제외하면 자신의 텐트 속에서 지내야 할 때도 있었다.

이 마지막 경우는 그 자체로서는 별 의미가 없었다. 당사자는 구금 처분과 함께 감당하기 힘든 초과 근무를 할당받는 경우가 대부분이었고, 자는 시간을 제외하면 어차피 텐트에서 지낼 시간 여유 따위는 없었기 때문이다. 이것은 아이스크림 위에 올려놓은 체리 같은 것이었다. 신병이 매일같이 저지르는 멍청한 실패 때문이 아니라 기동보병의 일원에게는 걸맞지 않는 행동을 했기에, 그 오점을 불식하기 전에는 전우들과 교제할 수 없다는 사실을 본인과 만천하에 알리기 위한 벌이었던 것이다.

그러나 캠프 스푸키에서는 도시로 외출을 나갈 수 있었다. 근무 상황이나 품행 상태가 허락하는 한 말이다. 매주 일요일 아침에는 왕복 셔틀이 운행되었다. 조식 후 30분으로 앞당겨진 종교 예배가 끝난 직후 떠나서, 석식 또는 소등 시간 직전에 돌아오는 것이었다. 교관들은 토요일 밤을 시내에서 지낼 수조차 있었고, 병장들은 근무가 허락하는 한 2박 3일의 휴가를 얻을 수도 있었다.

나는 첫 번째 외출 때 셔틀에서 내리자마자 내가 변했다는 사실을 깨달았다. 조니는 더 이상 일반 사회의 일원이 아니었다. 눈에 보이는 것 전부가 놀랄 정도로 복잡했고, 믿을 수 없을 정도로 흐트러진 것처럼 느껴졌다.

그렇다고 해서 내가 밴쿠버를 헐뜯는 것은 아니다. 밴쿠버는 멋진 자연환경을 가진 아름다운 도시이다. 그곳에 사는 사람들은 매력적인 데다가 기동보병이 시내를 방문하는 일에 익숙해져 있었고, 우리를 환영해 주었다. 다운타운에는 우리를 위한 사교 센터가 있었고, 매주 댄스파티가 열렸다. 그곳에서는 댄스 파트너 역의 젊은 여성들이 쉽게 댄스에 응해 주었고, 그보다 조금 더 연상의 댄서들은 수줍음을 타는 젊은 병사들에게(놀랍게도 나도 이 범주에 포함되어 있었다. 하지만 암토끼를 제외하면 여성이라곤 전혀 없는 곳에서 몇 개월 지내 보라.) 파트너를 소개해서 서투른 스텝을 밟게 해 주었다.

그러나 처음 외출 때 나는 사교 센터로 가지는 않았다. 그 대신 나는 멍하게 선 채로 넋을 잃고 바라보고만 있었다. 아름다운 건물, 불필요한 물건들을 잔뜩 늘어놓은 진열창(그중에 무기는 하나도 없었다.), 뛰어다니거나 혹은 산책 중인 사람들, 아무도 똑같은 옷을 입지는 않았고, 마음 내키는 대로 자기 일을 하고 있는 사람들…… 그리고 여자애들을.

특히 여자애들을 바라보고 있었다. 그들이 그렇게도 멋지게 보일 줄은 상상도 하지 못했다. 남자와 여자의 차이가 단지 복장의 차이가 아니라는 사실을 안 날부터 나는 여자애들을 좋아했다. 나는 소년이 통과한다는 일반적인 시기, 즉 여자애들이 자신과는 다르다는 사실을 깨닫고 그들을 싫어하게 되는 시기를 겪은 기억이 없다. 나는 언제나 그들을 좋아했다.

그러나 그날, 나는 내가 지금까지 그 사실을 너무나도 당연한 것으로 받아들이고 있었다는 사실을 깨달았다.

여자애들은 정말 멋진 존재이다. 길모퉁이에 서서 그들이 지나가는 것을 바라보는 것만으로도 즐거운 것이다. 그들은 그냥 걷지 않는다. 적어도 우리처럼 걷지는 않는다. 어떻게 설명해야 할지는 모르겠지만, 여자의 걸음걸이는 훨씬 더 복잡하고 매우 기분 좋은 것이다. 그냥 발을 움직이는 것이 아니다. 모든 것이, 그것도 각각 다른 방향으로 움직인다고나 할까…… 그리고 그 광경을 보는 일은 참으로 즐거웠다.

만약 경찰관이 다가오지 않았더라면 나는 아직도 그곳에 서 있었을 것이다. 그는 잠시 우리를 훑어본 후 말했다.

"여어, 젊은 친구들. 외출을 즐기고 있나?"

나는 재빨리 그의 가슴에 달린 약식 훈장을 보고 감명을 받았다.

"옛, 서!"

"나를 '서'라고 부를 필요는 없어. 여기선 별 의미가 없으니까 말이야. 사교 센터에 가면 어때?"

그는 우리에게 주소와 길을 가르쳐 주었고, 우리는 그 방향으로 걸어갔다. 팻 레이비, '키튼' 스미스, 그리고 나, 이렇게 세 명이었다. 경관은 우리들 등에 대고 말했다.

"좋은 시간을 보내게, 친구들…… 그리고 말썽을 일으키지 말도록."

우리가 셔틀에 탈 때 짐 상사가 했던 말과 완전히 똑같았다.

그러나 우리는 그곳으로 가지는 않았다. 팻 레이비는 어렸을 때 시애틀에서 살았던 적이 있었기 때문에 옛 고향을 다시 한 번 보고 싶어 했다. 그는 돈을 가지고 있었고, 우리 둘이 같이 와 준다면 셔틀 요금을 내 주겠다고 했다. 나는 이의가 없었다. 셔틀은 20분 간격으로 운행되었고, 우리 외출 허가증은 밴쿠버에 한정되어 있지 않았기 때문이다. 스미스도 같이 가겠다고 했다.

시애틀은 밴쿠버와 크게 다르지 않았고, 여자들이 많다는 점에서도 마찬가지였다. 나는 그 광경을 즐겼다. 그러나 시애틀은 기동보병의 방문에 익숙해 있지 않았고, 우리가 저녁을 먹기 위해 택한 장소도 우호적이라고는 할 수 없는 곳이었다. 부두가 끝에 있는 바 레스토랑이었다.

말해 두지만 우리는 술을 마시지는 않았다. 키튼 스미스가 반주로 맥주 두 잔을 주문한 것은 사실이지만, 그는 평소와 다름없이 붙임성 있고 유쾌한 태도를 잃지 않았다. 키튼이라는 별명의 유래는 바로 그것에서 비롯됐다. 우리가 처음으로 백병전 훈련을 했을 때, 존스 병장은 정말 넌더리가 난다는 투로 그를 향해 내뱉었다.

"네가 때리는 것보다 고양이 새끼(kitten)의 펀치 쪽이 훨씬 더 위력이 있을 거야!"

이것이 그대로 그의 별명이 되었다.

그 장소에서 군복을 입고 있는 것은 우리들뿐이었다. 손님의 대부분은 상선 선원들이었다. 시애틀 항에는 엄청난 수의 선박이 출입한다. 그 당시에는 모르고 있었지만, 이들 선원은 우리를 좋아하지 않는다. 그 이유의 일부는 그들의 길드가 자신의 지위를 연방군과 동등한 위치로 끌어올리려고 몇 번이나 시도했지만, 성공하지 못했다는 사실에서 비롯되었다. 그러나 그 원인을 완전히 알려면 역사를 몇 세기나 거슬러 올라가야 했다.

그곳에는 우리와 비슷한 나이의 청년들이 몇 명 있었다. 지원 연령이지만 지원하지 않은, 긴 머리를 하고 단정치 못하여 어딘가 불결한 느낌을 주는 작자들이었다. 아마 나도 입대 전에는 저런 모습이었을 것이다.

그때 우리는 뒤 테이블에 앉아 있는 두 사내와 (복장으로 판단하건대) 상선 선원 두 명이 우리가 들으라는 듯이 뭔가 말하고 있다는 것을 깨달았다. 그걸 여기서 되풀이하지는 않겠다.

우리는 아무 말도 하지 않았다. 이내 그들의 말은 처음보다 더 노골적인 빈정거림으로 바뀌어 갔고, 웃음소리도 더 커졌다. 다른 손님들은 숨을 죽이고 귀를 기울이고 있었다. 키튼은 내게 속삭였다.

"여기서 나가자."

나는 팻 레이비에게 눈짓했다. 그는 고개를 끄덕였다. 이미 계산은 끝나 있었다. 그곳은 주문한 것을 받을 때마다 대금을 지불하는 종류의 장소였다. 우리는 자리에서 일어나 그곳을 나왔다.

그들은 우리 뒤를 따라 나왔다.

팻은 우리에게 속삭였다.

"조심해."

우리는 뒤를 돌아다보지 않고 계속 걸었다.

그들은 우리를 향해 돌진해 왔다.

나는 뒤로 선회하며 내게 덤벼든 놈의 목덜미에 수도(手刀)로 일격을 가했고, 친구들을 돕기 위해 몸을 돌렸다. 그러나 싸움은 이미 끝나 있었다. 덤빈 놈들은 네 명이었고, 네 명 모두 쓰러져 있었다. 키튼은 그중 두 명을 혼자 처리해 버렸고, 팻의 상대는 가로등 기둥을 포옹하는 자세로(좀 세게 던져진 모양이다.) 뻗어 있었다.

누군가가(아마 술집 주인이) 우리가 자리에서 일어나자마자 경찰을 부른 듯했다. 우리들이 이 녀석들을 어떻게 하면 될까 생각하고 있었을 때 경관 두 명이 나타난 걸 보면. 그곳은 그런 종류의 거리였다.

나이 든 쪽은 우리가 고소하기를 희망했지만, 그럴 생각은 없었다. 짐은 우리에게 "말썽을 피우지 말라고" 했었다. 키튼은 아주 순진한, 열다섯 살

소년 같은 표정을 하고 말했다.

"이 친구들은 아마 어디 걸려서 넘어진 것 같습니다."

"그런 것 같군."

경관은 동의했고, 발끝으로 내게 덤볐던 사내가 쥐고 있는 나이프를 옆으로 밀어낸 후, 보도의 턱에 대고 날을 부러뜨렸다.

"자, 자네들은 슬슬 여기서 떠나는 편이 좋을 거야…… 주택가 쪽이 좋겠군."

우리는 그 자리를 떠났다. 나는 팻과 키튼 모두가 사건을 확대할 생각이 없었다는 사실에 안도하고 있었다. 민간인이 군인을 습격했다는 것은 실로 중대한 문제였기 때문이다. 하지만 그게 어쨌단 말인가? 놈들은 우리에게 덤볐고, 그 대가로 혹을 얻었다. 그것으로 충분하지 않은가?

그러나 우리가 외출 시 결코 무장하지 않는다는 것은 현명한 규칙이다……. 상대를 죽이지 않고 무력화하는 훈련을 받았다는 사실도. 왜냐하면 그때 나는 순전히 반사적으로 움직였기 때문이다. 나는 놈들이 우리에게 덤볐을 때까지도 설마 그러리라고는 생각하고 있지 않았고, 모든 것이 끝날 때까지 아무런 생각도 하지 않았다.

그러나 그때 처음으로 나 자신이 얼마나 변했는지를 깨달았다.

우리는 정거장으로 가서 밴쿠버행 셔틀을 탔다.

캠프 스푸키로 이동하자마자 우리는 강하 훈련을 개시했다. 1개 중대씩(실제로는 1개 소대 병력으로) 차례대로 셔틀을 타고 왈라 왈라 평원의 북쪽에 있는 연습장으로 가서 승선하고, 강하하고, 전투 훈련을 한 후 비컨을 따라 기지로 귀환하는 일이었다. 그러는 데는 하루 종일 걸렸다. 처음에는 8개 중대로 시작했기 때문에 매주 한 번씩 강하할 수는 없었다. 그러나

인적 소모가 계속되면서 강하는 일주일에 한 번 이상으로 늘어났다. 훈련은 점점 어려워졌다. 산악지대로, 북극의 얼음 위로, 오스트레일리아의 사막 위로, 그리고 훈련 수료 직전에는 달 표면으로 강하해야 했다. 그때 강하 캡슐은 겨우 100피트 상공에 놓였고, 발사와 동시에 파열하도록 조정되어 있었다. 최대한의 주의를 기울이며 강화복만으로(공기가 없으니까 낙하산을 쓸 수는 없다.) 착륙해야 했던 것이다. 착륙할 때 사고를 일으키면 공기가 새어 나가서 죽을 가능성도 있었다.

인적 소모의 일부는 사망이나 부상에서 비롯된 것이었고, 다른 경우에는 캡슐에 들어가는 것을 거부한 데서 비롯된 것이었다. 그런 병사들은 질책당하지도 않았다. 그냥 옆으로 비키라고 명령받은 후, 그날로 봉급을 받고 전역 처분을 받았다. 몇 번 강하 훈련을 받은 병사들조차 공황 상태에 빠져서 강하를 거부하는 일이 있었다……. 그러면 교관들은 마치 회복할 가능성이 없는 병자를 대하는 것처럼 상냥하게 그들을 대하고는 했다.

나는 캡슐에 들어가는 것을 거부한 적은 없었지만, 예의 떨림에 관해서만은 확실하게 배웠다. 나는 언제나 떨었고, 강하 때는 언제나 죽도록 무서웠다. 지금도 마찬가지다.

그러나 강하하지 않는다면 캡슐 강하병이 아니다.

아마 사실이 아니겠지만, 파리에서 관광을 하던 캡슐 강하병에 관한 얘기가 있다. 폐병관(廢兵館, Les Invalides)을 방문했을 때, 그는 나폴레옹의 관을 내려다보며 프랑스인 수위에게 물었다고 한다.

"저건 누구지?"

프랑스인은 물론 분개하며 대답했다.

"아니 무슈, 정말로 모르고 있습니까? 저건 나폴레옹의 묘입니다! 나폴레옹 보나파르트, 사상 최고의 군인 말입니다!"

캡슐 강하병은 잠깐 뭔가를 생각하는 것 같더니 이윽고 다시 물었다.

"그래? 그런데 저 녀석은 어디서 강하했지?"

물론 이것이 진짜 있던 일이 아니라는 것은 거의 확실하다. 왜냐하면 그곳에 있는 커다란 게시판에는 나폴레옹이 누군지 뚜렷하게 쓰여 있기 때문이다. 그러나 이것은 캡슐 강하병이 강하에 대해 어떤 생각을 가지고 있는지를 잘 알 수 있는 얘기이기도 하다.

마침내 우리는 졸업했다.

나는 거의 모든 사건을 생략했다. 대부분의 무기에 관해서도 거의 설명하지 않았고, 모든 일들을 내팽개치고 사흘 동안 계속 산불과 싸웠던 일에 관해서도 전혀 언급하지 않았다. 끝날 때까지 실제 상황이었다는 사실을 모르고 있었던 비상소집 연습도, 취사 텐트가 날아가 버린 날에 관해서도 얘기하지 않았다. 특히 날씨에 관해서는 아무 말도 하지 않았다. 날씨, 특히 비와 진흙탕은 우리들 보병에게는 실로 중대한 사항이다. 그래서 날씨가 중요한 것은 사실이지만, 회상할 가치가 있다고는 생각하지 않는다. 연감을 뒤져 보면 거의 모든 종류의 날씨가 묘사되어 있는 것을 볼 수 있고, 그것을 읽고 상상하는 것만으로도 족하다.

훈련을 시작했을 때 연대에는 2009명의 신병이 있었다. 졸업했을 때의 인원은 187명이었다. 졸업하지 못한 인원 중 14명은 사망했고(그중 한 명은 처형당했고, 그 이름은 삭제되었다.) 나머지는 사임하거나, 낙오하거나, 전속하거나, 의병전역 처분을 받았다. 말로리 소령의 짧은 연설이 있은 후 우리는 수료증을 받았고, 마지막으로 열병식을 거행했다. 연대는 해산되었고, 연대기도 내려졌다. 다시 그것이 필요한 날이 올 때까지 케이스 속에 보관되는 것이다. 3주 후, 수천 명의 민간인에게 그들은 오합지졸이 아니라 군인이라고 고할 날까지 말이다.

나는 이제 군번 앞에 훈련병을 뜻하는 RP가 아니라 '훈련된 병사'를 뜻하는 TP를 붙일 수 있었다. 멋진 날이었다.

내 인생 최고의 날이었다.

10

자유의 나무는 때때로 애국자의 피로써
그 푸르름을 되찾지 않으면 안 된다…….
— 토머스 제퍼슨, 1787년

적어도 배속된 모함으로 출두하기 전까지 나는 내가 '훈련된 병사'라고 생각하고 있었다. 착각하면 안 된다는 법률이 있는 건 아니지 않은가?

어떻게 해서 지구 연방이 '평시'에서 '비상사태'로, 거기서 '전쟁상태'로 돌입했는지에 관해 나는 아무런 언급도 하지 않았다. 나 자신이 그다지 그 일에 신경을 쓰지 않았기 때문이다. 내가 입대했을 때는 아직 평시에 해당하는 보통 상태였다. 적어도 사람들은 그렇게 생각하고 있었다.(누가 다른 사태가 오리라고 상상할 수 있었겠는가?) 그 후 내가 캠프 커리에 있었을 때 비상사태가 선포되었지만 나는 아직도 그걸 모르고 있었다. 그보다도 내 두발 상태나 군복, 전투 훈련, 또는 군장의 상태를 브론스키 병장이 어떻게 생각하고 있나 하는 것이 내게는 더 중요한 일이었기 때문이다. 특히 이것들에 대한 짐 상사의 의견은 압도적으로 중요했다. 어쨌든 비상사태는 아직 평시인 것이다.

평시란 군사적 손해가 신문 1면의 톱기사라도 되지 않는 한 시민이 전혀 주의를 기울이지 않는 상태를 말한다. 전사자 중 하나가 그 시민의 가까운 친척이라도 되지 않는 한은 말이다. 그러나 '평화'가 역사에서 전쟁이 전혀 존재하지 않았던 때를 의미한다면 그러한 것은 일찍이 단 한 번도 존재했던 적이 없다. 내가 처음 '윌리의 살쾡이들', 즉 제1 기동보병 사단 3연대 K 중대에 (예의 사람을 착각하게 만드는 그 수료증을 가지고) 배속된 후 부대원의 한 명으로서 '발리 포지'에 탑승했을 당시에는 몇 년 전부터 이미 전투에 돌입한 상태였던 것이다.

역사가들은 이번 전쟁을 '제3차 우주전쟁'(또는 '제4차')으로 불러야 할지, 아니면 '제1차 항성 간 전쟁'이라고 해야 할지 아직도 결정하지 못하고 있는 듯하다. 우리가 이 전쟁에 이름을 붙여야 할 경우에는(그런 일은 거의 없지만) 간단히 '거미 전쟁'이라고 부른다. 이름이야 어쨌든 간에 역사가들은 '전쟁'의 시작을 내가 처음으로 부대에 배속되어서 모함에 탑승한 이후로 보고 있다. 그 이전, 그리고 그 이후 얼마 동안에 걸쳐 일어난 일은 전부 '분쟁' 내지는 '초계 활동', 또는 '치안 활동'이다. 그러나 '분쟁'에서 순직하든 선전포고 후의 전쟁에서 전사하든 간에 죽는다는 사실에는 변함이 없었다.

그러나 실제로는 병사들이 전쟁에 대해 보이는 관심이란 전투 시의 단편적인 체험을 제외하고는 일반 시민들과 다를 것이 없었다. 보통 때 그들은 수면 시간이라든지, 하사관의 변덕, 그리고 취사병으로부터 뭔가 맛있는 것을 슬쩍할 수 없을까 하는 일 등에 훨씬 많은 관심을 가지고 있었다. 그렇지만 달 기지에서 키튼 스미스와 알 젠킨스, 그리고 내가 윌리의 살쾡이 부대로 배속되었을 때 모든 부대원들은 적어도 한 번 이상은 전투 강하를 경험한 상태였다. 즉, 그들은 군인이었지만 우리는 아니었다. 하지만 그 때문에 (적어도 나는) 괴롭힘을 당한 적은 없었고, 교관들의 계산된 공포 분위기에 비하면 병장과 하사 들은 놀랄 정도로 상대하기가 쉬웠다.

하사관들의 비교적 온화한 태도가 단순히 우리를 무시하고 있는 데서 비롯된 것이라는 사실을 깨닫기까지는 좀 시간이 걸렸다. 우리가 강하(진짜 전투 강하)를 무사히 치러 내고, 지금 우리가 차지하고 있는 침대의 전 주인이자 전투 중에 전사한 진짜 살쾡이들의 뒤를 이을 만한 가능성이 있다는 사실을 증명하기 전까지 우리는 혼내 줄 가치조차도 없는 멍청이들에 불과했던 것이다.

내가 얼마나 풋내기였는지를 말해 주는 일화가 있다. 발리 포지가 아직도 달 기지에 정박해 있었을 때, 나는 한껏 멋을 낸 정장용 군복 차림으로 막 외출하려는 반장과 우연히 마주친 적이 있었다. 그는 왼쪽 귓불에 작은 이어링을 달고 있었다. 정교하게 만들어진 조그만 순금제 해골이었고, 그 밑에는 고대의 해적식의 교차된 대퇴골 대신 거의 눈에 보이지 않을 정도로 작은 순금제 뼈가 잔뜩 매달려 있었다.

집에 있었을 당시 나는 언제나 이어링과 기타 보석 등으로 치장하고 데이트에 임하곤 했다. 나는 정말로 멋진 이어링을 가지고 있었다. 원래 우리 증조외할아버지 것이었는데, 내 새끼손톱만 한 크기의 루비가 달려 있었다. 나는 보석을 좋아했기 때문에 기초 훈련을 받기 전에 그것들을 전부 두고 오라는 명령을 받고 상당히 분개했던 적이 있다……. 하지만 이 장신구만은 군복과 함께 착용해도 좋은 듯했다. 내 귓불에 구멍은 뚫려 있지 않았지만(사내애라는 이유로 어머니가 허락하지 않았기 때문에) 보석상에게 부탁해서 그것에 클립을 달 수는 있다……. 게다가 그때 수료 시에 받은 월급이 좀 남아 있던지라 그 돈에 곰팡이가 슬기 전에 빨리 써 버리고 싶다고 생각하던 참이었다.

"저, 하사님? 그런 이어링은 어디서 구할 수 있습니까? 아주 멋진데요."

그는 특별히 화가 난 것 같지도 않았지만 그렇다고 미소를 지은 것도 아니었다. 그는 다만 이렇게 말했을 뿐이었다.

"마음에 드나?"

"물론입니다!"

금줄 정장에 단순한 순금제 장신구를 다는 것은 보석을 다는 것보다도 훨씬 더 효과적이었다. 나는 그 이어링을 양쪽 귀에 달고, 그 밑에 잔뜩 매달려 있는 뼈 대신 교차된 대퇴골만을 달면 더 멋져 보일 것이라는 생각을 하고 있었다.

"이 기지의 PX에서 팔고 있습니까?"

"아니, 여기 PX에선 이런 걸 살 수 없어."

그리고 그는 이렇게 덧붙여 말했다.

"적어도 여기 있는 동안은 네가 이걸 손에 넣을 것 같지는 않군. 곧 그럴 수 있기를 희망하지만 말이야. 하지만 가르쳐 줄 수는 있어. 이걸 살 수 있는 곳에 우리가 간다면 잊지 않고 말해 주겠다. 이건 약속이야."

"아, 고맙습니다!"

"천만에."

그 후에도 그 조그만 해골들을 보았다. 매달린 '뼈'의 수가 더 많은 것도 있었고, 그것보다 더 적은 것도 있었다. 내 추측이 들어맞은 것이다. 그것은 적어도 외출 시에는 군복과 함께 착용해도 되는 종류의 장신구였다. 거의 그 직후에 내게도 그것을 '살' 수 있는 기회가 돌아왔지만, 그렇게 단순한 장신구치고는 터무니없이 비싼 가격을 치러야만 했다.

그것은 역사서에 의하면 부에노스아이레스가 전멸한 후 곧 시작된 행성 클렌다투에서의 서전(緖戰), 일명 '벌레 둥우리 작전'이었다. 부에노스아이레스를 잃고 난 후에야 지구상의 인간들은 심상치 않은 일이 일어나고 있다는 사실을 깨달았다. 왜냐하면 단 한 번도 외우주로 나가 보지 않은 인간들은 다른 행성이 존재한다는 사실을 진심으로는 믿고 있지 않기 때문이다. 어렸을 때부터 우주에 미쳐 있었던 나조차 그랬으니까 말이다.

그러나 부에노스아이레스 사건은 일반 시민들에게 커다란 충격을 주었다. 그들은 우주에 분산되어 있는 지구군을 전부 지구로 소환한 후, 물 샐 틈도 없이 빽빽이 지구를 에워싸고 지구가 점유하는 공간을 지키라고 절규하기 시작했다. 물론 그건 바보짓이다. 전쟁에 이기기 위해서 필요한 것은 공격이지 방어가 아니다. 역사를 돌아보아도 순수한 '국방부'가 전쟁에 이긴 예는 없는 것이다. 하지만 전쟁이 일어난 것을 깨닫자마자 방어 전술을 채택하라고 절규하는 것이 표준적인 시민 반응인 듯했다. 곧 그들은 직접 전쟁을 지휘하고 싶어 한다. 이건 마치 비상사태 시에 여객기의 승객이 조종사의 손에서 조종간을 뺏으려는 것이나 마찬가지이다.

그러나 그때 내 의견을 물었던 사람은 없었다. 다만 얘기를 들었을 뿐이었다. 조약상의 의무와 연방의 식민행성이나 동맹행성에 대한 파급 효과를 생각하면 전 부대를 지구로 끌어오는 것은 불가능했다. 그것 말고도 우리에게는 시급한 일이 있었다. 거미들에게 대항해서 방어 태세를 공세로 전환해야 했던 것이다. 부에노스아이레스의 궤멸에 대해 나는 대부분의 일반 시민에 비해 거의 신경을 쓰지 않았던 것 같다. 우리는 이미 체렌코프 항법으로 몇 파섹이나 떨어진 곳에 있었기 때문에, 모함이 체렌코프 항법에서 벗어난 후 다른 배로부터 전해들을 때까지 그 뉴스를 모르고 있었다.

나는 그때 '빌어먹을, 정말 끔찍한 일이군.'이라고 생각했던 것과, 그곳이 고향인 포르테노라는 병사에게 동정하던 일을 기억하고 있다. 하지만 부에노스아이레스는 내 고향이 아니었고 지구는 멀리 떨어져 있었다. 게다가 그 사건 직후에 거미들의 고향인 클렌다투 행성에 대한 공격이 개시되었으므로 나는 눈코 뜰 새 없이 바빴다. 에너지를 절약하고 속도를 올리기 위해, 랑데부하기까지의 시간을 우리는 약물에 의한 무의식 상태에서 내부 중력장을 끈 발리 포지의 침상에 고정된 채로 지내야 했다.

부에노스아이레스의 상실은 내게는 커다란 의미를 가지고 있었고, 내 인생을 완전히 바꿔 놓은 계기가 되었다. 그러나 그로부터 몇 달이 지날 때까지 나는 그 사실을 모르고 있었다.

드디어 클렌다투에 강하할 때가 됐을 때 나는 정원 외 인원으로서 더치 뱀버거 상병 밑에 배속되었다. 이 뉴스를 들었을 때 상병은 애써 아무런 내색도 하지 않았지만, 선임하사가 그 자리를 떠나자마자 내게 이렇게 말했다.

"잘 들어 둬, 신병. 내 뒤에 달라붙어 있으란 말이야. 내 앞을 가로막지 마. 만약 거치적거리기라도 한다면 네놈의 그 멍청한 목을 부러뜨려 놓겠다."

나는 그냥 고개를 끄덕였을 뿐이었다. 이번 강하는 훈련이 아니라는 사실을 나는 깨닫기 시작하고 있었다.

그리고 잠시 동안 그 떨림을 경험한 후 강하했다.

그 작전은 '벌레 둥우리 작전(Operation Bughouse)'이라기보다는 차라리 '정신병원 작전(Operation Madhouse)'이라는 편이 걸맞았다. 하는 일마다 족족 실패했으니까 말이다. 그 작전은 적을 굴복시키고 그들의 수도와 중요 거점을 점령한 후 전쟁을 끝내기 위한 총력전(總力戰)으로써 계획된 것이었다. 그러나 이기기는커녕 우리는 거의 참패 직전까지 갔다.

디안느 장군을 비판하자는 것은 아니다. 장군이 더 많은 병력과 지원을 요청했지만 우주군 총사령관에게 각하당했다는 것이 사실인지 아닌지 나는 모른다. 일개 사병에 불과한 나는 알 필요도 없는 일이었다. 더군다나 결과만 보고 비판하는 잘난 작자들이 모든 사실을 알고 있다고는 믿지 않는다.

내가 알고 있는 것은 장군이 우리와 함께 강하한 후 지상에서 우리를 지휘했고, 상황이 도저히 어떻게 할 수 없는 지경에 이르자 직접 선두에 서서 견제 공격을 감행했다는 사실이다. 그 덕택에 나를 포함한 소수의 병력이 철수할 수 있었고, 그 과정에서 장군은 전사했다. 그는 이제 클렌다투의 방사성 먼지가 되었기 때문에 군법회의에 회부하기에는 이미 때가 늦었다. 그런데 지금 이러쿵저러쿵 해 봤자 무슨 소용이 있겠는가?

한 번도 전투 강하를 경험해 보지 않은 탁상 전략가들에게 해 주고 싶은 말이 하나 있다. 그렇다. 거미들의 행성 표면이 방사성 유리로 온통 뒤덮일 때까지 수폭으로 무차별 폭격할 수도 있었다는 의견에는 나도 찬성한다. 하지만 그걸로 전쟁에 이길 수 있었을까? 거미들은 우리와는 다르다. 그 의사(擬似) 거미류들은 진짜 거미와도 다르다. 놈들은 광인의 상상에서 튀어나온 것 같은 거대하고, 지능을 가진 거미를 우연히 닮은 절지동물일 뿐이다. 그러나 그들의 심리적, 경제적 구조는 오히려 개미나 흰개미 쪽에 가깝다. 놈들은 공동체적 존재이고, 각각의 둥우리는 완전무결한 독재 제도하에 있다. 행성의 표면을 날려 버렸다면 병사와 노동 담당을 죽일 수는 있었을지도 모른다. 그러나 두뇌 계급이나 여왕들을 죽이지는 못했을 것이다. 솔직히 말해서 지중굴진식(地中掘進式) 수폭을 직격하는 것으로도 여왕 한 마리를 죽일 수 있을지 의문이다. 놈들이 얼마나 깊은 곳에 있는지 우리는 모른다. 또 정말로 알고 싶지도 않다. 그 구멍 속으로 내려간 병사들은 단 한 명도 돌아오지 않았기 때문이다.

우리가 클렌다투의 생산 설비가 있는 지표를 초토화했다고 가정해 보면? 그래도 놈들은 우리가 그런 것과 마찬가지로 우주선과 식민지, 다른 행성 등을 계속 보유하고 있었을 것이다. 게다가 놈들의 사령부는 여전히 건재했다. 그러므로 놈들이 항복하지 않는 한 전쟁은 끝나지 않는다. 그 당시 우리에게는 아직 노바(新星) 폭탄이 없었다. 그래서 클렌다투를 지하까지 파괴하는 것은 불가능했다. 설령 그랬다 치더라도 놈들이 살아남고 계속 항복을 거부한다면 전쟁은 한정 없이 계속되었을 것이다.

놈들이 만약 항복할 수 있다면 말이다.

군대거미는 항복할 줄 모른다. 일거미는 싸울 줄 모른다. 끽소리도 내지 않는 일거미들을 무작정 쏘아 봤자 시간과 탄약을 낭비할 뿐이다. 군대 카스트는 항복이 무엇인지도 모르는 것이다. 그러나 거미들이 곤충을 닮았고 항복할 줄 모른다고 해서 멍청한 버러지에 불과하다고 생각한다면 큰 오산이다. 놈들의 전투원은 머리가 좋고 숙련된 데다가 공격적이다. 전 우주에서 유일하게 보편적인 진리에 의하면, 먼저 쏘는 놈(거미)이 우수한 놈인 것이다. 다리를 한 개, 두 개, 세 개 태워도 놈들은 계속 공격해 온다. 한쪽 다리 네 개를 다 태우면 뒤집어지기는 한다. 그래도 계속 쏘아 대는 것이다. 신경 중추를 찾아서 파괴하는 수밖에 없다……. 그러면 놈들은 마구잡이로 쏘아 대며 우리 사이를 지나 벽 같은 것에 부딪칠 때까지 계속 돌진한다.

강하는 처음부터 엉망진창이었다. 우리가 탔던 50척의 수송함은 체렌코프 항법에서 빠져나온 후 일제히 핵융합 추진에 들어가기로 되어 있었다. 계획대로라면 편대를 재정비하기 위해 행성을 한 바퀴 돌 필요도 없을 정도로 완벽하게 연계된 함대 운동을 통해 궤도에 오른 함대는, 소정 지점에 완전한 대형으로 우리를 강하시켰어야 했다. 이것이 얼마나 힘든 일인지는 나도 상상할 수 있다. 아니, 잘 알고 있다. 그러나 여기서 실패하면 싫든 좋든 기동보병이 그 대가를 치러야 한다.

우리는 운이 좋았다. 왜냐하면 발리 포지와 그곳에 탔던 해군 군인들은 우리가 땅에 닿기도 전에 모두 당했기 때문이다. 빈틈없는 편대를 짠 채 고속으로(초속 4.7마일의 궤도 속도는 산책이 아니다.) 이동하던 우리들의 모함은 '이프르'와 충돌했고, 결국 두 척 다 파괴되었다. 발사관에서 나올 수 있었던 우리들은 운이 좋았다. 모함은 충돌 시에도 계속 캡슐을 사출하고 있었다. 그러나 '누에고치' 속에서 지상을 향해 낙하 중이었던 나는 그 사실을 모르고 있었다. 우리들의 중대장은 아마 모함을(살괭이 부대의 절반도 함께) 잃었다는 사실을 알고 있었을 것이다. 중대장이 제일 먼저 발사되었으니 지휘관용의 통신회로에서 함장과의 연결이 갑자기 끊겼을 때 그 사실을 깨달았을 것이다.

그러나 중대장에게 물어볼 길은 없었다. 그 역시 귀환하지 못했기 때문이다. 그 당시 내게는 모든 게 뒤죽박죽이라는 어렴풋한 자각이 있었을 뿐이었다.

그 이후의 열여덟 시간은 악몽이었다. 그것을 설명하는 일은 쉽지 않다. 기억에 남아있는 것이라고는 단속적(斷續的)인, 스톱모션으로 이루어진 무시무시한 광경밖에는 없었다. 독이 있든 없든 나는 거미라면 질색이었다. 보통 집거미를 내 침대에서 발견하는 것만으로도 소름이 끼칠 정도였다. 타란툴라라니 생각만 해도 아찔하다. 원래 바닷가재나 게 종류에는 입도 대지 못한다. 처음으로 거미를 목격했을 때 나는 심장이 멎을 정도의 충격을 맛보았다. 이미 죽여 버렸으니까 더 이상 쏘지 않아도 된다는 사실을 안 것은 몇 초인가 지나고 나서였다. 그놈은 아마 일거미였을 거라고 생각한다. 만약 군대거미였다면 제대로 싸워서 이길 수 있었을지 의문이다.

그래도 K-9 부대에 비하면 우리는 나았던 편이라고 할 수 있을 것이다. 이 부대는 우리들의 목표 전 지역의 주변에 강하할(만약 강하가 완전히 성공한다면 얘기지만) 예정이었고, 네오독들은 바깥쪽으로 전진하며 외각 확보 임무를 맡은 견제 부대에게 전술적 정보를 전달하도록 되어 있었다. 물론 칼렙 견들은 이빨을 제외하면 무장하고 있지 않았다. 네오독은 듣고, 보고, 또 냄새를 맡으며 찾아낸 사실을 무전기로 자신의 파트너에게 전하도록 훈련받고 있었다. 네오독이 휴대하는 것은 무전기와 폭탄뿐이었다. 이 폭탄은 개가 중상을 입었거나 포로가 될 위험이 있을 때 그(또는 그 파트너)가 작동시킬 수 있는 자살용 폭탄이었다.

이 불쌍한 개들은 포로가 될 때까지 기다리지 않았다. 대다수는 적과 접촉하자마자 자살하고 말았다. 네오독들은 내가 거미를 보고 느낀 것과 같은, 아니 더 지독한 공포를 느낀 것이다. 최근의 네오독들은 거미의 모습을 보거나 그 냄새를 맡는 것만으로 미쳐 버리는 대신 관찰하며 회피하도록 강아지 시절부터 주입 교육을 받는다고 들었다. 하지만 당시는 그렇지 못했다.

그러나 실패는 그것뿐만이 아니었다. 무슨 예를 들어도 모두 실패의 연속이었다. 물론 나는 뭐가 어떻게 되어 가는지 전혀 모르고 있었다. 나는 다만 더치 뒤에 바짝 붙어 따라가면서 움직이는 것이라면 닥치는 대로 쏘거나 태웠고, 구멍을 보았을 때는 무조건 수류탄을 던져 넣었다. 곧 나는 탄약이나 연료를 낭비하지 않고 거미를 죽이는 방법을 터득했다. 무해한 거미와 그 반대의 거미를 식별할 수는 없었지만 말이다. 군대 거미는 50마리당 겨우 한 마리 정도의 비율로 섞여 있었다. 그러나 그 한 마리가 다른 49마리를 합친 것에 맞먹었다. 놈들의 휴대 화기는 우리 것만큼은 무겁지 않았지만 치명적이라는 점에서는 마찬가지였다. 놈들은 강화복의 장갑을 관통하고 우리 몸을 삶은 달걀 자르듯이 썰어 버릴 수 있는 광선을 가지고 있었다. 게다가 놈들은 우리보다 훨씬 더 효과적으로 협조해서 움직일 수 있었다……. 왜냐하면 놈들의 '분대'를 지도하는 두뇌는 우리 손이 닿지 않는 구멍 깊숙한 곳에 있었기 때문이다.

더치와 나는 상당히 오랫동안 운이 좋았다. 우리는 1평방마일에 달하는 지역을 돌아다니며 폭탄으로 구멍을 막았고, 지상에서 움직이는 것들은 전부 죽였고, 비상사태에 대비해서 될 수 있는 한 제트 연료를 절약하면서 이동했다. 작전 목표는 목표 전 지역을 확보한 후 증원 부대와 중화기 부대를 큰 저항 없이 강하시키는 것이었다. 이것은 기습이 아니라 교두보를 만들고 확보한 후, 증원 부대와 중화기 부대에게 행성 전체를 점령 또는 진압시키기 위한 전투였다.

그러나 우리는 실패했다.

우리 반은 잘 싸우고 있었다. 장소가 엉뚱했던 데다가 다른 반과 연락이 되지 않았고, 소대장도 선임하사도 모두 전사해 버렸기 때문에 재편성하지는 못했다. 그러나 우리는 그 지점을 완전히 확보했고 특수화기 분대는 강력한 거점을 설정할 수 있었다. 원군이 나타나기만 하면 당장 그곳을 물려줄 준비가 되어 있었던 것이다.

그러나 원군은 오지 않았다. 그들은 원래 우리가 강하하기로 되어 있었던 지점에 강하한 후 비우호적인 원주민들과 조우해서 고전하고 있었던 것이다. 우리는 끝내 그들과 만나지 못했다. 그래서 우리는 있던 곳에 그대로 머무른 채 기회가 닿는 대로 부상자를 구출했다. 그러는 사이 우리의 탄약과 점프용 연료, 강화복을 움직이는 에너지까지도 줄어들기 시작했다. 그 전투는 수천 년이나 계속되는 것처럼 느껴졌다.

더치와 나는 구원을 요청하는 고함 소리를 듣고 특수화기 분대가 있는 곳을 향해서 벽을 끼고 달리고 있었다. 그때 더치 앞의 지면이 갑자기 갈라지면서 거미가 튀어나왔고, 더치가 쓰러졌다.

나는 거미를 화염방사기로 태워 버리고 수류탄을 던져 그 구멍을 막은 후 더치가 어떻게 되었는지 확인하기 위해 뒤를 돌아보았다. 그는 쓰러져 있기는 했지만 부상을 입은 것 같지는 않았다. 소대 선임하사는 전 소대원의 건강 상태를 모니터해서 전사자와, 도움이 없으면 움직이지 못하기 때문에 구조할 필요가 있는 부상자들을 가려낼 수가 있다. 그러나 강화복의 벨트에 달린 스위치를 직접 누른다면 누구든 확인하는 것이 가능하다.

내가 불러도 더치는 대답하지 않았다. 그의 체온은 99도였고 호흡, 박동, 뇌파는 제로를 가리키고 있었다. 가망이 없어 보였지만 강화복 자체가 고장난 것일지도 몰랐다. 내 자신을 그렇게 설득했다. 죽은 것이 인간이 아니라 강화복이라면 체온 표시계가 작동할 리가 없다는 사실을 잊고 있었던 것이다. 어쨌든 나는 내 벨트에서 강화복용 깡통따기 렌치를 꺼내서 주위를 감시하며 더치를 강화복에서 꺼내기 시작했다.

그때 다시는 듣고 싶지 않은 전원 집합음이 헬멧 안에서 울렸다.

"소브 키 푸(Sauve qui peut, 프랑스어로 "각자 알아서 도망치라." 전원 퇴각하라는 뜻—옮긴이)! 귀환! 귀환! 구조한 후 귀환하라! 어떤 비컨이라도 좋다. 6분 남았다! 철수하며 전우를 구조하라. 어떤 비컨이라도 좋으니 집합하라. 가능한 한……."

나는 하던 일을 서둘렀다.

더치의 몸을 강화복에서 빼내려고 했을 때 목이 쑥 빠졌다. 나는 그를 내팽개치고 그 자리를 떠났다. 훗날의 강하였다면 그의 탄약을 회수할 정도의 분별이 있었을지도 모르지만, 그런 일을 생각하기에는 너무나도 멍한 상태였다. 그저 그곳에서 뛰쳐나와서 우리가 확보했던 거점으로 향했다.

그러나 그곳의 철수는 이미 끝나 있었고 나는 혼자가 되어 있었다……. 혼자가 됐을 뿐만 아니라 버림받았다는 느낌이었다. 그때 다시 재집합음이 들려왔다. 그것은 (발리 포지의 보트였을 경우) 내가 들었어야 할 「양키 두들」이 아니라 들어 본 적이 없는 멜로디 「슈거 부시」였다. 뭐래도 좋았다.

어쨌든 비컨이었다. 나는 마지막 남은 점프용 연료를 아낌없이 써서 발사 직전에 보트에 탈 수 있었고, 곧 '부어트렉(Voortrek)'에 도달했지만, 너무나도 충격이 컸던 나머지 자기 군번도 기억하지 못할 정도였다.

이 전투를 '전략적 승리'라고 부르는 것을 들은 적이 있다. 하지만 그곳에 있었던 나는 그것이 지독한 패배였다고 단언한다.

6주 후 나는 (60살이나 더 나이를 먹은 기분으로) 생추어리의 함대 기지에서 다른 연락정에 탑승해 '로저 영'으로 가서 소대 선임하사인 젤랄 상사 앞으로 출두했다. 그때 나는 구멍을 뚫은 왼쪽 귓불에 뼈가 한 개 달린 부서진 해골을 달고 있었다. 알 젠킨스도 나와 함께였고 그도 나와 똑같은 해골을 달고 있었다.(키튼은 결국 튜브에서 나오지 못했다.) 얼마 남지 않은 '살쾡이 부대'의 생존자들은 전 함대에 분산 배치되었다. 우리는 발리 포지와 이프르의 충돌 시 전 병력의 약 반을 잃었고, 지상에서의 그 대혼란으로 인한 사상자 수가 무려 총인원의 80퍼센트에 달했기 때문에, 군 수뇌부는 살아남은 대원들만으로 부대를 재편성하는 것은 불가능하다고 판단했다. 그래서 부대를 해산하고 그 기록을 공문서 보관소로 보낸 후, 상처가 아물기를 기다려서 새로운 멤버로 오랜 전통을 자랑하는 K중대(살쾡이 부대)를 재편성하기로 한 것이다.

게다가 다른 부대에도 보충하지 않으면 안 되는 빈자리가 많이 있었다.

젤랄 상사는 우리들을 따뜻하게 맞이해 주었다. 그는 우리들이 '함대 최고'의 부대에 배속되었다고 말했고, 우리가 단 해골 이어링에는 전혀 눈길을 주지 않는 것처럼 보였다. 그날 늦게 상사는 우리들을 소위에게 데려갔다. 소위는 온화한 미소를 지으며 아버지와 같은 태도로 잠시 말상대가 되어 주었다. 나는 알 젠킨스가 더 이상 순금 해골을 달고 있지 않다는 사실을 깨달았다. 그건 나도 마찬가지였다. 왜냐하면 라스차크의 깡패들 중 해골을 귀에 단 병사는 아무도 없다는 사실을 이미 알아차렸기 때문이다.

라스차크의 깡패들이 그것을 달지 않는 이유는 몇 번 전투 강하를 했는가, 또는 어디서 그것을 했는지를 문제 삼지 않기 때문이다. 정말로 중요한 것은 우리가 부대의 일원이든지, 또는 아니든지 둘 중의 하나라는 점이다. 만약 아니라면 상대가 누구건 간에 그들은 개의치 않았던 것이다. 우리는 신병이 아닌 실전 경험이 있는 병사로서 합류했기 때문에 그들은 미심쩍은 점도 선의로 해석해 주었고, 가족의 일원이 아닌 손님일 경우 야기될 수밖에 없는 약간 경직된 태도를 보이긴 했지만 어쨌든 우리를 환영해 주었다.

그러나 최초의 전투 강하가 있은 후 일주일도 채 되기 전에 우리는 이미 어엿한 라스차크의 깡패인 동시에 가족의 일원이 되어 있었다. 우리는 서로의 이름을 피스트 네임으로 불렀고, 때로는 피를 나눈 형제 못지않게 친밀한 태도로 말싸움을 벌였다. 물건을 빌리거나 빌려주거나 하는 일도 다반사였고, 잡담에 참가해서 바보 같은 개인적 의견을 완전히 자유롭게 말할 수도 있었다. 그걸 무시당하는 것도 마찬가지로 자유였지만 말이다. 완전히 공식적인 근무 시간을 제외하면 하사관들까지도 퍼스트 네임으로 부를 수 있었다. 물론 젤랄 상사는 언제나 근무 중이었지만, 휴가 시에 지상에서 만나거나 할 경우 그는 언제는 '젤리'였고, 그의 높은 계급도 라스차크의 깡패들 사이에서는 아무것도 아니라는 듯이 행동했다.

그러나 소위는 언제나 '소위님'이었다. '미스터 라스차크'라고 부르지는 않았고, '라스차크 소위'라고 하는 법조차 절대 없었다. 직접 부를 때도, 우리끼리 얘기할 때에도 그는 단순히 소위님일 뿐이었다. 소위님 이외에 신은 없었고, 젤랄 상사는 그의 예언자였다. 젤랄 상사가 자신의 의견으로서 '노'라고 말했을 경우, 적어도 다른 하사관들에게는 아직 논란의 여지가 있다는 것을 의미했지만, 만약 그가 "소위님은 그러는 걸 원하시지 않아."라고 했다면 이미 그는 '성스러운 권위를 가지고(ex cathedra)' 말한 것을 의미했고, 그 문제는 다시는 거론되는 법이 없었다. 정말로 소위가 그것을 원하는지 아닌지에 관해 알아보려고 한 자는 아무도 없었다. '말씀'은 이미 내려졌기 때문이다.

소위는 우리들에게는 아버지나 마찬가지였다. 그는 우리를 사랑했고, 우리의 응석을 받아 주었다. 그럼에도 불구하고 그는 선상에서는(지상에 있을 때조차도) 어딘가 우리와는 동떨어진 존재였다……. 강하해서 지상에 도달했다면 얘기는 달라지지만 말이다. 강하 작전 시에는 아무리 장교라도 수백 평방마일의 넓이를 가진 지역에 흩어져 있는 부하들 하나하나에 신경을 쓸 수는 없다고 생각할 것이다. 그러나 그는 그럴 수 있었다. 소위는 부하 모두에게 일일이 주의를 기울일 수가 있었던 것이다. 어떻게 그가 우리들 모두에게 신경을 쓸 수 있었는지 나는 설명할 수 없다. 그러나 전투 시의 수라장에서도 그의 이런 명령이 지휘관용 회로에서 울렸다.

"존슨! 6분대를 조사해 봐! 스미티에게 문제가 생겼다."

스미스의 분대장보다 그가 더 먼저 그 사실을 알아차렸다는 점에는 의심의 여지가 없었다.

그것뿐만이 아니었다. 우리가 살아 있는 한 소위는 절대로 우리를 저버리고 철수용 보트에 타지 않을 것이라는 무조건적인 확신이 우리에게는 있었다. 거미 전쟁 중에는 포로가 된 병사들이 있었지만, 라스차크의 깡패들 중에서는 한 명도 나오지 않았다.

젤리는 우리들의 어머니였고, 곁에서 우리를 돌봐 주었고, 절대로 응석을 받아 주지 않았다. 그러나 그는 우리 문제를 소위한테 보고하거나 하지는 않았다. 라스차크의 깡패 부대에서 군법회의란 존재하지 않았고, 부대원이 태형을 선고받는 일 따위는 절대로 없었다. 젤리는 우리에게 초과근무를 자주 명할 필요조차 없었다. 혼내 주려면 더 효과적인 방법이 있었던 것이다. 매일 있는 사열에서 그가 우리를 경멸하듯이 위아래로 훑어보고 이렇게 한마디만 하면 족했다.

"너 같은 놈이라도 해군에 들어가면 좀 나아 보일지 모르겠군. 전출을 상신하면 어때?"

이 말은 주효했다. 왜냐하면 해군 군인은 군복을 입은 채로 자고, 옷깃 아래쪽부터는 절대로 씻는 일이 없다고 우리는 굳게 믿고 있었기 때문이다.

그러나 젤리는 사병들에게 일일이 신경을 쓸 필요가 없었다. 그는 하사관들의 군기만 잡으면 됐고, 그와 마찬가지로 하사관들이 우리의 군기를 잡을 것을 기대했기 때문이었다. 내가 처음으로 부대에 왔을 때의 분대장은 빨간 머리의 '레드' 그린이었다. 몇 번인가의 강하를 경험한 후 부대의 일원으로 받아들여진 사실을 기뻐하며 우쭐해 있었을 때였다. 마음이 들떠 있었던 나는 졸병 주제에 약간 건방진 태도로 레드에게 말대답을 했다. 그는 젤리에게 이 일을 보고하거나 하지는 않았다. 다만 나를 세면실로 데려가서 중간 크기의 혹을 몇 개인가 만들어 주었을 뿐이었다. 그 후 우리는 아주 친한 친구가 되었다. 사실 훗날 나를 병장 근무로 추천해 준 친구도 레드였다.

사실 해군들이 옷을 입은 채로 자는지 안 자는지 우리는 몰랐다. 우리는 함내의 정해진 거주 구역에서 벗어나지 않았고 해군도 우리 구역으로는 오지 않았다. 근무 시에 용무가 있어서 방문하는 경우를 제외하면 환영받지 못한다는 것을 그들도 알고 있었다. 누구든 일정 수준 이상의 사회적 품위를 유지할 의무는 있지 않는가? 소위는 해군 거주구 안에 있는 남성 사관 거주구에 자신의 전용실을 가지고 있었지만 우리는 드물게 공무로 가는 경우를 제외하면 그곳에는 발을 들여놓지 않았다. 그러나 보초를 서기 위해 해군 구역으로 가는 경우는 있었다. 남녀 혼성함인 로저 영에서는 함장과 조종 사관들, 그리고 해군 병사 몇몇이 여성이었기 때문이다. 30호 격벽(隔壁)으로부터 앞쪽은 여성 전용 구역이었고, 무장한 기동보병 두 명이 문 앞에서 밤낮으로 보초를 서고 있었다.(전투 배치 시 그 문은 다른 기밀 문들과 마찬가지로 폐쇄되기 때문에 보초가 강하에서 빠지거나 하는 일은 없었다.)

장교들은 근무 시에는 30호 격벽 앞쪽으로 갈 수 있는 특권을 가지고 있었고, 우리 소위를 포함한 모든 장교들은 그 격벽의 바로 건너편에 있는 남녀 공용의 식당에서 식사하도록 되어 있었다. 그러나 그들은 필요 이상으로 그곳에 머물지는 않았다. 그냥 식사만 마치고 나오는 것이다. 다른 코르벳 수송함에서는 다른 방식을 채택하고 있었는지도 모른다. 그러나 로저 영에서는 언제나 그런 식이었다. 소위와 델라드리에 함장은 둘 다 엄격한 규율을 가진 배를 희망하고 있었고, 그 희망은 이루어졌던 것이다.

그럼에도 불구하고 보초 임무는 일종의 특권에 해당됐다. 그 문 옆에서 팔짱을 끼고 발을 벌린 채 아무 생각도 없이 그냥 멍하게 서 있는 일은 편했고…… 공무 이외에는 여성과 말을 나눌 수는 없어도 당장이라도 여성이 눈앞에 나타날지 모른다는 기대로 가슴이 뿌듯했던 것이다. 한번은 함장실까지 불려 가서 직접 명령을 받은 적까지 있었다. 그녀는 나를 똑바로 쳐다보며 "이걸 기관장에게 가져가 줘요."라고 말했다.

내가 선내에서 매일 하는 일이란 세탁이나 청소를 제외하면 1반의 반장인 '신부님' 밀리아치오의 세심한 감독을 받으며 전자기기를 정비하는 일이었다. 이것은 칼의 감독하에 내가 하던 일과 완전히 똑같았다. 강하는 그렇게 자주 있는 일이 아니었고, 우리 모두 매일 일했다. 아무 재주도 없는 작자라도 언제나 격벽을 닦을 수는 있다. 그 무엇도 젤랄 상사를 만족시킬 만큼 깨끗했던 적은 일찍이 없었지만 말이다.

우리는 기동보병의 룰을 따랐다. 모두가 싸우고 모두가 일하는 것이다. 우리의 요리 담당은 2반장인 존슨이었다. 조지아 출신(서반구에 있는 곳이고, 다른 편에 있는 곳이 아니다.)의 큰 몸집을 한 친절한 사내였고, 아주 솜씨가 좋은 요리사였다. 그리고 그는 우리를 감언이설로 유혹하는 데도 능숙했다. 간식을 매우 좋아했고, 다른 사람도 그래서는 안 된다는 이유는 없다고 생각하고 있었기 때문이다.

한 반을 신부에게, 다른 반을 요리사에게 지휘받고 있었던 우리는 물심양면으로 아낌없는 보살핌을 받고 있었던 것이다. 그러나 만약 이 둘 중의 하나가 전사해 버린다고 가정한다면? 당신이라면 누구를 선택하겠는가? 이것은 미묘한 선택이었다. 우리는 결코 결론을 내려고 하지는 않았지만 그것은 언제나 좋은 화젯거리가 돼 주곤 했다.

로저 영은 바빴고 우리는 여러 번 강하했다. 강하는 언제나 다른 방법으로 수행됐다. 강하 패턴을 적이 유추해 내는 일이 없도록 각각의 강하는 달라야 했던 것이다. 그러나 더 이상 대규모 작전는 없었다. 우리는 단독으로 정찰, 침입, 기습 작전을 되풀이했다. 진상을 말하자면 그 당시 지구 연방에는 대규모 전투를 수행할 만한 여력이 없었다. 벌레 둥우리 작전의 실패는 너무 많은 우주선과 너무 많은 훈련된 병사를 잃는 결과를 가져왔다. 상처가 아물기를 기다리고, 더 많은 병사를 훈련하기 위한 시간이 필요했던 것이다.

그사이 로저 영과 기타 코르벳 수송함을 포함한 고속 소형함들은 사방팔방에 출몰을 시도해서 적을 혼란에 빠뜨리고, 손해를 주고 달아나는 전법을 구사하고 있었다. 우리 부대에서도 계속 사상자가 생겼고, 캡슐을 보충하기 위해 생추어리로 돌아갔을 때 결원을 보충했다. 나는 강하할 때마다 아직도 예의 떨림을 경험했지만, 실제의 전투 강하는 자주 있는 일이 아니었고 또 강하한 후에도 그렇게 오래 내려가 있지는 않았다. 그리고 그사이에는 부대원들과의 끊임없는 선상 생활이 계속되었다.

단 한 번도 뚜렷하게 의식한 적은 없었지만 이때가 나의 인생에서 가장 행복했던 시기였다. 물론 나도 누구에게도 지지 않을 정도로 불평불만을 늘어놓고 있었지만 내심으로는 그것을 즐기고 있었던 것이다.

우리가 진짜로 상처를 받은 적은 없었다. 소위가 전사하기 전까지는.

지금 돌아다보면 그때가 내 인생 최악의 시기였다고 생각된다. 나는 개인적인 이유로 이미 암울한 정신 상태에 빠져 있었다. 거미들이 부에노스아이레스를 파괴했을 때 어머니가 그곳에 계셨던 것이다.

그 사실을 안 것은 캡슐을 보충하기 위해 생추어리에 기항했을 때였다. 나는 뒤늦게 도착한 우편을 받았다. 엘레노라 이모가 보낸 편지였다. 따로 표시하는 것을 잊었기 때문에 전문화(電文化)되서 빨리 발송되는 대신 편지 자체가 온 것이다. 편지에는 힐문조로 단 세 줄 정도가 쓰여 있을 뿐이었다. 이유는 알 수 없었지만 이모는 우리 어머니의 죽음이 내 책임이라는 듯이 나를 비난하고 있었다. 내가 군대에 있으면서도 적의 기습을 막지 못한 사실이 잘못이라는 것인지, 아니면 내가 당연히 있어야 할 집에 없었기 때문에 어머니가 부에노스아이레스로 여행을 가셨다는 것인지는 확실하지 않았다. 엘레노라 이모는 같은 줄에 두 가지 중 어떤 식으로도 해석할 수 있는 의미를 담아 보냈다.

나는 그 편지를 찢고 잊어버리려고 노력했다. 나는 부모님이 두 분 다 돌아가셨다고 생각하고 있었다. 아버지가 그렇게 먼 여행에 어머니를 혼자 보내셨을 리가 없기 때문이다. 엘레노라 이모는 편지에서 그런 언급을 하지는 않았지만, 어떤 경우에든 아버지에 관해 쓰지는 않았을 것이다. 이모의 헌신적 애정은 완전히 자신의 동생만을 향해 있었기 때문이다. 나의 추측은 거의 옳았다. 나중에 안 일이지만 아버지는 역시 동행하실 예정으로 있었다. 그러나 뭔가 급한 용무가 생겨서 처리하기 위해 하루 늦게 따라가기로 했던 것이다. 그러나 엘레노라 이모는 그 사실을 내게 가르쳐 주지 않았다.

몇 시간 후 소위가 나를 불렀다. 그는 온화한 목소리로 모함이 다음 작전을 위해 출격해 있는 사이 생추어리에서 휴가를 얻으면 어떤가 하고 내게 제안했다. 안 쓴 휴가가 상당히 누적되어 있었기 때문에 좀 쓰는 것이 어떻겠느냐는 얘기였다. 내가 육친을 잃은 사실을 소위가 어떻게 알 수 있었는지 알 도리는 없었지만, 그가 그 사실을 알고 있다는 점만은 명백했다. 나는 고맙지만 괜찮다고 대답했다. 나는 전우들과 함께 휴가를 얻는 날까지 기다리는 쪽을 택한 것이다.

나는 내가 그런 선택을 했다는 사실을 다행으로 여기고 있다. 만약 그러지 않았다면 소위가 전사했을 때 그 자리에 함께 있지 못했을 것이기 때문이다……. 만약 그랬더라면 도저히 견딜 수 없는 무거운 짐이 되었을 것이다. 그것은 눈 깜짝할 사이에, 철수 직전에 일어난 일이었다. 3분대의 병사 한 명이 부상을 입었고, 중상은 아니었지만 움직일 수가 없는 상태였다. 반장보가 소위를 회수하기 위해 달려갔지만, 그도 작은 것을 한 발 맞고 말았다. 소위는 언제나와 마찬가지로 모든 사태를 동시에 파악하고 있었다. 물론 원격 제어로 두 사람의 신체 상태를 감시하고 있었겠지만, 지금 그것이 사실이었는지의 여부를 확인할 도리는 없다. 소위는 그 즉시 반장보가 아직 살아 있다는 사실을 확인하고 나서 직접 두 명을 구출해 냈다. 강화복의 양팔에 각각 한 사람씩 끌어안고 말이다.

그는 마지막 20피트 되는 지점에서 그들을 던졌고, 그들은 철수용 보트에 실렸고, 모든 부대원이 수용되어서 방어 역장도, 차폐물도 없어진 순간, 그는 직격탄을 맞고 즉사했다.

그 일등병과 반장보의 이름을 굳이 언급하지는 않겠다. 소위는 마지막 숨을 내쉬는 순간까지 우리 모두를 구출하려고 하고 있었던 것이다. 그 일병은 바로 나 자신이었을지도 모른다. 그가 누구였나 하는 것은 여기서 문제가 되지 않는다. 문제가 되는 것은 우리 가족의 우두머리가 잘려 나갔다는 사실이다. 우리는 우리 이름의 유래가 된 가장을, 현재의 우리들을 만들어 낸 아버지를 잃었던 것이다.

소위가 우리들로부터 영구히 떠난 후, 델라드리에 함장은 젤랄 상사에게 다른 부문의 지휘관들과 함께 장교 식당에서 식사하도록 권유했다. 그러나 그는 그 초대를 정중히 거절했다. 성품이 엄격한 과부가 남편은 단지 외출중이고 당장이라도 돌아올지 모른다는 식으로 행동하며 가정을 다스리는 것을 본 적이 있는가? 젤리가 한 일은 바로 그것이었다. 전보다 조금 더 엄격해졌을 뿐이었다. 그러나 그가 "소위님은 그걸 원하지 않으실걸."이라고 말해야 했던 경우에는 누구라도 견딜 수 없이 처연한 기분을 느껴야 했다. 젤리는 그 말을 자주 하지는 않았다.

그는 우리 부대의 전투 편성에 거의 손을 대지 않았다. 모두를 이 자리 저 자리로 옮기는 대신 그는 2반의 반장보를 명목상의 소대 선임하사관으로 하고, 각 반장은 원래 필요한 위치에 (그들 자신의 반과 함께) 남겨 두었다. 그리고 그는 병장 근무 상병으로 부분대장이었던 나를 임시 병장이며 다분히 겉치레에 불과한 반장보로 진급시켰다. 그리고 그는 소위는 부재중이고, 자신은 이전과 마찬가지로 그의 명령을 하달할 뿐이라는 식으로 행동했다.

그것은 우리들에게 적으나마 위안이 되었다.

11

내가 바칠 수 있는 것은
피와 노고와 눈물과 땀밖에는 없다.
— W. 처칠, 20세기의 군인, 정치가

우리들이 갈비씨들을 기습하고 모함에 귀환한 후, 그러니까 디지 플로레스가 전사하고 젤랄 상사가 처음으로 소대장으로서 강하한 전투였다. 보트 격납고(格納庫)를 정비하고 있던 모함의 포수가 내게 말을 걸었다.

"어땠어?"

"보통 때와 마찬가지였어."

나는 짤막하게 대답했다. 상대방은 아마 호의로 한 말이겠지만, 나는 매우 복잡한 심정이었고, 말을 나눌 기분이 아니었다. 디지 생각을 하면 슬펐지만, 어쨌든 그를 구출할 수 있었기 때문에 기뻤고, 그것이 아무 소용도 없었다는 사실에 고함을 지르고 싶은 마음이었다. 이 모든 생각이, 다시 모함으로 돌아올 수 있었고, 지독하게 피곤하기는 하지만 손발이 다 제대로 남아 있어서 움직일 수 있다는 것을 기뻐하는 기분과 뒤죽박죽이 되어 있었다. 게다가 한 번도 강하해 본 적이 없는 상대에게 어떻게 강하에 관해 설명하란 말인가?

포수가 대답했다.

"그래? 너희들은 정말 팔자가 늘어진 거야. 한 달을 빈둥거리다가 30분만 일하면 되니까 말이야. 나를 보라고. 하루 3교대로 당직이야. 금방 차례가 돌아오는 거지."

"그래. 그런 것 같군. 태어날 때부터 운이 좋은가 보지."

나는 동의하고 몸을 돌렸다.

"그래, 잘해 보라고."

포수가 내 등에 대고 말했다.

그러나 해군 포수가 한 말은 그렇게 틀린 말은 아니었다. 우리 캡슐 강하병들은 초기의 기계화된 전쟁의 비행사들을 닮았다. 길고 바쁜 군대 생활 중 적과 실제로 대면하고 싸우는 시간은 몇 시간에 불과하고, 나머지 시간은 훈련, 준비, 출격하는 일에 쓰였던 것이다. 그리고 귀환한 후에는 물적, 인적 손해를 처리하고, 다음 출격 준비를 하고, 그사이에는 훈련, 훈련, 훈련이다. 그 후 3주일 동안 우리는 한 번도 강하하지 않았다. 다음 강하는 다른 항성계의 다른 행성에서 이루어졌기 때문이다. 체렌코프 항법이 있어도 역시 항성과 항성 사이의 거리는 멀다.

그사이 나는 젤리의 추천과 (현재 우리 부대에는 없는 장교를 대신한) 델라드리에 함장의 승인을 얻어 병장 계급장을 달았다. 이론상 기동보병 함대 사령부의 인사과가 결원 충당을 정식으로 허가해 줄 때까지 이 계급은 확정적인 것이 아니었지만, 실제로는 아무 의미도 없었다. 사상률은 언제나 높았고, 결원을 메꿀 수 있는 살아 있는 병사 수보다 인원 편성표에 난 구멍 쪽이 훨씬 더 많았던 것이다. 내가 병장이라고 젤리가 말했을 때부터 나는 병장이었다. 나머지는 형식에 불과했다.

그러나 포수가 한 말 중 우리가 '빈둥거린다'라는 말은 정확하지 않다.

각종 무기와 특수 장비는 말할 것도 없고, 강하와 강하 사이에는 쉰세 벌의 강화복을 점검, 정비, 수리해야 하는 것이다. 이따금 밀리아치오가 수리 불가능 판정을 내린 강화복은 젤리의 확인을 거쳐 모함의 무기 수리계 사관인 팔리 대위에게로 보내졌다. 제조 공장으로 다시 보내지 않는 한 그 강화복을 수리할 수 없다고 대위가 판단한 경우에는 선창에서 새 강화복을 꺼내도록 되어 있었다. 이것을 '차가운' 상태에서 '뜨거운' 상태로 조정하기 위해서는, 착용 당사자에게 그것을 맞추는 시간을 제외하더라도 26인시(人時)에 달하는 정밀 작업이 필요했다.

우리는 바쁘게 일했다.

그러나 즐거움도 있었다. 에이시 듀시에서 아너 스쿼드에 이르는 갖가지 보드게임에 언제나 참가할 수 있었고, 수 제곱 광년 이내에서 최고의 (아마 유일한) 재즈 밴드도 있었기 때문이다. 존슨 병장의 트럼펫이 리드하는 이 밴드는 찬미가나 재즈를 부드럽고 달콤하게, 경우에 따라서는 강철 격벽을 찢어발길 듯이 시끄럽게 연주했다. 이미 프로그램된 궤도 계산을 무시하고 감행되었던 그 당당한(masterful)(아니, 세련된(mistressful)이라고 하는 편이 옳을지도 모르겠다.) 철수 랑데부가 이루어진 후, 소대의 대장장이인 아치 캠벨 일병은 함장을 위해 로저 영의 모형을 만들었고, 그 받침쇠에 다음과 같은 글귀와 함께 우리들 모두의 서명을 조각했다.

> 대담무쌍한 조종사 이베트 델라드리에 함장에게 바친다. 라스차크의 깡패들의 감사를 담아서.

그리고 우리는 그녀를 만찬에 초대했고, 식사 중에는 라프넥스 다운비트 콤보가 음악을 연주했다. 그리고, 최연소 일병이 이 기념품을 그녀에게 바쳤다. 그녀는 눈물을 머금고 그의 뺨에 키스했고, 그다음에는 젤리에게도 키스해서 그의 얼굴을 자주빛으로 만들어 놓았다.

작대기 하나를 더 단 후 나는 어떻게 해서라도 에이스와 결판을 봐야 했다. 젤리가 나를 그대로 반장보 자리에 놓아두었기 때문이다. 이건 모양새가 좋지 않다. 모든 병사는 순서대로 진급해야 한다. 병장 근무 상병의 부분대장에서 직접 병장 계급의 반장보 자리로 올라가기 전에, 나는 분대장으로 진급했어야 했다. 물론 젤리는 이 사실을 알고 있었지만, 그가 우리 소대를 가급적 소위님이 살아 있었을 때와 똑같이 편성하고 싶어 한다는 사실을 나는 완전히 이해하고 있었다. 그러기 위해서는 분대장과 반장들을 예전대로 놓아 둘 필요가 있었던 것이다.

그러나 이것은 내게 골치 아픈 문제를 안겨 주었다. 내 밑에서 분대장 노릇을 하는 세 명의 병장은 모두 나보다 선임이었기 때문이다. 만약 다음 강하에서 반장인 존슨 하사가 전사라도 한다면, 우리는 뛰어난 솜씨를 가진 요리사를 잃을 뿐만 아니라, 다음부터는 내가 그 반을 지휘해야 한다. 명령을 내릴 때는, 특히 전투 시에는 조금이라도 미심쩍은 구석이 있어서는 안 된다. 따라서 나는 다음 강하 전에 그럴 가능성을 완전히 없앨 필요가 있었다.

문제는 에이스였다. 그는 세 분대장들 중 최선임일 뿐만 아니라 직업 하사관이기도 했고, 나보다 더 나이가 많았다. 만약 에이스가 나를 받아들인다면, 다른 두 분대장들과는 아무런 문제도 생기지 않을 것이다.

모함에 승선한 후로 그와는 아무런 문제도 없었다. 플로레스를 함께 구출한 후 그는 내게 충분히 예의바른 태도를 보였다. 그러나 우리들 사이에 무슨 문제가 생길 여지가 없었다는 것도 사실이다. 함내의 일과에서는 틀에 박힌 점호와 위병 교대를 제외하면 서로 얼굴을 맞댈 기회가 없었던 것이다. 그러나 그걸 느낄 수는 있었다. 에이스는 나를 명령을 내리는 상관으로 간주하고 있지 않았다.

그래서 나는 비번일 때 에이스를 찾아갔다. 그는 자기 침상에 드러누워서 책을 읽고 있었다. 『은하계의 우주 유격대』라는 책이었다. 이건 재미있는 소설이긴 하지만, 군부대가 그렇게 수많은 모험을 하면서도 거의 실패라곤 하지 않는다는 사실은 수긍하기 힘들다. 어쨌든 모함에는 훌륭한 도서실이 있었다.

"에이스, 좀 할 말이 있어."

그가 고개를 들었다.

"그래? 난 지금 이 배에 없어. 비번이니까 말이야."

"지금 할 말이 있단 말이야. 책을 내려놔."

"도대체 뭐가 그렇게 급하단 말이지? 지금 읽고 있는 데를 다 읽고 나서……."

"그게 뭐 그렇게 중요하지, 에이스? 지금 꼭 읽어야겠다면, 책 결말을 미리 얘기해 줄까?"

"그런 짓을 하면 때려눕히겠어."

그러나 에이스는 책을 내려놓은 후 일어서서 내 말을 들었다.

"에이스, 우리 반 편성에 관해선데…… 넌 나보다 선임이니까, 반장보는 네가 되어야 해."

"오, 또 그 얘기군!"

"그래. 너와 내가 존슨한테 가서, 젤리에게 그걸 상신해 달라고 하는 게 제일 좋은 방법이야."

"정말 그렇게 생각하나?"

"그래, 그렇게 생각해. 그렇게 하는 게 옳아."

"그래? 이봐, 꼬마, 이 자리에서 확실하게 얘기해 주지. 난 너한테 전혀 악감정이 없어. 우리가 디지를 구출해 냈을 때 네가 잘해 냈다는 것도 인정하고. 그랬던 건 사실이니까 말이야. 하지만 분대장이 되고 싶거든 네가 직접 네 분대를 만들어. 내 분대에 눈독을 들이는 대신 말이야. 내 부하들은 너를 위해 감자 껍질도 벗겨 주지 않을걸."

"그렇게 결심한 거야?"

"언제 물어봐도 마찬가질걸."

나는 한숨을 쉬었다.

"아마 이렇게 될 거라고 생각하고 있었어. 하지만 확인해 볼 필요가 있었어. 그럼 하나는 확실해졌군. 하지만 나한테 아이디어가 하나 있어. 아까 보니까 세면실을 청소할 필요가 있더군…… 그래서 너와 내가 가서 그러면 어떨까 하는 생각을 했어. 그러니까 책을 내려놓으라고…… 셸리가 말했듯이, 하사관에겐 비번이란 없으니까 말이야."

에이스는 그 즉시 반응하지는 않았다. 단지 조용한 목소리로 이렇게 말했을 뿐이었다.

"정말로 그럴 필요가 있다고 생각하나, 꼬마? 아까 말한 것처럼 너한텐 전혀 악감정이 없어."

"아마 그렇겠지."

"내가 그럴 수 있을 것 같아?"

"적어도 시도해 볼 수는 있겠지."

"좋아. 그럼 그렇게 하기로 하지."

우리는 고물 쪽에 있는 세면실에 갔고, 별로 필요해 보이지도 않은데 샤워를 하려던 일병을 쫓아낸 후 문을 잠갔다.

에이스가 말했다.

"뭔가 제한 조건은 없나, 꼬마?"

"흐음…… 널 죽일 생각은 없어."

"그래. 그리고 뼈를 부러뜨리지도 않기야. 다음 강하에 차질이 생기면 안 되니까. 물론 우연히 그렇게 되는 것은 어쩔 수 없지만. 이걸로 됐나?"

"됐어."

나는 동의했다.

"아, 잠깐 셔츠를 벗겠어."

"피가 묻으면 안 되니까 말이야."

에이스는 이렇게 대꾸하고 긴장을 풀었다. 나는 셔츠를 벗기 시작했다. 그러자마자 에이스가 내 무릎을 찼다. 준비 동작이 없는 완전한 기습이었다.

그러나 내 무릎은 이미 그 자리에 없었다. 훈련은 나도 받았다.

진짜 싸움은 보통 1~2초밖에 걸리지 않는다. 한 사내를 죽이거나, 기절시키거나, 혹은 싸울 수 없도록 무력화하는 데는 그 정도 시간으로도 충분하다. 그러나 우리는 영속적인 상처를 서로에게 입히지 않기로 약속했다. 그 탓에 사정이 좀 달라졌다. 우리는 모두 젊었고, 컨디션은 최고인 데다가 고도의 훈련을 받고 있었고, 육체적 고통을 견디는 일에도 익숙해져 있었다. 에이스는 나보다 몸집이 더 컸지만, 내가 그보다 조금 빠른 듯했다. 그런 조건하에서는 둘 중 하나가 더 이상 움직일 수 없을 정도로 타격을 받을 때까지 이 한심한 짓을 계속하는 수밖에 없다. 우연히 행운의 일격이 나오는 경우를 제외하고 말이다. 그러나 우리 두 사람 모두 행운의 일격 따위를 허용하지는 않았다. 우리는 프로였고, 신중했으므로.

그래서 길고 지루하며 괴로운 시간이 계속되었다. 세부 사항을 설명하는 것은 무의미하다. 게다가 노트에 일일이 기록하고 있을 시간 따위는 없었다.

오랜 시간이 지난 후 나는 세면실 바닥에 뻗어 있었고, 에이스는 내 얼굴에 물을 뿌리고 있었다. 에이스는 나를 바라보더니 내 몸을 억지로 일으켜 세운 다음 격벽에 밀어붙이고 말했다.

"날 쳐!"

"응?"

나는 멍한 상태였고, 눈앞이 이중으로 보였다.

"조니…… 날 갈겨."

에이스의 얼굴이 내 눈앞의 공중에 떠 있다. 나는 목표를 겨냥했고, 온몸의 힘을 쥐어짜서 그 어떤 병든 모기라도 때려잡을 수 있을 정도의 위력이 담긴 펀치로 눈앞의 얼굴을 갈겼다. 에이스의 눈이 감겼다. 그는 바닥에 쓰러졌다. 덩달아 쓰러지지 않기 위해 나는 기둥을 붙잡아야 했다.

에이스는 천천히 일어났다.

"오케이, 조니."

그가 머리를 흔들며 말했다.

"잘 알겠어. 더 이상 건방진 말대답을 듣는 일은 없을 거야…… 우리 반의 누구한테서도 말이야. 이걸로 됐지?"

나는 고개를 끄덕였다. 머리가 지끈거렸다.

"악수할까?"

그가 물었다.

우리는 악수했다. 손도 아팠다.

우리 부대는 전쟁터 한복판에 있었다. 그럼에도 불구하고 전황에 관해서는 거의 모든 사람들이 우리보다 더 많이 알고 있었다. 이때는 갈비씨들을 통해 지구의 위치를 알아낸 거미들이 지구를 습격해서 부에노스아이레스를 궤멸시키고 '국지적 분쟁'을 전면전쟁으로 만들었던 시기였다. 그러나 우리가 군비를 확충했던 시기, 그리고 갈비씨들이 우리 편으로 돌아서서 공동 참전국(사실상의 동맹국)이 되기 전이었다. 지구를 지키기 위해 달에서 어느 정도 유효한 저지선을 펼치기는 했지만(우리는 그것을 모르고 있었다.), 대체로 말해서 지구 연방은 전쟁에 지고 있었다.

우리는 그 사실에 관해서도 아는 바가 없었다. 그리고 지구 연방에 적대적인 이 동맹을 전복시키고 갈비씨들을 우리 편으로 돌아서게 하려는 비밀 공작이 집요하게 전개 중이라는 사실도 몰랐다. 우리에게 주어진 정보 중 그나마 가장 근접해 있었던 것은 플로레스가 전사했던 기습 작전이 실행되기 직전에 들었던 지시, 즉 갈비씨들에게 너무 심한 피해를 주지는 말라는 지시였다. 시설은 가능한 한 많이 파괴해야 했지만, 피할 수 없는 경우를 제외하면 주민을 죽이지는 말라는 명령을 받았던 것이다.

포로가 되더라도 모르는 일을 실토할 수는 없다. 약물도, 고문도, 세뇌도, 끝없는 불면을 강요받더라도 원래 가지고 있지 않은 비밀을 쥐어짜는 것은 불가능하다. 그래서 우리는 전술상 알 필요가 있는 사실만을 하달받았던 것이다. 과거에는 수많은 군대가 자기들이 싸우는 목적이나 이유를 몰랐기 때문에 붕괴하고, 전쟁을 포기했다고 한다. 그러나 기동보병에게는 이런 약점이 없다. 우선 우리들 모두가 지원병이다. 그 지원 동기가 좋든 나쁘든 간에 말이다. 그러나 이제는 기동보병이기 때문에 싸운다. 우리는 군인 정신을 가진 프로이므로. 우리는 라스차크의 깡패들이고, 소수 정예로 이루어진 기동보병에서도 최정예 부대였다. 우리가 캡슐에 올라타는 이유는 젤리가 그럴 시간이 되었다고 우리들에게 말하기 때문이고, 강하한 뒤 싸우는 이유는 그것이 라스차크의 깡패들이 하는 일이기 때문이다.

우리는 아군이 지고 있다는 사실을 전혀 모르고 있었다.

거미들은 알을 낳는다. 그냥 낳는 것이 아니라, 그것들을 저장하고, 필요에 따라 부화시킨다. 만약 우리가 군대거미를 한 마리, 혹은 천 마리, 만 마리를 죽였다고 치자. 그러면 우리가 기지에 돌아가기도 전에 이미 그것을 대신할 거미들이 부화해서 전임자의 임무를 이어받는 식이다. 원한다면 이런 광경을 머리에 떠올려도 좋다. 거미의 개체 수 조정 담당자가 밑에 있는 누군가에게 전화를 거는 장면을. "조, 군대거미를 만 마리 부화시켜 줘. 수요일에는 쓸 수 있게 말이야…… 그리고 기술자한테 예비 부화기 N, O, P, Q 하고 R을 가동시키라고 해. 요즘 주문이 계속 늘어나고 있거든."

정말로 이런 식이라고는 할 수 없겠지만, 결과는 같았다. 하지만 놈들이 흰개미나 개미처럼 순전히 본능적으로만 행동한다고 생각하는 잘못을 저지르면 안 된다. 놈들의 행동은 우리와 같을 정도로 지적이었고(멍청한 종족은 우주선을 건조하거나 하지는 않는다.) 협조성은 훨씬 더 우수했다. 신병 하나를 훈련하고, 전우들과 협동해서 싸우는 방법을 가르치려면 최소한 1년이 걸린다. 그러나 군대거미는 부화 시에 이미 그럴 준비가 되어 있는 것이다.

우리가 기동보병 한 사람을 희생하고 거미 천 마리를 죽였을 경우, 전체적으로 보면 이것은 거미의 승리이다. 완전한 공산주의가, 진화를 통해 그것을 이룩한 종족에 의해 쓰였을 경우 얼마나 효과적일 수 있는지를 우리는 비싼 대가를 치루며 배우고 있었다. 거미족 인민위원들은 군대거미를 소비하는 행위를 우리가 탄약을 소비하는 것만큼도 중요하게 여기지 않는다. 아마 우리는 중국 헤게모니가 노-영-미 연합에 입힌 타격을 생각하고 이런 일들을 예견할 수 있었을지도 모른다. 이런 '역사적 교훈'의 단점은 보통 호되게 당한 직후에야 그 사실에서 뭔가를 배울 생각을 한다는 점이지만.

그러나 우리는 배우고 있었다. 거미들과 전투를 벌일 때마다 기술적인 지시와 새로운 전술 교리가 고안되었고, 전 함대에 하달되었다. 우리는 군대거미와 일거미를 구별하는 법을 배웠다. 그럴 여유가 있다면 등딱지 모양을 보고 판단할 수 있지만, 재빨리 판단하는 방법은 다음과 같다. 돌진해 온다면 그것은 군대거미이고, 도망친다면 등을 돌려도 안전하다. 우리는 군대거미에 대해서조차 자위상 피치 못할 경우를 제외하곤 탄약을 아끼는 법을 배웠다. 그 대신 우리는 놈들의 둥우리를 공격했다. 구멍을 찾아내서 우선 가스탄을 던진다. 가스탄은 몇 초 후에 천천히 폭발해서 기름 같은 액체를 흘리고, 곧 기화해서 거미용으로 특별 제작된 신경가스를 분출한다. 이 가스는 우리들에게는 아무런 해가 없었고, 공기보다 더 무거웠기 때문에 계속 지하로 내려가는 성질이 있었다. 그다음에는 고성능 작약이 가득 찬 두 번째 수류탄을 던져서 구멍을 막아 버리면 된다.

가스가 여왕거미를 죽일 수 있을 정도로 깊게 침투하는지의 여부는 아직도 알 수 없다. 그러나 우리는 거미들이 이 전술을 싫어한다는 것을 발견했다. 아군의 정보부가 거미들에 관해서 갈비씨들을 통해 얻은 정보를 통해 이 부분만은 확신할 수 있었다. 게다가 우리는 이 방법으로 셰올 행성에 있던 놈들의 식민지를 완전히 일소해 버렸다. 놈들이 여왕거미와 두뇌거미들을 피신시켰을 가능성도 있었다……. 그러나 적어도 우리는 놈들에게 피해를 주는 방법을 익히고 있었다.

그러나 '깡패들'에 한정해서 말하자면, 이러한 가스 공격은 훈련이나 마찬가지였고, 명령받은 순서대로 신속하게 시행해야 할 사항에 불과했다.

얼마 후 우리는 캡슐을 보급하기 위해 생추어리로 되돌아와야 했다. 캡슐은 소모품이고(그건 우리도 마찬가지지만) 그것이 떨어지면 기지로 귀환해야 한다. 설령 체렌코프 구동장치에 은하계를 두 번 돌 수 있는 여유가 있다고 해도 말이다. 그보다 조금 전에 라스차크의 후임으로 젤리가 소위로 야전 임관되었음을 고하는 전보가 도착했다. 젤리는 이 일을 조용히 덮어 두려고 했지만, 델라드리에 함장은 그 사실을 고시한 후 젤리에게 선수(船首) 식당에서 다른 장교들과 함께 식사할 것을 요구했다. 그래도 젤리는 그 이외의 시간 전부를 고물 쪽에서 보냈다.

그러나 그 당시 우리는 소대장인 젤리의 지휘하에 몇 번이나 강하를 경험하고 있었고, 소대는 소위님 없이 출격하는 일에도 익숙해져 있었다. 그 일을 생각하면 아직도 가슴이 아팠지만, 이미 습관이 되어 있었던 것이다. 젤랄이 장교로 임관된 후 우리 사이에서는 우리도 다른 부대와 마찬가지로 지휘관의 이름을 딴 소대명을 생각할 때가 되지 않았는가 하는 의견이 나오고 있었다.

최선임 하사관인 존슨이 젤리에게 그 제안을 하러 갔다. 그는 용기를 북돋으려고 나를 대동하고 갔다.

"뭐야?"

젤리가 그르렁거리듯이 말했다.

"어, 상사…… 아니, 소위님, 우리가 생각하기로는……."

"뭘 말이야?"

"그러니까, 모두 함께 의논해 봤는데…… 우리 소대를 이렇게 부르면 어떻겠는가 하는 의견이 나왔습니다. '젤리의 재규어들'이라고 말입니다."

"그렇게들 생각하고 있나, 어? 그 이름이 좋다는 놈들은 몇 명인가?"

"전원입니다."

존슨은 간단하게 말했다.

"그래? 쉰두 명이 찬성이고…… 반대는 한 명이군. 그러니까 부결이야."

이 일이 있고 난 후 얼마 안 돼서 우리는 생추어리의 궤도를 돌고 있었다. 나는 그 사실을 기뻐했다. 함내의 의사(擬似) 중력이 거의 이틀 동안이나 꺼져 있었고, 기관장이 그걸 수리하는 사이 우리는 내가 제일 싫어하는 자유 낙하 상태에 놓여졌기 때문이다. 나는 절대로 진짜 우주비행사가 될 수 있을 것 같지는 않다. 발로 단단한 땅을 딛고 있는 편이 훨씬 좋으니까 말이다. 소대는 열흘간의 R&R(전투병을 위한 휴식 및 오락 — 옮긴이)을 얻었고, 기지의 숙소를 배정받았다.

나는 생추어리의 좌표도, 진짜 이름도, 그 행성이 공전하는 항성의 카탈로그 번호도 전혀 몰랐다. 모르는 것을 실토할 수는 없기 때문이다. 그 행성의 위치는 최고 기밀 사항이었고, 군함의 함장과 조종사들만 그것을 알고 있었다……. 그리고 내가 알기로는 그들 모두가 포로가 될 경우 자살하라는 최면암시를 받고 있었다. 그러니까 나는 알고 싶지 않았다. 달 기지를 탈취당하고 지구 자체를 점령당할 가능성이 있는 이상, 연방은 최악의 경우에도 항복하는 일이 없도록 가능한 한 생추어리를 강화하려고 하고 있었다.

그러나 나는 그것이 어떤 장소인지는 말해 줄 수 있다. 지구와 똑같지만, 발달이 지체된 곳이었다.

글자 그대로 지체였다. 열 살이나 됐는데도 겨우 '바이바이'만 할 줄 알고, 술래잡기도 제대로 할 줄 모르는 지진아 같다고나 할까. 두 개의 행성이 닮을 수 있다면 생추어리만큼 지구를 닮은 행성도 없었고, 행성학자들에 의하면 서로 같은 연령이라고 한다. 게다가 천체물리학자들은 그 항성이 지구의 태양과 같은 연령에 같은 타입이라고 했다. 식물상도 동물상도 풍부했고, 대기가 지구와 별반 차이가 없었으며, 날씨도 지구와 거의 똑같았다. 게다가 그것은 알맞은 크기의 달까지 가지고 있었기 때문에 지구 특유의 간만 작용도 존재했다.

이 모든 장점에도 불구하고 이 행성은 아직도 출발점에서 제대로 벗어나지도 못하고 있었다. 이곳에서는 돌연변이가 거의 일어나지 않기 때문이다. 즉, 지구처럼 고도의 자연 방사능을 향유하지 못했다.

행성의 전형적인, 가장 고도로 진화한 식물은 매우 원시적인 거대 양치류였고, 최고로 발달한 동물이라고 해 봐야 아직 군체(群體)를 만드는 수준에도 도달하지 못한 원시적인 곤충에 불과했다. 지구에서 들여온 식물상이나 동물상은 예외였다. 우리 생물들은 토착생물들을 제치고 번영하고 있었다.

방사능의 결여와 그것에 수반되는 불건강할 정도로 낮은 돌연변이율 때문에 행성의 진화 과정은 거의 제로에 가까운 수준까지 억압되어 있었다. 따라서 이곳의 토착생물들에게는 진화할 기회도 거의 없고, 다른 생물과 경쟁할 만한 태세를 갖추지도 못했다는 얘기가 된다. 그들의 유전자 패턴은 상대적으로 긴 기간 동안 고정된 채였고, 적응력을 갖추지 않았다. 마치 좋은 패를 받을 희망도 없는 상태에서 영겁에 가까운 세월 동안 똑같은 브리지 패를 가지고 게임을 되풀이하는 것이나 마찬가지였다.

토착생물들끼리 경합하는 한 이것은 그리 큰 문제가 되지 않는다. 저능아끼리 서로 경쟁하는 것이나 마찬가지였으니까 말이다. 그러나 높은 방사능과 치열한 생존경쟁을 경험해 온 종(種)이 이입될 경우 토착생물들은 상대가 되지 않는다.

지금까지 말한 것들은 고등학교 수준의 생물학만으로도 충분히 이해할 수 있는 것이다……. 그러나 이 얘기를 해 준, 이마가 튀어나온 연구소의 사내는 내가 지금까지 생각해 본 적도 없는 점을 하나 지적했다.

생추어리로 이주한 인류는 어떻게 되는 것일까?

나 같은 단기 체류자가 아니라, 이곳에서 사는 이주자들 말이다. 그중 다수가 이곳에서 태어났고, 그 자손들은 이곳에서 살 것이고, 미래에도 수십 세대에 걸쳐 이곳에 살아갈 것이다. 그럼 이들의 자손은 어떻게 되는 것일까? 방사능에 노출되지 않아도 인간은 아무런 해도 받지 않는다. 사실, 약간 더 안전하다고 할 수 있을지도 모른다. 백혈병과 어떤 종류의 암은 이곳에서는 거의 존재하지 않는다. 게다가 이주자들은 경제적으로 완전히 유리한 위치에 있었다. 여기서는 밭에 (지구의) 밀을 심으면, 잡초를 뽑을 필요조차 없다. 지구의 밀이 모든 토착 식물을 구축해 버리기 때문이다.

그러나 이주자들의 후손들은 진화하지 않는다. 설사 진화한다고 해도 실질적으로는 그러지 않는 것과 마찬가지이다. 그 연구소의 사내가 내게 설명해 준 바에 따르면 다른 원인, 이를테면 이민에 의한 새로운 혈통의 도입과, 그들이 이미 가지고 있는 유전자 패턴끼리의 자연 도태 따위를 통해 약간은 이런 상황을 개선할 수 있다고 한다. 그러나 지구나 다른 행성의 진화율과 비교하면 그 효과는 실로 미미하다. 그럼 나중에는 어떤 일이 일어나는 것일까? 이곳 주민들이 현재 상태로 동결되어 있는 사이에 나머지 인류가 그들을 추월해 버리고, 결국 이들은 결국 우주선에 탄 피테칸트로푸스처럼 살아 있는 화석이 되는 것일까?

아니면 후손들의 운명을 우려한 나머지 정기적으로 X선을 조사(照射)받거나, 매년 계획적으로 대량의 오염도가 높은 핵폭발을 일으켜서 행성 대기에 방사성 낙진을 저장하려고 할까?(물론 후손들에게 돌연변이를 촉진하는 적절한 유전적 인자를 공급하기 위해 직접적인 방사능에 노출될 위험을 받아들인다면 말이지만.)

그러나 연구소의 사내는 이들이 아마 아무런 수단도 강구하지 않을 것이라고 예언했다. 인류는 먼 미래 세대를 걱정해 주기에는 너무나도 개인주의적이며 자기중심적이고, 방사능의 부족에서 비롯된 미래 세대의 유전적

결핍을 걱정한다는 행위 자체가 대부분 사람에게는 아예 불가능한 일이기 때문이란다. 게다가 너무나도 먼 미래에나 일어날 일이지 않은가. 진화는 지구상에서도 극히 완만하게 진행되고, 새로운 종의 발달은 몇만 년에 걸쳐서 이루어진다.

이것을 어떻게 생각해야 할지 나는 잘 모르겠다. 나 자신 앞으로 무슨 일을 해야 할지 모를 때가 다반사인데, 생면부지의 사람들이 세운 식민지가 앞으로 무슨 일을 할지 내가 어떻게 예견할 수 있단 말인가? 그러나 한 가지만은 확실하다. 생추어리는 우리, 아니면 거미들에 의해 완전히 식민화될 것이다. 아니면 다른 누군가에 의해서. 생추어리는 유토피아가 될 가능성을 가지고 있었다. 이 행성이 은하계 우주의 이 구석에는 거의 없는 이상적인 부동산인 점을 고려한다면, 지배자가 되는 데 실패한 원시적인 토착 생명의 소유물로 남아 있을 리가 없다.

이미 이곳은 실로 즐거운 장소였고, 며칠간의 R&R을 만끽하려면 지구의 어떤 장소보다도 훨씬 더 나았다. 게다가 이곳에는 100만 명 이상의 민간인이 살고 있었고, 이들은 민간인치고는 나쁘지 않았다. 그들은 지금이 전시라는 사실을 알고 있었으니까. 민간인의 반 이상이 군 기지나 군수 공장에서 일하고 있었다. 이유야 어쨌든 간에 그들은 군복을 존중했고 그것을 입은 사람들에게 적의를 느끼거나 하지는 않았다. 사실은 정반대였다. 만약 기동보병이 어떤 상점으로 들어가면, 상점 주인은 그를 '서(sir)'라고 부른다. 그것도 진심으로. 그러면서 아무 쓸모도 없는 물건을 가능한 한 비싼 가격으로 팔려고 한다.

그건 그렇다고 치고, 이곳이 즐거운 첫 번째 이유는 이 민간인들의 반수가 여성이기 때문이다.

이 사실을 적절히 음미하기 위해서는 긴 작전에 나가 볼 필요가 있다. 우주선에서 예의 보조 근무가 있는 날을 고대하며 기다려 본 경험이 있어야 한다는 얘기다. 엿새에 단 두 시간, 등을 30호 격벽에 바싹 갖다 대고, 단지 여자 목소리만이라도 듣기 위해 귀를 기울이는 광경을 상상해 보라. 사실 우리 입장에서는 남자들만이 타고 있는 배 쪽이 더 편할지도 모르겠다……. 그래도 나는 로저 영 쪽을 택하겠다. 우리가 싸우는 궁극적인 이유가 단지 상상의 산물이 아니라 실제로 존재한다는 사실을 알 수 있다는 것은 좋은 일이니까.

이들 민간인의 멋진 50퍼센트 말고도, 생추어리에 있는 연방군의 약 40퍼센트는 여성이다. 그리고 이들을 모두 합치면 지금까지 탐사된 우주에서 가장 아름다운 풍경이 출현한다.

이런 탁월한 자연 그대로의 이점은 접어 두고라도, 병사들이 모처럼의 R&R을 헛되이 쓰지 않을 것을 목적으로 한 인위적인 배려도 많았다. 대부분의 민간인들은 직업을 두 가지 가지고 있는 것 같았다. 그들은 눈 밑이 거뭇해질 정도로 밤을 새워 가며 병사들의 휴가를 즐겁게 하기 위해 노력한다. 기지와 도시를 잇는 처칠 로(路) 양쪽에는 병사들이 어차피 따로 쓸 데도 없는 돈을 아무런 고통도 느끼지 않고 쓸 수 있도록 음식, 오락, 음악을 갖춘 위락 시설이 잔뜩 늘어서 있었다.

만약 당신이 이 함정을 무사히 통과했다고 해도(물론 가진 돈 전부를 다 날려 버리거나 했겠지만) 도시에는 그것들과 거의 같을 정도로 만족스러운(즉, 그곳에도 여자애들이 있다.) 여러 장소가 있다. 친절한 일반 시민들이 무료로 제공해 주는 곳이다. 밴쿠버의 사교 센터와 마찬가지이지만, 우리는 훨씬 더 환영받는다.

생추어리, 특히 우리가 지금 있는 도시인 에스프리투 산토는 더할 나위 없이 이상적인 장소로 생각됐고, 나는 복무 기간이 끝나면 이곳에서 전역을 신청할까 하는 공상에 종종 빠지곤 했다. 결국 나는 2만 5000년 후의 내 자손이(만약 생긴다면 말이지만) 다른 사람들처럼 긴 녹색 촉수를 가지고 있든, 아니면 조상인 나한테 주어진 것들만 갖추고 있든 개의치 않았던 것이다. 예의 연구소에서 일하고 있는 교수 타입의 사내가 한 방사능 전무 운운하는 말도 내게 겁을 주지는 못했다. 내 주위를 둘러보고 하는 말인데, 인류는 어차피 궁극적인 정점에 도달했다는 인상을 받았기 때문이다.

물론 신사 흑멧돼지가 숙녀 흑멧돼지에 대해 같은 감정을 가질 것이라는 점에는 의심의 여지가 없다. 게다가 그럴 경우, 나나 신사 흑멧돼지 모두 진심이라는 점에도 의심의 여지가 없다.

이곳에서는 다른 종류의 오락을 즐길 기회도 있었다. 특히 어느 날 저녁, 우리 라스차크의 깡패들이 옆 테이블에 앉아 있었던 해군 병사들과('로저 영'의 승무원은 아니었다.) 친밀한 토론을 시작했을 때의 즐거운 기억은 잊을 수 없다. 그 토론이 활발해지고 약간 시끄러워지면서 우리들이 본격적인 반박을 시작하고 있었을 때, 기지의 헌병들이 들어와서 스턴건을 쏘며 우리들을 떼어 놓았던 것이다. 우리는 가구 대금을 치러야 했지만, 그것 말고는 별문제는 생기지 않았다. 기지 사령관은 휴가 중인 병사가 '서른한 가지의 대죄' 중 하나를 위반하지 않는 한 약간의 자유는 인정해도 좋다는 견해를 가지고 있었기 때문이다.

군인용 숙소도 나쁘지 않았다. 호화롭지는 않았지만 충분히 쾌적했고, 민간인이 전담하는 식당은 25시간 동안 계속 열려 있었다. 기상나팔도, 소등 시간도 없었다. 사실, 진짜 휴가 중이기 때문에 군대 막사에서 잘 필요는 전혀 없었던 것이다. 그러나 나는 막사 쪽을 택했다. 청결하고 부드러운 침대가 무료로 제공되고, 지금까지 모인 봉급을 훨씬 유효적절하게 쓰는 방법이 있는데도, 호텔 같은 곳에서 잔다는 것은 터무니없는 바보짓이라고 생각됐기 때문이다. 매일 여분으로 한 시간이 있다는 사실도 좋았다. 하루 아홉 시간을 뺀다고 하더라도, 낮 시간은 고스란히 남아 있었다. 나는 벌레 둥우리 작전 이래 부족했던 잠을 되찾기로 했다.

막사는 호텔이나 마찬가지였다. 에이스와 나는 하사관용 막사의 한 방을 둘이서만 점령하고 있었다. 유감이지만 이제 R&R도 거의 끝나 가던 어느 날 아침(실제로는 현지 시간의 정오에 가까웠지만)에 내가 침대 위에서 돌아누웠을 때 에이스가 와서 침대를 흔들었다.

"기상해! 거미들의 습격이야!"

나는 그에게 내가 거미들을 어떻게 생각하고 있는지를 말해 주었다. 그러나 에이스는 끈질기게 말했다.

"밖에 나가자니까."

"빈털터리야."

나는 전날 밤 연구소의 화학자(물론 여성이었고, 실로 매력적이었다.)와 데이트를 했다. 그녀는 명왕성에서 칼을 만났고, 칼은 내가 생추어리에 가는 일이 있으면 그녀를 만나 보라고 편지에 쓴 적이 있었다. 날씬하고 빨간머리에, 취향이 고급스러운 여성이었다. 칼은 아무래도 내가 필요 이상으로 돈을 가지고 있다고 그녀가 믿게 한 것 같았다. 어젯밤 현지의 샴페인을 처음으로 맛볼 기회가 왔다고 그녀가 혼자서 결정해 버린 걸 보면. 칼의 체면을 세워 주기 위해서라도 군인의 봉급밖에는 가지고 있지 않다는 사실을 실토하거나 하지는 않았다. 나는 그녀를 위해 그 샴페인을 주문했고, 그사이에 신선한 파인애플 스쿼시라는 것(사실이 아니었다.)을 마셨다. 결국 나는 걸어서 돌아와야 했다. 택시는 공짜가 아니다. 그래도 그럴 만한 가치는 있었다. 어쨌든 돈 따위가 뭐 그렇게 중요하단 말인가. 물론 그것이 거미의 돈일 경우에 한해서지만.

에이스가 대답했다.

"괜찮아. 돈이라면 나한테 맡겨. 어젯밤 재수가 좋았으니까. 확률이 뭔지 모르는 해군 친구를 만났거든."

그래서 나는 일어나서 수염을 깎고 샤워를 했다. 그다음에는 식당으로 가서 줄을 섰다. 달걀 대여섯 개에 감자, 햄, 핫케이크 등등을 먹은 후, 주전부리를 하기 위해 밖으로 나갔다. 처칠 로를 걸어가다가 꽤 더워서 에이스는 술집으로 들어갔다. 나도 따라 들어가서 그곳의 파인애플 스쿼시가 진짜인지를 시험해 보기로 했다. 역시나 아니었지만, 적어도 차가웠던 것은 사실이었다. 모든 것을 손에 넣을 수는 없는 법이다.

우리는 잡담을 나눴고, 에이스는 한 잔을 더 주문했다. 나는 그곳의 딸기 스쿼시를 시도해 보았다. 역시 마찬가지였다. 에이스는 자기 컵 속을 들여다보고 있다가 입을 열었다.

"장교가 될 생각을 해 본 적 없어?"

"내가? 제정신으로 하는 소리야?"

"아냐. 조니, 이 전쟁은 상당히 오랫동안 계속될 것 같아. 고향에서 무슨 선전을 하건 간에, 너와 나는 거미들이 아직 그만둘 생각은 전혀 하지 않고 있다는 걸 잘 알고 있어. 그렇다면 왜 장래의 계획을 세우지 않는 거지? 이런 말이 있잖아. 어차피 밴드에 들어간다면, 커다란 북을 들고 다니는 것보다 앞줄에서 작대기를 흔드는 쪽이 낫다고 말이야."

나는 갑자기 화제가 바뀌고, 그것도 에이스가 그런 말을 했다는 사실에 놀라 어안이 벙벙해 있었다.

"그럼 넌 어때? 장교가 될 생각이 있어?"

"내가? 엉뚱한 소리 하지 마. 번지수가 틀렸어. 난 충분한 교육도 받지 않았고, 너보다 열 살이나 위란 걸 잊었나? 하지만 넌 사관학교의 입학시험을 치를 수 있을 정도의 학력이고, IQ도 수준 이상이야. 만약 네가 직업 군인이 될 것을 지원한다면, 나보다 먼저 하사로 진급할 거라고 보증할 수 있어…… 그리고 그다음 날 사관학교로 파견되는 거지."

"드디어 완전히 돌아 버렸군!"

"선임 말을 들어. 이런 말은 하고 싶지 않지만, 넌 정말 멍청하고 열성적인 데다가 성의에 가득 차 있기 때문에, 부하들이 물불을 가리지 않고 뒤를 따르는 종류의 장교가 될 소질이 있어. 하지만 나는…… 그렇군, 타고난 하사관이고, 너 같은 작자들의 열의를 식히는 데 적당한 비관적 태도의 소유자이기도 하지. 언젠가 나는 갈매기를 달고…… 20년의 복무 기간을 마치고 전역한 뒤에는 이미 준비된 직업을 얻을 거야. 아마 경관이 되겠지. 그리고 나와 엇비슷하게 취미가 안 좋은 살찌고 멋진 여편네와 결혼해서, 스포츠를 관람하거나 낚시를 하면서 유쾌하게 늙어 가는 거야."

에이스는 목을 축이기 위해 말을 멈췄다.

"하지만 넌…… 넌 계속 군대에 남아서 아마 상당히 높은 계급까지 진급한 뒤에, 화려하게 전사해 버릴지도 모르지. 그럼 난 그걸 신문에서 읽고 '난 이 녀석을 알고 있었어. 돈까지 빌려 준 적이 있다고, 병장 시절 우린 친구였어'라고 할 수 있는 거야. 어때?"

나는 천천히 말했다.

"그런 생각은 한 번도 해 본 적이 없었어. 그냥 복무 기간만 마칠 작정이었어."

에이스는 쓴웃음을 지었다.

"지원병이 오늘 만기 전역하는 걸 보기라도 했나? 설마 2년만으로 끝날 거라고 생각하는 건 아니겠지?"

에이스의 말에도 일리가 있었다. 전쟁이 계속되는 한 '복무 기간'은 끝나지 않는다. 적어도 캡슐 강하병에게는 말이다. 적어도 지금은 태도의 차이에 불과했다. 우리들 중 '한시적'인 지원병들은 적어도 단기 근무병인 것처럼 느낄 수 있었고, "이 빌어먹을 전쟁이 끝날 때는" 하는 식으로 말할 수 있었던 것이다. 장기 근속자들은 그런 말을 하지 않는다. 전역하거나, 전사라도 하지 않는 한 군대에 계속 남아 있어야 했으니까.

한편, 우리들도 그 점에선 마찬가지였다. 그러나 '말뚝을 박고' 나서 20년의 복무 기간을 채우지 않는다면…… 즉, 더 이상 머물고 싶지 않다는 사내를 군대는 막지 않지만, 선거권 취득에 관해서는 엄한 제한 규정이 적용된다.

나는 시인했다.

"아마 2년만 가지고서는 안 될지도 모르겠군. 하지만 전쟁은 영원히 계속되지는 않을 거야."

"계속되지 않는다고?"

"그럴 리가 없잖아?"

"그건 나도 몰라. 그런 얘기를 우리에게 해 주지는 않으니까 말이야. 하지만 네가 고민하고 있는 건 그런 일이 아냐, 조니. 널 기다리고 있는 애인이라도 있어?"

나는 천천히 대답했다.

"없어. 아니, 있었다고 해야겠지. 하지만 최근 편지를 보면 '친애하는 조니' 운운으로 시작되고 있단 말씀이야."

거짓말이기는 했지만, 에이스의 기대에 부응하기 위해 좀 허풍을 떨었다. 카르멘은 내 애인이 아니었고, 어떤 상대라도 기다려 주지는 않았을 것이다. 하지만 카르멘이 이따금 보내 주는 편지가 '친애하는 조니'로 시작되고 있는 것은 사실이었다.

에이스는 사려 깊은 표정으로 고개를 끄덕였다.

"흔히 일어나는 일이지. 민간인하고 결혼해서, 원할 때는 언제고 바가지를 긁을 수 있는 사람이 있었으면 하는 거야. 신경 쓰지 마, 조니, 네가 전역할 때쯤이면 너하고 결혼하고 싶다는 여자는 얼마든지 있을 테니까…… 그리고 그 나이가 되면 너도 지금보다 더 능숙하게 여자를 다룰 수 있을 거야. 결혼은 젊은이에겐 재앙이고, 나이 든 사내에겐 위안이라는 말도 있잖아."

그러더니 내 컵을 보고 말했다.

"네가 그 설탕물을 마시고 있는 걸 보니 구역질이 날 것 같다."

"나도 네가 마시는 걸 보면 마찬가지 느낌을 받아."

그는 어깨를 움츠렸다.

"내가 말하지 않았나. 세상엔 별의별 놈들이 다 있다고. 다시 한 번 잘 생각해 봐."

"알았어."

에이스는 곧 카드 게임에 참가했고, 내게 돈을 좀 빌려 주었다. 나는 산책을 하기로 했다. 생각할 시간이 필요했던 것이다.

직업 군인이 된다? 그 장교 운운하는 소리는 일단 접어 두더라도, 나는 직업 군인이 될 생각을 한 적이 있었을까? 내가 지금까지 겪은 일은 모두 선거권을 얻기 위한 것이 아니었던가? 만약 내가 장기 복무를 지원한다면, 선거권을 따져볼 때 나는 처음부터 아예 군대에 지원하지 않은 것과 마찬가지 상태에 놓이게 된다……. 군복을 입고 있는 한 투표권은 주어지지 않기 때문이다. 물론 그것이 원칙상 옳다. 우리 부대의 깡패들에게 투표권을 주기라도 한다면, 이 멍청한 녀석들은 강하하지 않기 위해 표를 던질지도 모르는 일이니까. 그럴 일은 허용될 수 없다.

그럼에도 불구하고 나는 투표권을 얻기 위해 지원했다.

정말 그랬을까?

나는 정말로 투표권을 중요시하고 있었을까? 아니다. 내가 원했던 것은 특권이자 긍지였고, 사회적 지위였다……. 내가 시민이라는 사실.

아니, 그랬을까?

나는 도대체 내가 왜 지원했는지 기억할 수 없었다.

어쨌든 투표 과정 자체가 시민임을 결정하는 것은 아니었다. 라스차크 소위는 투표함에 표를 넣을 정도로 오래 살지는 않았지만, 가장 진정한 의미에서 시민이었다. 그는 강하했을 때마다 '투표'를 하고 있었으므로.

그리고 나도 그랬다!

뒤부아 중령의 목소리가 들려오는 듯했다.

"시민권이란 태도이고, 마음가짐이며, 전체는 부분보다 더 크다는 정서적인 신념이다……. 그리고 그 부분이 전체를 살리기 위해 자기 자신을 겸허하게 희생해야 한다는 신념인 것이다."

단 하나밖에 없는 내 몸을 '내 사랑하는 고향과 전쟁의 황폐함 사이에' 놓을 것을 내가 열망하고 있는지 아닌지에 대해서는 아직 확신이 없었다. 나는 아직도 강하할 때마다 몸을 떨었고, 예의 '황폐함'이라는 것도 절대 농담이 아니었다. 그럼에도 불구하고 나는 마침내 뒤부아 중령이 무슨 얘기를 한 것인지를 깨달았다. 기동보병은 내 것이었고, 나는 기동보병의 것이었다. 만약 기동보병이 따분함을 달래기 위해 하는 일이 그런 것이라면, 나는 주저 없이 그 결정에 따를 것이다. 애국심이란 말은 내게는 너무 신비적이었고, 너무 스케일이 컸다. 그러나 기동보병들은 내 친구였고, 나는 기동보병에 소속해 있었던 것이다. 그들은 내게 남겨진 유일한 가족이었고, 한 번도 가진 적이 없었던 형제들이었다. 친구였던 칼보다도 훨씬 더 가까운 존재인 것이다. 만약 내가 그들을 떠난다면, 나는 길을 잃은 미아가 될 터였다.

그렇다면, 나는 도대체 무엇을 주저하고 있는가?

알았어, 알았어. 하지만 장교가 되기 위해 노력한다는 그 난센스는? 그건 완전히 다른 일이었다. 에이스가 말한 것처럼, 나는 20년을 군대에서 보내고 은퇴한 내가 가슴에 약장을 달고 발에는 모직 슬리퍼를 신은 모습으로 편한 말년을 보내는 모습을 상상할 수 있었다……. 또는 저녁에 재향군인회관으로 가서 옛 친구들을 만나 옛날 얘기에 열중하는 모습을. 하지만 사관학교는? 그 일에 관해 부대원들끼리 잡담이 벌어졌을 때, 알 젠킨스가 했던 말이 들려오는 것 같았다.

"난 졸병이야! 그리고 계속 졸병으로 있을 거야! 아무도 졸병에게 큰 기대를 하거나 하지는 않아. 장교가 되고 싶은 녀석이 어디 있냐? 혹은 하사관이? 모두 같은 공기를 들이쉬고 있지 않나? 같은 음식을 먹지 않나? 같은 곳으로 가서, 함께 강하하잖아. 하지만 졸병은 걱정을 안 해도 되지."

알의 말에는 일리가 있었다. 계급장이 나한테 뭘 주었단 말인가? 혹을 제외하고 말이다.

그럼에도 불구하고 만약 하사 계급을 준다면 나는 그것을 거절하거나 하지는 않을 것이다. 캡슐 강하병은 그 무엇도 거부하지 않는다. 단지 전진해서 싸울 뿐이다. 아마 장교 임관도 마찬가지일 것이다.

내가 그렇게 될 것이라는 뜻은 아니다. 라스차크 소위처럼 될 생각을 하다니 당치도 않다.

그럴 생각이 없었는데도 나는 어느새 사관학교 근처까지 와 있었다. 사관후보생 중대가 연병장에서 구보하고 있었다. 기초 훈련의 신병과 하나도 다를 것이 없었다. 햇볕은 뜨거웠고, 그들의 훈련은 로저 영의 강하실에서 잡담하는 것만큼 편하게 보이지는 않았다. 사실, 기초 훈련을 마친 이래 나는 30호 격벽 너머로 행진한 적도 없었다. 그 살을 깎는 고통 운운하는 난센스는 이미 과거의 일이었다.

나는 그들이 군복을 땀으로 적시며 훈련하는 것을 잠시 바라보았다. 그들이 욕을 먹고 있는 것도 보였다. 또 하사관들에게 말이다. 옛날 우리와 마찬가지였다. 나는 고개를 젓고 그곳을 떠났다.

그리고 다시 숙사도 돌아왔다. 나는 B. O. Q(독신 장교 숙소)로 가서 젤리의 방을 찾아냈다.

젤리는 방에서 양쪽 발을 테이블 위에 올려놓고 잡지를 읽고 있었다. 나는 문 가장자리를 가볍게 두들겼다. 그는 고개를 들고 그르렁거리는 투로 말했다.

"뭐야?"

"상사…… 아니, 소위님……."

"용건만 밀해! 용건만!"

"소위님, 저는 장기 복무를 지원합니다."

그는 책상을 향해 다리를 내려놓고 말했다.

"오른손을 들도록."

그는 내게 선서를 시켰고, 책상 서랍을 열고 서류를 꺼냈다.

서류는 이미 작성되어 있었고, 나는 서명만 하면 됐다. 내 결심을 에이스에게 말하지도 않았는데 말이다. 이건 무슨 뜻일까?

12

사관에게는 유능함 이상의 것이 요구된다……. 사관은 교양 및 세련된
태도, 절도 있는 예절의 소유자이며, 개인적 명예를 중시하는 신사여야
한다……. 설령 그 대가가 단 한 마디의 칭찬일지라도 그가
부하의 공을 간과하는 일이 있어서는 안 된다. 반대로 아무리 하찮은 일이라도
부하의 과실을 묵과하는 일이 있어서는 안 된다.
우리가 현재 옹호하고 있는 정치 원칙의 정당함과는 별도로……
해군 함정 자체는 절대적인 독제 체제의 지배하에 놓여야 한다.
이제 나는 제군에게 주어진 막중한 책임이 무엇인지를 밝혔다고 믿는다…….
우리는 우리에게 지금 주어진 것만으로 최선을 다해야 하는 것이다.

— 존 폴 존스, 1775년 9월 14일,
북미 반란군의 해군 위원회 앞으로 보낸 편지에서 발췌

로저 영은 캡슐과 병력 양쪽을 보충하기 위해 다시 기지로 귀환했다. 알 젠킨스는 구출을 엄호했을 때 전사했고, 그때 우리는 신부님도 잃었다. 게다가 나도 교체될 필요가 있었다. 나는 (밀리아치오의 뒤를 이어) 새 하사 계급장을 달고 있었지만, 내가 모함에서 나가자마자 에이스가 그것을 달게 되리라는 예감이 들었다. 나는 나의 하사 계급이 대체로 명예직이라는 것을 알고 있었다. 내 진급은 사관학교로 파견되어 가는 내게 젤리가 안겨 준 선물이었던 것이다.

그러나 그 사실이 내 기쁨을 줄이지는 못했다. 함대 착륙장에 도착한 나는 고개를 높이 들고 출구 게이트를 지나 전속 명령서에 도장을 받기 위해 검역 데스크 쪽으로 갔다. 이것이 끝나기를 기다리고 있을 때 품위 있고 정중한 목소리가 등 뒤에서 들려왔다.

"잠깐 말씀 좀 묻겠습니다, 하사님. 지금 막 착륙한 저 보트는, 혹시 로저 영에서 내려온……."

나는 그 말을 한 인물에게 몸을 돌렸고, 약간 어깨가 구부정한 작은 체구의 병장을 보았다. 틀림없이 우리 함에 새로 배속된 분대장…….

"아버지!"

병장은 나를 얼싸안았다.

"후안! 후안! 오, 나의 귀여운 조니!"

나는 아버지에게 입을 맞췄고, 껴안았고, 울기 시작했다. 아마 검역 데스크에 있는 저 민간인은 하사관 두 명이 서로 키스하는 것을 난생처음 보았는지도 모른다. 만약 그 작자가 조금이라도 눈썹을 치켜세우거나 했다면 내가 묵사발로 만들어 놓았을 것이다. 하지만 나는 주의를 기울이지 않았다. 바빴던 것이다. 그쪽에서 나더러 명령서를 잊지 말고 가져가라고 주의해야 했을 정도였다.

그때가 되자 우리는 코를 풀고, 주위의 좋은 구경거리가 되는 일을 그만두었다. 내가 말했다.

"아버지, 어딘가 구석을 찾아서 앉아 얘기하시죠. 지금까지의 얘기를 듣고 싶습니다……. 하나도 안 빼고 전부!"

나는 깊게 숨을 들이켰다.

"전 아버지가 돌아가셨다고 생각하고 있었어요."

"아니. 전사할 뻔한 적은 한두 번 있었지만 말이다. 하지만 조니…… 하사, 난 정말로 저 착륙용 보트에 관해 알아야겠구나. 보다시피……."

"오, 저것 말인가요. 저건 로저 영에서 온 겁니다. 저도 지금 막……."

아버지는 매우 낙담한 기색이었다.

"그럼 서둘러 가야겠군. 지금 당장. 가서 전입 신고를 해야 되니까 말이야."

그러나 곧 아버지는 기대에 찬 말투로 물어보셨다.

"하지만 너도 금방 모함으로 돌아올 예정이지, 조니? 아니면 R&R인가?"

"아니, 그게 아닙니다."

나는 서둘러 생각했다. 하필이면 일이 이런 식으로 돌아가다니!

"괜찮습니다, 아버지. 전 저 보트의 이착륙 스케줄을 알고 있습니다. 앞으로 적어도 한 시간 이상 여유가 있습니다. 저 보트는 당장 귀환하는 게 아니라, 로저 영이 궤도를 한 바퀴 돌아서 다시 회합점으로 올 때 최소한의 연료만 써서 랑데부할 겁니다. 그 시간에 맞출 수 있다면 말입니다. 우선 짐부터 실어야 하니까요."

아버지는 반신반의하는 태도였다.

"내 명령서에는 제일 먼저 내려온 모함의 착륙정의 조종사 앞으로 당장 출두하라고 되어 있는데."

"아버지, 제발! 그렇게까지 규칙에 연연할 필요가 어디 있습니까? 지금 저 산더미 같은 짐을 보트에 싣고 있는 해군 아가씨는 아버지가 지금 승선하건, 아니면 문이 닫히기 직전에 그러건 간에 상관하지 않아요. 그리고 이륙 시간 10분 전이면 어차피 저 스피커에서 소집 음악이 들리면서 이륙 방송이 나올 겁니다. 놓칠래야 놓칠 수가 없습니다."

아버지는 내가 당신을 빈 구석으로 이끌도록 놓아두었다. 그러고는 자리에 앉으면서 말했다.

"너도 나와 같은 보트를 타고 올라갈 거냐? 아니면 나중에?"

"아……."

나는 내 명령서를 보여 드렸다. 그 뉴스를 전하는 데는 가장 간단한 방법으로 생각됐기 때문이다. 롱펠로의 시 「에반젤린」처럼 밤에 배를 타고 서로 스쳐 지나가는 꼴이다. 세상에, 이런 식으로 헤어져야 하다니!

그것을 읽자 아버지의 눈에 눈물이 솟았다. 나는 황급히 말했다.

"괜찮아요, 아버지. 저는 돌아올 겁니다. 라스차크의 깡패들 이외의 부대로 갈 생각은 없으니까요. 게다가 아버지까지 거기 계실 거니까…… 또 실망하신 건 알겠지만…….”

“실망이 아냐, 후안.”

“예?”

“이건 기뻐서 그러는 거야. 내 아들이 장교가 된다니. 나의 작은 조니…… 오, 물론 실망도 했지. 이날을 손꼽아 기다리고 있었으니까 말이야. 하지만 조금 더 기다리는 것은 어렵지 않아.”

아버지는 눈물을 머금은 얼굴로 웃었다.

“성장했구나, 아들아. 그리고 몸집도 커졌어.”

“예, 아마 그런 것 같군요. 하지만 아버지, 저는 아직도 장교가 아니고, 제가 로저 영을 비우는 것도 단 며칠이 될 가능성도 있습니다. 그러니까, 사관학교에 들어가도 금방 퇴교당하는 수도 있으니까…….”

“입 닥쳐!”

“예?”

“너는 해낼 거다. 그러니까 더 이상 그 ‘퇴교’ 운운하는 말은 입에 담지 말거라.”

아버지는 갑자기 미소를 지었다.

“하사보고 입 닥치라고 한 건 이번이 처음이었어.”

“예…… 물론 최선을 다해 보겠습니다, 아버지. 그리고 만약 장교 임관을 받을 수 있다면, 로저 영 근무를 지원할 생각입니다. 하지만…….”

나는 말꼬리를 흐렸다.

“알아. 무슨 말인지. 결원이 없다면, 네가 아무리 그걸 원해도 아무 소용이 없지. 걱정하지 말아라. 만약 우리에게 주어진 것이 이 한 시간뿐이라면, 가능한 한 유익하게 그걸 쓸 따름이다. 그리고 나는 네가 너무 자랑스러워서, 가슴이 터질 것 같다. 지금까지 어떻게 지냈느냐, 조니?"

"예? 아, 예. 잘 있었습니다."

나는 모든 것이 나쁘게 된 것만은 아니라고 생각하고 있었다. 아버지가 다른 어떤 부대보다 우리 부대에 계신 것이 좋으니까. 내 모든 친구들…… 그들은 아버지를 돌보아 드리고, 돌아가시지 않도록 해 줄 것이다. 에이스한테 전보를 보내야 한다. 아버지는 십중팔구 우리가 혈육이라는 사실조차도 알리지 않으실 것이 뻔하다.

"아버지, 입대한 지 얼마나 되셨죠?"

"1년 좀 넘었지."

"그리고 벌써 병장이 되셨단 말입니까?"

아버지는 쓴웃음을 지었다.

"최근에는 진급이 빨라져서 말이야."

그 말이 무슨 뜻인지 물을 필요는 없었다. 전상자 탓이었다. 인원 편성표에는 언제나 빈자리가 있었고, 그 자리를 메꿀 훈련받은 병사는 언제나 부족한 상태였다. 나는 화제를 바꿨다.

"아…… 하지만, 아버지, 실은…… 군대에 들어오기에는 좀 나이가 많으신 게 아닙니까? 그러니까, 해군이나 병참부대 쪽이 더……."

아버지는 단호한 어조로 말했다.

"나는 기동보병을 원했고, 실제로 그렇게 되었어! 그리고 다른 하사관들에 비해 나이가 많은 것도 아냐. 오히려 더 젊다고 할 수 있지. 조니, 내가 너보다 스물두 살 더 나이를 먹었다고 해서, 나를 휠체어에 태울 수는 없어. 그리고 그것은 장점도 될 수 있고."

그 말이 틀린 것은 아니었다. 나는 짐 상사가 신병을 임시 상병으로 임명할 때 언제나 연장자 쪽을 우선적으로 시험해 보았다는 사실을 상기했다.

그리고 아버지가 신병 훈련 때 나같이 멍청한 실수를 저지르셨을 리가 없다. 태형 얘기다. 기초 훈련을 마치기도 전에 아버지는 이미 하사관 후보로 지목되었을 터였다. 육군은 그 중간 계급에 진정한 의미의 어른을 많이 필요로 한다. 군대는 부권주의적인 조직인 것이다.

왜 아버지가 기동보병을 원했는지, 왜 또 어떻게 내 모함에 배속되었는지를 물을 필요는 없었다. 단지 가슴이 뭉클했고, 지금까지 아버지가 내게 해 준 어떤 칭찬보다도 더한 감동을 느꼈다. 그리고 나는 왜 아버지가 군대에 지원할 생각을 했는지를 묻지 않았다. 나는 이미 그 이유를 알고 있다고 느꼈다. 어머니. 아버지도 나도 어머니에 관해서는 언급하지 않았다. 너무 괴로운 일이었으니까.

그래서 나는 급히 화제를 바꿨다.

"밀린 소식을 들려주십시오. 지금까지 어디 계셨고, 또 무슨 일을 하셨는지 말입니다."

"그러니까, 나는 캠프 생 마르탱에서 훈련을 받았고……."

"예? 커리가 아니었습니까?"

"새로 생긴 곳이었어. 하지만 훈련이나 규모는 마찬가지인 걸로 알고 있다. 다만 그 기간이 두 달 단축되었고, 일요일에도 쉬지 못했을 뿐이다. 그러고 나서 로저 영에서 근무할 것을 지원했지만 받아들여지지 않았고, 대신 '맥슬래터리의 의용병(McSlattery's Volunteers)' 부대에 배속되었다. 좋은 부대지."

"예, 저도 알고 있습니다."

그 부대는 그 난폭함과 터프함, 그리고 다루기 힘들다는 점에서 정평이 나 있는 부대였다. 라스차크의 깡패들과 거의 맞먹을 정도로 말이다.

"아니, 좋은 부대였다, 라고 말해야겠지. 나는 몇 번이나 강하 작전에 참가했고, 전우가 몇 명 전사한 후 곧 이것을 달게 되었다."

그는 자신의 소매 기장에 눈길을 주었다.

"셰올로 강하했을 때 나는 병장이 되어 있었고……."

"그곳에 강하하셨다고요? 저도 거기 있었어요!"

갑자기 가슴에서 뜨거운 감정이 복받쳐 올라왔고, 나는 태어나서 일찍이 경험한 적이 없을 정도의 친근감을 아버지에게서 느꼈다.

"알고 있어. 적어도 나는 네 부대가 그곳에 있다는 사실을 알고 있었다. 내가 알고 있는 한 나는 네가 있는 곳에서 약 50마일쯤 북쪽에 있었어. 거기서 우리들은 거미들의 반격을 정통으로 먹었다. 놈들이 동굴 속에서 한꺼번에 튀어나오는 박쥐처럼 땅에서 쏟아져 나왔을 때의 일이었어."

아버지는 어깨를 움츠렸다.

"그래서 그것이 끝났을 때 나는 소속 부대가 없는 병장이 되어 있었다. 새로 부대를 편성할 수 있을 만큼의 인원은 남아 있지 않았어. 그래서 나를 여기로 보낸 거지. 나는 킹의 '코디액 곰들(King's Kodiak Bears)'로 갈 수도 있었지만, 인사계 병장에게 좀 귀띔을 했지. 그러자마자 마치 각본을 짠 것처럼, 귀환한 로저 영에서 병장 자리가 하나 났다는 소식을 들었던 거야. 그래서 여기 이렇게 오게 된 거지."

"그럼 입대는 언제 하셨나요?"

이 말을 꺼내자마자 나는 내가 하지 말았어야 할 말을 했다는 것을 깨달았다. 하지만 맥슬래터리의 의용병들에서 주의를 돌릴 필요가 있었다. 전멸한 부대에서 살아남은 고아는 한시바삐 그 일을 잊고 싶어 하는 법이다.

아버지는 조용히 말했다.

"부에노스아이레스 이후였다."

"아, 그랬었군요."

아버지는 잠시 동안 아무 말도 하지 않았다. 이윽고 온화한 어조로 말했다.
"네가 그걸 정말로 이해하고 있을 것 같지는 않군."
"예?"
"흐음…… 쉽게 설명할 수 있는 일은 아니다. 네 어머니를 잃은 사실과 깊이 관련되어 있다는 것은 부인할 수 없지만 말이다. 하지만 나는 복수를 위해 입대한 것이 아니었다. 물론 그런 생각도 한 적이 있지만 말이야. 실은 네가 더 큰 이유였어."
"제가요?"
"그래. 나는 언제나 너의 행동을 너의 어머니보다 더 잘 이해하고 있었다. 네 어머니가 나쁜 게 아냐. 네 어머니는 새가 헤엄치는 것을 이해할 수 없는 것과 마찬가지로, 너를 이해할 수 없었을 뿐이야. 그리고 아마 나는 네가 왜 입대했는지도 알고 있었다. 그때 네가 그것을 자각하고 있었는지는 심히 의심스럽지만 말이다. 너한테 화를 냈을 때 나는 한편으로는 분개하고 있었던 거야…… 내 마음 깊숙한 곳에 묻혀 있던 욕구, 그러니까 내가 과거에 실행에 옮겼어야 했다고 생각하던 일을 네가 실제로 해 버렸다는 사실에 말이다. 하지만 네가 입대의 원인이었던 것은 아니다……. 너는 단지 그 행동을 촉발했을 뿐이었고, 내가 선택할 병과가 무엇인지를 가르쳐 주었을 뿐이란다."
아버지는 말을 멈췄다.
"네가 입대했을 때 나는 좋은 상태가 아니었다. 정기적으로 최면 분석의를 만나고 있었을 정도이니까. 전혀 모르고 있었지? 하지만 내가 극심한 불만을 느끼고 있다는 사실을 명확하게 인식한 것 빼고는 별로 알아낸 것이 없었어. 네가 떠난 다음 나는 모든 것을 네 탓으로 돌렸다. 하지만 그건 네 탓이 아니었고, 나도, 의사도, 그 사실을 잘 알고 있었어. 아마 나는 정말로 곤란한 시기가 다가오고 있다는 사실을 대다수의 사람들보다 더 일찍 알아차리고 있었겠지. 비상사태 선포에 1개월이나 앞서서 우리는 군수물자의 납입 입찰에 참가해 달라는 요청을 받았다. 우리는 네가 아직도 훈련을 받고 있을 당시부터 이미 전체 설비를 거의 완전하게 군수물자 생산 체제로 바꾸고 있었어.

그 시기에는 나도 좀 나아져 있었지. 결사적으로 일에 매달렸고, 너무 바빴던 탓에 분석의를 만날 틈도 없었고. 그러나 곧 문제는 어떻게 할 수 없을 정도로 악화됐어."

아버지가 미소를 지었다.

"너는 민간인이 어떤 것인지 알고 있느냐?"

"그러니까…… 우리끼리 얘기하는 것처럼 대화를 나눌 수는 없다는 것을 저는 알고 있습니다."

"바로 그거야. 마담 루이트만을 기억하고 있느냐? 기초 훈련이 끝난 다음 며칠 휴가를 얻어 집으로 돌아갔을 때의 일이었다. 친구들 몇 명을 만나서 작별 인사를 했지. 마담 루이트만도 그중 한 명이었고. 잡담을 하다가 이런 말을 하더구나. '정말로 우주로 가시는 건가요? 그럼 혹시 파러웨이에 가시는 일이 있으면, 제 친한 친구인 레가토 부처를 만나 주세요.'라고 말이다.

그래서 나는 그녀에게 가능한 한 부드럽게 말해 주었다. 파러웨이는 이미 거미족에게 점령당했으므로, 그럴 수 있을 것 같지는 않다고 말이다.

그런데도 그녀는 전혀 당황하는 기색도 없이 이렇게 말하더구나. '오, 그건 상관없어요. 그분들은 민간인이니까요!'라고."

시니컬한 미소가 아버지의 얼굴에 떠올랐다.

"예. 무슨 말인지 알겠습니다."

"하지만 얘기가 너무 앞으로 와 버렸군. 아까 말했듯이 내 상태는 전보다 더 악화되고 있었다. 네 어머니의 죽음은, 내가 정말로 해야 할 일이 무엇인지를 깨닫는 계기가 되었던 거야…… 네 어머니와 나는 대다수의 부부들보다 더 가까운 사이였지만, 그럼에도 불구하고 그 사건은 나를 속박에서 풀어 주었던 거지. 나는 모랄레스에게 사업을 넘겼고……."

"모랄레스 노인 말입니까? 그 사람이 해낼 수 있을까요?"

"할 수 있어. 왜냐하면 그래야 하기 때문이지. 많은 사람들이 자신이 할 수 있으리라고는 생각지도 않았던 일들을 하고 있어. 나는 그에게 상당량의 주식을 양도해 주었는데, 이를테면 동기를 부여했던 거지. 나머지는 둘로 나눠서 반은 자선단체에 기부하고 반은 네 앞으로 예치해 두었다. 네가 언제든지 돌아가서 그걸 쓸 수 있도록 말이다. 만약 그런다면 말이지만. 신경 쓰지 말아라. 적어도 나는 내 문제가 무엇인지를 발견했으니까."

아버지는 말을 멈췄고, 곧 조용하게 말했다.

"나는 내 신념에 입각한 행위를 할 필요가 있었어. 나는 내가 사나이라는 사실을 스스로 증명할 필요가 있었던 거야. 단지 물건을 생산하고, 소비하는 경제적 동물이 아니라…… 사나이라는 사실을."

그 순간, 내가 대답도 하기 전에, 우리 주위의 벽에 달린 스피커에서 노랫소리가 흘러나왔다.

"빛나는 그 이름, 로저 영의 이름이여!"

그다음에는 여자 목소리가 말했다.

"F. T. C.(함대 병력 수송함 — 옮긴이) 로저 영의 탑승원들은 즉시 보트에 승선해 주십시오. H 이착륙장입니다. 앞으로 9분."

아버지는 튀듯이 자리에서 일어나서 더플백을 움켜잡았다.

"저건 내 얘기야! 몸조심하거라, 조니. 그리고 시험에는 꼭 합격해야 한다. 아니면 네가 나한테 혼이 나지 않을 정도로 어른이 되지는 못했다는 걸 깨닫게 될 거야."

"그러겠습니다, 아버지."

아버지는 서둘러 나를 포옹했다.

"돌아오면, 그때 보자!"

그러고는 빠른 걸음으로 떠나갔다.

사령관실 밖에 있는 사무실에서 나는 호 상사와 놀랄 정도로 닮은 함대 주임상사 앞으로 출두했다. 한쪽 팔이 없는 것까지 똑같았다. 그러나 그는 호 상사의 미소도 결여되어 있었다. 나는 그에게 신고했다.

"후안 리코 하사, 명 받은 대로 사령관실로 출두했습니다"

그는 시계를 흘낏 보았다.

"보트는 73분 전에 착륙했어. 늦은 이유는?"

그래서 나는 그에게 사정을 얘기했다. 그는 입을 꽉 다물고 생각에 잠긴 듯한 눈초리로 나를 바라보았다.

"난 지금까지 온갖 변명을 다 들어 왔어. 하지만 이걸로 새것 하나가 더 추가됐군. 네가 모함에서 내리는 것과 동시에 아버지, 너의 진짜 아버지가 네 예전 모함에 출두하고 있었단 말인가?"

"틀림없는 사실입니다, 상사님. 조사해 보시면 알 수 있을 겁니다. 에밀리오 리코 병장입니다."

"여기서는 사관후보생이 한 말을 조사하거나 하지는 않아. 만약 거짓말을 했다는 것이 판명된다면 즉시 면직 처분을 내릴 뿐이야. 알았어. 조금 늦는다고 해서 자기 아버지를 배웅하지 않는 사내는 어차피 별 가치도 없는 인간일 테니까. 괜찮아."

"고맙습니다, 상사님. 이제 사령관님에게 출두 신고를 해야 합니까?"

"신고는 이미 끝났어."

그는 인명록에 표시를 했다.

"아마 한 달쯤 지나면 다른 이삼십 명과 함께 너를 부르겠지. 이건 방 배정표고, 이건 지금부터의 네 고과표다. 우선 소매에 달린 계급장부터 떼도록. 하지만 버리지 말고 보관해 둬. 나중에 다시 필요하게 될지도 모르니까 말이야. 그렇지만 지금 이 순간부터 귀관은 '하사'가 아니라 '사관후보생'이다."

"예, 상사님."

"'님' 자를 붙이지 마십시오. 이제 '님'을 붙이는 건 접니다. 귀관의 마음에는 들지 않을지도 모르지만 말입니다."

사관학교 생활을 일일이 묘사할 생각은 없다. 그것은 신병 때의 기초 훈련을 닮았지만, 책이 더해진 데다가 적어도 두세 배는 더 힘들었다. 오전 중에 우리들은 졸병 때와 마찬가지로 기초 훈련을 되풀이했고, 옛날과 마찬가지로 욕을 먹었다. 또 병장들한테 말이다. 오후가 되면 우리는 사관 '생도'였고, 끝없이 계속되는 학과를 공부하고, 강의를 받았다. 학과는 수학, 과학, 은하계 지리학, 외계 생물학, 수면 학습법, 병참학, 전략 및 전술, 통신학, 군법, 지형 읽는 법, 특수 병기 사용법, 통솔 심리학, 졸병의 시중 및 식사에서, 왜 크세르크세스가 그리스 원정에서 패했는가에 이르기까지 온갖 문제를 망라하고 있었다. 그중에서도 가장 중요한 것은, 단신으로 파괴의 화신이 되는 동시에 부하 50명을 지켜보고, 돌봐주고, 사랑해 주고, 지휘하고, 구조하는(그러나 결코 응석을 받아 주지는 않는) 일이었다.

우리에게는 침대가 있었지만, 그것을 쓸 틈은 거의 없었다. 침실과 샤워와 수세식 화장실도 있었고, 네 명의 사관후보생당 한 명씩 할당된 민간인 고용인은 침구를 정리했고, 방을 청소하고, 구두를 닦아 놓고, 군복을 준비해 주고, 심부름을 해 주었다. 이것은 사치가 아니었고, 신병 교육을 졸업한 사람이라면 어차피 완벽하게 할 수 있는 일들을 대행해 줌으로써 생도들이 거의 실현 불가능해 보이는 일과와 씨름할 시간을 조금이라도 더 주기 위한 것이었다.

엿새 동안 할 수 있는 모든 일들을 하고

이레째에도 쉬지 않고 일하라

육군의 성전(聖典)은 이런 식이다. 위의 규칙은 다음 문구로 끝난다. '그리고 마구간 청소도 잊지 말도록.' 이걸 보면 이런 일들이 도대체 몇 세기 동안 계속되었는지를 알 수 있다. 우리들이 농땡이를 치고 있다고 생각하는 민간인들 중 한 명이라도 붙잡아 와서 사관학교에 넣고 한 달만 보내도록 하고 싶다.

저녁 시간, 그리고 일요일은 눈이 타는 듯하고 귀가 욱신거릴 때까지 공부했고, 그다음에는 (잤다면 얘기지만) 웅웅거리는 수면학습용 스피커를 베개 밑에 넣고 잤다.

행진할 때 부르는 군가는 우리에게 걸맞은 비관적인 것들이었다. 예를 들자면 「육군은 나한테 안 맞아! 육군은 나한테 안 맞아! 차라리 옛날처럼 땅을 갈거야!」라든지 「전쟁 따위는 이제 배우지 않을 거야」, 「내 아들을 군인으로 데려가지 말아요, 하고 나이 든 어머니는 흐느꼈다」 등이 있었다. 그리고 고전적인 「신사 출신 졸병」(이것이 제일 인기가 있었다.)에 이르러서는 "신이시여 우리를 긍휼히 여기소서, 메엠! 메엠! 메엠!" 하는 식으로 길

잃은 어린양에 관한 코러스까지 딸려 있었다.

그래도 내가 불행했다는 기억은 없다. 아마 너무 바빴던 탓이었을 것이다. 그곳에서는 누구나도 신병 훈련 때 경험하는 예의 심리적 '고비' 같은 것도 없었다. 그 대신 당장이라도 탈락하는 것이 아닌가 하는 두려움만이 언제나 있었을 뿐이었다. 내 빈약한 수학 실력 탓에 특히 괴로웠다. 헤스페러스(금성 — 옮긴이) 식민지 출신의 내 룸메이트는 '앤젤'이라는 기묘하게 걸맞은 이름을 가지고 있었고, 매일 밤 내게 수학을 가르쳐 주었다.

대다수의 교관들, 특히 장교들은 상이 군인들이었다. 내가 기억할 수 있는 한 손발에서 시력, 청력 등 모든 것을 완비한 교관은 전투 훈련을 담당한 하사관의 일부에 불과했고, 그것도 모두 그런 것은 아니었다. 우리들의 백병전 교관은 플라스틱제의 인공 인후(咽喉)를 붙인 채로 동력 의자에 앉아 있었고, 목 아래로는 완전히 마비된 상태였다. 그러나 그의 혀는 마비되어 있지 않았다. 그의 눈은 카메라처럼 모든 것을 기억했고, 자기가 본 모든 것을 신랄하게 분석하고 비판하는 능력은 그의 사소한 장애를 보상하고도 남았다.

처음에 나는 의병제대 후 군인 연금을 전액 지급받을 수 있는 자격을 가진 이들이 왜 그것을 받고 집으로 가지 않나 하고 의아하게 여기고 있었다. 그러나 곧 그런 의구심은 사라져 버렸다.

내 사관학교 생활의 클라이맥스라고 한다면, 아마 코르벳 수송함 '마너하임(Mannerheim)'의 당직 사관 겸 견습 조종사인 이바네스 해군 소위의 방문을 받았던 때일 것이다. 아담한 체구에 순백의 해군 정장을 입은 검은 눈동자의 카르멘시타는 저녁 식사 점호를 받기 위해 정렬해 있었던 우리 클래스 앞에 믿을 수 없을 정도로 세련되고 멋진 모습을 드러냈는데, 그녀가 우리들 앞을 지나감에 따라 모두가 눈알을 때굴때굴 굴리는 소리가 들릴 정도였다. 당직 사관 앞으로 똑바로 걸어가서 투명하고 잘 울리는 목소리로 내 이름을 댔던 것이다.

당직 사관이었던 챈다 대위는 자신의 어머니한테도 웃는 얼굴을 보인 적이 없다는 소문이 돌 정도의 위인이었지만, 엄숙한 표정을 부자연스럽게 구기면서까지 작은 카르멘에게 미소를 지어 보였고, 내가 여기 존재한다는 사실을 인정했다……. 그러자 카르멘은 그를 향해 긴 속눈썹을 부드럽게 움직이며 그녀의 배가 조금 있으면 출격하기 때문에, 그 전에 어떻게든 나를 저녁 식사에 초대할 수 없겠냐고 물었다.

어느새 나는 내가 극히 변칙적이고, 전혀 전례가 없는 세 시간의 외출 허가를 받았다는 사실을 깨달았다. 아마 해군은 아직 육군에게 넘겨주지 않은 신종의 최면술을 개발했는지도 모른다. 혹은 카르멘이 썼던 비밀 병기는 그것보다 훨씬 더 오래된 것이고, 기동보병들과는 인연이 없는 것일지도 모른다. 어쨌든 간에 나는 멋진 시간을 보냈을 뿐만 아니라, 그때까지만 해도 클래스메이트들 사이에서 그다지 높다고 할 수 없었던 내 명성은 놀랄 정도의 높이로 치솟았다.

그것은 화려한 저녁이었고, 다음 날의 수업 두 개에서 낙제해도 괜찮다고 생각했을 정도로 가치 있었다. 그러나 그 즐거움도 우리 두 명이 각각 칼의 소식(거미들이 명왕성에 있는 아군의 연구소를 파괴했을 때 전사했다.)을 들었다는 사실에 의해 좀 줄어들었지만, 우리들은 이미 그런 상황하에서 살아가는 방법을 터득하고 있었다.

한 가지 깜짝 놀란 일이 있었다. 카르멘은 식사가 시작된 후 편하게 앉아 군모를 벗었고, 나는 그녀의 흑단 같은 머리카락이 모두 사라졌다는 사실을 깨달았다. 많은 해군 여성들이 삭발한다는 사실을 알고 있었다. 어쨌든 군함에서 긴 머리를 손질한다는 것은 실용적이라고 할 수 없었고, 특히 조종사는 자유낙하 상태에서 긴 머리가 둥둥 떠다니면서 눈을 가리는 위험을 용납할 수 없는 것이다. 실은 나도 단지 편리하고 위생적이라는 이유만으로 빡빡 민 머리를 하고 있었다. 그러나 내가 상상하는 작은 카르멘은 언제나 풍성하게 물결치는 검은 머리의 소유자였다.

하지만 일단 익숙해진다면 그런 헤어스타일도 매력적으로 보이는 법이다. 그러니까, 처음부터 잘생긴 여성이라면 머리를 빡빡 밀더라도 역시 멋있게 보인다는 뜻이다. 그리고 그것은 해군의 여성과 민간인 여성을 뚜렷하게 구분 짓는 역할을 한다. 이를테면 전투강하 경험자라는 사실을 의미하는 황금 해골 같은 것이다. 그것은 카르멘을 두드러진 존재로 만들었고, 기품 있는 분위기를 부여했다. 그리고 나는 카르멘이 정말로 장교이고, 전투원이며, 동시에 뛰어난 미인이라는 사실을 처음으로 완전히 수긍했다.

나는 눈에 반짝이는 별들을 담고, 아련한 향수 냄새를 풍기며 숙사로 돌아왔다. 카르멘은 내게 작별 키스를 해 주었다.

사관학교의 수업 내용 중 내가 언급하고 싶은 것은 오직 하나, '역사와 윤리 철학'뿐이다.

나는 이 과목이 교육 과정에 포함되어 있다는 사실을 알고 놀랐다. 역사와 윤리 철학은 전투나 소대 지휘와는 전혀 관계가 없었다. 굳이 전쟁에 관련된 일을 찾자면 그것은 왜 싸우는지에 관한 과목이다. 그리고 이것은 후보생이라면 사관학교에 입학하기 훨씬 전에 이미 다 숙지하고 있는 사항이다. 기동보병은 기동보병이기 때문에 싸운다.

나는 이 과목이 학교에서 이것을 배운 적이 없는 후보생들을(약 3분의 1쯤 되리라.) 위한 복습일 것이라고 단정하고 있었다. 사관후보생의 20퍼센트 이상이 지구 출신이 아니었고(군대에 지원하는 비율은 지구 출신보다 식민지 출신자들 쪽이 훨씬 높다. 이것은 이따금 나를 생각에 잠기게 하는 문제이다.) 나머지 4분의 3에 해당하는 지구 출신자들의 일부는 역사와 윤리 철학이 필수 과목이 아닌 속령이나 기타 장소에서 왔기 때문이다. 그래서 나는 그것이 다른 힘든 과목들(소수점 이하 운운하는 것들)에 비해 편할 것이라고 지레짐작하고 있었다.

또 착각이었다. 고등학교 때와는 달리 나는 이 과목에 합격할 필요가 있었다. 그러나 이것은 시험을 치는 것이 아니었다. 이 과목에는 시험이나 리포트, 간단한 테스트 등이 있었지만, 채점은 없었다. 합격하는 데 필요한 것은 우리가 임관 자격이 있다는 교관의 의견이었던 것이다.

만약 교관이 특정 후보생에게 불합격 판정을 내린다면, 심의회가 열리게 된다. 심의회는 그 후보생이 장교가 될 자격이 있느냐 없느냐의 여부를 떠나서, 그가 어떤 계급에 있든(또는 무기 조작에 얼마나 능숙하든) 군대에 걸맞은 인재인지를 결정하게 된다. 그 결정에 따라 그 후보생은 특별 지도를 받거나…… 아니면 그냥 쫓겨나서 민간인이 되어 버린다.

역사와 윤리 철학은 지연 신관식 폭탄처럼 작동한다. 우리는 한밤중에 퍼뜩 잠에서 깨어나 생각에 잠기곤 한다. 아니, 그때 교관이 한 그 말은 도대체 무슨 뜻이었을까? 이 점에서는 고등학교 시절의 수업도 지금과 다르지 않았다. 단지 나는 뒤부아 중령이 무슨 말을 하고 있는지 모르고 있었던 것이다. 어렸을 때 나는 이 과목을 과학 과목에 포함시키는 것은 바보짓이라고 생각하고 있었다. 물리학이나 화학과는 전혀 달랐기 때문이다. 왜 그것을 원래 소속된 모호한 과목군(群)에 포함시키지 않는 것일까? 내가 그 과목에 주의를 기울였던 유일한 이유는 그 시간에 실로 흥미로운 토론을 할 수 있었기 때문이다.

나는 '미스터' 뒤부아가 우리들에게 왜 싸우는지를 가르쳐 주려 했다는 사실을, 어차피 내가 싸울 것을 결정한 뒤에도 긴 시간이 지나도록 깨닫지 못하고 있었다.

좋다. 그럼 나는 왜 싸워야 하는가? 내 섬약한 육체를 적의를 가진 낯선 자들의 폭력에 노출시킨다는 것은 불합리한 일이 아닌가? 특히 모든 계급을 막론하고 용돈이나 겨우 될 정도의 박봉을 받으며, 터무니없는 시간에 근무해야 하는 데다가, 노동 조건은 그보다 한층 더 끔찍하지 않는가? 그런 일들은 그런 게임을 즐기기까지 하는 우둔한 작자들에게 맡겨 두고, 나는 집에서 편히 쉬면 되지 않을까? 특히 내가 맞서 싸웠던 낯선 자들이, 내가 나타나서 그들의 밥상을 뒤엎어 놓을 때까지 개인적으로 내게 아무런 해를 끼치지 않았을 경우에는 말이다. 정말이지 무의미한 일이 아닌가?

내가 기동보병이기 때문에 싸운다고? 이봐, 넌 파블로프 박사의 개처럼 침을 흘리고 있어. 그런 얘기 따윈 그만두고 머리를 좀 써 보란 말이다.

우리들의 교관이었던 레이드 소령은 장님인데도 후보생을 똑바로 바라보고 그 이름을 불러서 우리를 당황케 하는 버릇이 있었다. 우리는 1987년 노-영-미 연합과 중국 헤게모니 사이에서 일어났던 전쟁 이후의 일들을 복습하고 있었다. 그리고 그날은 우리가 샌프란시스코와 샌 조아킨 밸리가 괴멸당했다는 뉴스를 들었던 날이었다. 나는 그가 격려 연설을 할 것이라고 생각하고 있었다. 결국 이제는 민간인들조차도 사태를 파악할 수 있는 상황에 와 있었다. 즉, 거미나 인간 둘 중의 하나였던 것이다. 싸우든가 아니면 죽든가였다.

레이드 소령은 샌프란시스코에 관해 언급하지 않았다. 그는 우리 고릴라들 중 한 명에게 뉴델리 조약을 요약하게 했고, 그 조약이 어떻게 전쟁 포로들을 무시하고 있었는지에 관해 토론했다……. 그렇게 해서 그 조약은 암암리에 전쟁 포로 문제를 영원히 무시해 버렸던 것이다. 휴전 협상은 교착 상태에 빠졌고, 포로들은 원래의 장소에 계속 억류되었다. 한쪽 진영에서는 말이다. 다른 쪽에 있던 포로들은 석방되었고, '대혼란기'의 틈을 타서 고향으로 돌아갔다. 그러고 싶어 하지 않았던 자들은 그대로 남았지만 말이다.

레이드 소령에게 지명받은 희생자는 석방되지 않은 전쟁 포로들에 관해 요약했다. 이들은 영국 공수부대 2개 사단의 생존자들과 몇천 명이나 되는 민간인들이었고, 그 대다수가 일본, 필리핀, 러시아 등지에서 생포된 후 '정치적' 범죄자로서 유죄 선고를 받았다.

레이드 소령의 희생자가 말을 이었다.

"그들 말고도, 다수의 군인포로가 존재했습니다. 전쟁 중, 그리고 전후에 생포된 포로들이었고 그 이전의 전쟁에서 잡힌 후 결코 석방되지 않은 포로들도 있다는 소문도 있었습니다. 석방되지 않는 포로들의 총계는 끝까지 발표되지 않았습니다. 가장 믿을 만한 통계는 그들의 수를 6만 5000명 정도로 추정하고 있습니다."

"왜 '가장' 믿을 만하다는 건가?"

"그것이 교과서에 실린 숫자였기 때문입니다, 소령님."

"좀 더 정확한 용어를 사용하도록. 그 숫자는 10만보다 많았나, 아니면 적었나?"

"그건 잘 모르겠습니다, 소령님."

"아무도 그걸 아는 사람은 없어. 그럼 천 명보다는 많았나?"

"아마 그랬을 겁니다, 소령님. 거의 확실합니다."

"그건 완전히 확실하네. 왜냐하면 그 이상의 포로가 탈출해서 고향으로 돌아왔고, 그 이름이 확인되었기 때문이지. 자네는 교과서를 제대로 읽은 것 같지가 않군. 미스터 리코!"

이제는 내가 희생자가 될 차례였다.

"예, 소령님."

"석방되지 않는 포로 천 명이 전쟁을 시작하거나, 혹은 재개할 이유가 되는가? 그로 인해 수백만 명의 죄 없는 사람들이 죽을지도 모르고, 아니, 틀림없이 죽을 것이라는 사실을 잊지 말도록."

나는 주저하지 않았다.

"옛, 소령님! 충분한 이유가 됩니다."

"충분하다고 했나. 좋아. 그럼 석방되지 않은 단 한 명의 포로는 전쟁을 시작하거나 재개할 이유가 되는가?"

나는 주저했다. 나는 기동보병의 대답을 알고 있었다. 그러나 소령이 원하는 것이 그것이라고는 생각되지 않았다. 소령이 날카롭게 말했다.

"자, 대답해 보게! 천 명이라는 최고 한도는 알았네. 나는 자네에게 포로 수가 최저 한도인 한 명일 경우를 묻고 있는 거야. 그러나 자네는 '1파운드에서 1000파운드 사이'라고 기입한 약속 어음을 지불할 수는 없네. 그리고, 전쟁을 시작한다는 것은 하찮은 돈을 지불하는 것보다 훨씬 더 중대한 일인 거야. 단 한 사람을 구하기 위해 한 국가를(실제로는 두 국가를) 위험에 빠뜨리는 일은 범죄가 아닌가? 특히 그 포로가 그럴 만한 가치가 없는 사내일 경우에는? 또는 곧 죽을 경우에는? 하루에도 몇천 명의 사람이 사고로 죽네…… 그럼 왜 단 한 명 가지고 주저하는 거지? 대답하게! 예, 아니요로 말이야. 자네 때문에 수업이 진행되지 못하고 있네."

그는 나를 약 오르게 했다. 나는 그에게 캡슐 강하병의 대답을 제출했다.

"예, 소령님!"

"'예', 그리고 뭐란 말인가?"

"그 수가 천 명이든, 아니면 한 명이든 문제가 되지 않습니다, 소령님. 단지 싸울 뿐입니다."

"오호라! 포로의 수 따위는 문제가 되지 않는다는 말이군. 좋아. 그럼 자네의 대답을 증명해 보게."

나는 주저했다. 내 대답이 옳다는 사실은 알고 있었다. 그러나 그 이유를 댈 수가 없었다. 소령은 계속 나를 다그쳤다.

"말해 보게, 미스터 리코. 이것은 정확한 과학이고, 자네는 수학적인 대답을 내놓았네. 그러니까 그것을 증명해 보도록. 자네가 한 말에서 유추해 보면 한 개의 감자는 천 개의 감자와 똑같은 가치를 가지고 있다는 뜻이 되네. 안 그런가?"

"아닙니다, 소령님!"

"왜 아니란 말인가? 증명해 보게."

"인간은 감자가 아닙니다."

"알았네, 알았어, 미스터 리코! 아무래도 오늘 우린 자네의 지쳐 빠진 두뇌를 필요 이상으로 혹사시킨 것 같군. 내 질문에 대한 자네 대답을 기호논리학적으로 증명해서 내일 수업에 가지고 오도록. 힌트를 하나 주지. 오늘 토의했던 장의 참조란에서 제7항을 보게. 미스터 살로몬! 현재의 정치 구조는 어떻게 해서 '대혼란기'에서 탈피, 발달해 왔나? 그리고 그것을 윤리적으로 정당화할 수 있는 이유는?"

샐리는 쩔쩔매면서 처음 부분을 설명했다. 그러나 지구 연방이 어떻게 해서 성립되었는지를 정확하게 묘사할 수 있는 사람은 아무도 없다. 그것은 그냥 자라났을 뿐이다. 수많은 정부가 붕괴됐던 20세기 말, 누군가가 그 진공 상태를 메울 필요가 있었던 것이다. 그리고 많은 경우 그것은 퇴역 군인들이었다. 그들은 전쟁에 졌고, 대다수는 아무 직업도 가지고 있지 않았으며, 뉴델리 조약, 특히 그것이 야기한 전쟁포로 사건에 대해 분노를 느끼고 있었다. 그리고 그들은 어떻게 싸우면 될지 알고 있었다. 그러나 그것은 혁명이 아니었고, 오히려 1917년에 러시아에서 일어났던 일과 유사했다. 체제가 붕괴해 버린 후, 다른 누군가가 그 자리를 차지한 것이다.

스코틀랜드 애버딘에서 일어났던 최초의 사건이 전형적인 예라고 할 수 있다. 퇴역 군인들 일부가 폭동과 약탈을 막기 위해 자경단을 조직했고, 몇몇 폭도를 교수형에 처했고(그중에는 두 명의 퇴역 군인도 포함되어 있었다.), 그들의 위원회에는 퇴역 군인만을 받아들인다는 결정을 내렸다. 처음에는 임시 조치에 불과했다. 그들은 서로를 조금은 믿고 있었고, 다른 사람들의 경우는 전혀 신용하지 않았다. 비상수단으로 시작했던 것이, 나중에는 헌법에 입각한 통치 행위가 되어 있었다……. 한 세대나 두 세대가 지난 뒤에.

아마 스코틀랜드의 퇴역 군인들은 다른 퇴역 군인들을 자기들 손으로 교수형에 처해야 한다면, "폭리를 취하고, 암시장을 조성하고, 초과 근무를 할 때면 임금을 두 배로 요구하고, 병역을 기피하고, 기타 다른 짓들을 자행하는 빌어먹을" 민간인들에게는 아무 발언권도 주지 않기로 결정했던 것이리라. '너희들은 명령받은 대로 하기만 하면 돼, 알겠나? 우리들 고릴라들이 사태를 정상으로 돌려놓는 동안 말이야!' 나는 이런 상상을 했다. 왜냐하면 내가 그런 상황에 놓였다면 바로 그런 식으로 느꼈을 것이므로…… 그리고 민간인들과 복귀 군인들 사이에 존재했던 적의는 지금 우리가 상상할 수 있는 것보다 훨씬 더 격렬한 것이었다고 역사가들도 인정하고 있다.

샐리는 교과서대로 대답하지 않았다. 마침내 레이드 소령은 그의 말을 막았다.

"3000단어로 요약해서 내일 제출하도록. 미스터 살로몬, 이유를…… 역사적이나 이론적인 것이 아니라 실제적인 이유를 들어 주지 않겠나? 왜 선거권이 전역 군인에게만 주어졌는지 말이야."

"그건…… 왜냐하면 그들은 선택된 사람들이기 때문입니다, 소령님. 다른 사람들보다 현명하니까 말입니다."

"터무니없는 소리!"

"예, 소령님?"

"내 말이 너무 길었나? 바보 같은 의견이라고 했네. 군인은 민간인들보다 더 현명하지 않아. 많은 경우 민간인들 쪽이 훨씬 더 머리가 좋네. 이건 바로 뉴델리 조약이 체결되기 직전에 일어났던, 이른바 '과학자들의 반란'으로 일컬어지는 쿠데타를 정당화하기 위해 나온 이유 중 하나야. 즉, 높은 지능을 가진 엘리트들에게 모든 것을 맡기면 유토피아가 출현한다는 식이지. 물론 그 멍청한 주장은 곧 철저하게 틀렸다는 것이 증명되었지만 말이야. 왜냐하면 과학의 추구는, 그것이 사회에게 주는 혜택에도 불구하고 그 자체로서는 사회적인 미덕이 될 수 없기 때문이네. 과학을 연구하는 자들은 사회적 책임감이 완전히 결여되어 있을 정도로 자기중심적일 수도 있으니까. 자, 나는 자네에게 힌트를 주었네. 이제 정답을 말할 수 있겠나?"

샐리는 대답했다.

"그러니까, 군인은 엄정한 규율로 단련받았기 때문입니다, 소령님."

레이드 소령은 부드러운 말투로 말했다.

"유감이지만 그것도 아냐. 매력적인 이론이기는 하지만 그걸 뒷받침할 만한 사실이 결여되어 있네. 자네도 나도 군대에 남아 있는 한 투표할 권리는 없고, 군대의 규율이 전역한 군인에게 극기심을 심어 준다는 사실을 입증할 증거도 없어. 전역 군인이 범죄를 저지르는 비율은 민간인의 그것과 마찬가지야. 그리고 평시에 대다수의 전역 군인은 비전투 보조부대 출신이고, 진정하게 엄격한 군대 규율을 체험하지 않는다는 점을 자네는 간과하고 있네. 그치들은 단지 재촉을 받고, 장시간 일하고, 생명의 위기를 겪었을 뿐이야. 그럼에도 불구하고 그들에게는 선거권이 주어지네."

레이드 소령은 미소 지었다.

"미스터 살로몬, 내가 자네에게 한 질문은 속임수에 가까운 것이었네. 우리가 현 체제를 계속 존속시키고 있는 실제적인 이유는 모든 것을 존속시키는 것과 같은 이유에서야. 즉, 잘 돌아가기 때문이지.

그럼에도 불구하고 그 세부를 관찰하는 것은 유익한 일이네. 모든 역사를 통틀어서 사람들은 신성한 주권을 유효하게, 그리고 현명하게 쓸 수 있는 인물의 손에 넘기기 위해서 끊임없이 노력해 왔네. 전체의 이익을 위해 말이야. 초기의 시도는 절대 군주제였고, '신성 왕권'이라는 이름으로 열렬하게 옹호받았네.

이따금 군주의 선택을 신의 뜻에 맡기는 대신 현명한 군주를 직접 선택하려는 시도도 있었지. 이를테면 스웨덴인들이 프랑스의 베르나도트 장군을 통치자로 추대했을 때처럼 말이야. 여기서 문제가 되는 것은 베르나도트 같은 인물의 수가 한정되어 있다는 점이네.

역사상의 실례를 찾아보면 절대 군주제에서 완전 무정부주의까지 망라되어 있네. 인류는 지금까지 몇천 가지나 되는 방법을 시도해 왔고, 그 이상으로 많은 일들이 제안되었지. 개중에는 상상을 초월할 정도로 기묘한 것들, 이를테면 '공화국'이라는 오해받기 쉬운 제목이 붙은 책에서 플라톤이 주장했던, 개미집을 연상시키는 공산주의 따위가 포함되어 있네. 그러나 이들 주장의 본질은 언제나 윤리적이었고, 안정되고 자비로운 정부의 수립을 목적으로 하고 있었지.

모든 체제는 투표권을 올바르게 행사할 수 있는 지혜를 가졌다고 간주되는 사람들에게 그것을 부여함으로서 이 목적을 달성하려고 하네. 다시 강조하지만 '모든 체제'들이 그랬어. 이른바 '무제한적 민주주의'로 일컬어지던 것조차도 연령, 출생, 인두세, 전과, 기타 이유로 인해 전 인구의 적어도 4분의 1에게는 공민권을 주지 않았다는 뜻이야."

레이드 소령은 비꼬는 듯한 미소를 떠올렸다.

"어떻게 서른 살 먹은 저능아가 열다섯 살의 천재보다 더 현명하게 투표할 수가 있다는 건지 난 이해 못 하겠지만, 그건 '일반인의 신성한 권리' 시대에 있었던 일이니까 신경 쓸 필요는 없어. 그들은 그 우매함의 대가를 치렀으니까.

이 주체적 투표권은 온갖 종류의 규칙에 의해 선별적으로 부여되었네. 출생지, 문벌, 인종, 성별, 재산, 교육, 연령, 기타 등등에 의해 말이야. 그런 체제들은 효력이 있었지만, 그 어느 것도 효과적이지는 못했어. 많은 사람들은 그것들을 폭정으로 간주했고, 결과적으로는 그것들 모두가 붕괴하거나 전복되었던 거야.

그리고 현재 우리는 또 다른 체제하에 있네…… 그리고 그 체제는 매우 효과적으로 운영되고 있지. 불평하는 사람은 많지만, 저항하는 사람은 없어. 개인의 자유는 인류 역사를 통틀어서 최고의 수준에 달해 있고, 법률 수는 많지 않으며, 세금은 낮고, 생활 수준은 생산력이 허용하는 한도까지 높아졌고, 범죄 발생률은 사상 최저에 달해 있네. 왜? 우리 유권자가 다른 시대의 사람들보다 더 현명하기 때문에 그런 것은 아냐. 우린 그런 논법은 이미 졸업했어. 미스터 태매니, 왜 현 체제가 우리 조상들이 채용했던 그 어떤 체제보다 더 효과적인지를 설명할 수 있나?"

그가 어디서 클라이드 태매니라는 이름을 얻었는지 나는 모른다. 아무리 보아도 힌두 인으로밖에는 보이지 않았기 때문이다. 그는 대답했다.

"그러니까, 제 추측으로는, 현재의 유권자들은 스스로 결정을 내려야 한다는 사실을 알고 있는 소수 집단이고…… 따라서 그들은 그 문제를 잘 연구하기 때문인 것 같습니다."

"추측하지는 말아 줬으면 좋겠네. 이건 정확한 과학이기 때문이야. 그리고 자네 상상은 틀렸어. 다수의 체제를 지배하던 귀족 계급들은 자기들의 막중한 권력을 충분히 인식하고 있던 소수 집단이었네. 게다가 투표권이 부여된 우리 시민들이 어디에서나 소수 집단인 것은 아냐. 자네도 알고, 또 응당 알고 있어야 하는 일이지만, 시민권을 가진 성인의 비율은 이스칸더의 80퍼센트 이상에서 지구상의 일부 국가의 3퍼센트 미만까지 천양지차라네. 그럼에도 불구하고 정부의 형태는 어디에서나 거의 마찬가지야. 그리고 투표권자들은 선택받은 인간이 아니네. 그들은 특별한 지혜라든지 재능, 혹은 훈련을 받고 주권을 행사하는 게 아냐. 그렇다면 현재의 투표권자들과 과거의 주권 행사자들 사이의 차이는 무엇일까? 우리는 이미 충분할 정도의 추측을 했네. 그러니까 이제는 명백한 사실을 말해 주지. 현 체제하의 모든 투표권자와 공무원들은 자발적이고 힘든 사회봉사를 통해서, 자신의 개인적 이익보다 자신이 소속된 집단의 복지를 우선적으로 생각한다는 사실을 증명한 사람들인 거야.

바로 이것이야말로 실제적인 차이점이네.

그런 사람은 현명하지 않을지도 모르고, 시민의 의무를 잘못 수행할지도 모르지. 하지만 평균적으로 봐서 그 사람은 역사상의 어떠한 지배 계급보다 훨씬 더 효율적으로 임무를 수행하고 있는 거야."

레이드 소령은 구식 손목시계의 문자반에 손을 대고 시간을 '읽기' 위해 잠시 말을 멈췄다.

"수업 시간도 이제 거의 끝났군. 그런데 우리들 자신을 통치하는 일에 성공한 윤리적 이유에 관해서 우린 아직 결론을 내리지 않았어. 현재도 계속되고 있는 성공은 결코 우연의 소산이 아냐. 그것은 과학이지, 희망적 관측이 아니라는 사실을 명심하도록. 우주는 현재 있는 그대로의 존재이지, 우리의 희망대로 바뀌는 존재가 아냐. 투표를 한다는 것은 권력을 행사한다는 것을 의미하네. 그것은 최고 권력이고, 모든 권리는 바로 여기서 파생하네. 이를테면 내가 하루 한 번씩 제군을 괴롭게 만들 권리 같은 거지. 원한다면 '힘'이라고 불러도 좋아. 투표권은 바로 힘이며, 적나라하고 노골적인 '권장(權杖)과 전부(戰斧)'의 힘인 거야. 그것을 행사하는 사람이 열 명이건, 100억 명이건 정치권력은 힘이네.

그러나 만물은 서로 표리 관계에 있는 이원성(二元性)으로 이루어져 있네. 권력의 반대는 뭔가? 미스터 리코."

그는 내가 대답할 수 있는 질문을 했다.

"책임입니다, 소령님."

"잘 대답했네. 실제적인 이유와 수학적으로 증명 가능한 윤리적인 이유로 인해, 권력과 책임은 동등해야 할 필요가 있네. 그렇지 못할 경우에는 전위(電位)가 서로 다른 두 지점 사이에서 전류가 흐르는 것만큼 확실하게 균형을 이루려는 힘이 그들 사이에서 작용하는 거야. 무책임한 권력의 존재를 용인하는 것은 재앙의 씨앗을 뿌리는 것과 같네. 어떤 인물의 통제를 벗어난 일의 책임을 그 인물에게 묻는 것은 맹목적이며 우매한 행동에 지나지 않아. 무제한적인 민주주의가 불안정했던 이유는 자신의 주권을 행사하는 방법에 대해 그 시민들이 책임을 지지 않았기 때문이네…… 그들도 역사의 비정한 논리에서 벗어날 수는 없었지만 말이야. 우리가 내야 하는 특수한 '인두세'는 그 당시에는 아예 알려져 있지도 않았고, 각 주권자들이, 자신에게 부여된 글자 그대로 무제한적인 권력에 걸맞은 사회적 책임을 다할 수 있는 인물인지를 심의하려는 시도조차도 존재하지 않았네. 만약 그가 불가능한 일에 투표했다면, 상상할 수 있는 최대한의 재앙이 초래되었지. 그 책임은 싫든 좋든 간에 당사자에게 돌아갔고, 투표자들과, 기초를 결여했던 신전 양쪽을 멸망시켜 버렸던 거야.

피상적으로 보면 현 체제도 이런 것들과 거의 차이가 나지 않네. 우리의 민주주의는 인종, 피부색, 신조, 출생, 재산, 성별, 또는 전과 등으로 제한받지 않지. 보통 짧고, 그다지 힘들지도 않는 병역에 복무한 후에는 누구라도 투표권을 얻을 수 있어. 동굴에 살던 우리 조상들에겐 가벼운 운동 같은 것이었겠지. 하지만 그 근소한 차이점은 현실에 입각해서 만들어진 효율적인 체제와 선천적으로 불안정한 체제 사이를 가르는 분수령이네. 투표권은 인간이 가질 수 있는 궁극적인 권력이기 때문에, 우리는 그것을 행사하는 사람 모두가 궁극적인 사회적 책임을 질 것을 보장하네. 즉, 우리는 자신의 국가에 대해 통제권을 행사할 것을 원하는 사람 모두가 국가를 위기에서 구하기 위해 자기 목숨을 걸고, 필요하다면 그것을 버리라고 요구하는 거야. 한 인간이 받아들일 수 있는 최대한의 책임은 이렇게 해서 한 인간이 행사할 수 있는 최대의 권력과 동등해지네. 이것은 음과 양처럼 완벽하고 동등한 거야."

소령은 이렇게 덧붙였다.

"왜 현 체제에서 단 한 번도 혁명이 시도된 적이 없는지 설명할 수 있는 사람은 없나? 역사상의 모든 정부가 그걸 경험했다는 사실에도 불구하고? 또 현재도 정부에 대한 크고 작은 불평이 끊임없이 이어진다는 악명 높은 사실에도 불구하고 말이야."

나이 든 후보생들 중 하나가 그것에 대답해 보려고 했다.

"소령님, 혁명은 불가능합니다."

"맞아. 하지만, 왜?"

"왜냐하면 혁명은, 말하자면 무장 봉기는 불만뿐만 아니라 공격성을 필요로 하기 때문입니다. 혁명가는 싸우고, 죽을 각오가 되어 있어야 하고, 그것이 없다면 단지 말뿐인 급진파에 불과합니다. 만약 공격적 기질을 가진 자들을 분류해서 양치기 개로 만들어 버린다면, 양들은 결코 말썽을 일으키지 않을 겁니다."

"멋진 표현이군! 유추(類推)란 언제나 의심스러운 개념이지만, 지금 한 말은 사실에 가깝네. 그걸 수학적으로 증명해서 내일 제출하도록. 이제 질문을 받을 시간이 왔군. 제군이 물으면, 내가 대답해 주겠네. 누구 없나?"

"그러니까, 소령님, 왜 그걸 마지막까지 밀고 가지 않는 겁니까? 모든 사람에게 병역 의무를 부여하고, 모든 사람이 투표할 수 있게 말입니다."

"자네는 내 시력을 되찾아 줄 수 있나?"

"예? 소령님, 그건 불가능합니다!"

"윤리적 미덕, 그러니까 사회적 책임을, 그걸 가지고 있지도 원하지도 않고, 또 그런 무거운 짐을 강요받는 일에 분개하는 자에게 주입하는 일보다 내 눈을 고치는 일이 훨씬 더 쉽다는 사실을 발견하게 될 거야. 입대하기가 그렇게 힘들고, 사임하는 것이 그토록 쉬운 것은 바로 이 이유에서야. 가족, 혹은 부족 단위 이상의 사회적 책임을 지기 위해서는 상상력이 필요하네. 헌신, 충성심, 그 외의 높은 수준의 미덕 전부가. 이런 것들을 얻으려면 스스로 계발하는 수밖에 없어. 그런 것들은 타인에 의해 강요받는다면, 토해 버리게 되는 거야. 징병 제도는 과거에 이미 시도되었네. 도서관으로 가서 1950년대의 이른바 '한국의(Korean)' 전쟁이라고 불리던 전쟁에서 포로로 잡힌 후 세뇌된 병사들에 관한 정신병학적 보고서를 찾아보게. 메이어 리포트야. 그것을 분석 요약해서 다음 수업 때 제출하도록."

그는 손목시계를 만졌다.

"해산."

레이드 소령은 우리를 눈코 뜰 새 없이 바쁘게 만들었다.

그러나 재미가 있었다. 나도 소령이 시도 때도 없이 불쑥 내주는 석사 논문 같은 숙제와 씨름해야 했다. 나는 십자군 운동이 대다수의 다른 전쟁들과는 다르다고 시사했던 적이 있다. 그 대가로 나는 한참 설교를 들어야 했고, 전쟁과 윤리적 완벽함은 같은 발생학적 형질에 기인하고 있다는 사실의 증명을 제출하라고 명령받았다.

간단하게 설명하자면 이렇다. 모든 전쟁은 인구의 압박에서 비롯된다.(그렇다. 십자군조차도 예외가 아닌 것이다. 그것을 증명하기 위해서는 통상로, 인구 증가율, 기타 많은 유적들을 발굴 조사할 필요가 있지만.) 윤리(올바른 윤리 규범 전부)는 생존 본능에서 비롯된다. 윤리적 행위란 개인적 차원을 초월한, 생존하기 위한 행동이다. 이를테면 자기 자식을 구하기 위해 죽는 아버지의 행위 같은 것이다. 그러나 인구 압박은 다른 인간들을 밀어내고 생존하는 과정에 기인하므로, 인구 압박에서 비롯된 전쟁도 유전된 동일 본능에 기인한 것이며, 이것이 인류에 걸맞은 모든 윤리 규범을 만들어 내는 것이다.

증명의 검토, 즉 인구를 현존하는 자원에 걸맞은 수준으로 제한하는 도덕률(moral code)의 설정을 통해 인구 압박을 경감하고 전쟁을 없애는(그 결과 너무나도 명백한 전쟁의 해악을 불식하는) 일은 가능한가?

가족 계획의 유용성이나 윤리성을 논하지 않더라도, 관측에 의해 다음과 같은 사실을 확인할 수 있다. 즉, 자발적으로 인구 증가를 멈추는 종족은 팽창을 계속하는 종족에 의해 설 자리를 잃는다는 것이다. 지구 역사에도 증가를 멈춘 인종이 있었고, 그들은 결국 다른 인종에 의해 멸망해 버렸다.

그럼에도 불구하고, 인류가 태양계 내의 행성에 딱 맞을 정도로만 출생

률과 사망률의 균형을 유지하고, 그 결과 평화를 이룬다고 가정하자. 그럼 무슨 일이 일어나는가?

머지않아(아마 다음 주 수요일쯤에) 거미들이 침입해 와서, '전쟁 따위는 이제 배우지 않을 거야' 운운하는 종족을 몰살시켜 버리고, 전 우주는 우리가 존재했다는 사실을 잊는 것이다. 이것은 현재도 일어날 가능성이 있는 일이다. 우리가 팽창해서 거미들을 일소해 버리든지, 아니면 거미들이 팽창해서 우리를 일소해 버리든지 둘 중의 하나다. 왜냐하면 양 종족 모두 터프하고, 높은 지능을 가지고 있으며, 같은 영토를 원하고 있기 때문이다.

인구 압박이 우리를 얼마나 빨리 전 우주로 팽창하게 해서, 발 디딜 틈도 없게 만들어 버리는지 아는가? 그 대답을 들으면 놀랄 것이다. 인류의 역사라는 관점에서 본다면, 그야말로 눈 깜짝할 사이인 것이다.

계산해 보라. 이 팽창은 복리로 계산해야 할 문제이다.

그러나 인간은 우주로 팽창해 갈 '권리'를 가지고 있는 것일까?

인간은 인간 그 자체이며, 생존하려는 의지를 가진 야수이고, (적어도 지금까지는) 그럴 능력을 가진 존재다. 이 사실을 인정하지 않는 한 윤리, 전쟁, 정치(기타 무엇이든지)에 관한 그 어떠한 의견도 난센스에 불과하다. 올바른 윤리란 인간이 무엇인지를 아는 것에서 비롯되는 것이지, 공상적 사회 개량주의자나 선의에 가득 찬 선의에 가득 찬 옆집의 넬리 아주머니의 희망적 관측에서 생겨나는 것이 아니다.

우주는 우리에게 통고해 줄 것이다. 나중에. 우주로 팽창해 갈 '권리'가 우리에게 있는지 없는지를.

그때까지는 기동보병이 그곳에 있을 것이다. 우리 종족 편에 서서, 당당하고 절도 있게.

졸업이 가까워 옴에 따라 우리는 경험이 풍부한 전투 지휘관 아래에서 일하기 위해 각자가 외부로 파견되었다. 이것은 준(準) 최종 시험이었고, 그 지휘관이 우리에게 장교가 될 자격이 있는지를 결정하기 위한 것이었다. 떨어진 경우에도 재심사를 요청할 수 있었지만, 그런 후보생이 있었다는 얘기를 일찍이 들어 본 적이 없다. 합격 판정을 받고 돌아오든가, 아니면 다시는 얼굴을 보이지 않든가 둘 중의 하나였다.

귀환하지 않은 후보생들 중 일부는 불합격한 것이 아니었다. 단지 전사했을 뿐이다. 왜냐하면 후보생들은 전투 출격 직전인 군함으로만 배속되기 때문이다. 우리는 장비가 든 가방을 언제나 싸 놓으라는 명령을 받았고, 점심시간 중에 우리 중대의 간부 후보생 모두가 호출받은 적도 있었다. 그들은 밥을 먹지도 않고 그 자리에서 떠났고, 그제야 나는 내가 후보생 중대의 중대장이 되어 있다는 사실을 깨달았다.

신병 때의 임시 계급과 마찬가지로 이것은 편하지 않은 명예였지만, 그로부터 이틀도 채 되기 전에 나도 호출 명령을 받았다.

나는 더플백을 어깨에 메고 가슴이 벅차오르는 것을 느끼며 사령관실로 뛰어갔다. 밤늦게까지 공부한 탓에 눈이 쓰린 데다가, 아무리 그래도 따라가기 힘들었고, 교실에서는 멍청이 취급을 받는 일에 신물이 나 있었다. 전투부대의 유쾌한 친구들과 몇 주일을 함께 보내는 일이야말로 조니가 희망하던 일이었다!

나는 밀집 대형으로 교실로 향해 구보하는 신입생들을 지나쳤다. 그들 모두가 혹시 장교가 되려고 했던 것은 실수가 아니었던가 하는 사실을 각 후보생이 깨달았을 때 보이는 바로 그 음울한 표정을 짓고 있었다. 어느새 나는 노래를 흥얼거리고 있었다. 나는 내 노랫소리가 사령관실에 들릴 정도의 거리에 도달하자 입을 다물었다.

다른 후보생 두 명도 와 있었다. 하산과 버드 후보생이었다. '암살자(The Assassin)' 하산은 우리 반에서는 최연장자였고, 「아라비안나이트」에서 어부가 병에서 해방한 그 무엇을 방불케 했다. 한편 버드는 참새보다 그다지 크지도 않았고, 용모의 위협적인 정도도 그것과 비슷했다.

우리는 성스러운 장소에서도 가장 성스럽다는 곳, 바로 사령관실로 안내되었다. 사령관은 휠체어에 앉아 있었다. 우리는 토요일의 사열과 분열 행진 때를 제외하면 그가 휠체어에서 내려 서 있는 것을 보지 못했다. 걸으면 통증을 느끼기 때문인 것 같았다. 그러나 우리가 그를 보지 못했다는 뜻은 물론 아니다. 칠판 앞에 서서 문제를 풀던 생도가 뒤를 돌아다보면 휠체어가 바싹 다가와 있고, 닐센 대령이 틀린 곳을 똑바로 응시하고 있다는 사실을 깨닫는 일도 부지기수였다.

사령관은 결코 우리를 방해하지 않았다. 그가 나타나더라도 일어나서 '차렷'이라고 외치지 말라는 복무규정이 있었지만, 우리가 당황하기는 매한가지였다. 마치 여섯 명의 대령과 마주친 듯한 느낌을 받기 때문이다.

사령관의 진짜 계급은 함대 원수였다.(그렇다. 바로 그 닐센이었던 것이다.) 다시 한 번 전역하기 전에, 사관학교의 사령관 역을 맡기 위해 임시로 대령 계급을 받고 있을 뿐이다. 나는 재정관에게 물어본 적이 있었고, 예의 규칙이 사실이라는 것을 확인했다. 즉, 사령관은 대령의 급여를 받을 뿐이다. 그러나 그가 다시 전역할 것을 결정한 날부터는 함대 원수의 급여를 받게 된다.

정말 에이스가 말한 것처럼, 세상에는 별의별 인물이 다 있었다. 단지 후보생들을 감독할 특권을 얻기 위해 월급을 반으로 줄여 받는다니 상상하기도 힘들었다.

닐센 대령은 고개를 들고 말했다.

"잘 있었나, 제군. 편하게 앉도록."

나는 의자에 앉았지만 편한 기분은 아니었다. 그는 휠체어를 커피 머신 쪽으로 굴리고 가서 컵을 네 개 뽑았다. 하산이 대령을 도와 커피를 나누어 주었다. 나는 커피 따위는 마시고 싶지도 않았지만, 후보생이 사령관의 환대를 거절할 수는 없는 법이다.

그는 커피를 한 입 마시고 선언했다.

"나는 자네들에게 파견 명령을 내리고, 임시로 임관하기로 했네. 그러나 우선 제군이 각자의 신분을 이해하고 있다는 것을 확인하고 싶네."

그 부분에 관해서는 이미 강의에서 들었다. 우리는 교육과 시험을 받을 때만 임시로 장교가 될 수 있다. 즉 '정원 외의 견습, 임시 장교'였던 것이다. 이것은 제일 낮은 계급, 완전히 불필요한 존재인 데다가 극히 일시적인 지위였다. 우리는 사관학교로 돌아오면 다시 사관후보생으로 돌아오고, 시험관들에 의해서도 언제든지 그 계급을 박탈당할 수 있었다.

바꿔 말해서 '임시 부(副)소위', 물고기에 달린 발만큼이나 불필요하며, 함대 주임상사와 진짜 장교들 사이의 실낱같은 틈새에 끼어든 존재가 되는 것이다. 이것은 '장교'라고 불릴 수 있는 범위 내에서는 가장 낮은 계급이다. 만약 누군가가 부소위에게 경례를 붙였다면, 그건 아마 조명이 어두웠기 때문일 것이다.

대령은 말을 계속했다.

"제군에게 주어지는 계급은 부소위야. 그러나 제군의 급여는 바뀌지 않고, 제군은 계속 '미스터'라는 경칭으로 불리게 되네. 유일한 변화라면 군복의 견장이 후보생 때보다 오히려 더 작은 것으로 바뀌는 것뿐이지. 제군의 장교 자격 여부에 관해서는 아직 결정되지 않았기 때문에, 교육은 계속되네."

대령은 미소 지었다.

"그런데도 왜 부소위라고 불리는 걸까?"

나도 그것을 의아하게 생각하고 있었다. 진짜 임관도 아닌 이런 '임관' 정도로 왜 그렇게 소란을 피우는 것일까?

물론 교과서에 실린 대답이라면 나도 알고 있었다.

"미스터 버드?"

대령이 물었다.

"아…… 지휘 계통에 저희를 포함시키기 위해서입니다."

"바로 그거야!"

대령은 한쪽 벽에 붙은 인원 편성표 앞으로 미끄러지듯이 이동했다. 그것은 꼭대기에서 제일 아래까지 규정된, 통상적인 피라미드 모양을 하고 있었다.

"이걸 보게……."

그는 자신의 이름에 수평된 위치에 선으로 연결되어 있는 사각형을 가리켰다. 그 속에는 사령관 보좌(미스 켄드릭)이라고 쓰여 있었다.

그는 입을 열었다.

"제군, 미스 켄드릭이 없다면 나는 이곳을 제대로 관리할 수 없을 거야. 그녀의 두뇌는 여기서 일어나는 모든 일을 신속하게 액세스해 주는 파일이기 때문이지."

그는 자신의 의자에 달린 조종 패널에 손을 댄 후 공중에 대고 물었다.

"미스 켄드릭, 버드 후보생은 지난 학기 군법 과목에서 몇 점을 받았소?"

그녀의 대답은 즉시 돌아왔다.

"93퍼센트입니다, 사령관님."

"고맙소."

그는 말을 이었다.

"알겠나? 나는 미스 켄드릭의 머리글자가 타이프된 서류라면 무조건 서명하네. 그녀가 얼마나 자주 내 이름을 대신 서명하고, 내가 그것을 아예 보지도 않는다는 사실을 사문위원회가 행여 발견하지나 않을까 걱정이 될 정도로. 말해 주지 않겠나, 미스터 버드…… 만약 내가 지금 죽는다면, 미스 켄드릭은 계속 일을 수행해 나갈까?"

"예? 그러니까……."

버디는 어리둥절한 표정이었다.

"아마, 일상적인 업무라면, 필요한 일을 할 수 있을……."

대령이 호통쳤다.

"그녀는 아무런 일도 하지 않아! 촌시 중령이 일일이 지시를 내리기 전에는 말이야. 미스 켄드릭은 매우 현명한 여성이고, 자네가 명백하게 이해하지 못하는 사실을 이해하고 있네. 즉, 그녀는 지휘 계통에 포함되어 있지 않고, 따라서 아무런 권한도 가지고 있다는 사실을."

그는 말을 이었다.

"지휘 계통이란 단순한 문구가 아니네. 얼굴을 후려갈기는 주먹처럼 확실히 존재하는 거야. 만약 내가 제군을 사관후보생 자격으로 전장에 보낸다면 제군이 할 수 있는 일이란 기껏해야 다른 사람의 명령을 전달하는 일 정도야. 만약 제군의 소대장이 전사하고, 제군이 한 병사에게 명령을 내렸다고 치지. 비록 그 명령이 분별 있고 현명한 것이었다고 할지라도, 제군의 행동은 잘못된 것이고, 만약 그 병사가 그 명령에 복종한다면, 그 또한 잘못 행동한 것이 되네. 왜냐하면 사관후보생은 지휘 계통에 포함되어 있지 않기 때문이지. 후보생은 군대 내에서는 존재하지 않고, 계급도 없으며, 군인이라고 할 수도 없네. 후보생은 장래에 군인이 될 학생이네. 장교가 되든지, 아니면 옛 계급으로 돌아가든지 해서 말이야. 육군의 군규를 따라야 하지만, 육군의 일원은 아닌 거지. 그런 이유로 해서…….”

제로였다. 아무런 단서조차도 붙지 않은 제로. 만약 사관후보생이 육군의 일원이 아니라면…….

“대령님!”

“응? 말해 보게, 미스터 리코.”

나는 내가 말을 꺼냈다는 사실에 깜짝 놀랐지만, 꼭 말할 필요가 있었다.

“하지만…… 만약 우리가 육군의 일원이 아니라면…… 그럼 기동보병도 아니라는 말씀입니까, 대령님?”

그는 나를 보고 눈을 깜박였다.

“그게 걱정인가?”

“그러니까, 그렇게 마음에 들지는 않습니다, 대령님.”

실은 전혀 마음에 들지 않았다. 마치 벌거벗은 듯한 기분이었다.

대령은 별로 기분 나빠하는 것 같지는 않은 기색이었다.

“알았네. 우주 변호사 어쩌고 하는 일은 내게 맡겨 두게.”

“하지만…….”

“이건 명령이야. 귀관은 법적으로는 기동보병이 아니지만, 기동보병은 자네를 잊지 않았네. 그 일원이 어디 있든 간에 기동보병이 그를 잊는 일은 결코 없어. 만약 이 순간에 자네가 죽어 버린다면, 자네는 기동보병 이등소위 후안 리코로서 화장될 거야.”

닐센 대령은 말을 멈췄다.

“미스 켄드릭, 미스터 리코의 모함 이름은?”

“로저 영입니다.”

“고맙소.”

그는 말을 이었다.

"기동보병 1사단 3연대 G중대의 2소대…… '깡패들' 소속으로 말이야."

그는 일단 내 모함 이름을 듣고 나서는 즐기는 듯한 어조로 기억을 열거했다.

"우수한 부대지, 미스터 리코. 당당하고, 난폭한. 귀관의 전사 통지가 수령된 직후 그 부대에서는 영결 나팔이 울리고, 자네의 이름도 마찬가지 의식과 함께 메모리얼홀(전몰자 기념관—옮긴이)에서 낭독될 거네. 우리가 전사한 사관후보생을 임관하는 것은 바로 이 이유 때문이네. 그를 전우들의 품으로 돌려보내기 위한 거야."

나는 안도감과 함께 깊은 향수를 느꼈고, 그 탓에 대령의 말을 조금 놓치고 말았다.

"……내가 말하고 있을 때는 입을 다물고 있도록. 귀관이 소속됐던 기동보병으로 틀림없이 돌려보내 줄 테니까 걱정 말게. 제군은 훈련 출격 중에는 임시 장교 역할을 맡아야 하네. 왜냐하면 전투 강하에서 무임 승객을 태울 여유는 없으니까 말이야. 제군은 명령을 받아 싸울 것이고 또 명령을 내려야 하네. 이것들은 정당한 명령이네. 왜냐하면 제군은 그 계급을 가지고 있고, 그 부대와 함께 싸울 것을 명령받고 있기 때문이야. 따라서 제군이 자신의 의무를 수행하기 위해 내리는 모든 명령은, 최고 사령관이 서명한 명령과 마찬가지로 구속력이 있네."

대령이 말을 이었다.

"게다가, 일단 지휘 계통에 포함된 뒤에는, 제군은 즉시 더 높은 지휘권을 이어받을 수 있는 태세를 갖추어야 하네. 만약 제군이 1개 소대 편성의 전투부대에 배속되었고…… 현재 전황으로 미루어 보아 그럴 가능성은 높지, 그리고 소대장이 전사했을 때 제군이 소대장보의 위치에 있을 경우에는…… 바로…… 제군이…… 소대장이 되는 거야!”

그는 고개를 저었다.

“그때는 ‘소대장 대리’도, 훈련을 지휘하는 후보생도 아니고, ‘교육 중인 하급 장교’도 아니네. 느닷없이 제군은 그들의 대장, 보스, 진짜 지휘관이 되는 거야. 그리고 가슴이 내려앉을 듯한 충격과 함께 여러 명의 인간이 오로지 자신에게 의지하고 있다는 사실을 깨닫고, 무슨 일을 하고, 어떻게 싸우고, 어떻게 임무를 완수하고, 어떻게 살아 귀환해야 할지 말해 줄 것을 기대하고 있다는 사실을 깨닫는 거야. 부하들은 확신에 찬 명령이 들리기를 기다리고 있고, 더군다나 그사이에도 계속 시간은 흘러가고 있네. 바로 그 목소리, 결단을 내리고, 올바른 명령을 내릴 수 있는지의 여부는 바로 귀관들에게 달려 있네…… 그럴 때는 단지 올바를 뿐만 아니라 침착하고, 걱정 따위와는 아예 무관한 어조로 그래야 하네. 왜냐하면 제군의 부대가 곤경에 처해 있을 것이기 때문이야. 커다란 곤경에! 그럴 때 두려운 나머지 이상한 목소리라도 낸다면 은하계 최고의 전투부대일지라도 지휘관이 없고, 무질서하고, 공포에 미쳐 날뛰는 폭도로 변하고 마네.

이 무자비한 임무 전체가 아무런 경고 없이 주어질 수 있어…… 그럴 경우 제군은 즉시 행동해야 하고, 제군의 머리 위에는 신밖에는 없게 되네. 그러나 신이 제군에게 전술적 명령 같은 걸 내려 주리라고는 기대하지 말게. 그건 제군 몫이니까. 만약 신이 제군이 틀림없이 느낄 공포를 제군의 목소리에서 제거해 줬다면, 군인이 기대할 수 있는 최대한의 은총을 베풀어 줬다고 할 수 있겠지.”

닐센 대령은 말을 멈췄다. 나는 평정심을 되찾고 있었다. 버디는 지독하게 진지한 표정을 하고 있었고, 완전히 어린애처럼 보였다. 하산은 얼굴을 찌푸리고 있었다. 나는 로저 영의 강하실에 돌아가고 싶은 기분이었다. 내 계급도 그다지 높지 않고, 식사 후의 잡담이 바야흐로 최고조에 도달했던 그 당시로 말이다. 반장보라는 직책에는 많은 이점이 있었다. 머리를 쓰는 것보다 죽어 버리는 쪽이 훨씬 더 쉬우니까.

대령은 말을 계속했다.

"그게 바로 진실의 순간이네. 유감스럽게도 군사과학은 진짜 장교와 양쪽 어깨에 장교 계급장을 달았을 뿐인 그럴듯한 가짜를 구분하는 방법을 아직 발견하지 못했네. 단 하나, 직접 포화의 세례를 받게 하는 방법을 제외하곤 말이야. 진짜 장교들은 그것을 극복하거나, 아니면 장렬하게 전사하네. 가짜는 그것을 견디지 못하고 무너져 버리는 거지.

때로는 무너져 버린 부적격자가 전사하는 경우도 있어. 그렇지만 진짜 비극은 이것이 다른 인명의 손실로 이어진다는 사실이네. 우수한 병사들, 즉 병장, 상병, 일병들의 치명적인 악운은, 무능력자의 지휘하에 있었다는 단 한 가지 사실에서 비롯된 거야.

군은 이런 사태를 미리 막으려고 노력하네. 우선, 사관후보생 전원은 포화의 세례를 받고 전투 강하를 경험한 숙련된 병사여야 한다는 철칙이 있네. 역사상 이런 규칙을 엄수한 군대는 존재하지 않아. 그중 몇몇은 그것에 근접하기는 했지만 말이야. 생 시르, 웨스트포인트, 샌드허스트, 콜로라도스프링스 같은 과거의 위대한 사관학교에서도 대부분 아예 이런 규칙에 따르려는 시늉조차도 하지 않았네. 이들 학교는 민간인의 자제를 입학시키고, 훈련시키고, 임관한 다음, 아무런 전투 경험도 없는 그들을 지휘관으로서 전장에 내보냈네…… 그리고 이따금 이 젊고 현명한 '장교'가 바보이고, 비열하고, 히스테리컬하다는 사실을 너무 늦게 발견하곤 했던 거야.

적어도 우리에겐 이런 식의 부적격자는 없지. 우리는 제군이 우수한 병사라는 사실을 알고 있네. 용감하고, 노련하며, 전투에서 그것을 증명했다는 사실을. 그렇지 않았다면 이곳에 오지는 않았을 거야. 우리는 제군의 지능과 교육이 최저한의 필수 조건을 충족하고 있다는 사실을 알고 있네. 일단 그렇게 시작해서, 우리는 그다지 우수하지 않은 후보들을 가능한 한 많이 제외하네. 실제 능력 이상의 과업을 강요함으로써 우수한 강하병 하나를 망치기 전에, 신속하게 원래 부대로 돌려보내는 거야. 사관학교의 교과과정은 매우 어렵게 되어 있네. 왜냐하면 나중에 제군에게 과해질 임무는 한층 더 어려울 것이기 때문이야.

조만간 상당히 유망하다고 판단되는 작은 그룹이 남게 되네. 아직 실행되지 않은 주요 판정 기준은 이곳에서는 결정할 수 없는 거야. 꼬집어 말할 수 없는 그 무엇, 전장에서의 지휘관과, 소질은 있어 보이지만 실제 자질을 갖추지 못한 자의 차이야. 그래서 우리는 실전 테스트를 실시하는 거라네.

자, 제군! 제군은 바로 그 시점에 도달했네. 선서할 준비는 되어 있나?"

한순간 침묵이 있었고, 곧 암살자 하산이 단호한 어조로 대답했다.

"예, 대령님."

그리고 버디와 나도 그 말을 되풀이했다.

닐센 대령은 얼굴을 찌푸렸다.

"지금까지 나는 제군이 얼마나 훌륭한 후보생인가를 얘기했네. 육체적으로 완벽하고, 정신적으로도 기민하고, 훈련받았고, 단련되었고, 실전 경험도 있다고 말이야. 우수한 사관의 귀감이라고 할 만한……."

여기서 대령은 코웃음을 쳤다.

"그건 난센스야! 제군은 언젠가는 장교가 될지도 모르지. 나도 그렇게 희망하고 있네…… 우리는 돈과 시간과 노력을 낭비하는 것을 싫어할 뿐만 아니라, 이건 훨씬 더 중요한 일이지만, 제군처럼 설익고 미숙한 장교들을 함대로 보낼 때마다 나는 공포에 떤다네. 우수한 전투 부대 안에 내가 마치 프랑켄슈타인의 괴물 같은 존재를 해방했는지도 모른다고 말이야. 제군이 앞으로 어떤 난관에 직면할지를 알고 있다면, 의향을 타진받기도 무섭게 선서할 준비가 되어 있다고 말하지는 않았을 거야. 제군은 선서를 거부함으로써 내가 제군을 원래 계급으로 복귀시키도록 할 수도 있었네. 하지만 제군은 아직도 그걸 이해 못 하는 것 같군.

그러니까 다시 한 번 시도해 보지. 미스터 리코! 귀관은 1개 연대를 전멸시킨 죄로 군법회의에 회부된다는 것이 어떤 느낌인지 한 번이라도 생각해 본 적이 있는가?"

나는 이 말에 아연실색했다.

"그런…… 없습니다, 대령님. 한 번도 생각해 본 적이 없었습니다."

군법회의에 회부된다는 것은 (그 이유가 어쨌든 간에) 장교에게는 보통 병사보다 여덟 배는 더 나쁜 일이다. 사병이라면 불명예 전역 처분으로 끝나는 죄목이(태형을 받을지도 모르고, 안 받을 가능성도 있다.) 장교에게는 사형감일 수 있는 것이다. 그럴 바에는 아예 처음부터 태어나지 않는 편이 낫다!

그는 냉엄한 어조로 말했다.

"잘 생각해 보게. 내가 아까 제군의 소대장이 전사할지도 모른다고 했을 때, 나는 군사 작전 시 일어날 수 있는 최악의 경우를 의미하지는 않았어. 미스터 하산? 한 번의 전투에서 전멸했던 지휘관의 최대 수는 몇 명인가?"

암살자의 찌푸린 표정은 더 깊어만 갔다.

"확실히는 모르겠습니다, 대령님. 벌레 둥우리 작전에서 '소브 키 푸'가 울리기 전에 소령이 여단을 지휘하지 않았습니까?"

"맞네. 이름은 프레드릭스였어. 나중에 훈장을 받고 진급했지. 제2차 세계 대전까지 거슬러 올라간다면, 하급 사관이 기함의 지휘를 맡고, 적과 교전했을 뿐더러, 마치 자신이 제독인 것처럼 명령을 보낸 사례도 있네. 그 배의 지휘 계통에는 부상조차 하지 않은 상관이 있었음에도 불구하고, 그 행동의 정당성은 입증되었네. 통신 장비가 고장 났다는 특별한 상황이 있었기 때문이야. 하지만 나는 6분 안에 네 개의 지휘 계층이 전멸해 버린 경우를 생각하고 있었네. 소대장이었는데, 눈을 한 번 깜빡거린 뒤에는 어느새 자신이 여단을 지휘하고 있다는 사실을 깨닫는 식이지. 그런 예에 관해 들어 본 사람은 없나?"

죽음과도 같은 침묵이 흘렀다.

"좋아. 그것은 나폴레옹 전쟁 주변에서 일어났던 변경 전쟁 중 하나였네. 그 젊은 장교는 한 해군 함정에 타고 있었던 최하급 사관이었지. 물론 이건 바다의 해군이고, 바람을 동력으로 쓰고 있었네. 이 청년은 제군 대다수와 그리 차이가 나지 않는 연령이었고, 아직 임관하지 않은 상태였어. 그의 직책은 임시 부소위였네. 제군이 맡게 될 직책도 바로 이것이라는 점에 주목하도록. 그는 실전 경험이 없었고, 그 지휘 계통에는 네 명의 상관이 있었네. 전투가 시작되었을 때 지휘관이 부상했네. 그 젊은 사관은 상관을 부축해서 포화가 닿지 않는 장소로 옮겼네. 그가 했던 일은 그게 전부야. 전우를 구출했던 거지. 하지만 그는 자신의 부서를 떠나라는 명령을 받지 않고 그 일을 수행했네. 그런 일을 하던 중에 다른 사관들이 모두 전사했고, 그는 '지휘관으로서 적전에서 자신의 맡은 바 부서를 이탈한' 죄로 군법회의에 회부됐네. 결국 유죄 판결을 받고, 군에서 추방당했어."

나는 숨을 들이쉬었다.

"단지 그 때문에 말입니까, 대령님?"

"왜, 그것 갖고서는 모자랄 것 같나? 물론 우리도 전우를 구출하네. 하지만 우린 바다에서 움직이는 해군과는 전혀 다른 상황에서, 게다가 일일이 명령을 받고 그걸 수행하네. 그러나 동료 구출은 결코 적전 도주의 이유는 되지 못하네. 그 청년의 가족은 1세기 반에 걸쳐 그의 유죄 판결을 취소해 보려고 했네. 물론 성공하지 못했지. 상황에 약간 미심쩍은 점도 없지는 않았지만, 그가 전투 시에 명령 없이 자신의 부서를 떠났다는 데는 의문의 여지가 없었으니까 말이야. 확실히 그는 새파란 애송이였지만, 교수형을 선고받지 않았다는 것만으로도 행운이라고 해야겠지."

닐센 대령은 차가운 눈으로 나를 보았다.

"미스터 리코, 귀관에게도 이런 일이 일어날 수 있다고 생각하나?"

나는 침을 꿀꺽 삼켰다.

"일어나지 않기를 희망합니다, 대령님."

"이 훈련 출격 중에 어떻게 그런 일이 일어날 수 있는지 얘기해 주겠네. 자네가 1개 연대가 일제히 강하하는 연합 작전에 참가했다고 가정해 보도록. 물론 장교들이 제일 먼저 강하하게 되네. 여기에는 유리한 점도 있고 불리한 점도 있지만, 우리는 사기를 진작하기 위해 이렇게 하는 거야. 장교 없이 적 행성에 강하하는 병사는 없네. 거미들이 이 사실을 안다고 가정해 보게. 사실 그럴지도 모르지. 그리고, 놈들이 제일 먼저 착지하는 강하병들을 지상에서 일소하는 수단을 강구해서, 성공했다고 가정해 보게…… 하지만 강하한 부대원 전원을 전멸시키지는 못했어. 그런데, 정원 외 인원인 귀관은 제1파와 함께 사출되는 대신, 아무 빈 캡슐이나 타야 했다고 치지. 그럼 귀관은 어떻게 되는 건가?"

"그건…… 잘 모르겠습니다, 대령님."

"귀관은 전 연대의 지휘권을 계승했어. 그럴 경우 그 지휘권을 어떻게 쓸 작정인가? 빨리 대답하도록. 거미들은 기다려 주지 않아!"

"아……."

나는 교과서에서 그대로 대답을 끄집어내서 앵무새처럼 되풀이했다.

"저는 지휘권을 접수하고, 제가 판단하는 전술적 상황에 따라 적절한 행동을 취하겠습니다."

"그럴 작정인가, 응?"

대령은 불만스럽다는 말투로 말했다.

"그러고 나서 귀관도 전사해 버리겠지. 그런 최악의 상황에서는 누구든 그렇게 될 거야. 하지만 나는 귀관이 장렬하게 그러기를 희망하네. 의미가 있든 없든 간에, 누군가에게 명령을 외치면서 말이야. 우리는 고양이 새끼가 살쾡이와 싸워서 이길 걸 기대하거나 하지는 않아. 단지, 그들이 그걸 시도하는 걸 원할 뿐이야. 좋아, 일어서도록. 모두 오른손을 들게."

나는 대령이 계급장을 건네준 후 우리를 놓아줄 것이라고 생각하고 있었다. 임시 임관과 마찬가지로, 우리 견장은 받는 것이 아니라 빌리는 것이었다. 그러나 해산 명령을 내리는 대신 그는 등을 뒤로 젖히고 거의 인간적인 표정을 떠올렸다.

"자, 자네들의 임무가 얼마나 어려운 것이 될지는 이미 설명했네. 나는 제군이 그 일에 관해 고민할 것을 원하네. 미리 걱정하는 거야. 자신에게 일어날 가능성이 있는 온갖 나쁜 일에 대해 어떤 조치를 취할지 곰곰이 생각해 보고, 장교의 생명은 부하들을 위한 것이지 영광을 위해 자살적으로 내버리는 것이 아니라는 사실을 뚜렷하게 인식하고…… 상황이 요구한다면 자기 생명을 지키는 대신 바칠 필요도 있다는 사실을 받아들이는 거야. 나는 제군이 강하하기 전에 죽도록 걱정하기 바라네. 그러면 실제로 문제가 터졌을 때 당황하지 않을 테니까 말이야.

물론 그런 일은 불가능하지. 한 가지를 제외하고는. 주어진 짐이 너무 무거울 때 제군을 구해 줄 수 있는 단 하나의 인자는 무엇인가? 누군가 대답해 주겠나?"

아무도 대답하는 사람은 없었다.

"아니, 정말 아무도 없단 말인가?"

닐센 대령은 경멸하는 듯한 어조로 말했다.

"제군은 신병이 아냐. 미스터 하산!"

"자기 선임하사입니다, 대령님."

암살자는 천천히 대답했다.

"명백한 일이지. 선임하사는 아마 제군보다 더 나이를 먹었을 것이고, 더 많은 강하를 경험했을 것이며, 자기 부대에 관해서 제군보다 확실히 더 잘 알고 있을 거야. 예의 무시무시한, 몸이 얼어붙는 것 같은 최고 지휘관의 막중한 중하를 지고 있지 않기 때문에, 제군보다 더 명확하게 사태를 관망할 수 있네. 선임하사의 조언을 구하도록. 바로 그것을 위해 제군은 전용 회선을 하나 더 가지고 있는 거야.

그랬다고 해서 제군에 대한 선임하사의 신뢰가 줄어들거나 하지는 않아. 선임하사는 조언을 하는 일에 익숙해 있네. 만약 조언을 구하지 않으면, 선임하사는 제군이 뭐든지 알고 있다는 자만심에 가득 찬 멍청이라는 결론을 내리겠지. 그리고 그의 의견은 옳네.

그러나 제군이 반드시 선임하사의 권고에 따를 필요는 없어. 선임하사의 아이디어를 채용하든, 아니면 거기서 제군 자신의 계획이 떠오르건 간에, 제군은 결단을 내리고, 신속하게 명령을 내려야 하네. 우수한 소대 선임하사의 가슴에 공포를 불어넣는 유일한 경우란, 자신이 우유부단한 상관의 지휘하에 있다는 사실을 그가 깨달았을 경우야.

기동보병만큼이나 장교와 사병들이 서로 의존하고 있는 군대는 일찍이 존재한 적이 없었네. 그리고 하사관들은 우리 모두를 하나로 뭉치게 만드는 아교와도 같은 존재야. 이 사실을 절대로 잊지 말도록."

사령관은 휠체어를 자신의 책상 옆에 있는 진열장 쪽으로 움직였다. 그 진열장은 여러 개의 작은 칸으로 나눠져 있었고, 각 칸에는 작은 상자가 하나씩 들어 있었다. 그는 그중 하나를 꺼내 뚜껑을 열었다.

"미스터 하산……."

"예, 대령님?"

"이것들은 테런스 오켈리 대위가 실습 출격 당시에 달았던 계급장이네. 이걸 어깨에 달 생각이 있나?"

"예?"

암살자는 목이 메어 제대로 말을 못했다. 당장에라도 감격의 눈물을 흘릴 것처럼 보였다.

"옛, 대령님!"

"이리로 오게."

닐센 대령은 그 계급장을 달아 주고 나서 말했다.

"그것을 달고 대위처럼 용감하게 행동하게…… 하지만 다시 가지고 돌아오는 거야, 알겠나?"

"예, 대령님. 최선을 다하겠습니다."

"자네가 그럴 걸 확신하고 있네. 옥상에서 에어카가 기다리고 있고, 자네 보트는 앞으로 28분 후 발진하네. 소위, 명령을 실행하도록!"

암살자는 경례를 하고 떠났다. 사령관은 몸을 돌려 다른 상자를 꺼내 들었다.

"미스터 버드, 귀관은 미신을 믿나?"

"믿지 않습니다, 대령님."

"정말인가? 실은 나는 믿고 있어. 그럼 자네는 다섯 명의 장교가 달았던 계급장을 다는 데 이의가 없나? 그들 전원이 전사했네."

버디는 주저 없이 대답했다.

"이의 없습니다, 대령님."

"잘 생각했네. 왜냐하면 이들 장교들은 '지구 무공 훈장(Terran Medal)'에서 '상처 입은 사자장(Wounded Lion)'에 이르기까지 도합 열일곱 개의 훈장을 받았기 때문이야. 이리 오게. 이 갈색으로 얼룩진 쪽은 언제나 왼쪽 어깨에 달도록. 그리고 그걸 닦을 생각은 하지 마! 단지 다른 한쪽에 엇비슷한 자국을 남기지 않도록 노력하게. 그럴 필요가 있는 경우를 제외하고 말이네. 그때가 온다면 알 수 있을 거야. 여기 예전에 이걸 달았던 장교들의 명부가 있네. 에어카가 출발할 때까지 30분 남았네. 메모리얼홀로 뛰어가서 그들의 기록을 보도록."

"예, 대령님."

"그럼 명령을 실행하게, 소위!"

대령은 내게로 몸을 돌렸고, 내 얼굴을 보더니 날카롭게 말했다.

"뭔가 마음에 걸리는 게 있나? 말해 보게!"

"그……."

나는 결국 말하고 말았다.

"대령님, 그 임시 부소위는…… 그 면직된 인물 말입니다. 그 전말을 알려면 어떻게 해야 합니까?"

"오. 소위, 나는 그렇게까지 자네를 놀래 줄 작정은 아니었네. 단지 주의를 환기하고 싶었던 거야. 그 전투는 1813년의 6월 미 해군 프리깃함 '체사피크'와 영국 해군 프리깃함 '섀넌' 사이에서 벌어졌네. 해군 백과사전을 찾아보게. 자네의 모함에 비치되어 있을 거야."

대령은 계급장이 들어 있는 진열장 쪽으로 몸을 돌리고 이마를 찌푸리더니 이윽고 입을 열었다.

"미스터 리코, 나는 퇴역군인인 자네의 고등학교 선생이 보낸 편지를 받았네. 자신이 부소위였을 때 달았던 계급장을 자네에게 지급해 달라고 부탁하더군. 유감스럽지만 그 대답은 '노'야."

"예, 대령님?"

나는 뒤부아 중령이 나를 계속 주목하고 있다는 사실을 알고 매우 기뻤다. 그리고 동시에 매우 낙담했다.

"왜냐하면 그러는 건 불가능하기 때문이야. 나는 그 계급장을 2년 전에 지급했고, 그건 다시는 돌아오지 않았네. 전사였어. 흐음……."

그는 상자를 하나 꺼냈고, 나를 바라보았다.

"자네는 다른 한 쌍을 달 수도 있네. 쇳조각 자체가 중요한 건 아냐. 자네의 선생이 자네가 그걸 달기를 원했다는 점에 의의가 있는 거야."

"대령님 말씀이 옳습니다."

"혹은."

그는 손바닥 위에 상자를 올려놓았다.

"이걸 달고 갈 수도 있어. 이것은 지금까지 다섯 번 사용되었고…… 첫 번째 후보생을 제외한 나머지 네 명은 모두 임관을 받지 못했네. 불명예스러운 일이 아니라 순전히 운이 나빴던 탓이었어. 자네는 자진해서 이 징크스를 깰 용의가 있나? 이걸 행운의 계급장으로 바꿀 수 있겠나?"

그러느니 차라리 상어를 어루만지는 쪽을 택했을 것이다. 그러나 나는 대답했다.

"예, 대령님. 노력해 보겠습니다."

"좋아."

그는 그것들을 내 어깨에 달았다.

"고맙네, 미스터 리코. 실은 이 계급장은 내 것이었네. 내가 처음 달았던…… 그러니까 자네가 이걸 가지고 돌아와서, 이 계속되는 불운을 깨뜨리고 졸업할 수 있다면 내게는 더할 나위 없는 기쁨이 될 거야."

나는 키가 10피트나 자란 것처럼 느꼈다.

"최선을 다하겠습니다, 대령님!"

"자네가 그럴 걸 알고 있네. 그럼 명령을 실행하도록, 소위. 자네는 버드와 같은 차야. 잠깐 기다려…… 수학 교과서를 짐에 넣었나?"

"예? 아니, 넣지 않았습니다, 대령님."

"전부 가지고 가도록. 자네 모함의 중량 검사관은 자네가 여분의 짐을 가지고 가는 걸 허가하라는 통고를 받았네."

나는 경례하고 재빨리 방에서 나왔다. 대령이 수학에 관해 언급하자마자 나는 원래 사이즈로 줄어들어 있었다.

내 수학 교과서들은 매일 풀어야 할 숙제 용지와 함께 노끈으로 꾸려진 채 책상 위에 놓여 있었다. 나는 닐센 대령이 그 무엇도 무계획하게 남겨두지 않는다는 인상을 받았다. 그러나 이것은 우리 모두 이미 알고 있는 일이었다.

버디는 옥상의 에어카 옆에서 기다리고 있었다. 그는 내 수학 교과서들을 흘낏 보고 씩 웃었다.

"운이 없었구나. 하지만 우리가 같은 모함에 탄다면 내가 코치해 줄게. 어느 배야?"

"'투르(Tours)'."

"유감인데. 나는 '모스크바(Moskva)'야."

우리는 차에 탄 다음 조종장치를 점검했다. 에어카는 이착륙장을 향하도록 미리 프로그래밍이 되어 있었다. 우리가 문을 닫자 에어카는 출발했다. 버디가 말했다.

"너보다 운이 없는 사람도 있어. 암살자는 수학뿐만 아니라 다른 두 과목의 교과서들까지 가져가야 했다고."

나를 코치해 주겠다고 말했을 때 버디는 잘난 척하고 있는 것이 아니었다. 물론 버디도 그 사실을 잘 알고 있었다. 버디는 교수 타입이었던 것이다. 그러나 버디의 가슴에 달린 약장들은 그가 군인이기도 하다는 사실을 증명해 주고 있었다.

수학을 공부하는 대신 버디는 그것을 가르쳤다. 매일 일정 시간 동안 그는 교관이었다. 작은 슈즈미가 캠프 커리에서 유도를 가르쳤던 것과 마찬가지이다. 기동보병은 그 어느 것도 낭비하지 않는다. 그럴 여유 따위가 없으니까. 버디는 열여덟 살의 생일날에 이미 수학 학사 학위를 지니고 있었다. 그래서 그는 당연히 교관으로서 특별 근무를 명령받았다. 그렇다고 해서 다른 수업 시간에 교관들의 질책을 피할 수 있었다는 의미는 아니지만.

그러나 버디가 질책을 받는 일은 드물었다. 버디는 뛰어난 지성, 견실한 교육, 상식, 그리고 담력을 모두 겸비한 보기 드문 재능의 소유자였고, 훗날 장군이 될 후보생으로 지목받고 있었다. 우리들은 버디가 서른 살이 되기 전에 여단을 지휘하고 있을 것이라고 믿고 있었다. 지금은 전시인 것이다.

그러나 내 야망은 그렇게 높은 곳을 향해 있지는 않았다.

"만약 암살자가 낙제라도 한다면 정말 더럽고 불공평하다고밖에는 할 수 없을 거야."

이렇게 말하며 나는 내가 낙제라도 한다면 정말 더럽고 불공평한 일이 될 것이라고 생각하고 있었다.

버디가 쾌활한 어조로 말했다.

"낙제할 리가 없어. 최면암시 부스에 가둬 놓고 튜브를 통해서 먹을 걸 공급하는 한이 있더라도 점수를 따게 할걸."

그는 이렇게 덧붙였다.

"그리고 낙제하면 하산은 진급하게 돼."

"뭐라고?"

"모르고 있었어? 암살자의 원래 계급은 중위였어. 물론 야전 임관이었지만. 낙제하면 원래 계급으로 되돌아가는 거야. 해당 규정을 보라고."

나는 그 규정에 관해 알고 있었다. 만약 내가 수학에서 낙제점을 얻는다면, 나는 다시 병장이 된다. 생각해 보면, 젖은 생선으로 빰을 철썩 얻어맞는 것보다는 그쪽이 훨씬 나을지도 모른다……. 나는 수학 테스트에서 낙제점을 얻은 후 밤잠을 못 이루며 곧잘 그런 생각을 하곤 했다.

그러나 이번 경우는 다르다.

나는 항의했다.

"잠깐 기다려, 하산은 원래 계급인 중위를 포기했다고 했지…… 그리고 지금 막 임시 부소위가 되었어…… 단지 소위가 되기 위해서 말이야? 너 돌았냐? 아니면 돈 건 하산인가?"

버드는 씩 웃었다.

"그치와 나 둘 다 기동보병이 될 정도로는 돌았다고 할 수 있지."

"하지만…… 난 이해 못 하겠어."

"할 수 있어. 암살자는 교육을 받지 못했기 때문에 기동보병에서는 진급이 힘들었던 거야. 그 상태로 얼마나 높이 올라갈 수 있을 것 같아? 실전에서는 그가 연대를 지휘할 수 있고, 실로 멋지게 그 임무를 수행할 수 있다는 걸 난 의심치 않아. 누군가가 작전 계획을 세워 주면 말이야. 하지만 전투 지휘는 장교에게 주어진 임무 중 극히 일부분에 지나지 않아. 상급 장교일 경우에는 특히 더 그렇지. 전쟁을 지휘하기 위해서는, 또는 전투를 계획하고 작전을 개시하는 일에서조차도 게임 이론, 작전분석학, 기호논리학, 비관론적 종합법, 기타 한 다스는 되는 학술적 이론을 알아야 하는 거야. 기초 교육을 받았다면 이것들은 노력 여하에 따라 마스터할 수 있어. 하지만 그렇지 못한 경우에는 결코 대위 이상으로 진급할 수 없고, 아무리 높이 간다 하더라도 소령이 고작이지. 암살자는 자기가 무슨 일을 하고 있는지 잘 알고 있는 거야."

"그런 것 같군."

나는 천천히 말했다.

"버디, 닐센 대령은 하산이 장교였다는 사실을, 사실상 장교라는 것을 알고 있었을 거야."

"응? 물론이야."

"알고 있는 말투가 아니었어. 우린 모두 똑같은 설교를 들었잖아."

"꼭 그렇지도 않아. 사령관이 특별한 대답을 요하는 질문을 할 때는 언제나 암살자한테 물어보았다는 사실을 넌 못 알아차렸어?"

나는 그 말이 사실이라는 결론에 도달했다.

"버디, 넌 원래 계급이 뭐였지?"

에어카는 막 착륙하려 하고 있었다. 그는 문의 손잡이에 손을 올려놓고 씩 웃었다.

"일병이었어. 그러니까 난 낙제할 엄두도 못 내!"

나는 콧방귀를 뀌었다.

"넌 낙제하지 않을 거야. 아니, 낙제하는 건 불가능해!"

나는 그가 아직 상병도 아니라는 사실에 놀랐지만, 생각해 보면 버디만큼 우수하고 고도의 교육을 받은 사내라면 전투에서 능력을 증명한 즉시 사관학교로 보내어졌을 것이다……. 지금이 전시인 점을 고려한다면 열여덟 번째 생일날에서 얼마 지나지도 않은 시기에.

버디의 미소가 더 커졌다.

"두고 봐야겠지."

"넌 졸업할 거야. 하산과 나는 걱정해야 하지만, 넌 괜찮아."

"그럴까? 만약 미스 켄드릭이 나를 싫어하게 된다면?"

버디는 문을 열었고, 깜짝 놀란 표정을 했다.

"어! 내 모함의 집합음이 울리고 있군. 잘 가라!"

"나중에 보자, 버디."

그러나 나는 다시는 버디를 보지 못했고, 그는 졸업하지 않았다. 버디는 두 달 뒤에 장교로 임관했고, 그의 계급장은 열여덟 개째의 훈장과 함께 돌아왔다. 그것은 사후에 추서받은 상처 입은 사자장이었다.

13

너희들은 이 단독 임무를 어린애들 장난쯤으로
생각했지? 그건 착각이었어! 이제 알겠나?
— 기원전 1194년, 트로이의 성벽
앞에서 그리스인 하사관이 한 말

로저 영은 1개 소대를 수송하는 것만으로도 꽉 찬다. 그러나 투르는 6개 소대를 수송하고도 자리가 남는다. 투르에는 6개 소대를 일시에 강하시킬 수 있을 만큼의 발사관과 그 두 배의 병력을 수용할 수 있는 여분의 선실이 있기 때문에 2차 강하조차 가능하다. 그러나 이럴 경우 선내는 한층 더 혼잡해진다. 식사는 교대로 해야 하고, 통로나 강하실에까지 해먹을 매달고, 식수도 할당제, 호흡도 교대로 해야 하는 것이다. 야, 그 팔꿈치를 내 눈에서 치우지 못하겠어? 내가 이 배에 타고 있었을 때 수송 병력이 두 배로 늘어나지 않아서 다행이었다.

그러나 이 배는 이렇게 뒤죽박죽으로 얽혀 있는 병력을 전투력에 악영향을 끼치는 일 없이 연방 성역(星域)의 어떤 장소로도 수송하고, 거미들의 세력권 내에 있는 대다수 지점으로도 보낼 수 있다. 체렌코프 항법으로 이 배는 마이크 400 내지 그 이상의 속도를 낼 수 있다. 예를 들자면, 태양에서 카펠라까지의 거리인 46광년을 6주 내에 주파할 수가 있는 것이다.

물론 6개 소대 수송함은 전함이나 정기 여객선에 비하면 그렇게 큰 편이 아니다. 이런 종류의 중형함은 타협의 산물이라고 볼 수도 있다. 기동보병은 작전상 융통성이 있는 1개 소대용의 소형 고속 코르벳함을 선호한다. 그러나 이 선택을 해군에게 맡겨 버린다면 우리들은 모두 연대 병력용 대형 수송함에 타고 있을 터이다. 코르벳함 한 척에 필요한 해군 인원은 1개 연대를 수송할 능력이 있는 거함을 운용할 때와 거의 맞먹기 때문이다. 물론 대형함에서는 정비나 관리 등에 더 많은 노력이 들어가지만 이건 보병들에게 맡겨 놓으면 된다. 어차피 이 게으른 병사들은 먹고 자는 일, 그리고 단추를 광내는 일 빼고는 평소에 하는 일이 없으니까 말이다. 이런 녀석들에게 조금이나마 일정량의 작업을 시키는 것은 좋은 일이다. 이상이 해군의 의견이다.

해군의 실제 의견은 더 극단적이다. 즉, 육군 따위는 시대에 뒤떨어진 존재이므로 폐지해 버리자는 것이다.

해군은 이런 의견을 공식적으로 말하지는 않는다. 하지만 R&R 중인 잘난 체하는 해군 장교에게 말을 걸어 보라. 그런 소리를 귀가 아플 정도로 들을 수 있을 테니까. 해군은 어떤 전쟁이라도 자기들만의 힘으로 싸워 이길 수 있다고 믿고 있다. 외교 사절단이 내려와 임무를 승계할 때까지 점령한 행성에 소수의 해군 병력을 주둔시키는 것만으로도 충분하다는 식이다.

나도 해군이 보유한 최신형 장난감이 어떤 행성이라도 완전히 날려 버릴 수가 있다는 사실을 의심하지는 않는다. 실제로 본 적은 없지만 믿을 수는 있다. 아마 나는 티라노사우르스 렉스만큼이나 시대에 뒤져 있는지도 모른다. 그러나 나는 내가 폐물이라고 생각하지는 않는다. 육군의 고릴라들은 최신형의 해군함이 할 수 없는 일을 해낼 수 있지 않는가. 만약 정부가 더 이상 그런 일을 할 필요가 없다는 결정을 내렸다면 이미 우리에게 그 사실을 말해 주었을 것이다.

아마 해군이나 기동보병 어느 쪽에게도 완전한 재량권이 주어지지 않았다는 사실은 결과적으로는 좋은 일일지도 모른다. 우주군 총사령관이 되려면 적어도 기동보병 연대와 함대 기함을 한 번씩은 지휘한 경력이 있어야 한다. 즉, 기동보병의 힘든 문턱을 넘은 후에 해군 장교가 되든지(아무래도 젊은 버드는 그럴 생각인 것 같았다.), 아니면 처음부터 우주 항법사나 조종사가 된 다음 캠프 커리에서 훈련을 받든지 둘 중 하나다.

이 양쪽을 다 해낸 사내의 명령이라면 나는 주저 없이 따르겠다.

대부분의 수송함과 마찬가지로 투르는 남녀 혼성함이었다. 내게 일어난 가장 놀랄 만한 변화는 '30호의 북쪽'으로 가는 것을 허용받은 일이었다. 수염을 깎는 난폭한 작자들로부터 여성 거주 구획을 차단하는 격벽의 번호가 언제나 30호인 것은 아니지만, 어느 남녀 혼성함에서나 그 벽은 전통적으로 '30호 격벽'이라고 불린다. 사관실은 바로 이 격벽 너머에 있었고, 그 앞으로는 여성용 거주구가 이어진다. 투르의 사관실은 여군 식당도 겸하고 있었다. 여군 사병들은 우리가 식사하기 직전에 식사를 했고, 그 외의 시간에는 그 방은 칸막이벽으로 여군용 휴게실과 여성 사관용 라운지로 나뉘어 있었다. 남성 사관들은 카드실이라고 불리는 라운지를 30호 격벽의 고물 쪽 바로 너머에 가지고 있었다.

강하와 철수에 최고로 우수한 파일럿(즉 여성)이 필요하다는 이유 말고도, 여성 해군 사관이 수송함에 타는 데는 강력한 이유가 있다. 즉, 그들의 존재는 강하병의 사기에 좋은 영향을 끼치기 때문이다.

잠시 기동보병의 전통에 관해서는 논하지 않기로 하자. 우주선 바깥으로 사출된 당신을 기다리는 것은 아마 부상 내지는 돌연한 죽음뿐이라는 사실만큼이나 바보 같은 일을 상상할 수 있는가? 하지만 만약 누군가가 이 멍청한 곡예를 해야만 한다면, 기꺼이 그 임무에 임할 수 있을 정도로 병사들의 사기를 고무하기 위한 가장 확실한 방법이 무엇인지 아는가? 그들이 싸우는 이유는 지금 살아서 호흡하는 현실 그 자체라는 사실을 끊임없이 인식시키는 것이다!

남녀 혼성함에서 강하병이 강하 직전에 듣는 말(그가 듣는 마지막 말이 될지도 모른다.)은 그의 무운을 비는 여성의 목소리이다. 이것이 별로 중요하지 않다고 하는 사람이 있다면 인류이기를 포기한 자일 것이다.

투르에는 열다섯 명의 해군 사관이 타고 있었고, 그중 여성은 여덟 명, 남성은 일곱 명이었다. 기동보병의 장교는 나를(이렇게 말할 수 있다는 것을 기쁘게 생각한다.) 포함해서 여덟 명이 있다. 내가 O. C. S.(사관학교)에 지원한 이유가 30호 격벽 때문이라고 할 생각은 없지만 여성들과 함께 식사할 수 있는 특권은 급여가 오르는 것보다도 훨씬 더 매력적이었다. 식사 때 회장 역할은 함장이 맡았고, 블랙스톤 대위는 부회장이었다. 이것은 계급 때문이 아니다. 그보다 계급이 높은 해군 장교가 세 명은 있었다. 그러나 블랙스톤 대위는 타격부대의 지휘관으로서 함장을 제외하면 사실상 그 누구보다도 상급자다.

식사는 언제나 격식을 갖춰 진행되었다. 남성 사관들은 시간이 될 때까지 카드실에서 대기했고, 블랙스톤 대위의 뒤를 따라 식당으로 들어간 후 각자의 의자 뒤에 섰다. 그러면 함장이 여성 사관들을 거느리고 들어왔고, 그녀가 테이블의 상좌 앞에 서면 블랙스톤 대위는 고개를 숙여 인사하고 이렇게 말했다.

"마담 프레지던트…… 레이디스."

그러면 그녀가 대답했다.

"미스터 바이스 프레지던트…… 젠틀멘."

그러고 나서, 남성들은 각자의 왼쪽에 선 여성들의 의자를 뒤로 잡아당겨 착석시키는 식이다.

이 행사는 사관들끼리 하는 회의가 아니라 사교적인 모임으로 간주되고 있었다. 호칭으로는 계급이나 직함이 쓰여졌고, 기동보병의 최하급 장교인 나와 해군의 하급 장교들은 '미스터'나 '미스'로 불렸다. 그러나 나를 혼란에 빠트렸던 예외가 하나 있었다.

승함한 후 최초의 식사 때 나는 블랙스톤 대위가 '소령(Major)'이라고 불리는 것을 들었다. 견장의 별을 보니 명백하게 '대위(Captain)'였는데도 말이다. 그 사실에 관해서는 나중에야 설명을 들을 수 있었다. 해군 함정에 두 명의 함장(captain)이 존재할 수는 없는 일이다. 그러므로 단 한 명의 유일한 전제군주만을 위해 존재하는 직함으로 육군 대위를 부른다는 상상할 수도 없는 과오를 저지르는 대신, 해군 측은 그를 사교상 한 계급 승진시키는 쪽을 택한 것이다. 만약 함장 이외에 해군 대령(Naval Captain)이 승선하고 있는 경우에는 함장이 비록 하급 사관인 해군 대위(Lieutenant)일지라도 그 대령을 '제독(Commodore, 해군 준장)'으로 한 계급 높여 불러야 한다.

기동보병은 사관실에서는 가능한 한 그런 상황 자체를 기피하는 쪽을 택했고, 함내에 있는 우리들 자신의 구획에서는 이 바보 같은 관습을 아예 무시했다.

함장은 식탁 상좌에 앉았고, 타격부대 지휘관은 그 정면에 해당하는 식탁 끝에 앉는다. 나머지 장교들은 테이블 양편에 계급 순서대로 착석했고, 해군의 최하급자인 견습 사관은 그의 오른편에, 나는 함장의 오른편에 앉도록 되어 있었다. 함장 대신 그 견습 사관 옆에 앉을 수 있었더라면 나는 정말로 행복했을 것이다. 그녀는 너무나도 예뻤으니까. 그러나 이 배치는 상급 사관들이 우리의 보호자(?) 노릇을 하도록 일부러 계산된 것이었다.

결국 나는 그녀의 퍼스트 네임조차도 알아내지 못했다.

나는 남성 사관 중 최하급자로서 함장의 오른쪽에 앉아야 한다는 것을 알고 있었다. 그러나 내가 그녀를 착석시켜야 한다는 사실은 모르고 있었다. 최초의 식사 때 그녀는 내가 그러기를 기다렸고, 그때까지 아무도 자리에 앉지 않았다. 그러나 삼등 기관사보가 내 팔꿈치를 가만히 찌르기 전까지 나는 그 사실을 모르고 있었다. 요르겐센 함장은 아무 일도 없었다는 듯이 행동했지만, 나는 유치원에서의 매우 불행했던 사건 이래 일찍이 이만큼 당황했던 적은 없었다.

함장이 자리에서 일어나면 식사는 끝난다. 그녀는 타이밍을 맞춰 일어나는 데 숙달해 있었지만 한번은 식사가 끝났는데도 몇 분인가 자리에 앉은 채 대화를 계속했던 적이 있었다. 블랙스톤 대위는 이 일에 짜증을 느꼈는지 자리에서 일어나 말했다.

"함장님……."

"예, 소령?"

"사관들과 제가 카드실로 갈 수 있도록 명령해 주시지 않겠습니까?"

그녀는 차가운 목소리로 대답했다.

"물론입니다, 소령."

그러고 나서 우리는 카드실로 갔지만 우리 뒤를 따르는 해군 사관은 아무도 없었다.

다음 토요일에 그녀는 함내의 기동보병을 사열한다는 함장의 특권을 행사했다. 이건 수송함에서는 거의 전례가 없는 일이었다. 그러나 그녀는 아무런 언급도 하지 않았고, 다만 도열한 우리들 앞을 걸어갔을 뿐이었다. 사실 그녀는 규율에 까다로운 잔소리꾼이 아니었고, 기분이 안 좋을 때를 제외하면 매우 매력적인 미소의 소유자였다. 블랙스톤 대위는 내가 수학을 완전히 마스터할 수 있도록 '러스티' 그레이엄 소위를 내 교사로 임명했다. 어떻게 그랬는지는 모르지만 그녀는 이 사실을 알아내고 블랙스톤 대위에게 점심 식사 후 한 시간 동안 나를 함장실에 출두시키라고 지시했다. 그곳에서 그녀는 내게 직접 수학을 가르쳐 주었고, 내 '숙제'가 완전하지 못하다고 나를 야단치곤 했다.

우리들의 6개 소대는 2개 중대로 이루어진 반개(半個) 대대(rump battalion)으로 편성되어 있었다. 블랙스톤 대위는 D중대인 '블래키의 어깨들(Blackie's Blackguards)'을 지휘하는 동시에 반개 대대도 지휘하고 있었다. T. O.(인원 편성표)에 의하면 우리들의 대대장은 제라 소령이었고, A 및 B중대와 함께 투르의 자매함인 '노르망디 비치'에 탑승하고 있었다. 그 배는 아마 우주 길이의 반은 되는 먼 곳에 있을 것이다. 제라 소령은 전 대대가 동시에 강하할 때에만 우리들을 지휘했고, 그 이외의 경우 블랙스톤 대위는 보고서와 편지 등을 그에게 보낼 뿐이었다. 다른 용건은 모두 함대나 사단, 또는 기지에 직접 전달되었다. 블래키는 그런 잡무를 마술사 같은 수완으로 처리하는 함대 주임상사를 부하로 가지고 있었다. 전투 시에 그 상사는 대위가 자신의 중대와 반개 대대를 동시에 지휘하는 것을 도운다.

수백 척의 우주선에 분승한 병력이 수백 광년의 영역에 걸쳐 분산되어 있는 육군의 행정 업무는 단순한 것이 아니다. 이전의 발리 포지, 로저 영, 그리고 현재 탑승하고 있는 투르에서도 나는 계속 같은 연대에 소속되어 있었던 것이다. 정확히 말하자면 제1기동보병 사단 '북극성(Polaris)'의 3연대인 '응석받이(Pampered Pets)' 연대에 소속해 있다. 벌레 둥우리 작전 때는 여기저기서 끌어모은 2개 대대를 '3연대'라고 부르고 있었지만, 나는 '나의' 연대 같은 건 보지 못했다. 내가 본 것은 뱀버거 상병과 수많은 거미들뿐이었다.

나는 응석받이 연대 내에서 임관하고, 그곳에서 나이를 먹은 후 예편할지도 몰랐다. 연대장의 얼굴을 한 번도 못 보고 그럴 가능성도 있다. 라스차크의 깡패들에도 중대장은 있었지만, 그는 다른 코르벳함에서 제1 소대인 '말벌 부대(Hornets)'의 소대장을 겸임하고 있었다. 나는 사관학교 파견 명령서에서 그 이름을 보기 전까지 내 중대장이 누군지도 모르고 있었다. 이에 관련된 얘기로 자기들이 탄 코르벳함이 퇴역했을 때 함께 R&R을 얻었던 '잊힌 소대'에 관한 전설이 있다. 그 소대의 중대장은 갓 승진해서 배를 떠난 참이었고 다른 소대들은 작전상 각각 다른 장소로 파견되어 있었다. 그 소대의 소위가 어디로 갔다는 얘기를 들은 기억은 없지만, 장교의 전속은 휴가 기간에 이루어지는 것이 보통이다. 이론적으로는 후임자가 온 후여야 하지만, 교체 인원은 언제나 부족하기 때문이다.

이 소대는 누군가가 그들을 기억해 냈을 때까지 처칠 로에 면한 환락가에서 현지 시간으로 1년 넘게 휴가를 즐기고 있었다고 한다.

나는 이 얘기를 믿지 않지만 그런 일이 일어날 가능성은 충분히 있다.

만성적인 장교 부족은 블래키의 어깨들 부대에서 내가 맡은 임무에 많은 영향을 끼쳤다. 기동보병에서 장교의 비율은 역사상의 어떠한 육군보다도 낮다. 이 요소야말로 기동보병의 독특한 '사단의 쐐기(divisional wedge, 계급이 올라갈수록 인수가 급격히 줄어드는 설형(楔型) 편성 — 옮긴이)'였던 것이다. D. W.는 군대에서 쓰는 특수 용어지만, 그것이 의미하는 바는 간단하다. 만약 1만 명의 병력이 있다면, 그들 중 실제로 싸우는 자들은 얼마나 되는가? 그중에서 단지 감자 껍질을 벗기거나, 트럭을 운전하거나, 서류를 뒤적이는 자들은 몇 명이나 되는가?

기동보병에서는 1만 명이 싸운다.

20세기의 집단전(集團戰)에서는 1만 명을 싸울 수 있게 하기 위해 무려

7만 명(이건 사실이다!)이나 되는 인원을 필요로 했다고 한다.

우리들을 전장으로 수송하기 위해 해군이 필요하다는 사실은 인정한다. 그러나 기동보병 타격부대의 병력 수는 소형 코르벳함에 탑승하고 있는 경우에도 해군 승무원보다 적어도 세 배는 많다. 보급과 서비스를 위해 민간인이 필요한 것은 사실이다. 또 우리들 중 10퍼센트는 언제나 휴가 중이고, 우리들 중 가장 우수한 전투원 중 일부는 신병 캠프의 교관으로 교대 파견된다.

사무직에 있는 소수의 기동보병을 보면 언제나 알 수 있듯이 그들에게는 팔이나 다리, 혹은 신체의 다른 부분이 결여되어 있다. 이들(이를테면 호 상사나 닐센 대령 같은 사람들)은 전역을 거부하고 자신의 임무를 계속 수행하고 있는 군인들이다. 그들은 투지를 필요로 하긴 하지만 신체적으로 완전무결할 필요는 없는 임무를 전투원들을 대신해 맡음으로써, 실제로는 두 사람 역할을 하고 있다. 그들은 민간인이 할 수 없는 임무를 수행하며, 그렇지 않은 경우 기동보병은 민간인을 고용한다. 민간인은 콩 같은 것이다. 단순히 기술과 경험이 요구되는 일이라면 적임자를 필요한 만큼 살 수 있으니까 말이다.

그러나 돈으로 투지를 살 수는 없다.

이것은 그렇게 흔한 것이 아니다. 우리 모두가 그것을 완전히 활용하고, 절대로 허비하지 않는다. 실제 병력 수와 그 병력이 방어하는 전 인구의 비율이라는 점에서 보면 기동보병은 역사상 가장 규모가 작은 군대이다. 기동보병이란 살 수도, 징집할 수도, 무엇을 강요할 수도 없는 존재이다. 그만두고 싶다면 잡아 둘 수조차 없는 것이다. 기동보병은 강하 30초 전이라도 전투를 거부할 수 있다. 마음이 약해져서 캡슐에 들어가지 않는다고 해도, 급료를 받고 쫓겨난 후 다시는 투표할 수 없게 되는 것이 고작이다.

사관학교에서 우리는 갤리선의 노예처럼 강제로 싸워야 했던 역사상의 군대들에 관해 배웠다. 그러나 기동보병은 자유인이다. 우리들을 행동하게 하는 동기는 모두 내부에서 온다. 자존심, 전우들에게 존경받고 싶다는 욕구, 그리고 자신이 부대의 일원이라는 긍지가 사기 내지는 군인 정신(esprit de corps)이라고 불리는 것을 낳는 것이다.

우리들의 사기의 근원은 '모두 일하고, 모두 싸운다'이다. 기동보병은 편하고 안전한 임무를 얻기 위해 잔꾀를 부리거나 하지는 않는다. 그런 임무는 존재하지 않는다. 물론 사병이 요령을 피우는 경우는 있다. 군악에 맞춰 제자리걸음을 할 수 있을 정도의 머리가 있는 졸병이라면 왜 방을 청소할 시간이 없는가, 또는 왜 비품을 점검하지 않아도 되는가 하는가 하는 이유를 만들어 낼 수 있다. 이것은 고대부터 졸병의 권리이다.

그러나 '편하고, 안전한' 임무는 전부 민간인의 몫이다. 평소에는 게으름뱅이인 졸병이라도, 강하 시에는 전원이(장군에서 이등병까지) 그와 함께 싸운다는 확신을 가지고 자기 자신의 캡슐에 올라탄다. 설령 몇 광년 떨어져 있더라도, 며칠 차이가 나더라도, 또는 한두 시간 뒤에 그런다고 해도 그건 문제가 되지 않는다. 여기서 중요한 부분은 전원이 강하한다는 점이다. 본인이 의식하고 있지 않더라도, 이것이야말로 그가 캡슐에 들어가는 이유인 것이다.

만약 우리들이 이 원칙에서 일탈하는 일이 있다면 기동보병은 산산조각 난다. 우리들을 하나로 묶고 있는 것은 단 하나의 개념일 뿐이다. 강철보다도 강인하게 우리를 단결시키지만, 그 마력을 유지하기 위해서는 개념을 계속 원 상태로 보존해야 할 필요가 있는 것이다.

이 '모두가 싸운다'라는 원칙 때문에 기동보병은 소수의 장교만으로도 운영될 수 있다.

나는 내가 원하는 것 이상으로 이 일에 관해 자세히 알고 있다. 왜냐하면 나는 사관학교의 전쟁사 시간에 바보 같은 질문을 한다는 실수를 범했고, 그 결과 주어진 숙제를 하기 위해 『갈리아 전기』에서 칭의 고전 『황금 패권의 붕괴』에 이르는 책들을 샅샅이 뒤져야 했기 때문이다. 이상적인 기동보병 사단을 만들어 보라. 종이 위에서 말이다. 왜냐하면 그런 것은 어디에도 존재하지 않기 때문이다. 장교는 몇 명 필요할까? 다른 병과에서 파견된 작자들은 고려하지 않아도 된다. 그들은 아수라장이 벌어졌을 때 그 자리에 있지 않을 가능성이 있고, 기동보병과는 종류가 다르다. 병참부대와 통신부대에 소속된 특수한 재능의 소유자들은 모두가 장교다. 만약 기억 능력자, 텔레파시 능력자, 초감각자, 혹은 기타 운이 좋은 작자들이 내 경례를 받고 싶어 한다면 나는 기꺼이 그들의 소원을 들어 주겠다. 그들의 존재는 나보다 더 가치가 있고, 앞으로 내가 200년 더 산다 하더라도 그들을 대신할 수는 없다. 혹은 K-9 부대를 예로 들어 보자. 이 부대의 50퍼센트는 장교다. 나머지 50퍼센트는 개지만 말이다.

이들 모두가 우리 명령 계통에는 포함되어 있지 않다. 그러니까 우리 고릴라들에 관해서만 논해 보기로 하자.

이 이론상의 사단에는 1만 800명의 군인 및 260개의 소대가 있고, 각 소대에는 소위가 한 명씩 딸려 있다. 3개 소대로 1개 중대를 편성하니까 72명의 대위가 필요하고, 4개 중대가 모여 1개 대대를 이루면서 18명의 소령이나 중령이 필요하게 된다. 6명의 대령이 딸린 6개 연대로는 2개 내지는 3개 여단을 편성할 수 있고, 준장이 각 여단을 지휘한다. 여기에 사단장으로 소장이 한 명 붙는다.

그러면 모든 계급을 포함한 총인원 1만 1117명 중 장교는 317명이 된다.

이 사단에는 잉여 인원 따위는 존재하지 않고, 모든 장교는 각자의 부대를 지휘하고 있다. 총인원의 3퍼센트가 장교다. 이것은 기동보병 부대의 장교 비율에 해당되지만, 배치 상황이 약간 다르다. 실제로는 많은 소대가 중사나 상사의 지휘를 받고 있고, 여러 장교는 '한 개 이상의 감투를 쓰고' 부대 운영에 필수적인 참모 역할을 수행하고 있는 것이다.

소대장조차도 '참모'인 소대 선임하사를 필요로 한다.

그러나 소대장은 중사 없이도 지휘할 수 있고, 중사도 소대장 없이 지휘할 수 있다. 하지만 장군에게는 절대적으로 참모가 필요하다. 혼자서 참모까지 겸직하기에는 그가 맡은 일의 규모가 너무 크기 때문이다. 따라서 그는 다수의 작전 참모와 소수의 전투 참모를 필요로 한다. 그렇지만 충분한 수의 장교가 있을 리가 없다. 그래서 장군이 탑승한 수송 기함의 전투부대 지휘관들이 그의 작전 참모를 겸하게 된다. 이들 참모는 특별히 선발된 기동보병 최고의 수리(數理) 학자들이지만, 전투 시에는 그들 모두가 휘하의 전투부대와 함께 강하한다. 장군 본인은 소수의 전투 참모들, 그리고 기동보병 중 가장 터프하고 사기가 높은 병사들로 이루어진 소부대와 함께 강하한다. 그들의 임무는 장군이 전투를 지휘하고 있는 동안 무례한 손님들에 의해 그가 방해받지 않도록 하는 일이다. 그들은 이따금 그 일에 성공한다.

사단급 참모와는 별도로, 소대 이상의 규모를 갖춘 부대에는 부지휘관이 필요하다. 하지만 장교가 남아도는 경우는 결코 없기 때문에 우리는 현재 있는 인수만으로 어떻게든 꾸려 나간다. 전투부대가 필요로 하는 모든 지휘 임무에 장교를 한 명씩 할당한다면 총인원의 5퍼센트는 장교여야 한다. 하지만 실제 비율은 3퍼센트밖에는 안 된다.

기동보병이 이 5퍼센트라는 최대 비율에 도달하는 법은 절대로 없지만, 과거의 많은 군대는 총인원의 10퍼센트를 장교로 임관하고 있었고, 15퍼센트까지 그랬던 적도 있었다. 상식을 벗어난 일이지만, 총인원의 무려 20퍼센트가 장교인 군대도 있었던 것이다! 농담처럼 들릴지도 모르지만, 이것은 (특히 20세기의 군대에서는) 사실이었다. 하사관보다 이른바 '장교'의 수가 더 많은 군대는 도대체 어떤 종류의 군대였을까?(게다가 사병보다 하사관 수가 더 많았다니!)

그것은 전쟁에 질 목적으로 조직된 군대라고밖에는 할 수 없다. 역사가 다소나마 교훈이 된다면 말이다. 그런 군대는 대부분 조직 그 자체이고, 관료주의적이며, 조직 상층부의 '군인'들은 결코 싸우는 법이 없다.

그렇다면, 전투부대를 지휘하지 않는 '장교'들은 도대체 뭘 하는가?

다른 일로 빈둥거리고 있었을 게 뻔하다. 장교클럽 담당 장교, 사기 진작 장교, 체육 담당 장교, 홍보 장교, 레크리에이션 담당 장교, PX 담당 장교, 수송 담당 장교, 법무관, 군목, 부군목, 부군목보, 기타 당신이 상상할 수 있는 모든 종류의 장교가 존재했던 것이다. 심지어는 보육계 장교까지!

기동보병 부대에서 그런 것들은 모두 전투 장교에게 주어진 여분의 임무이다. 어떤 일이 부대 운영상 정말로 필요할 경우에는 민간인을 고용하면 된다. 그러면 전투부대의 사기에 나쁜 영향을 끼치는 일도 없이 더 효율적이고 값싸게 목적을 달성할 수 있는 것이다. 그러나 20세기의 어느 강국에서 상황은 이미 수습 불가능할 정도로 악화되어 있었고, 그 결과 전투부대를 지위하는 진짜 장교를 회전의자 지휘관의 대군으로부터 구별할 목적으로 전자에게는 특별한 기장(記章)이 주어졌다고 한다.

전쟁이 장기화됨에 따라 장교 부족 사태는 계속 악화일로를 걸었다. 왜냐하면 전투 시의 사상자 비율이 제일 높은 것은 장교 계급이었기 때문이다……. 그리고 기동보병에서 단순히 결원을 메우기 위해 장교를 새로 임명하는 법은 결코 없다. 긴 안목에서 보면 모든 신병연대는 필요한 장교 인원을 각자의 부대에서 자체 조달해야 하지만, 장교의 수준을 낮추는 일 없이 그 비율을 올릴 수는 없다. 투르의 타격부대에는 열세 명의 장교가 필요했다. 여섯 명의 소대장, 두 명의 중대장 및 두 명의 부중대장, 그리고 참모역의 부대대장과 부관을 거느린 타격부대 지휘관이다.

그러나 실제로 있는 장교는 여섯 명…… 그리고 나였다.

인원 편성표

'반개 대대' 타격부대

블랙스톤 대위

('제1보직')

함내 주임 상사

C 중대 '워런의 오소리들'	D 중대 '블래키의 어깨들'
워런 중위	블랙스톤 대위
('제2보직')	
1소대	1소대
바이욘느 중위	(실바 중위, 입원 중)
2소대	2소대
수카르노 소위	코로센 소위
3소대	3소대
응감 소위	그레이엄 소위

나는 실바 중위의 지휘를 받을 예정이었지만, 중위는 일종의 경련성 발작을 일으키고 내가 출두했던 날 군병원으로 후송되어 버렸다. 그렇다고 해서 반드시 내가 그의 소대를 지휘하게 된다는 의미는 아니다. 임시직인 부소위는 적절한 인재로 간주되지 않는다. 블랙스톤 대위는 나를 바이욘느 중위의 휘하에 넣고, 소대 선임하사가 소대를 지휘하게 할 수 있었다. 아니면 아예 '제3 직위'를 맡아 자기가 직접 1소대를 지휘할 수도 있는 것이다.

실제로 대위는 두 가지 모두를 실행에 옮겼다. 그럼에도 불구하고 그는 나를 블래키의 어깨들 부대의 1소대장으로 임명했다. 대위는 워런의 오소리 부대의 최우수 하사를 빌려 대대 본부 소속 요원으로 삼고, 자기 함대주임상사를 1소대의 소대 선임하사로 임명했던 것이다. 고로 함대 주임상사는 자기 계급보다 두 계급이나 낮은 보직을 맡았다는 얘기가 된다. 그러고 나서 대위는 내가 머리를 움츠릴 정도로 명명백백하게 설명해 주었다. 즉, 나는 편성표에서는 1소대장이지만, 실제로 소대를 지휘하는 사람은 대위 자신과 함대 주임상사라고 말이다.

큰 실수를 저지르지 않는 한 나는 계속 소대장 노릇을 할 수 있다. 게다가 나는 소대장으로서 강하해도 된다는 허락까지 받았다. 그러나 소대 선임하사가 중대장에게 한마디 귀띔하기만 해도 '호두까기'의 턱은 딱 닫히게 된다.

이 사실에 나는 아무런 이의도 가지고 있지 않았다. 내가 잘 지휘하는 동안 소대는 내 소대로 남을 것이고, 만약 그럴 수 없을 경우에는 그 자리에서 가능한 한 빨리 쫓겨나는 편이 모두를 위해서도 좋다. 또 전투 시 상관이 전사하거나 해서 갑자기 지휘관이 되어 버리는 경우에 비하면, 정신 건강상으로도 그러는 편이 훨씬 낫다.

나는 내 임무를 매우 진지하게 받아들였다. 나의 소대였기 때문이다. 편성표에도 그렇게 쓰여 있다. 그러나 나는 아직 내 지휘권을 부하에게 위임하는 방법을 알지 못했고, 일주일 동안은 팀워크에 좋지 못한 영향을 끼칠 정도로 오랜 시간을 사병들 사이에서 보냈다. 블래키는 나를 자기 방으로 불러내서 말했다.

"이봐, 자넨 도대체 지금 뭘 하고 있다고 생각하나?"

나는 내 소대가 언제든지 전투에 임할 수 있도록 노력하고 있는 중이라고 뻣뻣한 말투로 대답했다.

"그래? 자네가 하고 있는 일은 그게 아냐. 자넨 지금 벌집을 쑤시고 있어. 내가 왜 자네한테 함대에서 제일 우수한 하사관을 줬다고 생각하나? 자기 방으로 돌아가서, 옷걸이에 목을 걸고 가만히 그 자리에 있게! '전투 준비' 신호가 울릴 때까지 말이야. 그럼 상사가 바이올린처럼 조율된 소대를 자네에게 넘겨줄 거야."

"옛. 대위님 뜻대로 하겠습니다."

나는 딱딱한 말투로 대답했다.

"그리고 또 하나, 바로 그 태도 말이야. 당황한 사관후보생처럼 행동하는 장교를 보면 난 참을 수가 없어. 그 바보 같은 삼인칭은 잊어버려. 그런 말투는 장군이나 함장을 위해 남겨 두라고. 어깨에 힘을 주고, 뒤꿈치를 딱딱 맞붙이는 일도 그만 둬. 장교란 언제나 느긋한 태도로 있어야 해."

"옛, 대위님."

"그리고 지금 한 '옛' 어쩌고 하는 말은 적어도 일주일 동안 입에 담지 말게. 거수경례도 마찬가지야. 그 음울한 사관후보생 같은 표정 대신 싱긋 웃는 얼굴을 하고 다니도록."

"옛, 대…… 오케이."

"바로 그거야. 격벽에 기대 서 보게. 턱이라도 긁어 봐. 하품을 해 보게.

장난감 병정 노릇만 빼놓고 뭐든지 하란 말이야."

나는 그렇게 해 보려고 노력한 후…… 습관을 깨는 것은 쉬운 일이 아니라는 사실을 발견하고 쓴웃음을 지었다. 기댄다는 것은 차려 자세로 꼼짝 않고 서 있는 것보다 더 힘든 일이었다. 블랙스톤 대위는 나를 뜯어보았다.

"연습하도록. 장교란 두려움이나 긴장을 보이면 안 돼. 전염되니까 말이야. 자, 조니, 자네 소대가 무엇을 필요로 하는지 말해 보게. 세세한 일은 보고하지 않아도 좋아. 소대원의 로커 속에 든 양말 수가 복무규정에 맞는지 안 맞는지 따위의 일엔 관심이 없으니까 말이야."

나는 재빨리 생각했다.

"아…… 혹시 실바 중위가 브럼비를 하사로 진급시킬 생각이었는지 알고 계십니까?"

"실은 알고 있네. 자네 의견은 어떤가?"

"그러니까…… 기록에 따르면 브럼비는 지난 2개월 동안 임시 반장 역할을 맡고 있었습니다. 브럼비는 우수한 점수를 받았습니다."

"난 자네 의견을 물어보고 있어."

"옛, 대…… 실례했습니다. 저는 그가 지상에서 전투하는 것을 아직 본 적이 없으니까 확실하게 얘기할 수는 없습니다. 강하실에선 누구라도 우수한 군인처럼 보일 수 있으니까요. 하지만 제가 보는 한, 그를 반장보 자리로 되돌려놓고 다른 분대장을 그의 상관으로 임명하기에는 브럼비는 너무 오랫동안 반장 노릇을 하고 있었습니다. 브럼비에게 이번 강하 전에 갈매기를 붙여 주든지, 아니면 작전 뒤에 전속시켜야 합니다. 만약 우주에 있을 때 전속할 기회가 주어진다면 더 빨리 그러는 쪽이 낫다고 생각합니다."

블래키는 불평하듯이 끙 소리를 내고 말했다.

"내 부하를 그렇게도 쉽게 다른 부대로 보내겠다니 자넨 참 통도 크군. 부소위치고는 말이야."

나는 얼굴을 붉혔다.

"그래도 그것이 제 소대의 약점이라는 점에는 변함이 없습니다. 브럼비는 진급시키든지, 아니면 전속시켜야 합니다. 저는 그가 다시 분대장이 되고, 예전 부하가 그의 상관이 되는 것을 원하지 않습니다. 그럼 브럼비는 그 일을 못마땅하게 여길 테고, 제 소대의 약점은 예전보다 더 악화될 겁니다. 만약 진급이 불가능하다면 보충대로 보내서 교관으로라도 파견해야 합니다. 그러면 브럼비에겐 다른 부대에서 하사로 진급할 충분한 기회가 생깁니다. 여기서 막다른 골목에 부딪치는 대신 말입니다."

"그렇게 생각하나?"

블래키의 미소는 냉소라고까지는 할 수 없었지만 그것에 가까웠다.

"그럼 자네의 그 뛰어난 분석력을 사용해서 추론해 보게. 3주일 전 우리가 생추어리에 기항했을 때 실바 중위는 왜 브럼비를 전출시키지 못했는지를 말이야."

나도 그 점을 의아하게 여기고 있었다. 누군가를 전출 보낼 때는 그 결정을 내린 직후가 가장 좋다. 사전 경고 없이 말이다. 그러는 편이 전출하는 군인에게도, 그의 부대에게도 좋은 것이다. 교본에도 그렇게 나와 있다. 나는 천천히 대답했다.

"그 당시 실바 중위는 이미 병에 걸려 있었습니까?"

"아니."

상황이 머릿속에서 들어맞기 시작했다.

"대위님, 저는 브럼비를 즉각 진급시킬 것을 제안합니다."

블래키가 눈썹을 치켜세웠다.

"1분 전 자네는 무능하다는 이유로 그를 쫓아내려고 하지 않았었나?"

"아, 그런 뜻이 아니었습니다. 둘 중 하나를 선택해야 한다고 했던 겁니다. 하지만 어떤 쪽을 선택해야 되는지 모르고 있었습니다. 이제는 알고 있습니다."

"계속해 봐."

"제 추론은 실바 중위가 유능한 장교임을 전제로 하고 있습니다……."

"흐음! 자네에게 참고가 될까 해서 하는 말인데, '퀵' 실바의 고과표에는 '극히 우수, 승진을 추천함'이라는 평이 줄줄이 적혀 있네."

"그러나 저는 중위가 유능하다는 사실을 이미 알고 있었습니다."

나는 말을 계속했다.

"왜냐하면 저는 좋은 소대를 이어받았기 때문입니다. 우수한 장교는 부하를 승진시키지 않을 때도 있습니다. 그러는 데는 많은 이유가 있을 수 있겠지만, 그 이유를 문서로 남기거나 하지는 않습니다. 그러나 이번 경우에는, 만약 중위가 브럼비의 하사 진급을 추천하지 않았다면 자기 부대에 남겨 두지는 않았을 겁니다. 그 대신 가능한 한 빠른 기회에 배에서 내보냈겠지요. 하지만 중위는 그러지 않았습니다. 그러므로 저는 그가 브럼비를 진급시킬 작정이었다는 사실을 알고 있습니다."

그다음 나는 이렇게 덧붙였다.

"그렇지만 저는 왜 중위가 3주일 전에 그 결정을 실행에 옮기지 않았는지 모르겠습니다. 그랬다면 브럼비는 벌써 갈매기를 달고 있었을 텐데 말입니다."

블랙스톤 대위는 씩 웃었다.

"그건 자네가 내 유능함을 신뢰하고 있지 않기 때문이야."

"대…… 무슨 뜻입니까?"

"됐어. 자네는 일의 내막을 알아차렸고, 나는 사관학교를 갓 나온 애송이가 모든 트릭을 알고 있으리라고는 기대하지 않아. 하지만 잘 듣고, 열심히 배우도록, 소위. 이 전쟁이 계속되는 한, 기지로 돌아가기 직전에는 절대로 부하를 진급시키지 말게."

"아…… 왜 그러면 안 됩니까?"

"자넨 브럼비를 진급시키지 않는다면 보충대로 보내야 된다고 했어. 하지만 만약 3주일 전에 브럼비를 진급시켰다면 그는 바로 보충대로 가 있었을 거야. 보충대의 인사과가 하사관을 얼마나 원하고 있는지 아나? 명령서를 뒤져 보게. 교관으로 우리 부대의 하사관을 두 명 파견해 달라는 요청이 들어와 있을 테니까. 중사 하나가 사관학교에 파견 근무를 나가 있는 데다가 병장 자리가 하나 비어 있었기 때문에, 인원 부족을 이유로 나는 그 요청을 거부할 수 있었네."

블래키가 살벌한 미소를 지었다.

"이건 쉬운 전쟁이 아냐, 소위. 주의하지 않으면, 같은 편에서 제일 우수한 부하들을 훔쳐가니까 말이야."

그는 서랍을 열고 두 장의 서류를 꺼냈다.

"이걸 보게……."

그중 하나는 실바가 블래키 대위에게 보낸 편지였고, 브럼비의 하사 진급을 추천하고 있었다. 한 달 이상 전에 보낸 것이었다.

다른 한 장은 브럼비의 하사 임명서였고, 그 날짜는 우리가 생추어리를 떠난 다음 날로 되어 있었다.

"이제 수긍하겠나?"

그가 물었다.

"예? 아, 수긍했습니다!"

"나는 자네가 소대의 이 약점을 찾아내서 내게 해결책을 제시하는 걸 기다리고 있었네. 자네가 그럴 수 있었다는 사실을 나는 기쁘게 생각하고 있지만, 보통 정도로 그랬다고 해야겠지. 왜냐하면 노련한 장교라면 인원 편성표와 근무 기록만 보고도 당장 그 사실을 분석해 냈을 테니까 말이야. 걱정하지는 말게. 모두 그런 식으로 경험을 쌓아 가는 거니까. 자, 그럼 이렇게 하도록. 실바처럼 자네도 내게 편지를 쓰는 거야. 어제 날짜로 말이야. 자네가 브럼비를 하사로 진급시킬 것을 추천했다는 사실을 브럼비에게 알리라고 소대 선임하사에게 지시하게. 실바 중위도 그랬다고 하면 안 돼. 내게 진급을 상신했을 때 자넨 그 사실을 모르고 있었으니까, 그냥 그대로 나가는 거야. 브럼비한테 진급 신고를 받을 때, 상관 두 명이 따로따로 그를 추천했다는 사실을 내 입으로 직접 말해 줄 작정이네. 그럼 브럼비도 좋아할 테니까 말이야. 좋아, 뭔가 다른 할 말이 있나?"

"아…… 소대 조직에는 문제가 없습니다. 다만 실바 중위가 나이디를 진급시켜서 브럼비의 후임으로 임명할 작정이었다면, 상병 한 명을 병장 근무 상병으로 진급시킬 수 있습니다……. 그러면 현재 결원이 세 명 있으니까, 이병 네 명을 일병으로 진급시킬 수 있게 됩니다. 빈자리를 남겨 두지 않는 것이 우리 중대의 방침인지 아닌지는 모르겠습니다만."

블래키가 부드러운 어조로 말했다.

"그럴 수도 있겠지. 자네도 알다시피 병사들 일부는 작전 후에는 진급 사실을 기뻐하지 못할 테니까 말이야. 하지만 이것만은 명심해 두게. 나는 실전 경험이 없는 신병을 절대로 일병으로 진급시키거나 하지는 않아. 다른 데라면 몰라도 블래키의 어깨들에게는 절대로 그런 일이 일어나지 않네. 주임상사와 이 일을 의논해 보고 내게 알려 주게. 서두를 필요는 없어…… 소등 시간 전이라면 언제라도 괜찮으니까. 자, 뭔가 또 남은 게 있나?"

"예. 실은 강화복 일이 걱정됩니다만."

"나도 걱정하고 있네. 모든 소대가 다 마찬가지야."

"다른 소대들은 어떤지 모르겠지만, 다섯 명의 신병에게 강화복을 맞춰 줘야 하는 데다가, 고장으로 부품을 교환한 것이 네 벌 있습니다. 그리고 지난 주 문제가 발생해서 창고 것과 교환한 것을 합치면…… 쿤하와 나바레가 어떻게 예정 일자에 맞춰 그 강화복 전부를 워밍업하고, 다른 마흔한 벌을 일일이 정기 점검할 수 있는지 저는 도저히 짐작 못 하겠습니다. 그 과정에서 아무런 문제가 생기지 않는다고 해도……."

"문제는 언제나 생기네."

"그렇습니다. 하지만 워밍업과 강화복 조절에만도 286인시(人時)가 걸리는 데다가, 여기에 정기 점검을 위해 123시간을 추가해야 합니다. 언제나 그랬던 것처럼 점검에는 예정 시간이 초과될 게 뻔합니다."

"그럼, 자넨 어떻게 하면 좋겠나? 만약 다른 소대들이 기간 내에 작업을 끝낸다면 자네 소대를 도와줄 수 있을지도 모르지만, 그건 기대하기 힘들어. 오소리들에게 도움을 요청하지는 말게. 오히려 우리 쪽에서 도와줘야 할 것 같으니까."

"아…… 너무 사병들과 함께 시간을 보내지 말라고 하셨으니까, 이걸 어떻게 생각하실지는 모르겠습니다. 하지만 병장이었을 당시 저는 O&A(병기 및 장갑강화복 담당) 하사의 조수였습니다."

"계속 말해 보게."

"예. 그리고 마지막에는 제 자신이 O&A 담당 하사관이 되어 있었습니다. 하지만 그건 임시 보직이었고, 저는 정식으로 교육받은 전문 O&A 요원이 아닙니다. 그래도 저는 매우 우수한 조수였다고 자부하고 있습니다. 만약 허가해 주신다면, 저는 새로운 강화복의 워밍업을 하든지, 아니면 정기 점검 쪽을 맡을 수 있습니다. 그러면 쿤하와 나바레에게는 다른 문제를 해결할 시간이 더 주어집니다."

블래키는 의자를 뒤로 제쳐 놓고 씩 웃었다.

"소위, 나는 복무규정을 잘 읽어 보았지만, 장교가 자신의 손을 더럽히면 안 된다는 규칙은 어디에서도 찾지 못했네. 왜 자네에게 이런 말을 하냐 하면, 내 부대에 배속된 '젊은 신사'들 중 몇 분께서는 아무래도 그런 규칙을 읽은 것 같았기 때문이야. 좋아, 작업복을 꺼내 오게. 양손과 함께 군복까지 더럽힐 이유는 없으니까 말이야. 고물로 가서 주임상사를 만나 브럼비에 관해 말해 주고, 내가 그의 진급을 인정할 경우에 대비해서 편성표의 구멍을 메우기 위한 진급 추천서를 준비하라고 지시하도록. 그리고 자네는 지금부터 모든 시간을 O&A에 쏟아부을 거라고 말하게. 다른 모든 잡무는 그가 맡아 달라고 하란 말이야. 혹시 무슨 문제가 생길 경우에는 무기고로 오라고 하게. 그리고 나와 의논했다는 말은 하지 말도록. 단지 명령하기만 하면 돼. 알겠나?"

"옛, 대…… 예. 알겠습니다."

"오케이. 그럼 일을 시작하도록. 그리고 카드실 앞을 지날 때 러스티에게 안부를 좀 전해 주고, 그 게을러 빠진 몸을 이리로 좀 끌고 오라고 말해 주게."

그 후 두 주일 동안 나는 지독하게 바빴다. 신병 캠프에서도 이렇게까지 바쁘지는 않았다. O&A 요원으로 하루 열 시간 일하는 것만이 내가 하는 일의 전부가 아니었다. 물론 수학 공부도 해야 했다. 함장의 개인 교수에서 도망칠 길은 없었다. 세 끼 식사에는 하루에 한 시간 반 정도 걸렸다. 그리고 살아남기 위한 일상의 잡무, 즉 면도, 샤워, 군복에 단추를 다는 일, 그리고 해군의 선임 위병 하사를 쫓아가서 사열 10분 전에 세탁실의 열쇠를 열게 한 후 깨끗한 제복을 꺼내는 일도 포함됐다.(제일 필요할 때만 골라서 그 시설의 문을 잠가 놓는다는 것은 해군의 불문율이다.)

위병 근무, 열병식, 사열, 그리고 필수 불가결한 소대의 잡무는 매일 또한 시간을 잡아먹었다. 게다가 나는 '조지'였다. 어느 부대에도 '조지'가 한 명씩 있다. 그 부대에서 제일 계급이 낮은 장교가 그 역할을 맡고, 여분의 일을 하게 된다. 체육 담당 장교, 우편 검열 장교, 운동 경기의 심판, 학과 담당 장교, 통신교육 담당 장교, 군법회의 검찰관, 복지 상호 대부금의 회계 담당, 기록 문서 담당, 창고 담당 장교, 사병식당 담당 장교 등 임무는 메스꺼울 정도로 끝없이 계속되었다.

즐거운 표정으로 그 역할을 내게 떠맡겼을 때까지는 러스티 그레이엄이 '조지' 역할을 맡고 있었다. 그러나 인수 시 내 서명이 필요한 모든 비품의 재고 상태를 직접 확인할 것을 내가 주장했을 때는 그렇게 즐거운 것 같지는 않았다. 러스티는 선임 장교가 서명한 재고 목록을 그대로 받아들일 만한 분별이 내게 없다면, 직접 명령해서 내 태도를 바꿀 수도 있다고 시사했다. 그 말에 부루퉁해진 나는 그 명령을 문서로 해 달라고 러스티에게 요구했다. 공식 문서로 만들어서 내가 원본을 보관하고, 그 사본을 중대장에게 제출할 수 있도록 해 달라고 한 것이다.

러스티는 화를 내면서도 앞의 주장을 철회했다. 아무리 멍청해도 그런 명령을 문서로 남길 만큼 멍청한 소위는 없었다. 러스티는 나의 룸메이트이자 내 수학 교사이기도 했기 때문에, 나도 즐거운 기분은 아니었다. 그러나 우리는 재고 상태를 조사했다. 워런 중위에게 쓸데없는 참견을 한다는 잔소리를 듣기는 했지만, 그는 금고를 열고 내가 기록 문서를 조사하게 해 주었다. 블랙스톤 대위는 아무 말도 없이 자기 것을 열어 주었기 때문에, 내 재고 조사에 그가 찬성하는지 안 하는지는 알 수 없었다.

문서상으로는 문제가 없었지만, 재고 물품이 문제였다. 불쌍한 러스티! 그는 전임자의 집계를 그대로 믿고 있었지만, 실제로는 재고품 수가 부족했다. 그리고 전임자였던 장교는 단순히 전출한 게 아니라, 전사해 버렸다. 러스티는 잠 못 이루는 밤을 보낸 후(그건 나도 마찬가지였다.) 블래키한테 가서 진상을 털어놓았다.

블래키는 러스티를 호되게 야단친 후, 없어진 재고품을 조사하고 그 대부분을 '전투 중 분실'된 것으로 처리했다. 이것으로 러스티의 부족분은 사오 일분의 급료 정도로 줄었다. 그러나 블래키가 러스티더러 계속 재고 업무를 보도록 했기 때문에 현금 결산은 무기한 연장되었다.

'조지'에게 주어진 임무 모두가 이렇게 골치 아픈 것은 아니었다. 군법회의는 열리지 않았다. 우수한 전투부대에서 그런 일은 일어나지 않는다. 모함은 체렌코프 항행 중이었기 때문에 검열할 편지는 없었다. 같은 이유로 복지 대부금을 내줄 필요도 없었다. 체육은 브럼비에게 맡겼다. 심판 일은 '언제든지 필요하다면' 기꺼이 도와줄 용의가 있다는 식이었다. 사병식당 일은 매우 좋았다. 나는 메뉴 내용을 승인하고 이따금 취사실을 점검했다. 즉, 무기고에서 늦게까지 일하는 밤에는 작업복을 입은 채로 그곳에 들려 샌드위치를 징발했다는 뜻이다. 전쟁이든 아니든 공부를 계속하는 병사는 많았기 때문에, 통신교육 과정에는 처리해야 할 서류 업무가 많았다. 그러나 나는 내 소대 선임하사에게 그 일을 맡겼고, 그의 서기인 상병이 모든 기록을 보관했다.

그럼에도 불구하고 이 '조지' 업무를 처리하는 데는 매일 두 시간 이상 걸렸다. 일 자체가 너무 많았던 탓이다.

이렇게 말하면 내가 처한 상황을 이해할 수 있을 것이다. O&A에 열 시간, 수학 공부에 세 시간, 식사에 한 시간 반, 개인적 용무로 한 시간, 잡다한 군무에 한 시간, '조지' 일로 두 시간, 수면에 여덟 시간, 합계 26시간 30분이 된다. 게다가 모함은 생추어리의 하루 25시간제를 채용하고 있지 않았다. 일단 출발하면 우리는 그리니치 표준시와 만국력을 사용한다.

유일하게 줄일 수 있던 것은 수면 시간뿐이었다.

내가 새벽 1시경에 카드실에 앉아 수학과 씨름하고 있었을 때 블랙스톤 대위가 방으로 들어왔다.

"굿 이브닝, 캡틴."

나는 그에게 인사했다.

"굿 모닝이라고 해야 옳지 않나? 도대체 뭘 그렇게 괴로워하고 있나? 불면증인가?"

"아…… 그런 건 아닙니다."

그는 테이블 위에 쌓인 종이 뭉치에서 한 장을 꺼내들고 말했다.

"자네 소대의 상사는 서류 처리도 못 하나? 아, 이거였군. 가서 자도록."

"하지만, 대위님……."

"자리에 앉게, 조니. 그렇지 않아도 자네에게 말하려고 했어. 나는 저녁에 자네가 카드실에 있는 걸 본 적이 없네. 자네 방을 지나가면 자넨 언제나 책상 앞에 앉아 있어. 자네 룸메이트가 잘 때면, 자네는 이리로 오네. 도대체 뭐가 문제지?"

"예…… 아무래도 일을 완전히 처리하지 못해서 그런 것 같습니다."

"아무도 완전히 그러는 사람은 없어. 무기고 일은 어떤가?"

"잘 되어 가고 있습니다. 기한 내에 끝낼 수 있을 것 같습니다."

"나도 그렇게 생각하네. 소위, 자넨 적당한 균형 감각을 유지할 필요가 있네. 자네에겐 중요한 임무가 두 가지 있어. 처음 임무는 자네 소대의 장비를 완전히 정비해 놓는 거야. 자넨 그 일을 잘 수행하고 있네. 소대 자체에 대해선 걱정할 필요가 없다는 말은 했지? 그리고 첫 번째에 뒤지지 않을 정도로 중요한 두 번째 임무는 자네 본인이 전투를 할 수 있는 상태가 되는 거야. 그리고 자넨 그러지 못하고 있어."

"준비는 되어 있습니다, 대위님."

"난센스야, 그건. 자넨 운동도 하지 않고, 잠도 충분히 못 자고 있어. 그게 강하에 앞서서 스스로를 단련하는 방식인가? 소위, 소대를 지휘할 때 자네 컨디션은 최고여야 해. 오늘부터 매일 16시 30분에서 18시까지 운동을 하도록. 그리고 23시의 소등 시간에는 침대에 들어가 있어야 해. 만약 이틀 연달아서 15분 이내에 잠들지 못한다면, 군의관에게 출두해서 치료를 받게. 이건 명령이야."

"옛, 대위님."

사방의 격벽이 조여드는 듯한 기분이었다. 나는 필사적으로 덧붙였다.

"대위님, 저는 어떻게 하면 23시까지 취침할 수 있을지 모르겠습니다. 그때까지 일을 전부 마치려면……."

"그렇다면 마치지 말게. 아까 말한 것처럼 자넨 모든 일에 균형 감각을 가지고 임할 필요가 있어. 어떻게 시간을 보내고 있는지 말해 보게."

나는 설명했다. 대위가 고개를 끄덕였다.

"내가 생각했던 대로군."

그는 내 수학 '숙제'를 집어 들어 내 앞에 툭 던졌다.

"이를테면 이것 말인데. 물론 공부는 하고 싶겠지. 하지만 왜 전투 전에 그렇게 열심히 공부해야 하지?"

"아, 제 생각으로는……."

"자네가 정말로 '생각'했다고는 생각하지 않네. 자네 앞엔 네 가지의 가능성이 있고, 이 숙제를 끝마쳐야 할 필요가 생기는 것은 그중 하나가 실현 됐을 때뿐이야. 첫째로, 자네는 전사할 가능성이 있네. 둘째, 자네는 부상을 입고 명예 임관을 받은 후 퇴역할지도 몰라. 셋째, 자네가 무사히 귀환했더라도 심사관인 내가 자네 고과표에 낙제라고 써 넣을지도 몰라. 현재 자네는 바로 그러기 위해 노력하고 있다고밖에는 할 수 없네. 이봐, 수면 부족으로 새빨간 눈을 하고, 책상 앞에 너무 오래 앉아 있던 탓에 축 늘어진 몸으로 나타난 자넬 내가 강하시킬 것 같나? 네 번째 가능성이란, 자네가 자신을 잘 통제할 수 있는 경우야…… 그럴 경우 나는 자네에게 소대의 지휘를 맡길 수도 있어. 자네가 아킬레우스가 헥토르를 죽인 이래 최고의 쇼를 보여 주고, 내가 자네를 합격시켰다고 가정해 보지. 자네가 수학 숙제를 끝낼 필요가 있는 건 이 경우뿐이야. 그러니까 돌아가는 길에 그걸 하란 말이네.

내 말대로 하면 될 거야. 함장에게는 내가 말해 두지. 자넨 지금 이 순간부터 나머지 임무에서 해방됐어. 수학 공부는 돌아가는 길에 실컷 하도록. 만약 우리가 돌아갈 수 있다면 얘기지만. 하지만 자네가 최우선 임무를 제일 먼저 처리하는 법을 배우지 못한다면, 결국은 아무 소용도 없어. 자, 가서 자게!"

일주일 후 우리는 체렌코프 항법에서 빠져나와 광속 이하로 속도를 낮춘 후 관성 비행에 들어갔다. 함대는 신호를 교환하며 집결했다. 우리 부대는 브리핑, 전투 계획, 그리고 임무 및 명령(이것들은 장편소설만큼이나 길었다.)을 수령했다. 강하는 없었다.

물론 우리는 작전에 참가했지만, 이번에는 철수용 우주정에 타고 신사들처럼 편하게 착륙했던 것이다. 연방군이 이미 행성 표면을 장악하고 있었기 때문에 가능했던 일이었다. 제2, 제3, 그리고 제5 기동보병 사단이 그 임무를 수행했다. 그리고 그들은 그 대가를 치렀다.

그러나 이곳은 그런 대가에 걸맞을 정도로 가치 있는 것 같지가 않았다. 표면 중력이 0.7인 행성P는 지구보다 더 작았고, 그 대부분이 극저온의 바다와 바위로 이루어져 있었다. 생물이라고 해야 이끼 비슷한 식물이 있을 뿐이고, 동물이라고 할 만한 것은 존재하지 않았다. 행성의 대기는 이산화질소와 오존으로 오염되어 있었기 때문에 그곳에서 오랫동안 호흡하는 것은 불가능했다. 유일한 대륙은 오스트레일리아의 반 정도 크기였고, 여기에 아무런 가치도 없는 섬들이 딸려 있었다. 인류가 이곳을 쓰기 위해서는 금성에 쏟아부었던 것만큼의 테라포밍(지구 환경화—옮긴이)이 필요할 것이다.

그러나 우리는 거주할 목적으로 이곳에 온 것이 아니었다. 우리가 온 이유는 이곳에 거미들이 있었기 때문이다. 그리고 거미들이 이곳에 있는 것은 바로 우리들 때문이라고 참모본부는 생각하고 있었다. 참모본부는 행성P가 우리를 공격하기 위한 전진기지(그 가능성은 86±6퍼센트)라는 의견이었다.

이 행성이 별 가치가 없다는 사실은 명백했으므로, 보통 이런 거미 기지를 처리하는 임무는 해군에게 돌아간다. 안전하게 떨어진 곳에서 이 추악한 구체를 인간에게도, 또 거미들에게도 생존 불가능한 곳으로 만들어 버리는 것이다. 그러나 총사령관은 다른 아이디어를 가지고 있었다.

이 작전은 기습이었다. 수백 척의 우주선을 동원하고, 수천 명의 사상자를 내는 전투를 '기습'이라고 부르다니 이해하기 힘들었다. 더욱이 우리가 기습작전을 수행하는 사이 적들이 행성P에 원군을 보내는 것을 막기 위해 해군과 수많은 타 부대의 강하병들이 수십 광년까지 거미들의 세력권 깊숙이 침투해서 교란 작전을 펴고 있었다.

그러나 총사령관은 병력을 헛된 일에 소모하고 있는 것이 아니었다. 이 대규모 기습은 전쟁의 승패를 가르는 전투였다. 그것이 1년 후가 될지 아니면 30년 후가 될지는 모르지만 말이다. 우리는 거미의 심리를 더 잘 이해할 필요가 있었다. 우리는 은하계에서 거미를 한 마리도 남김없이 일소해 버려야 할까? 혹은 놈들을 철저히 두들긴 후 평화를 강요할 수 있을까? 우리는 그 해답을 알지 못했다. 거미에 관한 우리의 이해는 흰개미에 관한 그것과 오십보백보였던 것이다.

거미의 심리를 알기 위해서는 거미들과 의사소통을 할 필요가 있었고, 거미가 왜 싸우는지, 또 어떤 조건하에서 싸움을 중단하는지를 알아내야 했다. 그러기 위해서 심리전 부대는 포로를 필요로 했던 것이다.

노동 계급을 생포하는 일은 쉬웠다. 그러나 일거미는 살아 움직이는 기계 이상도 이하도 아니다. 군대거미의 경우, 움직일 수 없을 정도로 많은 다리를 태워서 무방비 상태로 만든다면 포로로 잡을 수 있다. 그러나 지휘자가 없는 군대거미는 일거미와 거의 같을 정도로 멍청하다. 그런 포로들로부터 아군 연구자들은 중요한 사실을 알아냈다. 놈들에게는 치명적이지만 우리에겐 아무 해도 없는 그 끈적거리는 가스의 개발은 일거미와 군대거미의 생화학적 분석에서 비롯되었다. 그리고 내가 캡슐 강하병이 된 후의 짧은 기간 동안에도 그런 연구를 통해 새로운 무기들이 개발되었다. 그러나 왜 거미가 싸우는지를 알아내기 위해서는 놈들의 두뇌 카스트를 연구할 필요가 있었다. 또 우리는 포로 교환을 희망하고 있었다.

지금까지 우리는 두뇌거미를 한 마리도 생포하지 못했다. 셰올에서 그랬던 것처럼 행성 표면에서 거미의 군락을 일소해 버렸든지, 아니면 기습부대가 (너무 많은 경우 그랬듯이) 놈들의 구멍 속으로 내려간 후 돌아오지 않았던 것이다. 우리는 수없이 많은 용감한 병사들을 이런 식으로 잃었다.

더 많은 수의 병사가 철수 시의 실패로 실종됐다. 때로는 그들이 지상에 있는 사이에 모함을 격추당한 경우도 있었다. 그런 부대는 어떻게 되었을까? 아마 마지막 병사까지 싸우다가 전멸했는지도 모른다. 더 있음 직한 일은, 강화복의 동력과 탄약이 없어질 때까지 싸웠던 생존자들이 마치 뒤집힌 딱정벌레처럼 손쉽게 생포되어 버렸을 가능성이다.

우리 편이 된 갈비씨들을 통해 우리는 실종된 강하병들 다수가 포로로 잡혀서 생존하고 있다는 사실을 알아냈다. 우리는 그 수가 몇천 명이기를 기대했고, 적어도 몇백 명은 된다고 확신하고 있었다. 아군 정보부는 포로들이 언제나 클렌다투로 후송된다고 믿고 있었다. 거미가 우리의 호기심을 자극하는 것과 마찬가지로 우리는 거미의 호기심을 자극했다. 둥우리에서 사는 집단생물에게는 각 개체가 협력해서 도시, 우주선, 군대를 조직하는 종족이란 개념은 우리가 그들에 대해 그렇게 느끼는 것 이상으로 기묘하게 느껴졌음에 틀림없다.

사실이 어쨌든 간에, 우리는 아군 포로들을 구출하기를 원했다!

우주의 냉엄한 논리에 비춰 본다면 이것은 약점일지도 모른다. 아마 개개의 구성원을 구출하려는 노력을 결코 하지 않는 종족이 이 특성을 이용해서 인류를 일소해 버리려고 할지도 모른다. 갈비씨들에게는 그런 특성이 조금밖에 없고, 거미들에게서는 아예 찾아볼 수가 없었다. 거미 한 마리가 부상을 입었다고 해서 다른 거미가 구출하러 온 것을 본 사람은 아무도 없었다. 놈들은 전투 시에는 완벽하게 협력하지만, 일단 이용 가치가 없어지는 순간에는 동료를 가차 없이 버렸다.

우리의 행동 방식은 이와는 다르다. 이런 신문 기사를 당신은 얼마나 자주 보는가? 물에 빠진 아이를 구하려다가 두 명 익사. 한 사내가 산에서 조난할 경우, 수백 명이 구조에 참가하고, 그 과정에서 또 두세 명이 죽는 일도 자주 일어난다. 그러나 또다시 조난자가 나오면 예전과 마찬가지로 많은 사람들이 지원한다.

도저히 수지에 맞는다고는 할 수 없는 행동이지만…… 이것은 매우 인간적인 행동이기도 하다. 이것은 인간의 모든 전설에, 모든 종교에, 모든 문학 작품에 일관된 소재이며, 한 인간이 구조를 필요로 할 때는 그 대가를 따지지 말아야 한다는 종족적 신념인 것이다.

약점? 이것은 우리가 은하계를 정복할 수 있게 만드는 유일무이한 원동력일지도 모른다.

약점이든 강점이든 간에 거미들은 그런 것을 가지고 있지 않다. 우리 병사를 그들의 병사와 교환할 가능성은 없었다.

그러나 거미 둥우리의 다두(多頭) 통치 조직에서 일부 카스트는 다른 카스트보다 귀중하다고 아군의 심리전 전문가들은 믿고 있었다. 만약 우리가 두뇌거미를 다치지 않게 생포할 수 있다면, 좋은 조건으로 포로를 교환할 수 있을지도 모른다.

그리고 여왕거미를 생포했을 경우를 상상해 보라!

여왕거미의 교환 가치는 어느 정도일까? 강하병 일개 연대? 그걸 아는 사람은 아무도 없었지만, 전투 계획서는 우리에게 어떠한 희생을 치르더라도 거미들의 '왕족', 즉 두뇌거미와 여왕거미를 생포하라고 명령하고 있었다. 이 작전은 그 거미들을 인간과 교환할 수 있기를 기대하고 계획된 도박이었던 것이다.

'왕족 생포 작전'의 세 번째 목적은 전투 방식의 개발이었다. 어떻게 지하로 내려가고, 어떻게 거미를 지상으로 몰아내고, 대량 파괴 무기를 사용하지 않고 어떻게 승리할 수 있는지를 알아내는 것이다. 지상에서 일대일로 맞붙으면 강하병은 이제 군대거미를 이길 수 있었다. 우주함 대 우주함 전투에서도 우리 해군 쪽이 우세했다. 그러나 우리가 놈들의 구멍 속으로 들어가려고 했을 때는 아직 속수무책이었다.

어떤 조건으로도 포로를 교환하는 일에 실패했을 경우에도, 우리는 (a) 전쟁에서 이겨야 했고, (b)아군 병사들을 구출할 기회를 만들 수 있는 방법으로 그래야 했고, 혹은 이쯤에서 시인하는 편이 나을 것이다. (c)그것을 시도하는 과정에서 죽고, 전쟁에 질 수도 있었다. 행성P는 어떻게 하면 거미를 근절할 수 있는지를 알아내는 야전 테스트였던 것이다.

모든 병사가 브리핑을 받았고, 수면 중에 최면 학습을 통해 다시 한 번 상황을 설명받았다. 그래서 우리 모두는 왕족 생포 작전이 궁극적으로 전우들을 구출하기 위한 작전의 토대가 되리라는 사실을 알고 있었지만, 행성P에는 인간 포로가 없다는 사실도 알고 있었다. 행성은 지금까지 한 번도 공격받은 적이 없었던 것이다. 따라서 자기 손으로 직접 포로를 구출해서 훈장을 받으려고 기를 쓸 필요는 없었다. 이번 작전은 또 하나의 거미사냥에 불과했지만, 대병력과 새로운 테크닉을 동원했다. 거미들을 한 마리도 남기지 않고 후벼 파냈다는 확신이 생길 때까지 우리는 이 행성을 양파 껍질처럼 벗길 것이다.

해군은 섬들과 대륙의 무인 지대를 맹렬히 폭격해서 그 표면을 방사성의 유리로 만들어 버렸기 때문에, 우리는 이제 배후에 신경 쓰지 않고 마음껏 거미들을 공격할 수 있었다. 게다가 해군은 행성 궤도 전체를 털실 뭉치처럼 물샐틈없이 감싸고 초계 비행하고 있었다. 우리를 지키고, 수송함을 호위하며, 융단 폭격에도 불구하고 거미들이 우리 등 뒤에서 튀어나오는 일이 없도록 지표를 면밀하게 감시하고 있었던 것이다.

전투 계획에 따르면 블래키의 어깨들은 직접 명령을 받거나 그럴 기회가 주어졌을 경우 최중요 작전 목표를 지원하라는 명령을 받고 있었다. 또 우리는 담당 구역을 현재 점령 중인 중대와 교대하고, 그 지역에 있는 다른 병과의 부대를 호위하며, 주위의 다른 기동보병 부대와 긴밀한 연락을 유지해야 했다. 그리고 거미들이 그 추악한 머리를 구멍에서 내미는 대로 모조리 때려잡는 것이다.

그래서 우리는 저항을 받지 않고 쉽게 착륙했다. 나는 소대를 강화장갑복의 속보로 전진시켰다. 블래키는 우리 중대와 교대하는 중대의 지휘관을 찾아서 상황을 파악하고 지형을 파악하기 위해 우리 앞을 나아갔다. 지평선을 향해 도약하는 대위의 모습은 마치 겁먹은 산토끼 같았다.

나는 우리 소대의 감시 구역 전방의 양쪽 귀퉁이를 찾기 위해 쿤하를 시켜 1반의 정찰조를 내보냈고, 주임상사를 왼쪽으로 보내 5연대의 정찰조와 접촉하도록 했다. 우리가 소속된 3연대는 가로 300마일, 세로 80마일 크기의 지역을 확보하라는 명령을 받고 있었다. 그중에서 우리 소대가 담당한 구역은 가로 17마일, 세로 40마일의 직사각형이었고, 연대 담당 구역 최전방의 왼쪽 모퉁이에 해당됐다. '오소리' 중대는 우리 바로 뒤에 있었고, 코로센 소위의 소대는 우리 오른쪽에, 그 너머로는 러스티가 있었다.

우리 사단의 1연대는 우리 앞에 있었던 5사단의 한 연대와 이미 교대했고, 3연대 앞에 '벽돌쌓기' 식으로 포개어져 있었기 때문에 우리 소대의 왼쪽 전방뿐만 아니라 왼쪽 모서리와도 맞닿아 있었다. '전방', '후방', '좌측', '우측' 등은 전투 계획의 격자(格子) 구획에 맞춰서 각 지휘관복의 D. R.(위치추정장치)에 입력되어 있는 방위를 뜻한다. 우리에게 진짜 전선(戰線)이란 존재하지 않았고, 담당 구역만이 있을 뿐이었다. 그리고 현재 보고된 유일한 전투는 임의의 우측면과 후방으로 수백 마일 떨어진 곳에서 벌어지고 있었다.

그 방향으로, 아마 200마일가량 떨어진 곳에, 3연대 2대대 G중대의 2소대가, 보통 라스차크의 깡패들로 알려진 부대가 있을 것이다.

혹은 '깡패들'은 여기서 40광년 떨어진 곳에 있을지도 모른다. 전술상의 편성이 편성표와 일치하는 경우는 결코 없기 때문이다. 전투 계획을 보고 내가 알 수 있었던 것은 '2대대'라고 불리는 부대가 우리들 우측에 있는 노르망디 비치의 병사들 너머에 있다는 사실뿐이었다. 그러나 그 대대는 다른 사단에서 빌려 온 것일지도 몰랐다. 총사령관은 체스의 말과 의논해 가며 체스를 두거나 하지는 않는다.

어쨌든 지금은 '깡패들'에 관해 생각하고 있을 때가 아니다. 지금은 블래키의 어깨들 일을 감당하기에도 벅차다. 현재 우리 소대의 임무는 잘 풀려 가고 있었지만…… 그러나 적대적인 행성에서 완벽하게 안전할 수는 없다. 내게는 쿤하 휘하의 1분대가 제일 끝의 코너에 도달하기 전에 할 일이 잔뜩 있었다. 내 임무를 열거해 보면 다음과 같다.

1. 내 구역을 지금까지 장악하고 있었던 소대장을 찾아낸다.

2. 직사각형의 각 코너의 위치를 확립한 후 반장과 분대장들에게 통지한다.

3. 내 주위와 네 귀퉁이에 있는 여덟 명의 소대장들과 연락을 취한다. 그중 다섯 명(5연대와 1연대에서 온 지휘관들)은 이미 소정 위치에 가 있을 것이고, 세 명(블래키의 어깨들의 코로센과 워런의 오소리들의 바이욘느와 수카르노)은 현재 그들의 담당 구역으로 이동 중이다.

4. 내 부하들을 최단 루트를 통해 가능한 한 신속하게 소정 위치로 보낸다.

마지막 임무에 제일 먼저 착수할 필요가 있었다. 착륙했을 때 그대로의 산개 대형으로는 그럴 수 없었기 때문이다. 브럼비의 마지막 분대를 좌측면에 전개시키고, 쿤하의 첨병 분대를 최전방에서 반좌향 방향에 이르는 지역에 전개시킬 필요가 있었다. 나머지 4개 분대는 그사이에 산개해야 한다.

이것은 표준적인 정사각형 전개였고, 우리는 강하실에서 어떻게 하면 이 신속하게 이 진형을 짤 수 있는지를 예습했다. 나는 하사관용 회선을 통해 외쳤다.

"쿤하! 브럼비! 산개할 시간이다!"

"1반 오버!"

"2번 오버!"

"반장들은 각자의 반을 장악하도록…… 그리고 각 신병들에게 주의하도록. 우리는 '천사들'을 많이 만날 것이다. 오인 사격하는 일이 없도록 주의하라!"

나는 직통 회선으로 말했다.

"상사, 좌측면의 부대와는 연락이 됐나?"

"옛, 소위님. 우리를 볼 수 있다고 합니다."

"좋아. 그런데 앵커(위치 측정 기점—옮긴이) 코너에 설치된 고정식 비컨이 보이지 않는군."

"사라졌습니다."

"그럼 D. R.을 써서 쿤하에게 가르쳐 주게. 최전방 척후인 휴즈한테도 그걸 가르쳐 주고, 새 비컨을 설치시키도록."

왜 3연대나 5연대가 그 앵커 비컨을 이미 설치하지 않았는지 의아했다. 나의 전방 좌측 코너는 3개 연대가 만나는 곳이었던 것이다.

그걸 말해 봤자 지금은 아무 소용이 없었다. 나는 말을 이었다.

"D. R. 확인. 귀관의 위치는 둘 일곱 다섯, 거리는 12마일이다."

"소위님은 아홉 여섯, 거리는 약 12마일입니다."

"거의 맞는군. 나는 아직 상대측 소대장을 찾지 못했어. 그러니까 지금부터 최고 속도로 전진하겠네. 그럼 계속해서 임무를 수행하도록."

"알겠습니다, 미스터 리코."

나는 최고속도로 전진하며 회선을 장교용 주파수로 바꿨다.

"스퀘어 블랙 원, 응답하라. 블랙 원. '창의 천사들(Chang's Cherubs)', 내 말이 들리는가? 응답하라."

나는 우리와 교대하는 소대의 소대장과 말을 나누고 싶었다. 형식적으로 '귀관과 교대하겠습니다'라는 말을 하기 위해서가 아니다. 나는 그의 꾸밈없는 의견을 듣고 싶었던 것이다.

주위의 광경은 내 마음에 들지 않았다.

우리가 소규모의, 아직 완전히 개발되지도 않은 거미들의 기지에 압도적인 병력을 쏟아부었다는 군 상층부의 의견은 너무 낙관적이었든가, 아니면 블래키의 어깨들이 할당받은 지역은 지붕이 내려앉을 정도로 전투가 치열했던 특별한 곳이었든지 둘 중 하나였다. 철수정에서 나와서 채 몇 분도 지나기 전에 나는 반 다스에 달하는 강화복이 유기되어 있는 것을 보았다. 비어 있으면 좋겠지만, 전사자가 들어 있을 가능성도 있었다. 사실이 어떻든 간에, 그 수가 너무 많았던 것이다.

게다가 나의 전술 레이더 디스플레이에는 소정 위치로 이동 중인 (내 휘하의) 1개 소대가 표시되고 있었지만, 철수 지점을 향해 움직이거나 아직 제 자리를 지키고 있는 광점은 소수에 불과했고, 뿔뿔이 흩어져 있었다. 움직임이 통제되고 있는 것 같지도 않았다.

나는 넓이 680평방마일의 적지를 책임지고 있었고, 나 자신의 분대들이 그곳으로 깊숙이 들어가기 전에 가능한 한 모든 상황을 파악할 수 있기를 절실히 바라고 있었다. 전투 계획에 따른 새로운 전술 교리는 나를 낙담케 했다. 거미들의 터널을 닫지 말라는 명령이 내렸던 것이다. 블래키는 이것을 마치 자기 자신이 생각해 낸 훌륭한 명령이라는 듯한 말투로 설명했지만, 그가 그것을 정말로 마음에 들어 했을 것 같지는 않다.

작전은 간단했다. 그리고 논리적인 듯했다……. 사상자 수를 감당할 수 있다면 말이지만. 거미들을 지상으로 올라오게 하라. 위로 나오는 놈들을 죽여라. 계속 위로 올라오게 만들라. 구멍을 폭탄으로 막지 말고, 가스를 넣어도 안 된다. 모조리 기어 나오게 하는 것이다. 시간(하루, 이틀, 혹은 일주일)이 흐르고, 우리가 정말로 압도적인 병력을 가지고 있다는 것이 명명백백해진다면, 거미들은 더 이상 밖으로 올라오지 않을 것이다. 작전 참모들은 거미들이 군대 계급의 70퍼센트에서 90퍼센트를 잃을 경우 더 이상 우리를 지상에서 일소하려고 하지 않을 것이라고 추정하고(어떻게 그랬는지는 내게 묻지 말라!) 있었다.

그다음에는 우리들이 거죽을 벗길 차례이다. 지하로 내려가며 살아남은 전사 계급을 죽이고 왕족을 생포하는 것이다. 우리는 두뇌 카스트가 어떻게 생겼는지 알고 있었다. 그 시체를 (사진으로) 보았고, 놈들이 달릴 수 없다는 사실도 알고 있었다. 다리는 거의 쓸모가 없고, 그 부풀어 오른 몸의 대부분은 신경 조직으로 이루어져 있다. 여왕거미를 본 인간은 아무도 없었지만, 생물학전 부대는 추정에 입각한 상상도를 우리에게 제공해 주었다. 말보다 더 크고 역겨운 모습의 괴물이었고, 전혀 움직일 수가 없다고 했다.

두뇌거미와 여왕거미 말고도 다른 종류의 왕족이 있을지도 모른다. 어쨌든 간에, 놈들의 전사 계급을 나오게 해서 죽이고, 전사와 노동 계급을 제외한 모든 거미를 생포해야 한다.

필수불가결한 계획이었고, 보기에도 좋았다. 종이 위에서는 말이다. 그러나 그것은 닫히지 않은 거미 구멍투성이일지도 모르는 17×40마일 넓이의 지역을 내가 맡았다는 사실을 의미했다. 나는 모든 구멍의 위치를 알고 싶었다.

만약 구멍이 너무 많다면…… 나는 '실수'로 그중 몇 개를 막고 부하들이 그 나머지를 감시하는 일에 집중할 수 있도록 할 생각이었다. 공격형 강화복을 입은 병사는 넓은 지역을 커버할 수 있지만, 한꺼번에 모든 것을 볼 수는 없다. 그는 초인이 아닌 것이다.

나는 첨병 분대의 몇 마일 앞에서 도약 전진하며 '천사들'의 소대장을 불렀고, 급기야는 천사 중대의 어떤 장교라도 좋으니 응답하라고 하며 내 개인용 비컨의 신호 패턴(다-디-다-다)을 계속 알렸다.

대답은 없었다.

마침내 내 보스한테서 응답이 왔다.

"조니! 잡음을 꺼. 협의용 회선으로 대답하도록."

나는 그렇게 했다. 블래키는 또렷또렷한 말투로 스퀘어 블랙 원의 예전 지휘관을 찾는 일을 그만 두라고 말했다. 그런 건 이미 없었기 때문이다. 물론 어딘가에 하사관이 한 명 정도는 살아남아 있을지도 모르지만, 지휘 계통의 사슬은 이미 끊겨 있었던 것이다.

교본에 의하면 누군가가 언제나 지휘관 자리로 올라가는 것으로 되어 있었다. 그러나 너무 많은 사슬이 끊긴다면 이런 일이 일어날 가능성이 있다고 닐센 대령이 내게 경고했던 적이 있었다. 먼 옛날…… 거의 1개월 전에.

창 대위는 장교 세 명과 함께 전투에 돌입했다. 지금 남아 있는 장교는 한 명뿐이었고(내 동기인 에이브 모이즈였다.), 블래키는 그에게서 상황을 알아내려 하고 있었다. 에이브는 그다지 도움이 되지 않았다. 내가 협의에 참가하며 이름을 밝혔을 때 에이브는 나를 자기 대대장으로 오인하고 견딜 수 없을 정도로 꼼꼼한 보고를 하기 시작했다. 게다가 그 보고는 지리멸렬하다고밖에는 할 수 없었다.

블래키는 그의 말을 가로막고, 맡은 임무를 계속 수행하라고 내게 말했다.

"교대 브리핑 따윈 잊어 버려. 상황은 바로 자네가 보는 그대로야. 그러니까 돌아다니면서 직접 눈으로 확인하도록."

"알겠습니다, 보스!"

나는 최전방 좌측 모서리(앵커 코너)를 향해 가능한 한 빠른 속도로 내 담당 구역을 가로질렀다. 나는 도약하며 회선을 바꿨다.

"상사! 비컨은 어떻게 됐나?"

"그 코너에는 비컨을 설치할 장소가 없습니다. 새 분화구가 생겨 있습니다. 스케일6쯤 됩니다."

나는 작게 휘파람을 불었다. 스케일6이라면 투르가 통째로 들어갈 정도의 크기이다. 지상에 있는 우리들이 지하의 거미들과 교전할 경우, 지뢰 폭파는 거미들이 쓰는 수법 중 하나였다.(우주선에서 쏠 때를 제외하면 거미들은 결코 미사일을 쓰지 않는 듯하다.) 만약 누군가가 그 근처에 있으면 직접 폭발에 당하는 것이다. 공중에 있을 경우에는 충격파의 직격을 받은 자이로가 고장 나서 강화복은 조작 불능이 되어 버린다.

나는 스케일4 이상의 분화구를 본 적이 없었다. 놈들은 너무 큰 폭발은 일으키지 않는다고 한다. 견고한 방벽으로 폭심(爆心) 근처를 에워싼다고 해도, 그런 폭발은 혈거생물인 놈들의 서식지에 너무 큰 피해를 주기 때문이다.

나는 상사에게 말했다.

"그 옆에 비컨을 설치하게. 반장과 분대장들에게도 알리도록."

"이미 그렇게 했습니다, 소위님. 각도는 110, 거리는 1.3마일입니다. 신호는 다 디 딧. 그쪽에서도 들을 수 있을 겁니다. 위치는 소위님이 계신 곳에서 3, 3, 5입니다."

그의 목소리는 교련중인 교육계 하사관처럼 침착했다. 나는 혹시 내가 새된 목소리를 내고 있지 않았나 하고 생각했다.

나는 영상을 보았고, 왼쪽 눈썹 위에서 그것을 찾아냈다. 한 번 길고, 두 번 짧게.

"오케이. 쿤하의 1분대가 거의 그 위치에 도달한 것이 보인다. 1분대를 파견해서 크레이터를 경계하게 하도록. 빈자리를 채우게. 브럼비는 4마일을 더 맡아야 해."

나는 불유쾌함을 짓씹으며 각 병사가 이미 넓이 14평방마일의 지역을 혼자서 감시하고 있었다는 사실을 생각했다. 그 이상 버터를 얇게 바른다면 각자가 17평방마일을 감시해야 한다. 거미 한 마리는 직경 5피트 미만의 작은 구멍에서도 튀어나올 수 있다.

나는 또 그에게 질문했다.

"크레이터의 '온도'는 얼마나 되나?"

"주변부는 앰버-레드(황갈색을 띤 적색—옮긴이)입니다. 아직 안에는 들어가보지 않았습니다."

"떨어져 있게. 내가 나중에 조사해 볼 테니까."

앰버-레드 급의 방사능에 노출되면 맨몸의 인간은 죽겠지만, 장갑복을 입은 병사는 상당 시간 동안 그것을 견딜 수 있다. 주변부의 방사능이 그 정도라면, 그 바닥의 그것은 눈알을 구워 버릴 정도로 뜨겁다는 점에는 의심의 여지가 없었다.

"나이디에게 말란과 뵤르크를 앰버 구역까지 철수시킨 후 지중 청음초(聽音哨)를 설치하라고 하도록."

신병 다섯 명 중 두 명은 현재 분화구를 정찰중인 1분대에 있었다. 신병은 강아지나 마찬가지이다. 아무 데나 무턱대고 코를 박으니까 말이다.

"내가 알고 싶은 건 두 가지라고 나이디에게 전하게. 분화구 안의 움직임……. 그리고 그 주위의 땅속에서 나는 소리라고 말이야."

우리는 다가가기만 해도 죽어 버릴 정도로 방사능이 강한 분화구를 통해 병사를 내보내거나 하지는 않는다. 그러나 그런 식으로 우리를 공격하는 것이 가능하다면 거미는 주저 없이 그럴 것이다.

"내게 보고하라고 나이디한테 말해 주게. 자네하고 나한테 말이야."

"옛, 소위님."

주임상사는 이렇게 덧붙였다.

"제안을 하나 해도 되겠습니까?"

"물론 좋아. 그리고 다음부터는 일일이 내 허가를 얻을 필요는 없어."

"나바레가 1반의 나머지 분대를 지휘할 수 있습니다. 쿤하 하사가 1분대를 분화구로 데려가면, 나이디에게는 청음초 감독을 맡길 수 있습니다."

나는 그가 무슨 생각을 하고 있는지 알 수 있었다. 갓 병장이 된 나이디는 한 번도 지상 전투에서 분대를 지휘한 적이 없었고, 스퀘어 블랙 원에서 가장 위험할지도 모르는 지점을 맡을 만한 인재가 아니었다. 상사는 내가 신병들을 소환한 것과 같은 이유에서 나이디를 불러오고 싶은 것이다.

내 생각을 그는 알고 있었을까? 그는 '호두까기(블래키의 참모였을 때의 강화복)'를 그대로 입고 있었고, 그것에는 내 강화복에 비해 통신 회선이 하나 더 붙어 있었다. 블랙스톤 대위와 직통으로 연결된 개인용 회로였다.

블래키는 아마 우리들 사이의 교신에 끼어들어서 여분의 회로를 통해 우리의 대화를 듣고 있을 것이다. 주임상사가 내 소대 배치에 찬성하고 있지 않다는 사실은 명백했다. 만약 내가 그의 충고를 받아들이지 않는다면, 그 직후 들리는 것은 아마 블래키의 목소리일지도 모른다. "상사, 소대 지휘를 맡도록. 미스터 리코, 자넨 해임이야."

하지만…… 빌어먹을! 자기 분대를 지휘할 허가를 못 받는 병장은 진짜 병장이 아니다……. 그리고 소대 선임하사의 꼭두각시인 소대장은 속이 빈 강화복과 다를 바가 없는 것이다!

나는 곰곰이 생각하거나 하지는 않았다. 이 생각은 번개처럼 내 머리를 스쳐갔고, 나는 그 즉시 대답하고 있었다.

"신병 두 명을 돌보기 위해 병장을 보낼 여유는 없네. 마찬가지로 하사를 보내 사병 네 명과 병장 근무 상병을 지휘하게 할 수는 없어."

"하지만……."

"됐어. 분화구 감시는 한 시간마다 교대시키게. 그리고 각 분대의 첫 번째 파상(波狀) 정찰은 신속하게 수행하도록. 각 분대장들은 발견된 구멍을 전부 조사하고, 그 위치를 확인해서 반장, 소대 선임하사, 소대장이 그 지점에 도착했을 때 직접 조사할 수 있도록 하는 거야. 구멍 수가 많지 않을 경우엔 각각 한 명씩 감시를 붙일 수도 있어. 그건 나중에 결정하겠네."

"옛, 소위님."

"두 번째 정찰에서는 소대원들을 천천히 전진시키게. 첫 번째 정찰 때 미처 못 본 구멍을 찾기 위해 가능한 한 세심하게 정찰하는 거야. 정찰 시 부분대장들은 적외선 암시경을 사용하고, 분대장들에게 지상에 유기된 병사나 강화복의 위치를 확인하라고 하게. 천사 중대의 부상자가 아직 남아 있을지도 모르니까 말이야. 단지 건강 상태 모니터를 보기 위해서라도, 내가 명령하기 전에는 멈춰 서는 일이 없도록. 무엇보다 먼저 거미들의 동향을 파악할 필요가 있어."

"옛, 소위님."

"다른 제안은?"

"하나뿐입니다. 부분대장들은 첫 번째 정찰 때부터 적외선 암시경을 사용하게 하는 게 어떻습니까."

"좋아. 그렇게 하도록."

그의 제안은 타당한 것이었다. 지표의 대기 온도는 거미들의 터널 내부의 그것보다 훨씬 낮고, 위장된 통기공(通氣孔)은 적외선 암시경으로 보면 마치 분수나 깃털 장식처럼 보이기 때문이다. 나는 전술 디스플레이를 흘끗 보았다.

"쿤하의 1반은 거의 구역 끝까지 도달했어. 관병식을 거행할 때야."

"옛, 소위님!"

"오버."

통신 회로를 광역(廣域) 주파수대로 바꾼 나는 계속 분화구를 향해 나아갔고, 주임상사가 수정된 계획을 실행에 옮기는 동안 소대 전체의 교신에 귀를 기울였다. 그는 1반의 첨병 분대를 분화구로 파견했고, 그 뒤를 따르던 나머지 두 분대를 다시 왔던 방향으로 배진(背進)시켰다. 2반에게는 원래 계획보다 4마일 늘어난 할당 지역을 파상적으로 정찰하도록 했다. 상사는 각 반이 명령대로 움직이는 것을 확인한 후 앵커 코너의 분화구로 집결하고 있는 1분대를 신속하게 장악하고 지시를 내렸다. 그런 다음 그는 여유 있게 각 반장과 접촉해서 그들에게 방향 전환점의 새 좌표를 알렸다.

상사는 열병식 때의 군악대장 같이 빈틈없는 정확성을 보이며 그 일을 수행했다. 게다가 내가 했을 경우보다 더 빠르게, 게다가 더 적은 말수만으로 그 일을 해냈던 것이다. 강화복을 착용한 소대가 몇십 마일에 이르는 황야에서 산개 대형을 유지하는 일은 열병식에서 정확하게 보조를 맞추는 것보다 훨씬 더 어렵다. 그러나 대형은 정확할 필요가 있었다. 그러지 못한다면 전투 중에 전우의 머리를 날려 버릴 가능성이 있다……. 혹은, 지금 이 경우처럼 같은 지점을 두 번 통과함으로써 다른 지점을 간과해 버릴 위험이 있는 것이다.

그러나 지휘관은 부대 전개를 레이더 화면을 통해서만 볼 수 있다. 육안으로 직접 볼 수 있는 것은 가까운 곳에 있는 병사뿐이다. 나는 교신에 귀를 기울이면서 화면을 보고 있었다. 작은 반딧불들이 내 헬멧 안쪽에 정확한 궤도를 그리며 기어가고 있다. 너비 20마일에 달하는 지역에 산개한 소대를 한 눈으로 볼 수 있는 크기의 화면으로 축소하면, 시속 40마일의 속도도 천천히 기어가는 것으로밖에는 보이지 않기 때문이다.

내가 소대원들의 교신에 귀를 기울인 이유는 각 분대 내에서 무슨 얘기를 하고 있는지 알고 싶었기 때문이다.

그러나 아무 소리도 들리지 않았다. 쿤하와 브럼비는 2차 명령을 하달한 후, 침묵했다. 병장들은 분대 교대 시에만 입을 열었고, 반장보와 부분대장들도 이따금 간격과 열을 맞출 필요가 있을 경우에만 명령을 외쳤다. 그리고 사병들은 아무 말도 없었다.

쉰 명의 병사들이 내는 숨소리가 마치 무언의 파도소리처럼 들려왔다. 이 침묵은 최소한도의 말수를 써서 필수적인 명령이 전달될 때만 깨졌다. 블래키의 말은 옳았다. 내게 주어진 소대는 그야말로 '바이올린처럼 조율'되어 있었던 것이다.

병사들은 나 따위를 필요로 하고 있지 않았다! 내가 집에 돌아가 버리더라도, 소대는 내가 있을 때와 마찬가지로 임무를 잘 수행할 것이다.

아마 더 잘할지도 모른다.

분화구를 감시하기 위해 쿤하를 파견할 것을 거부한 내 결정이 옳았는지 나는 확신할 수 없었다. 만약 그곳에서 문제가 발생해서 그들을 구출할 수 없었을 경우에는 '교본에 입각'해서 그랬다고 변명해 보았자 아무 소용이 없다. 만약 당신이나 혹은 다른 사람이 전사했을 경우 '교본에 입각'했든 안 했든 간에 결과적으로는 아무 차이도 나지 않는다.

라스차크의 깡패들 소대에는 아직도 하사 자리가 하나 남아 있을까?

스퀘어 블랙 원(Square Black One) 대부분은 캠프 커리 주위의 평야만큼이나 평탄했고, 훨씬 더 메말라 있었다. 내 입장에서는 감사하고 싶은 기분이었다. 이 지형은 우리에게 땅속에서 기어 나오는 거미를 발견하고 먼저 죽일 수 있는 유일한 기회를 제공해 줬기 때문이다. 우리는 너무나도 넓은 지역에 산개해 있었기 때문에 소대원들 사이의 간격은 4마일에 달했고, 경계라고 해 봐야 고속 정찰조를 약 6분마다 파상적으로 내보내는 것이 고작이었다. 이것은 충분히 긴밀하다고 할 수 없었다. 제1파가 휩쓸고 간 특정 지점에 제2파가 도달하려면 적어도 3~4분 걸렸고, 그동안 그 지점은 완전히 우리의 감시에서 벗어나 버린다. 그리고 3분에서 4분만 있으면, 수많은 거미가 작은 구멍을 통해 나올 수 있다.

물론 레이더는 육안보다 더 멀리 볼 수 있지만, 그만큼 정확하지는 않다.

더욱이 우리는 단거리용으로 특별히 선택된 무기 이외에는 아무것도 쓸 수가 없었다. 전우가 사방에 산개해 있었기 때문이다. 거미가 구멍에서 튀어나오고, 당신이 뭔가 치명적인 것을 발사했을 경우, 그 거미 너머의 그렇게 떨어지지 않은 장소에는 틀림없이 캡슐 강하병이 있다. 따라서 우리가 쓸 수 있는 무기의 유효사정과 강도는 극도로 제한되어 있었다. 이번 작전에서는 장교와 하사관만이 로켓탄으로 무장하고 있었지만, 아무도 그걸 쓰리라고 기대하지는 않았다. 로켓이 표적을 포착하지 못할 경우, 그것은 표적을 찾을 때까지 계속 날아간다는 위험한 성질을 가지고 있었다……. 그리고 그것은 아군과 적을 구별하지 못한다. 작은 로켓탄에는 멍청한 인공두뇌밖에는 들어가지 않기 때문이다.

부하들이 어디 있는지를 알고, 나머지를 모두 적으로 간주할 수 있다면, 나는 수천 명의 기동보병에 둘러싸인 채로 수행하는 지역 경계 임무를 단 1개 소대만으로 수행하는 강습 작전과 기꺼이 교환할 용의가 있다.

나는 불평으로 시간을 낭비하지는 않았다. 지면을 감시하고, 레이더 화면을 보면서도 앵커 코너에 있는 분화구를 향한 도약을 멈추지 않았다. 거미 구멍은 눈에 띄지 않았지만, 나는 수색 중에 메마른 분지(盆地)를 뛰어넘었다. 거의 계곡에 가까울 정도로 깊었고, 상당수의 거미를 숨기고 있을 가능성이 있었다. 나는 멈춰 서서 확인해 보거나 하지는 않았다. 주임상사에게 그 위치를 알리고, 누군가가 그걸 조사하게 하라고 명령했을 뿐이다.

분화구는 내가 상상하고 있었던 것보다 훨씬 더 컸다. 모함인 투르조차도 이 속에 들어간다면 찾을 수 없을 것이다. 나는 방사능 카운터의 작동 방식을 지향성 캐스캐이드로 바꾼 후 분화구 바닥과 안쪽 벽의 방사선 강도를 측정했다. 눈금은 적색에서 짙은 적색을 가리키고 있었다. 오래 노출될 경우 장갑복을 입은 사람에게조차 심각한 악영향을 끼칠 정도의 방사능이었다. 나는 헬멧에 내장된 거리 측정기로 분화구의 직경과 깊이를 잰 다음, 지하로 통하는 구멍을 발견하기 위해 그 주위를 돌아다녔다.

구멍은 하나도 찾을 수 없었지만, 우리와 인접한 5연대와 1연대의 소대들이 파견한 분화구 감시병들과 마주쳤다. 나는 각 소대의 감시병들에게 부채꼴 모양의 감시 지구를 할당해 주었다. 유사 시 연합 감시단이 3개 소대 모두를 향해 구원을 요청할 수 있도록 한 것이다. 우리 좌측에 있는 '수급 사냥꾼(Head Hunters)' 부대의 도 캄포 중위가 연락관 역할을 맡았다. 그다음 나는 나이디의 부분대장과 신병을 포함한 그 분대의 반수를 소대로 귀환시켰고, 보스와 주임상사에게 이 사실을 알렸다.

나는 블래키에게 말했다.

"대위님, 지면에서는 현재 어떠한 진동도 포착할 수 없습니다. 지금 안으로 내려가서 구멍이 없나 확인해 보겠습니다. 그렇게 오래 있지만 않는다면 그렇게 방사능을 노출되지 않……."

"소위, 분화구에서 떨어져 있게."

"하지만 대위님, 저는 단지……."

"그만둬. 그런 짓을 해도 유익한 정보는 얻을 수는 없어. 떨어져 있도록."

"옛, 대위님."

그 후 아홉 시간은 따분했다. 우리는 강제 수면 및 혈당량 증진, 최면 주입 등을 통해 40시간(행성P의 2회 자전분) 연속으로 임무를 수행할 수 있도록 미리 조절받았고, 강화복은 물론 생리적 욕구를 처리하기 위한 장치를 완비하고 있다. 강화복 자체는 그렇게 오래 작동되지 않지만, 각 병사는 여분의 동력원과 재충전용의 초고압 공기 카트리지를 휴대하고 있었다. 그러나 전투가 없는 경계 임무는 지루하고, 경계 당사자도 자칫하면 게을러지기 쉽다.

나는 내가 생각할 수 있었던 해결책을 실행에 옮겼다. 쿤하와 브럼비에게 교대로 지도 하사관 역할을 맡기고(따라서 주임상사와 소대장은 마음대로 돌아다닐 수 있었다.), 끊임없이 정찰 패턴을 바꿔 가며 각 병사가 언제나 새로운 지점을 통과할 수 있도록 하라고 명령했던 것이다. 조합을 바꾸면 담당 구역을 정찰하기 위한 무한한 패턴을 만들어 낼 수 있다. 또 나는 주임상사와 의논한 후 처음으로 구멍을 발견하거나 처음으로 거미를 죽이는 명예를 획득한 분대에게 보너스 득점을 주겠다고 발표했다. 이건 신병 캠프에서 잘 쓰는 트릭이지만, 경계심을 유지한다는 것은 곧 살아남는 것을 의미하므로, 지루함을 피하는 일이라면 뭐든지 할 필요가 있었다.

이윽고 우리는 특무 부대의 방문을 받았다. 야전용 에어카에 탄 세 명의 전투공병 장교는 특수 능력자를 호위하고 왔다. 공간 초감각자였다. 블래키는 그들이 온다는 것을 내게 미리 알렸다.

"그 친구들을 호위하고, 도와주도록."

"예, 대위님. 어떻게 도우면 되겠습니까?"

"그걸 내가 어떻게 아나? 만약 랜드리 소령이 자네더러 껍질을 벗고 해골이 돼서 춤을 추라고 하면, 추는 거야!"

"옛, 대위님. 랜드리 소령의 명령에 따르겠습니다."

나는 부하에게 이 명령을 하달하고 각 지역에서 보디가드를 한 명씩 임명해 놓았다. 그리고 일행이 도착했을 때 직접 마중을 나갔다. 호기심 때문이었다. 나는 특수 능력자가 일하는 것을 한 번도 본 적이 없었다. 그들은 내 우측에 착륙해서 밖으로 나왔다. 랜드리 소령과 다른 두 장교는 강화복을 입고 한 손용 화염방사기를 가지고 있었지만 특수 능력자는 장갑복도 무기도 가지고 있지 않았다. 다만 산소마스크를 하고 있을 뿐이었다. 그는 아무런 기장이 붙어 있지 않은 작업복을 입고 있었고, 모든 일에 극도로 싫증을 느끼고 있는 듯한 표정을 하고 있었다. 나를 그에게 소개해 주는 사람은 아무도 없었다. 그는 열여섯 살의 소년처럼 보였다……. 그러나 가까이에서 보니 그의 지친 눈가에는 그물처럼 주름이 져 있었다.

차 밖으로 나오면서 그는 산소마스크를 벗었다. 나는 소스라치듯 놀랐고, 무전을 쓰지 않고 내 헬멧을 랜드리 소령의 헬멧에 직접 갖다 대고 말했다.

"소령님, 이 근처의 대기는 방사능으로 오염되어 있습니다. 게다가 우리가 받은 경고는……."

소령이 말했다.

"조용히 해. 저 친구는 알고 있어."

나는 입을 다물었다. 특수 능력자는 조금 걸었고, 방향을 바꾸더니 아랫입술을 깨물었다. 그는 눈을 감고 있었고, 생각에 잠겨 있는 것처럼 보였다.

그는 눈을 뜨고 불평했다.

"멍청한 놈들이 주위에서 온통 뛰질을 하고 있는데 어떻게 일하란 말인가?"

랜드리 소령이 짧게 말했다.

"소대를 착지시키도록."

나는 숨을 들이켜고 반론하려고 하다가, 곧 소대 회로에 대고 명령했다.

"블래키의 어깨들 1소대, 착지한 후 동결!"

통신 회로에서 들려온 것은 내 명령이 메아리처럼 복창되며 분대장들에게 하달되는 소리뿐이었다. 이 사실은 실바 중위의 유능함을 입증하는 것이었다. 나는 물었다.

"소령님, 지면에서는 움직여도 되겠습니까?

"안 돼. 자네도 입을 다물고 있어."

이윽고 초감각자는 에어카로 돌아가서 산소마스크를 착용했다. 내가 앉을 자리는 없었지만 나는 차체를 붙잡아도 된다는 허락(실제로는 명령)을 받았고, 2마일쯤 에어카에 매달려서 이동했다. 초감각자는 또다시 마스크를 벗고 땅 위를 걸어다녔다. 이번에 그는 다른 전투공병 한 명에게 뭐라고 말했다. 그 장교는 계속 고개를 끄덕이며 노트에 스케치를 하고 있었다.

특무 부대는 내 담당 구역 내에서 10여 회에 걸쳐 착륙했고, 그때마다 무의미해 보이는 행동을 되풀이했다. 그다음에 그들은 5연대의 담당 구역으로 이동해 갔다. 스케치를 하고 있었던 장교는 떠나기 직전 지도제작장치 바닥에서 지도를 한 장 꺼내 내게 건넸다.

"이건 지하 지도야. 이 넓은 적색 띠는 이 구역에 하나밖에 없는 거미의 주(主) 터널을 나타내고 있네. 구역 경계에서의 터널 깊이는 거의 1000피트에 달하지만, 자네의 좌측 후방을 향해 계속 위로 뻗어 있고, 그것이 다시 구역을 빠져나가는 지점에서는 450피트까지 올라와 있어. 엷은 청색 그물코는 거미 둥우리고, 지상에서 100피트 이내의 장소를 의미하네. 아군이 그걸 처리할 수 있을 때까지 거기 청음병을 몇 명 배치하는 편이 나을 거야."

나는 지도를 응시했다.

"이 지도는 신뢰할 수 있습니까?"

공병 장교는 초감각자를 흘낏하더니 매우 나직한 목소리로 내게 말했다.

"물론이야, 이 멍청아! 도대체 무슨 생각을 하고 있나? 저 친구를 동요시킬 작정이야?"

그들은 내가 지도를 조사하고 있는 사이 떠났다. 그 공병 화가는 이중 스케치를 만든 후 그것들을 지도제작장치에 넣어 지하 1000피트까지의 입체도를 제작해 놓고 있었다. 나는 그 지도에 당혹한 나머지 소대원에게 내린 '동결' 명령을 해제해야 한다는 사실을 겨우 떠올렸다. 곧 나는 청음병들을 분화구에서 철수시켰고, 각 분대에서 두 명씩 청음병을 차출해서 지옥의 지도를 보고 알아낸 거미의 고속도로 및 둥우리 위에 배치했다.

나는 그 사실을 블래키에게 보고했다. 내가 거미 터널의 좌표를 나열하기 시작하자 그는 내 말을 가로막았다.

"랜드리 소령이 사본을 보냈어. 청음초의 좌표만 보고하도록."

내가 그렇게 하자 그가 말했다.

"나쁘지 않군, 조니. 하지만 내가 원하는 것만큼 완벽하지는 않아. 자네는 그 지도의 터널 위에 필요 이상의 청음병을 배치했어. 그중 네 명을 그 거미 고속도로를 따라 재배열하고, 다른 네 명을 놈들의 둥우리 위에 마름

모꼴로 배치하도록. 그럼 네 명이 남지. 그중 한 명을 자네 구역의 후방 우측 코너와 주 터널로 이루어진 삼각형 위에 놓게. 그리고 나머지 세 명을 터널 너머의 넓은 지역으로 보내는 거야."

"옛, 대위님."

나는 이렇게 덧붙였다.

"대위님, 이 지도는 믿을 수 있습니까?"

"도대체 뭘 걱정하고 있나?"

"실은…… 너무 마술 같았습니다. 흑마술 말입니다."

"아, 그것 말이군. 조니, 여기 최고사령관이 자네한테 보낸 특별 메시지가 와 있네. 그 지도는 공식적인 거라고 했네…… 그리고 다른 일들은 전부 사령관이 걱정해 줄 테니 자네는 소대 지휘에만 전념하면 된다는 내용이야."

"예, 알겠습니다, 대위님."

"하지만 거미들은 무섭게 빨리 구멍을 팔 수 있으니까 자네는 터널 지역의 바깥쪽에 특별히 주의하고 있게. 터널에서 떨어진 네 개의 청음초에서 나비가 날갯짓하는 것보다 더 큰 소리가 나면 즉시 보고하도록. 어떤 종류의 소리라도 상관없어."

"옛, 대위님."

"자넨 한 번도 들은 적이 없을지도 모르니까 하는 말인데, 놈들이 구멍을 팔 때는 베이컨을 지지는 것 같은 소리가 나네. 이제 파상 정찰을 중지하고, 분화구에는 육안 감시를 위해 한 명만 남겨 두도록. 소대원의 반수를 두 시간 동안 자게 하고, 나머지 반은 교대로 귀를 기울이게 하게."

"옛, 대위님."

"자네는 다른 전투공병들과 만날지도 몰라. 새로 수정된 계획은 이렇네. 전투공병 중대가 주 터널이 지표에 가장 근접해 있는 부분을 폭파해서 막을 예정이야. 그 장소는 자네 구역의 좌측면이 아니면 '수급 사냥꾼'의 담당 구역이 될 거야. 그와 동시에 우측면으로 약 30마일 떨어진 곳, 즉 1연대가 감시하고 있는 주 터널의 분기점(分岐點)에서 다른 공병 중대가 마찬가지 일을 하게 되네. 마개가 전부 닫히면 놈들의 주 터널의 긴 부분과 큰 도시 하나가 고립될 거야. 그다음에는…… 기다리는 거지. 놈들 쪽에서 지표를 뚫고 나와 우리와 전투를 벌일 가능성도 있고, 땅속에서 꼼짝도 하지 않을 경우에는 우리 쪽에서 밑으로 내려갈 수도 있어. 한 번에 한 구획씩 말이야."

"알겠습니다."

정말로 알았다는 확신은 없었지만, 적어도 내가 맡은 임무는 이해할 수 있었다. 즉 청음초를 재배치하고, 소대원의 반수를 자게 하는 것이다. 그러고 나서는 큰 거미 사냥이 기다리고 있다. 운이 좋으면 지상에서. 그럴 수 없다면 지하에서.

"공병대가 오면 소대 좌익과 연락을 취하게 하도록. 도움이 필요하다면 도와주게."

"알겠습니다, 대위님."

나는 기운차게 대답했다. 전투공병은 기동보병과 거의 맞먹을 정도로 우수한 병과다. 그들과 함께 일하게 되어 즐거웠다. 위기에 처하면 그들은 주저하지 않고 싸운다. 노련하지는 않을지 모르지만, 용감하게 싸우는 것이다. 또는 자신의 일에 몰두하고 있을 경우 그들은 주위에서 아무리 처절한 전투가 벌어지고 있더라도 고개를 들려고조차 하지 않는다. 전투공병에게는 매우 시니컬한, 까마득한 옛날부터 전해져 내려오는 비공식 모토가 있다. 그것은 '우선 우리는 판다, 그리고 그 안에서 죽는다'라는 말이고, 그들의 공식적 모토인 '하면 된다!'를 보충한 것이다. 이들 모토 모두가 글자 그

대로 진실이다.

"그럼 시작하게, 조니."

열두 개의 청음초가 필요하다는 것은 각 지점에 반개 분대, 즉 병장이나 병장 근무 상병 더하기 사병 세 명을 배치할 수 있다는 것을 의미했다. 그러면 네 명 중 둘은 자고, 나머지 둘은 교대로 청음기를 들을 수 있다. 나바레와 또 한 명의 반장보가 교대로 잠을 자며 분화구를 감시하게 하고, 반장 두 명은 교대로 소대를 지휘할 수 있다. 내가 이 계획을 상세히 설명하고 하사관들에게 좌표를 제시한 후 10분도 채 지나기 전에 재배치가 완료되었다. 아무도 멀리 이동할 필요가 없었던 것이다. 나는 전 소대원들에게 공병 중대를 주의하라고 경고했다. 각 반에서 청음초를 가동시켰다는 보고가 오자마자 나는 소대용 회로를 열고 명령했다.

"홀수 번호! 눕고, 취침 준비…… 하나…… 둘…… 셋…… 넷…… 다섯, 취침!"

강화복은 침대가 아니지만, 그 대용은 된다. 전투를 위한 최면 주입의 장점 중 하나는, 휴식의 기회가 주어질 경우 (그럴 가능성은 희박하지만) 지휘관이 후최면 명령을 발동시켜 부하들을 순간적으로 잠들게 할 수 있다는 점이다. 게다가 그가 최면술사일 필요는 없다. 각성도 취침과 마찬가지로 순간적으로 이루어진다. 이미 완전한 경계 태세를 갖추고 싸울 준비가 되어 있는 상태로 깨어나는 것이다. 강제 수면은 인명을 구할 수 있다. 지칠 대로 지친 병사는 전투 중 존재하지도 않는 것을 쏘고, 정말로 싸워야 할 상대를 보지 못할 수 있기 때문이다.

그러나 나 자신은 전혀 잘 생각이 없었다. 자라는 명령을 받지도 않았고, 그걸 일부러 확인해 보지도 않았다. 수천 마리의 거미가 겨우 몇백 피트 지하에 있다는 사실을 안 이상, 잔다는 생각만 해도 위가 뒤집히는 느낌을 받왔기 때문이다. 아마 그 초감각자는 절대로 틀리는 법이 없고, 거미들은 우리 청음초에 걸리지 않고서는 우리에게 접근할 수 없는지도 모른다.

그럴지도 모른다. 그러나 그것을 시험해 볼 생각은 없었다.

나는 개인용 통신 회선을 열었다.

"상사."

"예, 소위님?"

"자네도 자는 게 나을 거야. 소대는 내가 맡고 있겠네. 눕고, 취침 준비…… 하나…… 둘……."

"잠깐, 소위님. 제안이 있습니다."

"어떤?"

"수정된 계획에 따르면, 앞으로 네 시간 동안은 전투가 없는 것으로 되어 있습니다. 소위님도 지금 주무실 수 있습니다. 그다음에……."

"나는 됐네, 상사! 난 잘 생각이 없어. 지금부터 청음초들을 점검하면서 공병 중대가 오는 걸 기다릴 생각이야."

"알겠습니다, 소위님."

"여기 있을 동안 3번 청음초를 점검하겠네. 자넨 여기서 브럼비와 함께 좀 쉬고 나는……."

"조니!"

나는 말을 중단했다.

"예, 대위님?"

보스는 듣고 있었던 것일까?

"배치는 모두 끝났나?"

"예, 대위님. 홀수 번호는 자고 있습니다. 지금부터 각 청음초를 돌 생각입니다. 그리고……."

"그건 분대장들에게 맡겨. 자네는 쉬도록."

"하지만, 대위님……."

"눕게. 이건 명령이야. 취침 준비…… 하나…… 둘…… 셋…… 조니!"

"대위님, 허가해 주신다면, 먼저 청음초를 점검하고 싶습니다. 쉬어야 한다면 그다음에 쉬겠습니다. 하지만 저로서는 깨어 있는 쪽이……."

블래키가 껄껄거리며 웃는 소리가 내 귀에 울려 퍼졌다.

"이봐, 조니, 자넨 이미 한 시간 10분 동안 자고 있었어."

"예?"

"시간을 보게."

나는 그 말에 따랐고, 멍청이가 된 것 같은 기분을 맛보았다.

"완전히 깼나, 소위?"

"옛, 대위님. 그렇게 생각합니다."

"상황이 예상보다 빨리 돌아가고 있어. 홀수 번호를 깨운 다음 짝수 번호를 재우도록. 운이 좋으면 한 시간은 잘 수 있을 거야. 그러니까 부하들을 교대시키고, 청음초를 점검한 후 다시 내게 보고하게."

나는 그렇게 했고, 주임상사에게는 아무 말도 하지 않은 채 점검을 시작했다. 나는 그와 블래키 양쪽에게 다 화를 내고 있었다. 내 의지에 반해 나를 자게 한 중대장의 결정에 나는 분개했고, 주임상사의 경우, 만약 그가 진짜 보스가 아니고 나도 명색뿐인 소위가 아니었다면 이런 일은 일어나지 않았으리라는 불쾌한 느낌을 받았던 것이다.

그러나 3번과 4번 청음초를 점검한 후에는(양쪽 다 거미 지구를 향해 돌출해 있었지만, 아무런 소리도 들리지 않았다.) 내 기분도 가라앉았다. 대위가 한 일을 가지고 상사를(아무리 함대 주임상사라고 해도) 비난한다는 것은 바보짓이다.

"상사……."

"예, 미스터 리코?"

"짝수 번호와 함께 좀 자고 싶지 않나? 부하들을 깨우기 1~2분 전에 깨워 줄 테니까 말이야."

그는 조금 주저했다.

"소위님, 가능하다면 저도 청음초를 점검하고 싶습니다."

"이미 그러지 않았나?"

"아닙니다. 지금까지 한 시간 동안 자고 있었습니다."

"뭐라고?"

그는 곤혹스러운 듯이 대답했다.

"대위님이 그렇게 명령하셨던 겁니다. 브럼비에게 임시 소대장 역할을 맡기고, 소위님이 취침하신 직후에 저를 자게 했습니다."

나는 대답하려다가 결국 웃음을 터뜨리고 말았다.

"상사? 자네하고 나하고 어딘가로 빠져서 다시 자면 어떨까. 이건 시간 낭비야. 블래키가 이 소대를 지휘하고 있으니까 말이야."

그는 굳은 말투로 대답했다.

"저는 블랙스톤 대위가 하는 일에는 틀림없이 이유가 있다고 확신하고 있습니다."

나는 대화 상대가 10마일이나 떨어져 있다는 사실을 잊고, 생각에 잠겨 고개를 끄덕였다.

"맞아. 자네 말이 옳아. 대위가 행동할 때는 언제나 이유가 있어. 흐음…… 우리 둘을 같이 재웠다는 사실로 미루어 보건대, 두 명 다 완전히 깨어 있는 상태에서 경계를 계속하기를 원하고 있는 것 같군."

"그렇다고 생각합니다."

"흐음…… 왠지 알겠나?"

그가 대답하는 데는 좀 시간이 걸렸다.

그는 천천히 말했다.

"미스터 리코. 만약 알고 계시다면 대위님은 그걸 가르쳐 주실 겁니다. 대위님이 정보를 숨기시는 것은 한 번도 본 적이 없습니다. 하지만 이따금 뚜렷한 이유를 대지 못하고 어떤 행동을 하실 때가 있습니다. 일종의 육감이라고나 할까요? 저는 제 자신의 경험에 의해 그것을 존중하는 법을 배웠습니다."

"그런가? 분대장들은 모두 짝수 번호야. 모두 자고 있군."

"예, 소위님."

"각 분대의 부분대장들이 경계 태세를 갖추도록 하게. 지금은 아무도 깨울 생각이 없지만…… 때가 되면 1~2초를 다투는 상황이 올지도 모르니까 말이야."

"당장 그러겠습니다."

나는 전방에 있던 나머지 청음초들을 점검한 후 거미들의 마을을 에워싸고 있는 네 개의 청음초로 갔고, 각 청음병들과 함께 청음기에 음성 회선을 직결하고 귀를 기울여 보았다. 청음 목표인 거미의 이동음을 감지하기 위해서는 신경을 곤두세울 필요가 있었다. 왜냐하면 아래쪽에서 거미들끼리 서로 찍찍거리는 소리가 싫어도 귀에 들어왔기 때문이다. 나는 당장이라도 그 자리에서 도망치고 싶었고, 그 기색을 겨우 밖으로 드러내지 않기 위해서는 자제심을 총동원해야 했다.

나는 그 '특수 능력자'는 혹시 믿을 수 없을 정도로 날카로운 청력을 가진 사내가 아니었을까 하고 생각했다.

어쨌든, 그가 어떻게 그 일을 했든 간에 거미들은 그가 있다고 한 곳에 있었던 것이다. 사관학교에서 우리들은 거미들이 내는 잡음이 녹음된 것을 들은 적이 있다. 이들 네 개의 청음초에서는 큰 거미의 둥우리에서 나는 전형적인 소리가 들리고 있었다. 거미들의 대화일지도 모르는 그 찍찍 소리(그러나 놈들 모두가 두뇌 카스트에 의해 원격 조종되고 있다고 한다면, 왜 서로 말할 필요가 있는 것일까?), 나뭇가지와 고엽이 바스락거리는 듯한 소리, 그리고 거미의 거주지에서는 언제나 들리는 날카로운 배경음. 마지막은 기계 소리였고, 아마 놈들의 공기조절장치가 내는 소리일지도 모른다.

놈들이 암반을 뚫을 때 내는 쉭쉭거리는 듯한 파열음은 들리지 않았다.

거미들의 대로변에서 나는 소리는 거주지 것과는 달랐다. 배경에서 들리는 우르릉 소리는 몇 초마다 포효에 가까울 정도로 높아지면서, 마치 한꺼번에 많은 차가 통과하고 있는 듯한 느낌을 주었다. 5번 청음초에서 귀를 기울이고 있었을 때 아이디어가 하나 떠올랐다. 그것이 옳은지 시험해 보기 위해 나는 터널을 따라 배치된 네 개의 청음초의 대기조들에게 포효가 제일 시끄러워질 때마다 '통과!'라고 외칠 것을 명했다.

나는 즉시 보고했다.

"대위님……."

"뭔가, 조니?"

"거미 고속도로의 교통은 일방통행입니다. 제가 있는 곳에서 대위님 쪽을 향해 가고 있습니다. 속도는 시속 110마일 정도이고, 적하는 약 1분 간격으로 통과하고 있습니다."

그가 동의했다.

"거의 맞아. 내 계산으로는 58초 간격으로 시속 108마일이네."

나는 실망했고, 화제를 바꿨다.

"아. 아직 공병 중대가 오지 않았습니다만."

"오지 않을 거야. 공병들은 '수급 사냥꾼' 구역의 후방 중심부를 골랐네. 미안해. 미리 얘기해 줬어야 하는 건데 말이야. 또 뭔가 있나?"

"없습니다, 대위님."

우리는 통신을 끊었고, 내 기분은 좀 나아졌다. 블래키조차도 잊어버릴 때가 있는 것이다……. 그리고 내 아이디어 자체에는 아무런 하자도 없었다. 나는 터널을 떠나 거미 구역의 우측과 후방에 위치한 12번 청음초를 점검하러 갔다.

다른 곳과 마찬가지로 그곳에서는 두 명이 자는 동안 한 명이 듣고, 한 명이 대기하고 있었다. 나는 대기 중인 부하에게 말했다.

"뭔가 들리나?"

"아무것도 안 들립니다, 소위님."

청음 중인 부하(다섯 신병 중 한 명)가 고개를 들고 내게 말했다.

"미스터 리코, 아무래도 이 청음기는 고장 난 것 같습니다."

"내가 들어 보지."

나는 말했다. 신병은 몸을 옆으로 비켜 주었고, 나는 강화복의 음성 회선을 청음기에 접속하고 그와 함께 귀를 기울였다.

내가 들은 '베이컨 지지는' 소리는 너무나도 요란했기 때문에 냄새를 맡을 수 있을 정도였다!

나는 즉각 소대 회로를 개방했다.

"1소대 기상! 기상하고, 점호하고, 보고하라!"

이어서 나는 통신을 장교용 회선으로 바꿨다.

"대위님! 블랙스톤 대위! 빨리 응답해 주십시오!"

"침착해, 조니. 보고하게."

"'베이컨 지지는' 소립니다, 대위님."

나는 어떻겐가 침착한 목소리로 말하려고 필사적으로 노력했다.

"좌표는 스퀘어 블랙 원, 이스터9의 12번 청음초입니다."

"이스터9란 말이지. 음향 강도는?"

나는 황급하게 청음기의 미터를 보았다.

"모르겠습니다, 대위님. 최대 눈금을 이미 넘어 있습니다. 마치 제 발바닥 밑에까지 와 있는 것 같은 소립니다!"

"좋아!"

그는 칭찬해 주었다. 도대체 어떻게 하면 그런 식으로 느낄 수 있는 것일까.

"오늘 들은 것 중 제일 좋은 뉴스군! 자, 내 말을 듣게, 조니. 소대원들을 모두 깨워서……."

"이미 깨웠습니다!"

"잘했어. 2개 청음초를 차출해서 12번 근처를 조사하게 하도록. 거미들이 어디를 돌파하고 나올지를 알아보는 거야. 그리고 그 지점에서 떨어져 있어! 무슨 말인지 알겠나?"

"들었습니다, 대위님."

나는 조심스럽게 말했다.

"하지만, 무슨 뜻인지 모르겠습니다."

그는 한숨을 쉬었다.

"조니, 자넨 내 머리를 허옇게 세게 할 작정인가. 자, 들어 봐. 우리는 놈들을 바깥으로 나오게 하고 싶은 거야. 나오는 수는 많으면 많을수록 좋아. 놈들이 지표에 도달할 때 터널을 폭파시키는 방법을 제외하면 자네들은 놈들에게 대항할 만한 화력을 갖고 있지 않아. 그리고 어떤 경우에도 그러면 안 돼! 만약 놈들의 주력이 강행 돌파해 온다면 1개 연대로도 막을 수 없어. 하지만 장군은 바로 그걸 원하고 있고, 그걸 위해 궤도상에 중화기 여단을 대기시키고 있는 거야. 그러니까 자네가 놈들의 돌파구를 본다면, 즉시 후퇴한 후 감시를 계속하게. 만약 운 좋게도 거미들이 자네 구역에서 주력 돌파구를 만든다면, 자네의 정찰 보고는 제일 위의 총사령관한테까지 가게 돼. 알겠나?"

"옛, 대위님. 돌파구를 찾은 후, 후퇴하고 접촉을 피하겠습니다. 그다음에는 감시하고, 보고하겠습니다."

"그럼 시행해!"

나는 '거미 대로'의 중간 지점에서 9번 및 10번 청음초의 청음병들을 철수시킨 후, 그들을 각각 오른쪽과 왼쪽에서 이스터 9의 좌표로 접근시켰고, 반 마일마다 멈춰 서서 베이컨 지지는 소리가 들리지 않는지 확인하라고 명령했다. 그와 동시에 나는 12번 청음초를 후방으로 이동시키며 소리가 줄어들지 않나 확인하게 했다.

한편 주임상사는 거미의 거주지와 분화구 사이의 전방 지역에서 전 소대원들을(지하에 귀를 기울이고 있는 열두 명을 제외한) 재편성하고 있었다. 공격하지 말라는 명령을 받고 있었기 때문에, 상사와 나는 소대원들이 서로 엄호할 수 없을 정도로 넓게 산개해 버릴 가능성에 대해 걱정했다. 그래서 그는 그들에게 너비 5마일의 밀집 대형을 짜게 했고, 거미 거주지에 가까운 좌측면에 브럼비의 반을 배치했다. 그 덕에 소대원들 사이의 간격은 300미터 미만이 되었고(캡슐 강하병에게는 거의 어깨를 맞대고 있는 것이나 마찬가지다.), 아직도 청음초에 있는 아홉 명의 병사들은 소대의 좌익이나 우익의 지원을 받을 수 있게 됐다. 나와 함께 있는 청음병 세 명만이 신속하게 엄호받을 수 있는 지역에서 벗어나 있었다.

나는 '오소리들'의 바이욘느와 '수급 사냥꾼'의 도 캄포에게 우리 소대가 더 이상 파상 경계를 하고 있지 않다는 사실을 알렸고, 그 이유를 말해 주었다. 그리고 블랙스톤 대위에게 소대의 재배치 상황을 보고했다.

대위는 그르렁거리듯이 대답했다.

"마음대로 하게. 돌파구가 대략 어디가 될지 알아냈나?"

"이스터10에 집중하고 있는 것 같습니다, 대위님. 하지만 확실히 어디라고 꼬집어 말하기는 힘듭니다. 직경 3마일 정도 되는 지역에서 매우 큰 소리가 나고 있습니다. 그리고 그 지역은 계속 확장되고 있는 것 같습니다. 이제부터 음향 강도가 최대 눈금을 넘기 직전인 장소를 따라 움직이며 원을 그려 보겠습니다."

나는 이렇게 덧붙였다.

"혹시 거미들은 지표 바로 밑에 새로운 수평 터널을 파고 있는 게 아닐까요?"

대위는 놀란 것 같았다.

"그건 가능해. 그게 사실이 아니라면 좋겠군. 우린 놈들이 나오는 걸 원하니까 말이야."

그는 이렇게 덧붙였다.

"잡음의 중심이 이동하면 내게 보고하도록. 조사를 시작하게."

"옛, 알겠습니다. 대위님……."

"응? 말해 봐."

"거미들이 바깥으로 나와도 공격하지 말라고 하셨습니다. 만약 나온다면 말입니다. 그럼 그때 저희는 어떻게 해야 합니까? 그냥 구경꾼으로 남아 있는 겁니까?"

대답이 오기까지는 좀 시간이 걸렸다. 15초나 20초가량이었고, 그사이에 군 상층부와 의논했는지도 모른다. 마침내 그가 대답했다.

"미스터 리코, 이스터10 및 그 근방에서는 공격하지 말게. 그밖의 다른 장소에서는…… 거미 사냥을 할 수 있어."

나는 기쁜 듯이 동의했다.

"옛, 대위님. 거미를 사냥하겠습니다."

그가 날카롭게 말했다.

"조니! 만약 자네가 거미 대신에 훈장을 사냥하러 갈 작정이라면, 또 그걸 내가 알면 자넨 차마 눈뜨고는 볼 수 없는 고과표를 받을 거야!"

나는 진지한 어조로 말했다.

"대위님. 훈장을 탈 생각은 추호도 없습니다. 목표는 단지 거미 사냥입니다."

"바로 그거야. 이제 날 귀찮게 하지 말게."

나는 주임상사를 호출해서 우리 행동이 새로운 세약을 받게 되었다는 사실을 설명했다. 나는 그에게 그 명령을 소대에 하달하고, 각자의 강화복의 공기와 에너지를 재충전하게 하라고 명했다.

"지금 막 그걸 끝냈습니다, 소위님. 소위님과 함께 있는 소대원들을 교대시키면 어떻겠습니까."

그는 교대요원 세 명의 이름을 알려 왔다.

그건 타당한 제안이었다. 왜냐하면 나와 함께 있는 청음병들에게는 재충전할 시간이 없었기 때문이다. 그러나 그가 지명한 교대요원들은 모두 정찰병들이었다.

나는 마음속으로 구제불능일 정도로 멍청했던 나 자신을 저주했다. 정찰형 강화복의 속도는 지휘관용 강화복만큼이나 빠르고, 공격형 강화복보다 두 배 더 빠르다. 뭔가 잊은 것이 있다는 느낌이 뇌리를 떠나지 않았지만, 나는 그것을 거미 탓에 여느 때처럼 신경이 날카로워졌기 때문이라고 생각했던 것이다.

이제는 내가 무엇을 잊었는지를 알 수 있었다. 나는 소대 주력과 10마일 떨어진 곳에서 부하 세 명과 함께 있었고, 그들 모두가 공격형 강화복을 입고 있었던 것이다. 지금 거미들이 돌파구를 연다면 나는 도저히 어떻게 할 수 없는 상황에 빠지게 된다……. 이들 세 명은 나만큼 신속하게 소대와 합류할 수 없으니까 말이다.

나는 동의했다.

"좋은 생각이야. 하지만 지금은 세 명이나 필요하지는 않아. 즉시 휴즈를 보내도록. 나이버그와 교대시키는 거야. 그 세 정찰병들은 더 앞쪽에 있는 청음병들과 교대시키게."

"휴즈 한 사람입니까?"

그는 미덥지 못하다는 투로 말했다.

"휴즈만으로도 충분해. 지금부터 내가 직접 청음초 하나를 맡겠네. 두 명이면 이 지점을 충분히 파악할 수 있어. 지금은 놈들이 어디 있는지 아니까 말이야."

나는 덧붙였다.

"휴즈를 빨리 보내도록."

그로부터 37분 동안은 아무 일도 일어나지 않았다. 휴즈와 나는 이스터 10을 둥글게 에워싼 지역을 앞뒤로 가른 반원의 호(弧)위를 각각 왕복했고, 한 번에 5초씩 청음기에 귀를 기울이며 계속 이동했다. 이제는 청음기를 암반에 꽂을 필요도 없었다. 그걸 땅에 대기만 해도 베이컨 지지는 소리가 크고 뚜렷하게 들려왔기 때문이다. 소리가 들리는 지역은 계속 넓어져 갔지만, 그 중심은 바뀌지 않았다. 나는 블랙스톤 대위에게 소리가 갑자기 멈췄다고 한 번 보고했고, 3분 후에는 다시 소리가 들리기 시작했다고 보고

했다. 이 일들을 제외하면 나는 계속 정찰병용 통신 회선만을 사용했고, 소대와 그 근처에 있는 청음초는 전부 주임상사에게 맡겨 두었다.

그리고 모든 일이 한꺼번에 일어났다.

정찰병용 회선으로 누군가가 외쳤다.

"'베이컨 프라이!' 알버트2!"

나는 회선을 열고 대위를 불렀다.

"대위님! 알버트2, 블랙 원에서 베이컨 프라이!"

그 즉시 나는 회로를 바꿔 주위에 있는 소대들에게 연락했다.

"급보! 스퀘어 블랙 원, 알버트2 에서 베이컨 프라이!"

그러자마자 도 캄포가 보고하는 소리를 들었다.

"스퀘어 그린 트웰브, 아돌프3에서 베이컨 지지는 소리."

이 정보를 블래키에게 중계한 후 정찰병용 회선을 다시 여니까 고함 소리가 들려왔다.

"거미! 거미야! 도와줘!"

"어딘가?"

응답은 없었다. 회선을 바꿨다.

"상사! 거미를 봤다는 게 누군가?"

그는 내뱉듯이 보고했다.

"거미는 거주지에서 나왔습니다. 방콕6 근처입니다."

"공격하라!"

블래키에게로 회로를 돌렸다.

"블랙 원, 뱅콕6에서 거미 출현, 공격 중입니다!"

그는 침착하게 대답했다.

"자네가 명령하는 걸 들었어. 이스터 10은 어떤가?"

"이스터10은……."

발치의 땅이 꺼졌고, 나는 거미들 한가운데로 떨어졌다.

도대체 무슨 일이 일어났는지 알 수 없었다. 나는 다치지는 않았다. 마치 나뭇가지 사이로 떨어지는 느낌을 받았지만 그 가지들은 살아 있었고, 나를 계속 밀쳐 댔던 것이다. 그사이에도 강화복의 자이로는 불평하는 듯한 소리를 내며 내 몸을 똑바로 유지하려고 했다. 나는 10 내지 15피트쯤 추락했다. 햇빛이 보이지 않을 정도였다.

그러자 살아 있는 괴물들이 나를 다시 햇빛 속으로 밀쳐 올렸고, 그 즉시 훈련의 성과가 되살아났다. 나는 똑바로 착지한 후 보고와 전투를 동시에 하고 있었다.

"이스터10에 돌파구, 아니, 이스터11, 지금 제가 있는 곳입니다. 거대한 구멍에서 계속 쏟아져 나오고 있습니다. 수백 마리, 아니 그 이상입니다."

나는 양손에 각각 화염방사기를 쥐고 보고하면서 놈들을 불태웠다.

"거기서 나와, 조니!"

"옛!"

즉각 도약하려고 하다가…… 멈췄다. 도약 직전에 몸을 다시 폈고, 화염방사를 멈추고, 처음으로 주위를 둘러보았다. 지금 나는 당연히 죽어 있어야 한다는 사실을 갑자기 깨달았기 때문이다.

"정정합니다."

나는 주위를 돌아보며 거의 믿을 수 없다는 투로 말했다.

"이스터11의 돌파구는 기만전술입니다. 군대거미는 한 마리도 없습니다."

"반복하라."

"이스터11, 블랙 원. 이 지점을 돌파한 것은 현재 일거미들뿐입니다. 군대거미는 없습니다. 저는 거미에 둘러싸여 있고, 거미들은 지금도 계속 쏟아져 나오고 있지만, 무장한 놈은 한 마리도 없습니다. 제 바로 옆에 있는 거미들은 모두 전형적인 일거미의 특징을 가지고 있습니다. 저는 공격받고 있지 않습니다."

나는 덧붙였다.

"대위님, 이건 단순한 양동 작전일까요? 진짜 돌파구를 어딘가 다른 곳에 열기 위한?"

그는 시인했다.

"그럴지도 모르지. 자네의 보고는 사단 사령부로 직접 중계됐어. 그러니까 생각하는 건 그들에게 맡겨 둬. 돌아다니면서 자네가 보고한 것을 확인하도록. 놈들 모두가 일거미라고 속단하지는 말게. 그러다가 당할지도 모르니까 말이야."

"옛, 대위님."

나는 무해하다고는 해도 역시 역겨운 괴물의 대군으로부터 빠져나오기 위해 높고 길게 도약했다.

바위투성이의 들판 전체에서 새까만 벌레들이 득실거리고 있었다. 나는 고도조절장치를 해제해서 도약 거리를 늘리며 외쳤다.

"휴즈, 보고하라!"

"거밉니다, 미스터 리코! 엄청나게 많습니다! 지금 닥치는 대로 태워 죽이고 있습니다!"

"휴즈, 그 거미들을 가까이서 잘 봐. 반격해 오는 것이 한 마리라도 있나? 전부 일거미가 아닌가?"

"아……."

나는 착지한 후 다시 도약했다. 휴즈가 말했다.

"맞습니다, 소위님! 어떻게 아셨습니까?"

나는 회로를 바꿨다.

"분대와 합류하게, 휴즈. 대위님, 거미 수천 마리가 이 근처에 난 수 미상의 구멍에서 기어 나왔습니다. 저는 공격받지 않았습니다. 반복합니다. 저는 한 번도 공격받지 않았습니다. 만약 놈들 사이에 군대거미가 섞여 있다고 하면, 놈들은 사격을 하지 않고 일거미들을 은폐물로 쓰고 있는 겁니다."

대위는 대답하지 않았다.

지독하게 눈부신 섬광이 좌측면의 멀리 떨어진 지점에서 터졌고, 그 직후 똑같은 섬광이 전방 우측의 더 먼 지점에서 터졌다. 나는 자동적으로 폭발 시각과 방위를 관측하고 있었다.

"블랙스톤 대위님…… 응답해 주십시오!"

나는 도약의 정점에서 레이더로 대위의 비컨을 찾아보려고 했지만, 지평선은 스퀘어 블랙 투의 낮은 언덕들에 가려 잘 보이지 않았다.

나는 회선을 바꿨다.

"상사! 대위에게 중계해 줄 수 있나?"

바로 그 순간, 주임상사의 비컨이 화면에서 사라졌다.

나는 강화복이 낼 수 있는 최고 속도로 비컨이 사라졌던 위치로 직행했다. 나는 지금까지 전술 디스플레이에 그렇게 신경을 쓰고 있지 않았다. 소대는 주임상사가 맡고 있었고, 나 자신도 처음에는 지중 청음, 마지막에는 수백 마리의 거미들 탓에 바빴던 것이다. 나는 좀 더 뚜렷하게 보기 위해 하사관용 비컨을 제외한 전 소대원의 비컨을 꺼 놓았다.

나는 최소한의 인원만 표시된 화면을 보고 브럼비와 쿤하, 분대장들과 반장보들을 식별해 냈다.

"쿤하! 주임상사는 어디 있나?"

"지금 거미 구멍을 정찰중입니다, 소위님."

"지금 내가 합류하러 간다고 전해 주게."

나는 대답을 기다리지 않고 통신 회선을 바꿨다.

"블래키의 어깨들 1소대에서 2소대로…… 응답하라!"

"뭘 원하나?"

코로셴 소위가 으르렁거렸다.

"대위님과 연락이 닿지 않습니다."

"안 닿아. 불통이야."

"전사?"

"아니. 동력이 끊겼어."

"오. 그럼 귀관이 현 중대장입니까?"

"그래, 그렇다니까. 그게 어쨌다는 거지? 도움이 필요한가?"

"아…… 아닙니다, 소위."

코로셴이 말했다.

"그럼 입 닥치고 있어. 진짜로 도움이 필요할 때까지 말이야. 여긴 지금도 눈코 뜰 새 없을 정도로 급박한 상황이야."

"오케이."

갑자기 내 상황도 그렇다는 사실을 깨달았다. 내가 코로셴과 연락하고 있었을 때는 이미 소대 주력이 있는 지점에 거의 도달하고 있었기 때문에, 나는 화면을 다시 전 소대원용으로 맞추고 근거리 레이더를 작동시켜 놓고 있었다. 그리고 방금, 브럼비의 비컨을 필두로 1반의 비컨이 하나씩 사라지는 것을 보았던 것이다.

"쿤하! 1반은 어떻게 된 건가?"

"모두 소대 주임상사를 따라 밑으로 내려갔습니다."

그의 대답에는 긴장한 기색이 역력했다.

설령 교본에 이런 상황에 대한 해결책이 나와 있다고 해도, 나는 그런 것을 읽은 기억이 없었다. 브럼비는 명령을 받지 않고 행동했을까? 아니면 내가 듣지 못했던 명령을 받은 것일까? 어쨌든, 병사들은 이미 거미 구멍 속으로 들어가 버렸고, 이제는 볼 수도, 들을 수도 없었다. 지금은 명령 운운할 때가 아니다. 그런 일들은 내일 천천히 처리할 수 있다. 만약 우리 중 누군가에게 내일이 있다면 말이지만.

나는 말했다.

"좋아. 난 여기 돌아왔어. 보고하도록."

나는 마지막 도약으로 그들과 합류했다. 오른쪽에 거미가 한 마리 있는 것을 보고 착지하기 전에 처치했다. 그건 일거미가 아니었다. 움직이면서 쏘고 있었기 때문이다.

쿤하가 헐떡거리면서 대답했다.

"세 명을 잃었습니다. 브럼비가 몇 명 잃었는지는 모르겠습니다. 놈들은 세 군데에서 한꺼번에 쏟아져 나왔습니다. 피해는 그때 입은 겁니다. 하지만 지금은 소탕 중……."

내가 다시 도약한 순간 엄습한 강렬한 충격파가 내 몸을 강타했다. 섬광 관측 후 3분 37초…… 약 30마일 떨어진 곳이다. 거미들의 터널을 아군 공병대가 '마개로 틀어막은' 것일까?

"1반! 두 번째 충격파에 주의하라!"

나는 엉성한 자세로 착지했고, 자칫 서너 마리의 거미가 모여 있는 곳 위에 떨어질 뻔했다. 놈들은 죽어 있는 것이 아니었고, 그렇다고 싸우고 있지도 않았다. 다만 꿈틀거리고 있을 뿐이었다. 나는 놈들에게 수류탄을 하나

선사하고 다시 도약했다.

나는 외쳤다.

"당장 공격하라! 놈들은 그로기 상태다! 그리고 다음 충격파를……."

내가 그렇게 말하고 있을 때 두 번째 폭발이 엄습했다. 그러나 첫 번째 것만큼 강렬하지는 않았다.

"쿤하! 자네 반의 점호를 시작하게. 그리고 신속하게 적을 소탕하도록."

점호는 들쑥날쑥했고, 시간이 걸렸다. 소대원의 건강 상태를 모니터하는 영상에서는 빈자리가 너무 많이 눈에 띄었다. 그러나 소탕은 정확하고 신속했다. 나도 주변부를 돌아다니며 반 다스의 거미를 처치했다. 그중 마지막 놈은 내가 불태우기 직전 갑자기 활발해지기 시작했다. 왜 충격파는 우리들보다 거미 쪽을 더 멍하게 만드는 것일까? 장갑복을 입지 않았기 때문에? 아니면 멍해진 것은 지하 어딘가에 있는 두뇌거미 쪽일까?

점호에 의하면 현재 병력은 열아홉 명이었고, 전사가 두 명, 부상이 두 명, 그리고 강화복 파손에 따른 전투불능이 세 명이었다. 나바레는 이들 세 명 중 두 명의 강화복을 사상자의 강화복에서 뜯어낸 가동 부품을 써서 수리하고 있었다. 세 번째 강화복은 통신기와 레이더가 고장 나 있었기 때문에 수리가 불가능했다. 그래서 나바레는 그 병사에게 부상자를 호위하게 했다. 다른 소대가 우리와 교대할 때까지 그걸로 회수 팀을 대신하는 수밖에 없었다.

그사이에 나는 거미들이 지하의 둥우리에서 지상을 향해 뚫은 세 개의 돌파구를 쿤하 하사와 함께 조사하고 있었다. 지하 지도와 비교해 보니 예상했던 대로 놈들은 터널이 지표에 제일 근접한 지점에서 출구를 연 것 같았다.

구멍 하나는 막혀 있었고, 수북이 쌓인 바위 조각으로 뒤덮여 있었다. 두 번째 구멍에서 거미가 활동하는 기색은 없었다. 나는 쿤하를 시켜 병장 대리와 상병을 그곳에 배치시켰다. 단독으로 나오는 거미는 죽이고, 한꺼번에 쏟아져 나올 경우에는 폭탄으로 구멍을 막으라고 그들에게 명령했다. 총사령관이 그랬던 것처럼 책상 뒤에 앉아 구멍을 막지 말라고 명령하기는 쉽다. 그러나 내가 직면한 것은 실제 상황이지 이론이 아니었다.

그다음에 나는 세 번째 구멍을 보았다. 내 소대 주임상사와 소대의 반수를 삼킨 곳이다.

그곳은 거미의 통로가 지표에서 20피트 이내까지 접근하고 있는 장소였고, 거미들은 단지 지붕을 50피트쯤 제거했을 뿐이었다. 놈들이 그 작업을 했을 때 그 베이컨 지지는 소리의 원인이 된 바위가 다 어디로 갔는지는 알 수 없었다. 바위 지붕은 완전히 사라져 있었고, 경사진 구멍의 안쪽 벽에는 홈이 패여 있었다. 지도를 보고 여기서 무슨 일이 일어났는지 알 수 있었다. 다른 구멍 두 개는 작은 측면 터널에서 올라오고 있었고, 이 터널은 놈들의 주요 미로의 일부분이었다. 따라서 다른 구멍들은 견제를 위한 것이었고, 놈들의 주요 공격은 이 구멍을 통해 온 것이다.

거미는 딱딱한 바위를 통해서도 볼 수 있는 것일까?

세 번째 구멍에서는 거미도, 인간도 보이지 않았다. 쿤하는 2반이 사라졌던 방향을 가리켰다. 주임상사가 구멍으로 내려간 후 7분 40초가 경과했고, 브럼비가 그를 따라간 후로는 7분이 조금 넘어 있었다. 나는 어둠 속을 내려다보고, 마른 침을 삼키며 구역질이 나오려는 것을 억눌렀다.

"쿤하, 자네 반의 지휘를 맡게."

나는 쾌활한 목소리를 내려고 노력하며 말했다.

"도움이 필요하면 코로셴 소위를 부르도록."

"내리실 명령은 없습니까, 소위님?"

"없어. 누가 위에서 보내오기라도 한다면 모르지만 말이야. 나는 지금 밑으로 내려가서 1반을 찾겠어. 그러니까 나하고는 잠시 연락이 두절될 거야."

그렇게 말하자마자 나는 구멍으로 뛰어들었다. 더 이상 지체하다가는 신경이 견딜 것 같지 않았기 때문이다.

등 뒤에서 호령이 들려왔다.

"1반!"

"1분대!"……"2분대!"……"3분대!"

"각 분대별로! 나를 따르라!"

쿤하가 내 뒤를 따라 뛰어내렸다.

그런 연유로, 처음에 비해 그리 외롭지는 않았다.

나는 쿤하에게 우리 배후를 지킬 병사 두 명을 구멍 입구에 남겨 놓으라고 지시했다. 한 명은 터널 바닥에, 또 한 명은 지표 높이에 배치되었다. 그리고 나는 부하를 이끌고 2반이 지나간 터널을 가능한 한 빨리 이동했다. 그렇다고는 해도, 천장이 머리에 스칠 정도로 낮았기 때문에 실제로는 전혀 빠르지가 못했다. 강화복을 입은 병사는 다리를 들지 않고도 스케이트를 타는 요령으로 전진할 수 있지만, 그것은 쉽지도 않고, 자연스러운 동작도 아니다. 강화복 없이 맨몸으로 뛰는 쪽이 더 빠를 정도였다.

즉시 적외선 암시경을 쓸 필요가 생겼다. 그것으로 우리는 이론상의 유추가 사실이라는 것을 확인했다. 즉, 거미는 적외선대를 통해 보는 것이다. 적외선 암시경을 통해서 본 터널은 밝게 조명되어 있었다. 지금까지 본 바로는 터널에는 이렇다 할 특징이 없었고, 다만 광택이 있는 암벽이 매끄럽고 평탄한 바닥 위에서 아치를 이루고 있을 뿐이었다.

지금 우리가 있는 터널과 다른 터널과의 교차점에 도착했을 때 나는 잠깐 멈춰 섰다. 지하에서의 타격부대 배치에 관한 작전 요강이 있기는 했지만, 그게 지금 무슨 쓸모가 있단 말인가? 단 하나 확실한 것은 그 요강을 쓴 사람이 자신의 의견을 단 한 번도 실전에 응용해 본 적이 없다는 사실이었다……. 왜냐하면 왕족 작전 이전에 살아 돌아와서, 이 방법은 효과가 있고, 이 전술은 무의미하다는 식으로 말해 줄 수 있었던 병사가 단 한 명도 없었기 때문이다.

한 작전 요강은 지금 내가 있는 곳 같은 교차점 전부에 경계병을 배치할 것을 요구하고 있었다. 그러나 나는 탈출구를 지키기 위해 이미 부하를 두 명 쓰고 있었다. 만약 내가 교차점에 닿을 때마다 전 병력의 10퍼센트를 남겨 둔다면, 머지않아 나는 10퍼센트씩 죽음으로 다가가게 될 것이다.

나는 모두 한데 뭉쳐 있기로 했고…… 단 한 명도 포로로 잡히지 않을 결심을 하고 있었다. 거미들한테 잡히느니, 차라리 깨끗하게 빨리 전사해 버리는 편이 나았다……. 이렇게 결심한 순간 내 마음을 짓누르고 있던 중하가 사라졌고, 나는 더 이상 아무런 걱정을 하지 않았다.

나는 주의 깊게 교차점을 들여다보며 길 양쪽을 보았다. 거미는 없었다. 그래서 나는 하사관용 회선에 대고 외쳤다.

"브럼비!"

그 결과는 깜짝 놀랄 만한 것이었다. 강화복의 무전기를 쓸 때 자기 자신의 목소리를 듣는 법은 없다. 출력 전파는 자동적으로 차단되기 때문이다. 그러나 그물코처럼 얽힌 지하의 이 통로는 마치 거대한 도파관(導波管)처럼 전파를 반사했다.

"브러어어어어엄비!"

귀가 멍멍해질 정도로 큰 소리였다.

돌아온 대답도 귀가 울리기는 마찬가지였다.

"미스터 리리이이코코!"

"그렇게 큰 소리를 내지 마."

나는 가능한 한 조용하게 말하려고 노력했다.

"지금 어디 있나?"

브럼비의 대답도 처음처럼 쩡쩡 울리지는 않았다.

"모르겠습니다, 소위님. 길을 잃었습니다."

"알았어. 지금 찾으러 가겠네. 그렇게 멀지는 않을 거야. 상사와 함께 있나?"

"아닙니다, 소위님. 저희들은 아직……."

"기다려."

나는 개인용 회선을 열었다.

"상사……."

"들립니다, 소위님."

그는 침착한 목소리로 말했고, 음량을 낮추고 있었다.

"브럼비와 저는 무전으로 연락할 수는 있지만, 아직 접촉하지는 못했습니다."

"지금 어디 있나?"

그는 잠시 주저했다.

"소위님, 저는 소위님이 브럼비의 반과 접촉한 후, 지상으로 귀환할 것을 제안합니다."

"내 질문에 대답하게."

"여기서 일주일을 돌아다녀도 저를 찾지 못할 가능성이 있습니다, 미스터 리코. 그러니까……."

"그만해, 상사! 부상을 입었나?"

"아닙니다, 하지만……."

"그럼 왜 움직이지 못하나? 거미들 때문인가?"

"잔뜩 있습니다. 지금은 저를 건드리지 못하지만…… 저도 빠져나올 수가 없습니다. 그러니까 제 생각으로는……."

"상사, 자넨 시간을 낭비하고 있어! 자네가 어떤 길을 지나왔는지 정확하게 알고 있다는 걸 난 알아. 자, 지금 지도를 보고 있으니까 그걸 말해 보게. 그리고 자네의 D. R. 추적자(追跡子)의 좌표를 가르쳐 줘. 이건 명령이야. 보고하도록."

그는 정확하고 간결하게 보고했다. 나는 헤드램프를 켰고, 적외선 암시경을 위로 올린 후 지도에서 그 좌표를 찾았다.

나는 이내 말했다.

"좋아. 자네는 거의 우리 바로 밑에 있어. 두 층 아래야. ……어떻게 가면 되는지도 알았어. 2반을 찾고 나서 곧 갈 테니까 그때까지 잘 버티고 있게."

"브럼비……."

"나왔습니다, 소위님."

"터널의 첫 번째 교차점에 왔을 때 자네가 택한 길은 오른쪽인가, 왼쪽인가, 아니면 똑바로인가?"

"똑바로였습니다, 소위님."

"오케이. 쿤하, 부하들을 데려오게. 브럼비, 거미 때문에 문제가 생겼나?"

"지금은 아닙니다, 소위님. 하지만 놈들 때문에 길을 잃었습니다. 저희는 떼를 지어 몰려온 거미들과 격투를 벌였고…… 그게 끝났을 때는 길을 잘못 들어 있었습니다."

나는 사상자 수를 물어보려다가, 나쁜 뉴스를 듣는 일은 뒤로 돌리기로 했다. 내 소대를 끌어모아서 한시바삐 여기서 나가고 싶었기 때문이다. 거미 거주지에서 거미와 마주치기는커녕, 거미 한 마리도 눈에 띄지 않는다는 사실에는 왠지 사람 마음을 동요하게 하는 요소가 있었다. 브럼비는 우리가 다음에 맞부닥친 교차점 두 개에 관해 가르쳐 주었고, 나는 우리가 들어가지 않은 각 복도에 '다리걸기' 폭탄을 던져 넣었다. '다리걸기'란 우리가 과거에 거미에게 써 왔던 신경가스에서 파생된 것으로, 거미를 죽이는 대신 그것에 닿는 놈들을 마비시키고 일종의 경련 상태에 빠뜨리는 가스이다. 우리는 이 작전을 위해 특별히 그것을 휴대하고 있었지만, 나는 이런 것들 1톤을 진짜 폭탄 몇 파운드와 기꺼이 교환했을 것이다. 그러나, 이것이 우리 측면을 보호해 줄지도 모른다.

길게 뻗은 터널에 도달했을 때 브럼비와의 통신이 두절됐다. 아마 전파 반사의 우연한 장난일 것이다. 다음 교차점에서는 다시 연락이 됐기 때문이다.

그러나 그곳에서 어떻게 가야 하는지 그는 알지 못했다. 이곳은 거미가 그들을 공격했던 장소거나, 아니면 그 장소에 가까운 곳이었다.

그리고 거미들은 바로 이곳에서 우리들을 습격했다.

놈들이 어디서 왔는지는 알 수 없었다. 한순간 모든 것이 잠잠해졌다. 그 직후 등 뒤의 대열에서 갑자기 "거미야! 거미!" 하고 외치는 고함 소리가 들려왔고, 나는 뒤를 돌아다보았다. 거미는 모든 곳에 있었다. 이 매끄러운 벽은 겉보기만큼은 딱딱한 고체가 아닐지도 모른다. 그렇지 않다면 놈들이 갑자기 우리를 에워싸고, 우리 사이에 출현했다는 사실을 설명할 도리가 없다.

우리는 화염 방사기도, 폭탄도 쓸 수 없었다. 서로를 쏠 위험이 너무 컸기 때문이다. 그러나 우리들 중 하나라도 죽일 수 있다고 판단될 경우 거미들은 그런 제약을 받지 않는다. 그러나 우리에게는 손이 있었고, 발이 있었다…….

전투는 1분 이상 계속되지는 않았을 것이다. 거미들은 갑자기 사라졌고, 바닥에는 놈들의 몸 조각이 널려 있을 뿐이었다……. 그리고 캡슐 강하병 네 명이 쓰러져 있었다.

그중 한 명은 브럼비 하사였고, 죽어 있었다. 소동이 벌어지던 중 2반이 합류했던 것이다. 그들은 그렇게 멀리 떨어지지 않은 장소에 있었고, 미로 속에서 더 이상 길을 잃는 것을 피하기 위해 밀집해 있었다. 그때 전투의 소음이 들려왔던 것이다. 무전으로는 우리 위치를 알 수 없었지만, 소리를 듣고 우리에게 온 것이다.

쿤하와 나는 전사한 부하들이 정말로 죽어 있는지를 확인한 다음 두 개의 반을 4개 분대로 재편성해서 밑으로 내려갔다. 그리고 주임상사를 포위하고 있는 거미들을 발견했다.

이번 전투에는 전혀 시간이 걸리지 않았다. 왜냐하면 상사는 우리 앞에 무엇이 기다리고 있는지 내게 미리 가르쳐 주었기 때문이다. 그는 두뇌거미를 생포했고, 그 부풀어오른 몸뚱이를 방패로 쓰고 있었다. 그는 탈출할 수 없었지만, 거미들도 자기 자신들의 뇌에 (글자 그대로) 부딪쳐서 자살하지 않고서는 그를 공격할 수가 없었던 것이다.

우리에게 그런 핸디캡은 없었다. 우리는 놈들을 뒤에서 공격했다.

다음 순간 나는 그가 붙잡고 있는 소름 끼치는 물건을 보았고, 전사자가 있었음에도 불구하고 승리의 기쁨을 맛보았다. 그때였다. 가까이서 그 베이컨 지지는 소리가 들려온 것은. 커다란 지붕 조각이 내 머리 위로 떨어졌고, 나 자신에 관한 한 왕족 생포 작전은 끝났다.

침대 위에서 눈을 뜬 나는 내가 사관학교에 있다고 생각했고, 거미투성이의 특별히 길고 복잡한 악몽을 꿨다고 생각했다. 그러나 내가 있는 곳은 사관학교가 아니었다. 나는 수송선 '아르곤느(Argonne)'의 임시 병실에 있었다. 그리고 나는 정말로 나 자신의 소대를 열두 시간 가까이 지휘했던 것이다.

그러나 지금은 수많은 환자 중의 한 명에 불과했다. 철수 전 한 시간 이상이나 강화복을 벗고 있었기 때문에 이산화질소 중독 및 방사능 과다 노출증의 후유증에 시달리고 있었다. 내가 입은 외상은 늑골 골절과 나를 전투 불능 상태에 빠뜨린 두부 타박상이었다.

나는 상당한 시일이 지난 후에야 왕족 생포 작전에 대해 파악할 수 있었다. 그중 몇몇 사실은 영원히 알 수 없을 것이다. 이를테면 왜 브럼비는 자기 반을 데리고 지하로 내려갔을까? 브럼비는 죽었고, 나이디도 그 뒤를 따라 전사했다. 무엇 하나 계획대로 진행되지 않았던 행성P에서의 그날, 그들 두 명이 이미 진급해 있었고, 새 계급장을 달고 있었다는 사실이 기쁠 따름이다.

훗날 나는 왜 주임상사가 거미 거주지로 내려갈 것을 결정했는지를 알았다. 그는 '주요 돌파구'란 실제로는 노동거미를 지상으로 보내 도살당하게 만드는 기만 작전에 불과하다고 내가 블랙스톤 대위에게 보고하는 것을 들었던 것이다. 자기가 있던 지점에서 진짜 군대거미들이 튀어나왔을 때 상사는 거미들이 절망적인 반격을 시도하고 있으며, 단지 우리의 공격을 유인하기 위해 일거미를 소모할 리는 없다는 결론을 내렸던 것이다.(그의 결론은 옳았고, 참모들이 같은 결론에 도달하는 것보다 몇 분인가 빨랐다.)

그는 거미들이 거주지에서 충분한 병력 없이 반격했다는 사실을 깨닫고 적은 다수의 예비대를 가지고 있지 않다고 결론지었다. 그리고 그 황금 같은 순간을 노려 단독 행동한다면 적을 기습하고, 왕족을 발견한 후 생포할 가능성이 있다는 결단을 내렸던 것이다. 잊으면 안 된다. 이것이야말로 이번 작전의 최대 목표였던 것이다. 우리는 행성P를 초토화시키고도 남을 화력을 보유하고 있었지만, 작전의 목표는 왕족 계급을 생포하고, 지하에 내려가려면 어떻게 해야 하는지를 알아내는 일이었다. 그래서 그는 그 일을 시도했고, 결정적 기회를 포착했다. 그리고 두 가지 목표를 모두 달성했던 것이다.

그 사명은 블래키의 어깨들 중대의 제1 소대에 의해 달성되었다. 수백 개, 수천 개나 되는 소대들 중 그렇게 선언할 수 있었던 소대는 몇 개 안 된다. 여왕거미는 생포되지 않았고(거미들이 먼저 죽였다고 했다.), 생포된 두뇌거미는 여섯 마리에 불과했다. 여섯 마리 중 포로와 교환된 것은 한 마리도 없었다. 놈들은 그렇게 오래 살아 있지 못했던 것이다. 그러나 심리전과는 실제로 살아 있는 표본을 입수할 수 있었으니까, 이 왕족 생포 작전은 성공했다고 할 수 있을 것이다.

나의 소대 선임하사는 야전 임관을 받았다. 내게 그런 것은 제공되지 않았다.(설령 그랬다 하더라도 내가 승낙하지 않았을 것이다.) 그러나 그가 장교로 임명되었다는 사실을 알고도 나는 놀라지 않았다. 블랙스톤 대위는 내게 '함대 최고의 하사관'이 주어질 것이라고 말했고, 대위의 의견이 옳다는 점에 관해서 내가 의문을 품었던 적은 단 한 번도 없었다. 나는 예전부터 상사를 알고 있었기 때문이다. 우리 부대에서 이 사실을 알고 있던 사람이 한 명이라도 있었다고는 생각하지 않는다. 내가 그것을 입밖에 낼 리가 없었고, 그가 말했을 가능성은 더더욱 없었다. 블랙스톤 대위가 알고 있었는지도 의심스러웠다. 그러나 나는 신병 훈련 첫날부터 나의 소대 주임상사를 알고 있었다.

그의 이름은 짐이다.

왕족 생포 작전 중 내가 수행했던 역할이 성공적이었다고는 생각되지 않는다. 나는 아르곤느에 1개월 이상 타고 있었다. 처음에는 환자들 중 한 명으로, 수송선이 나 자신과 수십 명의 다른 병사들을 생추어리로 배달하기 전까지는 명령 대기 중인 파견병 자격으로 있었다. 생각할 시간은 얼마든지 있었다. 그것은 대부분 전사자에 관해서였고, 또 내가 지상에서 소대장으로 있던 짧은 시간 중 내가 보여 준 지리멸렬한 지휘에 관한 것이었다. 나는 내가 라스차크 소위처럼 모든 일을 노련하게 처리하지 못했다는 사실을 알고 있었다. 게다가 나는 전투 중에 부상했다고도 할 수 없었다. 싸우기도 전에 바위 덩어리가 내 머리에 떨어지는 것을 수수방관했으니까 말이다.

그리고 전사자들. 나는 그 수가 얼마나 되는지 몰랐다. 그때 내가 알고 있던 것은 처음에는 여섯이었던 분대가 나중에 합류했을 때는 넷으로 줄어 있었다는 사실뿐이었다. 짐 상사가 부하들을 지상으로 데려간 다음 블래키의 어깨들이 모두 철수했을 때까지 도대체 얼마나 피해를 입었는지도 모르고 있었다.

게다가 나는 블랙스톤 대위의 생사 여부도 모르고 있었고(그는 살아 있었다. 실제로, 내가 지하로 내려가고 있을 당시 그는 다시 부대를 지휘하고 있었다.), 만약 사관후보생이 살고, 그 시험관이 전사하기라도 하는 경우의 조치에 관해서는 전혀 아는 바가 없었다. 그러나 고과표를 볼 필요도 없이, 나는 내가 다시 하사로 강등되리라고 확신하고 있었다. 따라서 내 수학 교과서가 다른 배에 있다는 사실은 그렇게 중요하게 느껴지지 않았다.

그럼에도 불구하고, 아르곤느에 탄 지 일주일 만에 퇴원을 허가받았던 나는 첫날 하루를 빈둥거리고, 고민하는 일에 소일하다가, 결국 한 하급 사관에게서 교과서를 몇 권 빌려 공부를 시작했다. 수학은 어려운 학문이고, 그 공부에 다른 잡념이 끼어들 여유는 없다. 그리고 계급이 무엇이든 간에,

가능한 한 공부해 두어도 해가 될 리가 없었다. 인생에서 정말 중요한 일들은 모두 수학을 기초로 하고 있으므로.

마침내 사관학교에 출두해서 계급장을 반환했을 때, 나는 내가 하사가 아니라 다시 사관후보생으로 되돌아와 있다는 사실을 알았다. 아마 블래키는 내 행동을 선의로 해석해 주었던 것 같다.

내 룸메이트인 앤젤은 우리 방에서 의자에 앉아서 책상 위에 발을 얹어 놓고 있었다. 그리고 그의 발 앞에는 내 수학 교과서가 든 소포가 놓여 있었다. 그는 고개를 들었고, 깜짝 놀란 표정을 지었다.

"이봐, 후안! 난 네가 전사한 줄 알고 있었어!"

"내가? 거미들은 내게 그렇게까지 호감을 가지고 있는 것 같지 않았어. 넌 언제 나가지?"

"나? 난 벌써 갔다 왔어."

앤젤이 항의했다.

"네가 떠난 다음 날 떠났고, 세 번 강하한 다음 일주일 전에 돌아왔어. 넌 왜 그렇게 오래 걸렸지?"

"돌아오는 길이 길었어. 승객 대우로 한 달을 보냈지."

"재수가 좋았구나. 강하는 어땠어?"

"강하 따윈 없었어."

나는 시인했다.

그는 내 얼굴을 빤히 응시했다.

"정말 억세게도 재수가 좋은 친구군!"

아마 앤젤의 말이 옳았는지도 모른다. 결국 나는 무사히 졸업할 수 있었다. 그러나 그도 행운의 일부를 내게 나눠 주었다. 끈기 있는 개인 교수라는 형태로. 아마 나의 '행운'은 언제나 사람들이었는지도 모른다. 앤젤과 젤리, 그리고 라스차크 소위와 칼과 뒤부아 중령, 그리고 물론 나의 아버지, 그리고 블래키…… 그리고 브럼비…… 그리고 에이스, 그리고 언제나 짐 상사이다. 현재 임시 대위이며, 종신 계급은 중위이다. 내가 그의 상관이었다는 사실 자체가 터무니없는 일이었던 것이다.

동기생인 베니 몬테스와 나는 졸업식 다음 날 함대 착륙장에서 각자의 모함을 기다리고 있었다. 우리는 갓 졸업한 애송이 소위들이었기 때문에 경례를 받을 때마다 침착하지 못한 기분이 되곤 했다. 그것을 감추기 위해 나는 생추어리의 위성 궤도에 기항해 있는 군함의 목록을 올려다보고 있었다. 참으로 긴 목록이었기 때문에, 뭔가 큰일이 일어나려 하고 있다는 점에는 의심의 여지가 없었다. 상층부가 그것을 내게 알릴 필요는 없다고 결정했다고 해도 말이다. 나는 흥분했다. 나의 가장 큰 소원 둘이 한꺼번에 성취되었던 것이다. 나는 원대로 배속받았고, 아버지는 아직도 그곳에 있었다. 그리고 이 목록이 있었다. 이것이 무엇을 의미하든, 나는 젤랄 소위의 지휘 아래 '견습-수련생'으로 훈련을 받으려 하고 있었고, 뭔가 중요한 작전이 시작되려 하고 있었던 것이다.

가슴이 벅차 와서 아무 말도 할 수 없었기 때문에 나는 계속 목록을 읽어나갔다. 실로 많은 군함이 있었다! 군함들은 종류별로 분류되어 있었다. 수가 너무 많아서 그렇게라도 하지 않으면 일일이 찾을 수조차 없었던 것이다. 나는 기동보병에게 유일하게 의미가 있는 군함인 병력 수송함의 목록을 읽었다.

마너하임도 있었다! 카르멘을 볼 기회가 있을까? 아마 없을 것이다. 그러나 전보로 조회해 볼 수는 있었다.

대형함들(뉴 발리 포지, 뉴 이프르, 마라톤, 엘 알라메인, 이오우, 갈리폴리,

레이테, 마르느, 투르, 게티스버그, 헤이스팅스, 알라모, 워털루)은 모두 보병들이 자신의 부대의 이름을 빛낸 장소이다.

소형함들은 보병 용사들의 이름을 그대로 딴 것이다. 호라티우스, 앨빈 요크, 스윔프 폭스, 로저도 있었다. 그 이름에 축복이 있으라. 보위 대령, 드브루, 베르킨게토릭스, 산디노, 오브리 커슨스, 카메하메하, 오디 머피, 크세노폰, 아기날도…….

나는 말했다.

"막사이사이라는 이름도 있으면 좋을 텐데."

베니가 물었다.

"누구라고?"

나는 설명했다.

"라몬 막사이사이야. 위대한 인물, 위대한 군인이었지. 아마 오늘날 살아 있다면 심리전과의 사령관 의자에 앉아 있을 걸. 넌 역사 공부하고는 아예 담을 쌓은 것 같군?"

"흐음. 난 시몬 볼리바르가 피라미드를 쌓았고, 무적함대를 격파했고, 처음으로 달에 갔다는 사실을 배웠지."

"클레오파트라와 결혼했다는 사실을 빼먹었어."

"아, 그랬었지. 맞아. 어쨌든 어느 나라에도 제각기의 역사가 있기 마련이야."

"맞아."

그렇게 말한 나는 뭐라고 혼잣말을 했다. 베니가 물었다.

"지금 뭐라고 했어?"

"미안, 베르나르도. 우리나라의 오래된 속담이야. 번역하면 대략 이런 뜻이 되겠지. '고향이란 자신의 마음이 있는 곳이다.'"

"그런데 그건 어느 나라 말이었지?"

"타갈로그어야. 내 모국어."

"네가 온 곳에서는 표준 영어를 쓰지 않아?"

"물론 쓰지. 비즈니스나 학교 같은 데선 말이야. 하지만 집에서는 이따금 옛말을 쓰곤 했어. 전통이라고나 할까?"

"응, 무슨 말인지 알아. 우리 집에서도 마찬가지로 에스파냐어를 말하니까 말이야. 하지만 넌 어디서……."

스피커에서 「목초 지대(*Meadowland*)」의 연주가 들려오기 시작했다. 베니는 활짝 웃었다.

"모함과 데이트할 시간이야! 잘 가라, 전우! 나중에 보자!"

"거미를 조심해."

나는 몸을 돌리고 다시 군함의 이름을 읽기 시작했다. 팔 말레터, 몽고메리, 차카, 제로니모…….

그때 전 세계에서 가장 달콤한 멜로디가 들려왔다.

"빛나는 그 이름, 로저 영의 이름이여!"

나는 내 장비를 움켜잡고 서둘러 나아갔다. '고향이란 자신의 마음이 있는 곳이다.' 나는 고향으로 가고 있었다.

14

내가 내 아우를 지키는 자이니까?

— 창세기 4:9

너희 생각에는 어떻겠느뇨. 만일 어떤 사람이
양 일백 마리가 있는데 그중에 하나가 길을
잃었으면 그 아흔아홉 마리를 두고 산에 가서
길 잃은 양을 찾지 않겠느냐.

— 마태복음 18:12

사람이 양보다 얼마나 더 귀하냐?

— 마태복음 12:12

은혜로우시고, 자비로우신 신의
이름으로…… 한 사람의 목숨을
구하는 자는, 모든 사람의 목숨을
구하는 것과 마찬가지라.

— 코란, 수라 5, 32

우리는 매년 조금씩 이겼다. 모든 일에는 균형 감각을 유지해야 한다.

"시간이 됐습니다, 소위님."

내 휘하에서 견습 장교로 있는 사관후보생 내지는 부소위인 베어포가 문 밖에 서 있었다. 얼굴도 목소리도 놀랄 정도로 젊었고, 머릿가죽 수집이 취미였던 자신의 조상만큼이나 무해한 인물이었다.

"알았어, 지미."

나는 이미 강화복을 입고 있었다. 우리는 선미의 강하실로 갔다. 그 도중에 나는 그에게 말했다.

"하나 말해 둘 게 있어, 지미. 내 곁에서 떨어지지 말고, 거치적거리는 일이 없도록. 그냥 전투를 즐기고, 탄약을 전부 쓰란 뜻이야. 혹시 내가 전사하는 경우 보스는 자네야. 하지만 내가 자네라면, 실제 지휘는 소대 선임하사에게 맡기겠네."

"옛, 소위님."

우리가 들어가자 선임하사는 대원들에게 차려 자세를 취하게 하고 내게 경례했다. 나는 답례하고 "쉬어."라고 말한 후 1반을 사열했다. 그동안 지미는 2반을 점검하고 있었다. 그런 다음 나는 2반을 사열하며 각자의 장비를 빠짐없이 점검했다. 소대 선임하사는 나보다 훨씬 더 주의 깊었기 때문에 나는 아무 문제도 발견할 수 없었다. 그런 일은 절대로 일어나지 않는다. 그러나 보스가 일일이 점검한다는 사실 자체가 부하들의 사기를 높이는 것이다. 그리고 그렇게 하는 것이 내 임무이기도 하다.

이윽고 나는 앞으로 나가 섰다.

"이번에도 거미 사냥이다. 모두들 알고 있듯이 예전의 작전과는 조금 다르다. 놈들은 아직도 아군 병사를 포로로 잡고 있기 때문에, 클렌다투에 신성 폭탄을 쓸 수는 없다. 따라서 이번에 우리는 강하해서 담당 지역을 확보하고, 탈환해야 한다. 철수정은 우리를 회수하기 위해 착륙하는 대신 탄약과 식량을 계속 보급할 것이다. 만약 제군 중 누구라도 포로가 되는 경우에는 가슴을 펴고, 규칙에 따르도록. 왜냐하면 제군 배후에는 전군이 대기하고 있고, 연방 전체가 있기 때문이다. 우리는 제군을 구출할 것이다. '스웜프 폭스'와 '몽고메리'의 병사들은 바로 그것을 기대하고 있다. 아직 살아있는 전우들은 우리가 올 것을 알고, 기다리고 있다. 그리고 우리는 지금 이곳에 왔다. 구출할 때가 온 것이다.

우리 주위에 아군의 대병력이 있고, 머리 위에서도 대군이 대기하고 있다는 사실을 잊지 말도록. 우리가 걱정해야 할 것은 우리 소대가 맡은 작은 땅덩어리뿐이다. 지금까지 되풀이해 훈련했던 대로 하면 된다.

마지막으로 할 말이 있다. 나는 출격 직전에 젤랄 대위에게서 편지를 받았다. 새로운 다리 상태는 아주 좋다고 하셨다. 그러나 대위님은 제군을 자기가 지켜보고 있다는 사실을 전하라고 하셨다……. 대위님은 제군이 부대의 이름을 빛낼 것을 기대하고 계신 것이다!

그건 나도 마찬가지다. 군목과 5분."

나는 몸이 떨리기 시작하는 것을 느꼈다. 부하들에게 다시 "차려."라고 명령할 수 있었을 때는 안도했다.

"각 반별로…… 좌현과 우현…… 강하 준비!"

지미와 선임하사에게 한쪽을 맡기고, 다른 쪽에서 누에고치에 들어가는 병사들을 점검했을 때는 이미 괜찮아졌다. 그리고 우리는 지미를 중앙 발사관의 3호 캡슐에 집어 넣었다. 그의 얼굴이 시야에서 사라진 직후 나는 본격적으로 떨기 시작했다.

내 소대 선임하사는 강화복을 입은 내 어깨를 한쪽 팔로 감쌌다.

"훈련이나 마찬가지야, 조니."

"알고 있습니다, 아버지."

그 즉시 떨림은 멎었다.

"대기하는 동안만 이럴 뿐입니다."

"알아. 앞으로 4분. 우리도 캡슐에 들어갈까요, 소위님?"

"예, 아버지."

나는 그를 재빨리 포옹했고, 해군의 강하실 요원들은 우리 캡슐을 봉인했다. 다시 몸이 떨리지는 않았다. 곧 나는 보고할 수 있었다.

"브리지! 리코의 깡패들…… 강하 준비 완료!"

"31분 남았어요, 소위."

그녀는 덧붙였다.

"여러분의 무운을 빕니다! 드디어 점령이군요!"

"그렇습니다, 함장님."

"성공할 겁니다. 기다리는 동안 음악은 어때요?"

그녀는 스위치를 넣었다.

"보병에게 불후의 영광을 안겨 준, 빛나는 그 이름……."

역사적 주석

영, 로저 W., 이병, 보병 37 사단(오하이오 칠엽수 부대), 148대대. 1918년 4월 28일 오하이오 주 티핀 출생. 1943년 7월 31일, 남태평양 솔로몬 제도의 뉴 조지아 섬에서 적의 기관총 토치카를 단신으로 공격, 파괴한 후 전사. 그의 소대는 토치카로부터의 치열한 사격에 의해 완전히 못 박혀 있었다. 영 이병은 최초의 소사(掃射)로 인해 부상했다. 그는 토치카를 향해 포복전진했고, 두 번째 부상을 입었지만 이에 굴하지 않고 소총을 쏘며 전진을 계속했다. 토치카에 육박한 그는 그것을 수류탄으로 공격, 파괴했다. 그러나 그 과정에서 그는 세 번째로 부상했고, 전사했다.

압도적으로 불리한 상황이었음에도 불구하고, 그의 전우들은 이 대담하고도 용감한 행동에 의해 사상자 없이 탈출할 수 있었다. 그는 사후 의회명예훈장(Medal of Honor)을 추서받았다.

김상훈 (SF 평론가)

1. 청소년 SF

아이작 아시모프, 아서 C. 클라크, 그리고 로버트 A. 하인라인은 흔히 영어권 SF의 황금시대(1940-1950년대)의 3대 거장으로 일컬어지지만, 역사적으로 볼 때 장르의 존재 양식에 가장 큰 영향을 끼친 작가가 '미스터 SF'라는 이명(異名)을 가진 하인라인이라는 점에는 논란의 여지가 없다. 특히 1947년에 첫 출간된 『우주선 갈릴레오(*Rocket Ship Galileo*)』에서 1958년의 『우주복 있음, 여행 가능함(*Have Space Suit, Will Travel*)』에 이르는 그의 재기발랄한 청소년 SF들은 미국인들이 청소년기에 보편적으로 접하는 텍

* 이 글은 2003년 행복한책읽기에서 출간된 같은 소설에 실린 해설을 가필 수정한 것이다.

스트에 가까웠다고 해도 과언이 아니며, 실제로 스크리브너(Scribner's) 출판사에서 연례행사처럼 출간되던 하인라인의 신간은 크리스마스의 책 선물로 가장 인기 있는 품목이기도 했다. 그러나 스크리브너는 1959년에 《판타지 앤드 사이언스 픽션》지에 『스타십 솔저(*Starship Soldier*)』라는 제목으로 게재된 청소년용 신작 장편의 단행본화를 '과도하게 폭력적'이라는 이유로 고사했고, 결국 이 작품은 다른 출판사에서 『스타십 트루퍼스(*Starship Troopers*)』라는 제목의 성인용 SF로 출간되었다. 이런 우여곡절 끝에 빛을 본 본서는 SF 출판계뿐만 아니라 그를 일종의 문화적 아이콘(icon)으로 보고 있었던 미국 사회에 큰 파문을 던졌고, 결과적으로 초기와 중기 하인라인을 가르는 분수령 역할을 하게 된다.

성인용 SF와 청소년/아동 SF의 차이는 이들 명칭이 가리키는 것만큼 단순하지는 않지만, 전쟁에 대한 미국 출판계의 태도와 당시의 세계정세로 미루어 볼 때 『스타십 트루퍼스』의 폭력이 그다지 과도하다고는 생각되지 않는다. 본서를 이미 읽은 독자들이라면 이해하겠지만, 이 소설이 내포한 '폭력'은 정치적이라기보다는 주로 소설 미학적인 영역에 집중되어 있다. 바꿔 말하자면 본서에서는 소설적 재미의 근간을 이루는 플롯, 성격, 배경 등의 요소와 작가가 말하려 하는 '테마' 사이에 심각한 불균형이 존재하며, 그 원인이 중반 이후 등장인물 중 한 사람인 뒤부아 선생의 입을 빌려 면면히 이어지는 하인라인의 장광설이라는 사실을 깨닫기는 그리 어렵지 않다. 시민권 선별 부여와 청소년 교육론을 포함한 하인라인의 잡다한 정치적 주장은 흔히 '극우적' 혹은 '파시즘적'이라고 단순화되는 경향이 있지만, 실제로는 파시즘이라기보다는 미국적 개인주의의 근간을 이루는 리버태리어니즘(Libertarianism)의 영향을 짙게 함유한 일종의 엘리트주의라는 편이 더 정확하다.(우연의 일치인지 아닌지는 모르겠지만, 우리나라에서는 복거일의 이른바 '자유주의'가 이것에 근접해 있다.) 조금 더 깊이 들어가자면, 아나키스트인 크로포토킨의 상호부조론(相互扶助論)에서 볼 수 있는 '윤리적 개인'의 개념에 반공산주의와 하인라인 특유의 유토피아적("고대 그리스로 돌아가자!") 군대론이 덧붙여진 결과라고나 할까. 이런 절충적 주장이 19세기 유럽에 횡행하던 정치 팸플릿의 형태를 취했다면 애꿎은 펄프의 낭비로 끝났겠지만, SF 작가 하인라인을 '거장'으로 만든 매력적인 스토리텔링과 확고한 외삽법은 위에서 열거한 결점에도 불구하고 『스타십 트루퍼스』를 황금시대 SF에서도 손꼽히는 고전의 반열에 올려놓았다.

2. 밀리터리 SF

폭력, 즉 순수한 무력은 역사상의 어떠한 인자가 그랬던 것보다도 더 많은 문제를 해결해 왔고, 그 반대 의견은 가장 나쁜 종류의 희망적 관측에 불과해. 이 기본적 사실을 망각한 종족은 언제나 그들 자신의 생명과 자유라는 대가를 치러야 했다.

—『스타십 트루퍼스』, p. 44

본서의 가장 큰 특징은 내부인의 입장에서 군대, 특히 육군의 조직과 병영생활을 상세하게 다루고 있다는 점이며, 70년대 들어 흔히 '밀리터리 SF'로 불리게 되는 SF의 하위 장르의 도화선 역할을 한 것으로 유명하다. 미국과 소련이 장악한 미래의 식민 성계에서 전통적인 용병들이 활약한다는 『코도미니움(*CoDominium*)』시리즈의 제리 퍼넬을 위시해서, 데이빗 드레이크, 조엘 로젠버그, 존 스티클리, S. M. 스털링, 데이빗 웨버로 이어지는, 극우는 아닐지 몰라도 우익적/애국적/국가주의적 색채가 강한 작가들 모두가 본서와 고든 R. 딕슨의 『도르사이(*Dorsai!*)』(1959)를 밀리터리 SF의 효시로 꼽고 있다. 본서 이후로 하인라인은 밀리터리 SF로 간주할 수 있는 작품을 한 권도 쓰지 않았지만, 하인라인이 이 작품 하나만으로 이 하위 장르의 실질적인 원형(元型)을 제공했다는 점을 감안하면 그리 엉뚱한 지적은 아니다. 정치적 성향이 다른 SF 작가들에게 끼친 영향 또한 적지 않았다. 베트남 전쟁에 참전해서 중상을 입고 제대한 조 홀드먼의 휴고/네뷸러 상 수상작인 『영원한 전쟁(*Forever War*)』은 밀리터리 SF의 체재를 유지하면서도 하인라인의 완벽한 안티테제를 제시하는 데 성공하고 있으며, 해리 해리슨의 풍자 SF 『우주영웅 빌(*Bill, the Galactic Hero*)』(1965)은 『스타십 트루퍼스』의 패러디를 중심으로 이 하위 장르를 통렬하게 규탄한 걸작이다. 여담이지만 1960년대에 이미 하야카와(早川) SF 문고에서 번역되어 수십 쇄를 찍는 베스트셀러가 된 일본어판 『스타십 트루퍼스』의 경우에는, 일본군 하사관 출신이자 일본 SF 초창기의 주역 중 한 사람이었던 번역자 야노 데쓰(矢野徹)의 (의심할 길이 없는) 우익적 성향이 번역을 통한(오역은 둘째치고, 필요 이상으로 일본 육군의 군대식 표현을 다용했다고 한다.) 하인라인의 '우경화'로 이어져 많은 오해와 논란을 낳았다. 일본에서 오역투성이의 이 야노 판이 여전히 정전(正典)으로 남아 있다는 사실을 감안하면, 번역의 중요성을 잘 보여 주는 예라고 할 수 있겠다.

정치적인 주장과는 별도로, 본서의 가장 큰 매력은 역시 하인라인이 '발명'한 외삽적(外插的) 하드웨어인 동력복/강화복(powered suit)이다. 현재의 과학기술에 대한 사유를 바탕으로 미래의 보병이 조우할지도 모르는 상황을 상정하고 고안된 이 병기는 본문의 리듬을 깨는 단조로운 정치 논의('마르크시즘의 찬란한 기만성' 운운하는 장면에서는 웃음을 터트리고 말았지만)를 충분히 배상하고도 남을 정도로 매력적이며, 이 도구(gadget)가 후세의 작가와 애니메이터들에게 얼마나 많은 영향을 끼쳤는지는 SF 팬들 자신이 잘 알고 있다.(애니메이션의 경우, 일어판의 삽화를 담당한 일본 굴지의 SF 일러스트레이터 가토 나오유키의 매캐닉 디자인에 영감을 얻은 「모빌슈트 건담」이 그 효시가 된 것으로 알려져 있다.) 하인라인의 정치적 주장보다는 역시 강화복의 아이디어에 매료된 것이라고 믿고 싶지만, 본서는 미국의 사관생도와 군사 과학자들 사이에서 베스트셀러로 자리 잡았다.(일설에 따르면 필독서 목록에 올라 있다고 한다.) 하인라인이 묘사한 강화복의 아이디어 및 전술 운용 체계는 현재 미군의 퓨처 포스 워리어(Future Force Warrier) 프로젝트 및 관련 기업에서 추진 중인 동력식 외골격(powered exoskeleton)의 개발에 직접적인 영향을 끼친 것으로 알려져 있다. 근년에 미 특수부대가 아프가니스탄에서 수행한 대 탈레반 전쟁의 교훈을 바탕으로 미군이(정확하게는 럼스펠드 일파가) 수립한 소규모 국지전 교리가 '땅속에 숨은' 외계 거미들과의 전투와 놀랄만한 유사성을 가지고 있는 것은 단순한 우연의 일치일까.

소설의 악몽 같은 상황이 점점 현실화되어가고 있는 한편, 원서가 출간된 지 40년 가까이 지난 뒤에 영화화된 폴 버호벤의 『스타십 트루퍼스』(1997)는(기대에 어긋나지 않았다고나 할까.) 원작과는 동떨어진 황당무계한 할리우드 액션물로서 일정한 성공을 거뒀다. 영화판이 원작과는 완전히 다른 작품이 되어 버린 가장 큰 이유는 역시 (예산 관계로) 강화복이 전혀 등장하지 않기 때문이기도 하지만, 평론가들의 '스타십 나치스'라는 빈정거림에서도 알 수 있듯이, 어린 시절 네덜란드에서 나치 통치를 직접 경험한 버호벤 특유의 '작가주의'가 원작에 대한 오마주라기보다는 위악적인 패러디를 선호했다는 분석이 지배적이다.

3. 로버트 A. 하인라인

> 복잡한 현대세계에서 과학적 방법, 그리고 그것이 야기하는 결과는 현재 인류가 수행하고 있는 모든 일에 대해 중심적인 역할을 맡고 있다. 만약 우리가 멸망한다면 그것은 과학을 잘못 응용했기 때문일 것이다. 만약 우리가 살아남는다면 과학을 사려 깊게 응용했기 때문일 것이다. 과학소설은 우리의 생활과 미래를 관장하는 이 중요한 힘을 고려하는 유일한 소설 형태이다.
>
> — 로버트 A. 하인라인, 미 해군 사관학교에서의 연설, 1973년

로버트 A. 하인라인(1907-1988)은 1907년 7월 7일 미국 미주리 주 버틀러에서 7남매 중 세 번째로 태어났다. 그의 가족은 그가 어렸을 때 캔자스 시티로 이주했다. 책을 좋아하는 활동적이고 총명한 소년이었던 그는 캔자스 시티에서 중등교육과 고등교육을 마친 후 2년제 초급 대학을 수료했고, 1925년 애너폴리스의 해군 사관학교로 진학, 직업군인의 길로 나아갔다. 1929년 사관학교를 254명 중 20등의 우수한 성적으로 졸업한 후 5년간 해군 장교로 근무했다. 최종적으로는 항공모함 렉싱턴을 거쳐 구축함 로퍼의 포술(砲術) 담당사관으로 임명됐지만, 구축함의 격무는 본디 그다지 좋지 못했던 그의 건강을 결정적으로 악화시켰다. 결국 그는 폐결핵 진단을 받고 1934년에 27세의 나이로 전역했다.

그러나 지극히 미국적인 독립 정신의 소유자였던 하인라인은 낙담하지 않고 어릴 적부터 흥미를 가지고 있던 천문학을 공부할 목적으로 UCLA 대학원에 진학했지만, 또다시 건강상의 이유로 면학을 포기해야만 했다. 그 이후 하인라인은 부동산, 건축, 채굴업, 정치 등의 다양한 직업에 손을 댔지만, 그 어느 것도 성공적이지는 못했다. 그러던 어느 날《스릴링 원더 스토리스(*Thrilling Wonder Stories*)》라는 펄프 잡지에 실린 SF 콘테스트의 광고를 본 그는 나흘 만에 단편 「생명선(*Life-Line*)」을 썼고, 원고를 당시 그 분야의 1급 잡지였던《어스타운딩 사이언스 픽션(*Astounding Science Fiction*)》의 편집장 존 W. 캠벨 주니어에게 보냈다.(광고가 실렸던 잡지로 보내기에는 자신의 작품이 너무 훌륭하다는 이유에서였다. 실은 밀린 빚 때문에 고료가 더 많은《어스타운딩》을 택했다는 설도 있다.) 캠벨은 「생명선」을 채택했고, 이 단편을《어스타운딩》의 1939년 8월호에 게재했다.

이 무렵 미국은 F. D. 루스벨트의 뉴딜 정책의 성공에 힘입어 기나긴 대공황에서 조금씩 회복하고 있었고, 펄프 잡지를 중심으로 근근이 명맥을 유지하고 있었던 SF계에서도 과학기술의(특히 전쟁에 관련된) 눈부신 발전에 자극받아 고전으로 간주되는 걸작들이 속속 발표되고 있었다. 신기한 아이디어의 확장에만 주력했고, 문학적 정체성 따위는 부차적인 것에 불과했던 30년대의 SF에 새로운 바람을 불어넣은 사람은 다름 아닌 캠벨이었다. 그는 SF의 아이디어가 신기함뿐만 아니라 과학적/사회적인 정합성(整合性)을 가지고 있을 것을 요구했고, 많은 작품의 배경이 되었던 수많은 아이디어를 직접 작가들에게 공급했다. 과학에 대해 경이감(sense of wonder)뿐만 아니라 이지적이고 현실적인 접근 방법을 택했다는 점에서 그의 접근 방식은 현대 SF의 초석이 되었고, 외삽법(外挿法, extrapolation)

을 통해 현실 세계의 연장선상에서 미래를 예측하려고 했다는 점에서는 초기의 과학/모험소설 작가 베른의 정신적 후계자라고 할 수 있다.

그가 발굴한 시어도어 스터전, 아이작 아시모프, A. E. 밴 보그트, 클리포드 시맥, L. 스프레이그 디 캠프, 잭 윌리엄슨 등 1940년대 SF의 황금시대를 건설했던 거장들 모두가 이 '캠벨 스쿨'의 졸업생들이고, 하인라인은 이들 중에서도 최고 우등생의 이름에 걸맞은 뛰어난 작가였다. 당시의 SF 작가 대다수와는 달리 하인라인은 이미 풍부한 사회 경험을 가지고 있었던 30대 초반의 퇴역 군인이었고, 그의 인격적 성숙함은 그대로 그의 작중 인물들에게 뛰어난 리얼리티를 부과하고 있다. 또 그는 '자신이 숙지(熟知)하고 있는 것만을 쓰는 작가'로서도 알려져 있으며, 이 미점(美點)은 그가 데뷔 초기에서 제2차 세계대전 직전에 걸쳐 발표했던 일련의 미래 역사(Future History) 소설과 아이디어 단편들을 통해 최상의 형태로 반영되어 있다. 해군 군수공장에서 근무했던 전시의 공백기를 거쳐 다시 팬들 앞에 나타난 그는 『더블 스타(*Double Star*)』, 『여름으로 가는 문(*The Door into Summer*)』 등 중기의 걸작을 잇달아 발표했고, 1959년에 간행된 본서 『스타십 트루퍼스』는 다음 해의 휴고 상 최우수 장편상을 수상했다. 1960년대를 기점으로 중기의 모험소설적인 배경 대신에, 독특한 사변적인 경향을 가진 후기의 걸작들을 다수 발표하며 미국 SF계에 충격을 주었다. 특히 『이방의 이방인(*Stranger in a Strange Land*)』(1961)과 『달은 무자비한 밤의 여왕(*The Moon Is a Harsh Mistress*)』(1966)은 SF계를 넘어 미국 사회 전체에 깊은 영향을 끼쳤다. 1970년대 이후에는 『프라이데이(*Friday*)』(1982)를 제외하면 초기의 미래 역사를 마무리한다는 맥락에서 관조적 재귀(再歸) 소설의 창작에 치중했다고 평가받는다.

| 로버트 A. 하인라인 저작 목록 |

미래 역사 시리즈

1. The Man Who Sold the Moon(1950) - 단편집
2. The Green Hills of Earth(1951) - 단편집
3. Revolt in 2100(1953) - 단편집
4. Methuselah's Children(1958) - 1941년에 잡지에 게재된 장편을 개작.
5. Orphans of the Sky(1963)
6. The Past Through Tomorrow(1967) - 1, 2, 3의 합본

장편

1. Sixth Column(1941) - The Day After Tomorrow(1951)로 재출간.
2. Beyond this Horizon(1948)
3. The Puppet Masters(1951) - 개정판(1989)
4. Double Star(1956)
5. The Door into Summer(1957)
6. Starship Troopers(1959) - 본서
7. Stranger in a Strange Land(1961) - 완전판(1990)
8. Glory Road(1963)
9. Farnham's Freehold(1964)
10. The Moon is a Harsh Mistress(1966)
11. I Will Fear No Evil(1970)
12. Time Enough for Love(1973) - Methuselah's Children(1958)의 코다(coda).

13. The Number of the Beast(1980)

14. Friday(1982)

15. Job: A Comedy of Justice(1984)

16. The Cat Who Walks Through Walls: A Comedy of Manners(1985)

17. To Sail Beyond Sunset(1987)

*12에서 17까지는 미래역사에 등장하는 불로인(不老人) 라자루스 롱이 출연하는 회귀(再歸) 소설

청소년 SF

1. Rocket Ship Galileo(1947)
2. Space Cadet(1948)
3. Red Planet(1949)
4. Farmer in the Sky(1950)
5. Between Planets(1951)
6. The Rolling Stones(1952)
7. Starman Jones(1953)
8. The Star Beast(1954)
9. Tunnel in the Sky(1955)
10. Time For the Stars(1956)
11. Citizen of the Galaxy(1957)
12. Have Space Suit, Will Travel(1958)
13. Podkayne of Mars(1963)

단편집

1. Waldo&Magic, Inc.(1950)
2. Assignment in Eternity(1953)
3. The Menace from Earth(1959)
4. The Unpleasant Profession of Jonathan Hoag(1959)
5. The Worlds of Robert A. Heinlein(1966)
6. Requiem and Tributes to the Grand Master - Yoji Kondo가 편집한 추모 앤솔러지. 미발표작들을 포함한 중단편, 연설, 작가들의 회상 등을 수록.

논픽션

1. Grumbles From the Grave(1989)
2. Take Back Your Government(1992)

옮긴이 | 김상훈

서울 출생. 필명 강수백. 번역가이자 SF평론가이며 시공사 그리폰 북스와 열린책들 경계소설 시리즈, 행복한책읽기 SF 총서, 폴라북스 미래의 문학 시리즈의 기획을 담당했다. 주요 번역 작품으로는 로저 젤라즈니의 『신들의 사회』와 『전도서에 바치는 장미』, 로버트 A. 하인라인의 『스타십 트루퍼스』, 조 홀드먼의 『영원한 전쟁』, 로버트 홀드스톡의 『미사고의 숲』, 크리스토퍼 프리스트의 『매혹』, 필립 K. 딕의 『유빅』, 스타니스와프 렘의 『솔라리스』, 그렉 이건의 『쿼런틴』, 콜린 윌슨의 『정신 기생체』, 새뮤얼 딜레이니의 『바벨-17』, 테드 창의 『당신 인생의 이야기』와 『소프트웨어 객체의 생애 주기』, 데이비드 웨버의 『바실리스크 스테이션』 등이 있다.

환상문학전집 ● 27

스타십 트루퍼스

1판 1쇄 펴냄 2014년 3월 31일
1판 5쇄 펴냄 2024년 4월 19일

지은이 | 로버트 A. 하인라인
옮긴이 | 김상훈
발행인 | 박근섭
편집인 | 김준혁
책임 편집 | 장은진
펴낸곳 | 황금가지

출판등록 | 2009. 10. 8 (제2009-000273호)
주소 | 135-887 서울 강남구 신사동 506 강남출판문화센터 5층
전화 | **영업부** 515-2000 **편집부** 3446-8774 **팩시밀리** 515-2007
홈페이지 | www.goldenbough.co.kr

도서 파본 등의 이유로 반송이 필요할 경우에는 구매처에서 교환하시고
출판사 교환이 필요할 경우에는 아래 주소로 반송 사유를 적어 도서와 함께 보내주세요.
135-887 서울 강남구 신사동 506 강남출판문화센터 6층 민음인 마케팅부

ISBN 978-89-6017-835-9 03840

㈜민음인은 민음사 출판 그룹의 자회사입니다.
황금가지는 ㈜민음인의 픽션 전문 출간 브랜드입니다.